금주 다이어리

어느 애주가의 맨정신 체험기

금주 다이어리

클레어 풀리 지음 | 허진 옮김

복복서가

너무 밝게 타올라
너무 일찍 떠난
불타는 빨간 머리의 내 친구
줄리엣을 위하여

차례

3월

와인을
포기해야 한다고
드디어 깨닫다

무언가는 바뀌어야 한다

1부터 10 중에서, 오늘은 마이너스 5 근처 어딘가다.

오늘은 일요일이고, 따라서 나는 당연히 숙취에 시달리고 있다. 그러나 내 생일파티 다음 일요일이기 때문에 오늘의 숙취는 아주 특별하다. 굉장하다. 대상감이다.

구슬만하게 쪼그라든 뇌가 핀볼 게임처럼 두개골 양쪽 모서리에 팅팅 부딪히고 있다. 나는 연달아 휘몰아치는 구역질의 파도 속에서 알코올 땀을 흘리며 가라앉고 있다. 구명보트에 필사적으로 매달린 선원처럼 부엌 조리대를 자꾸 꽉 붙잡는다. 하지만 별로 좋은 생각이 아니다. 잘 닦인 화강암에 퉁퉁 부은 회색 얼굴이 자꾸 비치기 때문이다. 우웩.

괜찮은 날(오늘은 물론 아니다)에도 우리집 부엌의 소음은 견디기 힘든 수준이다. 매디(여섯 살)는 마인크래프트 게임을 하며 크리퍼 둥지에 '스포닝'을 했다나 뭐라나 하면서 소리를 지르고 있다. 키트(여덟 살)는 유튜브로 다른 사람이 하는 마인크래프트를 보고 있고(방금 그 사람 입에서 매우 부적절한 단어가 나오는 게 분명히 들렸다), 이비(열한 살)는 클라리넷으로 음계를 연습하고 있다.

이비가 단음계를 불 때마다 우리집 개는 구슬프게 따라 운다(예민한 개다). 이비에게 그 빌어먹을 악기를 내려놓으라고 말하고 싶은 생각이 굴뚝같지만, 세상에 자발적으로 악기 연습을 하는 아이에게 고함을 지르는 엄마가 도대체 어디 있을까?

더이상 나빠질 수 없다(결코 좋은 생각이 아니다)고 생각하는 순간, 초인종이 울린다. 나는 아직 잠옷 차림인데, 이 옷을 입은 모습은 정말이지 아무한테도 못 보여준다. 여호와의 증인이나 가스 검침원에게도 말이다.

이 상황에서 분별 있는 행동은 딱 하나밖에 없다. 나는 창문에서 보이지 않도록 부엌 조리대 뒤로 몸을 숙인다. 원치 않는 손님은 이제 부엌에 방치된 세 아이를 볼 뿐만 아니라 아이들이 이렇게 외치는 소리까지 듣는다. "엄마! 바닥에 엎드려서 뭐해요?!?"

나는 바닥에 앉아서 문 앞에 서 있는 누군지 모를 사람이 포기하기를 기다리는 동시에 그 사람이 사회복지과에 전화하지 않기를 간절히 바란다. 나도 안다. 지금 이 순간 이성적인 반응은 몇 주까지는 아니더라도 며칠 동안 알코올에 손도 대지 않겠다고 맹세하는 것이다. 알코올을 땀으로 다 배출하고 원상태로 돌아가야 한다. 하지만 기분이 나아지려면 술을 한 잔 더 마시는 수밖에 없다는 것도 안다.

나는 몸을 숙인 채 부엌 시계를 흘끔거린다. 고장났나? 내가 마지막으로 봤을 때랑 거의 달라진 게 없다. 이제 막 오전 11시가 지났다. 낮 12시 전에 술을 마시지 않는 건 절대적인 규칙이다. 아침

11

부터 술을 마시면 알코올중독자니까, 안 그런가? 하지만 12시가 넘으면 완전 괜찮고, 특히 주말에는 더욱 그렇다. 누구나 다 아는 사실이지.

나는 찬장을 열고 쌀과자 라이스크리스피와 통곡물 시리얼 위터빅스(나는 대체로 좋은 엄마이기 때문에 우리집에서 초콜릿 시리얼 같은 건 절대 금지다) 상자 너머로 손을 뻗어 술병을 점검한다. 5센티미터 정도 남은 레드와인이 한 병 있다. 와인을 남기다니 전혀 나답지 않다. 다 마시기 전에 잠든(기절한) 것이 분명하다. 야호! 이건 계시나 마찬가지다. 이 와인이 남아 있는 데에는 다 이유가 있다. 『이상한 나라의 앨리스』 성인판처럼 와인이 "나를 마셔!" 하고 말하고 있다.

유리잔에 따를 수는 없다. 우리 아이들은 와인잔을 손에 용접한 것처럼 들고 다니는 엄마에게 꽤 익숙하지만, 그런 아이들조차 오전 11시에 그런 모습을 보면 멈칫거릴 것이다. 그래서 나는 찬장에서 머그잔을 꺼내 남은 와인을 따른다.

와인을 마시고 나서 단 몇 분 만에 머리에서 고동치던 소리가 좀 더 부드러운 흥얼거림으로 잠잠해진다. 바로 그때, 나는 손에 든 머그잔을 보고 거기에 적힌 글자를 읽는다.

세계 최고의 엄마

나 자신이 싫다.

무언가는 바뀌어야 한다.

솔직히 모든 것이 잘못되기 시작했음은 벌써 몇 년 전부터 알고 있었다. 마지막으로 와인을 한 잔도 마시지 않은 날이 언제였는지 기억도 안 난다. 보통 평일이면 나는 아이들의 숙제를 봐주면서 와인을 큰 잔으로 한 잔 마신다. 저녁식사를 준비하면서 한 잔 더. 그런 다음 존―참을성이 뛰어난 내 남편―이 집에 오면 새 와인을 따르려고 마시던 술병(남은 술보다 빈 공간이 더 크다)을 숨기고, 저녁을 먹으며 남편과 와인 한 병을 나눠 마신다('나눠 마신다'는 말은 둘 다 어느 정도 마시지만 내가 기를 쓰고 남편보다 더 마신다는 뜻이다).

그러므로 내키지는 않지만 전부 더해보면(나는 물론 더해보지 않으려고 애를 쓴다) 매일 와인 한 병 이상을 마시는 셈이다.

그리고 주말이 있다. 주말 만세―점심식사를 하면서 술을 마시는 것이 완벽하게 용인될 뿐만 아니라 심지어는 의무라고도 할 수 있다. 그리고 주말에는 보통 사교 모임이 있다. 그러므로 토요일이나 일요일에(아마도 이틀 모두) 두 병을 쉽게 비울 수 있다.

세상에. 나는 일주일에 와인을 아홉 병 혹은 열 병씩 마시고 있다. 이제는 누가 음주에 대한 정부 지침을 언급하면 아주 능숙하게 눈을 감고 손가락으로 귓구멍을 막고서 '랄랄랄라' 노래를 부르지만, 권장량을 훨씬 넘어섰다는 것은 아주 잘 안다. 100단위 언저리다. 마지막으로 병원에서 질문을 받았을 때는 14단위라고 말했다. 다들 거짓말하는 건 의료진도 잘 알지 않나?

이제 멈춰야 한다.

나는 엄격한 눈으로 내 모습을 본다. 마흔여섯 살이지만 확실히 훨씬 더 늙어 보인다. 지칠 대로 지쳐 보인다. 우리 엄마가 '자신을 놓아버렸다'고 묘사할 만한(실제로도 그렇게 말씀하신다) 여자다. 나는 표준체중보다 13킬로그램 정도 더 나가는데, 그 대부분이 배에 쌓여 있다. 똑바로 서서 아래를 내려다보면 발이 안 보인다! 사람들이 자꾸 자리를 양보해서 버스 타는 것을 싫어하게 되었다. 다른 엄마들 앞에서 매디의 친구가 '뱃속의 아기'에 대해 물어본 적도 있다. 나는 이를 악물고 사실은 케이크라고 말해줬다. 아이는 겁에 질린 표정이었다. 내가 거대한 블루베리 머핀을 낳을 줄 알았나보다.

잠도 큰 문제다. 잠이 드는 것은 정말 쉽다. 사실 지나치게 쉬울 정도다. 소파에 누워서 곯아떨어지지 않고 영화 한 편을 끝까지 본 것이 언제였는지 기억도 안 난다. 하지만 새벽 3시쯤 잠에서 깨 이리저리 뒤척이면서, 술을 땀으로 배출하면서 스스로를 미워한다.

보통 아침 6시에 겨우 다시 잠들지만, 곧 알람이 울린다.

그리고 와인 마녀도 있다. 내 머릿속에 영구 입주한 목소리에게 붙여준 애칭이다. 그 목소리는 더없이 굳은 결심마저 먼지로 만들어버리면서 속삭인다. "저거 봐! 진짜 조금밖에 안 남았잖아. 다 마셔버리는 게 낫겠다, 아니면 상하겠네!" 또는 "저 친구는 네 잔보다 자기 잔에 훨씬 더 많이 따랐어. 아무도 안 볼 때 조금 더 따르자." 와인 마녀는 '나를 위한 시간'이라는 개념을 정말 좋아한다. "아직 5시밖에 안 됐지만 오늘 하루 힘들었잖아. 종일 열두 살도 안 된 아이들한테 시달리느라 말이야. 이제 어른의 시간이야. 넌 그럴 자격이 있어." 그리고 결정적인 한 방. "다른 사람들도 다 이렇게 살아⋯⋯"

나는 항상 돈이 없지만 참 우습게도 와인은 절대 탓하지 않는다. 다른 모든 것—외출, 옷, '몸단장'—에는 거의 돈을 안 쓰지만 와인에는 매주 상당한 돈을 쓴다. 왜냐면, 샤블리를 마시면 술꾼이 아니라 감식가니까, 그렇잖아?

나는 아이들에게 어떤 모범을 보이고 있을까? 우리 아이들이 어른은 누구나 술을 잔뜩 마셔야만 매일의 부침을 견딜 수 있다고 생각하며 자라기를 바라지는 않는다. 지난주에 매디를 데리러 학교에 갔을 때 선생님이 나를 따로 불러서 말했다. "오늘 정말 웃긴 일이 있었어요! 매디가 책 읽는 것을 듣고 있었는데, 책 제목이 『차 한 잔』이었거든요. 제가 '엄마가 차를 좋아하시니?'라고 물었더니 매디가 '아, 아니에요. 우리 엄마는 와인을 좋아해요!'라고 대답하더라고요. 하하하!"

나도 억지 미소를 지으며 똑같이 "하하하!" 웃었지만 나의 내면은 조금 죽었다.

내 삶 전체가 소비뇽블랑 병 속으로 빨려들어간 것 같다. 나는 원래 정말 무모하고 야심 넘치고 낙관적인 사람이었다. 열아홉 살 때는 몇 달 동안 혼자서 극동 지역을 여행했고, 서른 살에는 큰 광고회사 이사였다. 그런데 지금은 항상 불안하다. 그리고 내가 굳게 믿는 친구, 초조함을 덜어주고 무적의 존재처럼 느끼게 해주던 술이 상황을 더 악화시키고 있는 게 아닐까 의심이 든다.

당연한 해결책은 줄이기, 적당하고 분별 있게 마시는 것이다. 하지만 그건 몇 년이나 해봤다. 드라이 재뉴어리˙도 해봤다(음, 어쨌거나 1월의 대부분은 술을 안 마셨다. 1월이 조금 늦게 시작돼서 약간 일찍 끝났을 뿐이다). 그리고 맨정신의 9월도 해봤다. 나는 잠시 술

˙ 알코올 소비 감소를 위한 영국 캠페인단체 알코올 컨선(Alcohol Concern)에서 매년 실시하는 캠페인으로, 1년 중 1월 한 달 동안 술을 마시지 않는 것이다.

을 끊을 때마다 이제 '영점조정'이 됐다고, 빛을 보았고 술과의 관계를 싹 바꾸었다고 엄숙하게 선언했다. 이제부터 우리는 아주 건강하고 기능적인 관계가 될 거라고 말이다. 그러나 술은 폭력을 휘두르는 배우자처럼 다시 싸움을 걸어왔고, 나는 몇 주 만에 오히려 더 심해져서 출발점으로 돌아갔다.

주말에만 마셔도 봤다(하지만 주말이 목요일에 시작해서 화요일에 끝났다). 외출할 때만 마셔도 봤다(그러자 나는 엄청나게 자주 외출을 했다). 맥주만 마셔도 보고(맥주는 제대로 된 술이 아니니까) 술과 물을 번갈아 마셔도 봤다.

그 무엇도 통하지 않았다. 나는 스스로를 강하고 결단력 있는 사람이라고 생각했지만 그 어떤 결심도 1, 2주를 넘기지 못했다.

완전히 끊어야 한다. 영원히는 아닐지라도(영원히라니 상상도 안 된다), 적어도 한동안만이라도 말이다. 그러므로 지금 들고 있는 잔이 마지막 잔이다. 내일이 첫날이다.

아이들 놀이를 위해 부모들이 모이면 차보다 와인을 권할 때가 더 많은 세상에서 술을 마시지 않고 살 수 있을까? 페이스북에 '와인 마실 시간' 얘기가 가득한 세상에서? 온갖 술을 연료삼아 사교 모임이 돌아가는 세상에서? 와인을 끊어도 삶이 있을까?

이제부터 알아내면 되겠지……

　　브리짓 존스 때문이다. 브리짓뿐만이 아니다―<섹스 앤
더 시티>의 주인공들과 그들이 늘 마시던 코즈모폴리턴 칵테일 역
시 책임져야 할 부분이 많고, 항상 볼랭제 샴페인을 따는 시트콤
<앱설루틀리 패뷸러스>의 팻시와 에디나도 마찬가지다. (서글픈
중년 술꾼이 된 나는 술 없는 삶을 생각해야 한다는 사실에 대해서 나
자신을 탓하고 싶지 않은가보다.) 나에게 브리짓 존스는 캐리커처가
아니라 롤 모델이었다. 나는 그녀의 신경질을, 그녀의 불완전함과
할머니 같은 속옷을 사랑했다. 브리짓의 유머를 사랑했고, '감정적
인 바보짓'을 헤쳐나가는 방식을 사랑했고, 평범한 여자처럼 먹고
굴뚝처럼 담배를 피우고 고래처럼 술을 마시는 모습을 사랑했다.

　　내가 브리짓을 사랑한 것은 내가 브리짓과 정말 비슷했기 때문
이다. 얼마나 비슷했냐면, 내가 서른 살 때 '현실의 브리짓 존스들'
에 대한 다큐멘터리 출연자를 찾던 BBC에서 전화가 왔다. 나는 썩
내키지는 않았지만 다큐멘터리 일부에―싱글들의 디너파티에―
잠깐 출연하기로 했다. 내가 또다른 싱글 일곱 명과 함께 약속된 첼
시 레스토랑에 찾아가자 스태프가 잠시 촬영 준비를 하는 동안 "바
에서 무료로 제공되는 술을 마음껏 드세요"라고 했다. 무료로 제공
되는 술이라니, 나에게는 한번 더 권할 필요도 없었다. 한 시간 뒤,
긴장한데다가 빈속에 술까지 잔뜩 마신 우리는 거의 날아다니고

있었다. 적어도 나는 그랬다.

여성이 행복한 싱글로 살 권리를 위해서 나는 헤라클레스처럼 용맹하게 일어나 와인잔을 흔들며 선언했다. "보세요. 나는 아주 좋은 직업과 정말 멋진 차가 있고 내 소유의 아파트도 있어요. 내가 완전해지기 위해서 남자가 왜 필요하겠어요?" 멋지게 끝났다. 나는 그렇게 생각했다.

나는 누가 그 다큐멘터리를 정말로 볼 것이라고 전혀 생각하지 않았다. 내 친구들은 일이나 파티 때문에 너무 바빠서 목요일 밤에 집에서 TV를 볼 일이 없었다(스카이플러스도 다시보기 서비스도 없던 시절이다. 당시에는 비디오로 예약 녹화를 설정해야 했는데, 너무 번거로운 일이었다). 그러니 BBC가 황금시간대에 딱 한 사람, 즉 나만 나오는 예고편을 일주일 내내 틀었을 때 내가 얼마나 공포에 질렸을지 상상해보라. TV 속의 나는 약간 취해서 말한다. "보세요. 나는 아주 좋은 직업과 정말 멋진 차가 있고 내 소유의 아파트도 있어요." 그런 다음 어떤 남자의 진지한 목소리가 끼어든다. "그렇다면 이런 여성들은 왜 그들이 정말로 원하는 단 하나를 찾지 못할까요? 남자 말입니다."

다들 예고편을 봤다. 내가 여성해방을 후려갈기고 불건전하다고 선언당하는 것을 모두가 봤다.

그래도 나는 브리짓을 계속 사랑했다. 어쨌거나 브리짓 존스는 우리 모두에게 과음할 핑계를 제공했다. 그녀는 친구들과 샤르도네를 퍼마시는 것을 멋져 보이게 만들었다. 집에서 혼자 술을 마시며 형편없는 실력으로 파워발라드를 따라 부르는 것은 필수가 되었다.

1990년대 당시 우리는 술을 마시는 것이 멋진 페미니스트의 의무라고 생각했다. 그때는 남성적인 여자들의 시대, 남자를 따라잡고 그들의 전문 분야에서 이기는 시대였다. 주조회사들은 이러한 경향을 알아차리고 여성친화적인 와인 바—은은한 조명, 칠판에 적힌 복잡한 메뉴, 250밀리리터(와인 3분의 1병) 잔에 나오는 와인—를 만들었다. 게다가 술은 놀이문화뿐만 아니라 노동문화의 일부였다. 사실 내가 다니던 창의적인 업계에서는 사무실에 바가 있어서 중요한 교류 대부분이 그곳에서 이루어졌고, 나는 우리 팀과 고객들에게 식사와 술을 대접할 예산이 무척 많았다.

나는 결혼을 하고 아이들을 갖기 시작하면 대충 되는대로 술을 끊으리라 생각했지만 우리는 무엇이든 가질 수 있다는 말을 듣고 자란 세대였고, 나는 배의 침몰을 막아줄 아내도 없이 중요한 직장에서의 중요한 직책과 작은 아기들 사이에서 저글링을 하려고 애썼다. 결국에는 재무이사와 통화를 하면서 폭발한 기저귀를 갈고, 수업 참관에는 가지도 못한 채 지나친 요구를 하는 고객과 심통 사나운 크리에이티브 디렉터의 고함소리나 들어야 했다. 나는 온종일 수백 개의 공을 공중에 띄우다가 집으로 달려오자마자 즉시 침착하고 행복한 엄마로 변신해서 아이들에게 『숲속 괴물 그루팔로』를 읽어줘야 했다. 하나의 페르소나에서 다른 페르소나로 변신하는 방법, 피할 수 없는 스트레스와 내가—평생 처음으로—모든 일에서 실패하고 있다는 생각에서 벗어나는 방법은 어마어마한 양의 술밖에 없었다.

나는 스스로를 미치게 만들고 있음을 깨달았다. 직장에서 일하는 내내 마음은 아이들과 함께였다. 아이들과 함께 있을 때는 머릿속에 일이 가득했다. 게다가 나는 월급의 상당 부분을 보모에게 지불했는데, 내가 정말로 하고 싶은 일을 대신 해주는 대가였다. 마감일을 놓치고 아이들이 커가는 모습을 놓치면서 시간은 쏜살같이 흘렀다. 아이들의 유년기를 함께할 수 없다고 생각하자 견딜 수 없었다.

그래서 셋째가 태어났을 때 나는 결국 **완벽한 엄마**가 되기 위해 무의미한 경주를 끝냈다. 우리집은 갓 구운 컵케이크, 공작놀이용 테이블, 신중하게 계획한 아이들 놀이 모임이 넘치는 행복한 안식처가 될 예정이었다. 신들이 나를 보며 얼마나 웃었을까. 멋진 아이들을 키우기 위해서 일을 그만두는 것은 분명 영예이자 특권이지만, 해본 사람들은 누구나 잘 알듯이 공원 산책처럼 쉬운 일은 아니니까 말이다. 아니, 육아는 공원을 끝없이 산책하는 것과 같다— 그것도 물티슈, 수유패드, 비상용 쌀과자를 잔뜩 싸들고 팔이 정신과 함께 마비될 때까지 그네를 밀면서 말이다.

1, 2년이 지나자 내 정체성을, 나 자신을 잃은 듯한 기분이 들기 시작했다. 나는 더이상 '광고계의 총아 클레어'도, 팀장도, 이사도 아니었다. 이제는 항상 다른 사람과의 관계를 통해서만 정의되었다. 존의 아내, 이비의 엄마. 남편과 아이들이 없으면 나는 존재하지 않는 것 같았다. 다들 결혼 후의 성으로 불렀기 때문에 내 이름조차 잃었고, (직장에서 쓰던) 결혼 전 성은 머나먼 기억이 되었다.

게다가 아이들에게 페미니스트로서 좋은 모범을 보이지 못하고 있다는 걱정이 들기 시작했다. 매디가 겨우 세 살 때 어린이집 어머니날 행사에 갔던 기억이 난다. 반원으로 놓인, 조그마한 엉덩이를 위해서 만들어진 조그마한 의자에 자부심에 찬 엄마들이 앉아 있었고, 아이들은 차례차례 자라서 무엇이 되고 싶은지 발표했다.

"저는 소방관이 되고 싶어요!" 한 아이가 말하자 엄마들은 모두 "아아!"라고 말했다. 그뒤로 의사가 되고 싶은 아이, 선생님이 되고 싶은 아이, 비행기 조종사가 되고 싶은 아이가 나왔다. 나는 우리

귀여운 딸은 뭐가 되고 싶을까 긴장하며 기다렸다. 마침내 매디의 차례가 되었다.

"나는 엄마가 돼서 전화로 수다도 떨고 헬스장에도 가고 싶어요." 매디가 말했다. 나는 매디를 보면서 잘했다는 뜻으로 미소를 짓고 열정적으로 박수를 쳤지만 머릿속으로는 안 돼애애애애애! 암 치료제를 개발하고, 중동에 평화를 가져오고, 차세대 하드론 입자가속기를 발명해야지!라고 생각했다. 그래도 최소한 다른 엄마들은 내가 건강하다고 생각했을 거다. 사실 헬스장에 안 간 지 몇 달은 되었으므로 참 아이러니하지만.

와인은 제정신을 지켜주는 오아시스, 아장아장 걷는 아기의 짜증과 기저귀를 가는 따분함, 반복적인 동요가 주는 스트레스로부터의 해방이었다. 와인 한 잔이면 여자친구와 함께하는 늦은 오후의 아이들 놀이 모임에 활기가 생기고, 아이들이 잠자리에 들고 나서 차분한 시간을 보낼 수 있었다. 길고 피곤한 하루가 끝나면 나는 샤블리를 넉넉하게 한 잔 따르고 부엌에서 춤을 추면서 그래, 나 아직 죽지 않았어라고 생각했다.

나는 와인 덕분에 차분해지고, 활기를 찾고, 축하하고, 동정하고, 사람들과 어울리고, '나를 위한 시간'을 보냈다. 그러나 결국 와인이 없으면 그 모든 것—휴식, 파티, 스트레스 해소—을 못 한다는 사실을 깨닫는 날이 왔다. BBC 라디오드라마 <디 아처스>의 헬렌 티치너처럼(세상에, 내가 드는 예는 끔찍할 만큼 전부 중산층의 이야기잖아, 나는 클리셰 그 자체야) 모든 자신감이 천천히 한 겹씩 사라져갔고, 결국 와인이 없으면 나는 아무것도 아니라고 생각하는 지경에 이르렀다. 나는 술이 없으면 소심하고 따분하고 초조한 사람이었지만 나를—천천히, 눈에 띄지 않게, 여러 해에 걸쳐서—그렇게 만든 것도 바로 술이라는 사실을 잘 알았다.

그래서, 일주일 같은 금주 첫날이 이렇게 끝났다. 나는 두드려맞아 멍들고 아직도 숙취에 시달리지만, 그래도 싸우고 있다.

녹초가 되다

사흘 동안 술을 마시지 않은 적은 많았다. 나는 몇 주, 심지어 몇 달 연속으로 술을 끊은 적도 있었다. 하지만 이번은 일시적인 금주가 아니기 때문에 전혀 다르다. 터널 끝의 빛은 완전히, 깔끔하게 꺼졌다.

이십대 초반에 세기의 연애를 했던 첫사랑과 헤어졌을 때가 떠오른다. 나는 며칠이나 엉엉 울면서 두 번 다시 행복해질 수 없을 거라고 믿었다. 몇 시간이고 '우리' 노래를 들으면서 머릿속으로 그가 없는 미래를 다시 썼다. 우리가 함께한 모든 순간을 슬로모션으로 되새기고 옛날 사진과 편지(그렇다, 당시에는 '편지'를 썼다)를 꼼꼼하게 다시 읽는 내내 그는 내 마음을 떠나지 않았다. 정말 그렇게 아니었니? 나는 스스로에게, 그리고 내 이야기를 들어줄 만큼 참을성이 강한 여자친구들에게 물었다. 아무리 불완전한 관계였어도 함께할 때가 지금보다 행복했겠지? 그가 없으니 총천연색이던 삶이 끔찍한 무채색으로 변했다.

그리고 사반세기가 지난 지금, 비슷한 기분이 든다. 나는 바람둥이 연인이었던 술 생각에서 벗어날 수가 없다. 내 마음속에는 항상 술이 있다. 알코올에 대한 글은 무엇이든 닥치는 대로 읽고 있다. 아마존은 금주에 대한 책을 계속 추천하고, 나는 침대맡의 점점 높아지는 책 더미에 새로운 책을 더한다. 이러다가 미치는 건 아닐까 걱정이다.

요즘 나는 오전에 미리 요리를 해서 존이 집에 오면 데워 먹을 수 있도록 냉장고에 넣어놓는다. 나에게 요리는 술과 떼어놓을 수 없는 관계이기 때문이다. 저녁이면 내면의 키스 플로이드*—술 취한 TV 셰프—가 튀어나와 한 손에 나무 숟가락, 한 손에 와인잔을 들고 상상 속의 카메라맨에게 말을 하면서 허브로 저글링을 했다.

나는 술에 대한 집착 때문에 정신적으로 지쳤을 뿐 아니라 육체적으로도 너덜너덜해졌다. 플레이도를 헤치며 나아가는 기분이다. 임신 초기와 무척 비슷하지만 '유후! 우리가 새로운 생명을 만들었어! 정말 대단하지 않아?'라는 흥분은 전혀 없다.

어제는 비밀번호를 잊어버렸는데, 몇십 년 동안 현금인출기와 슈퍼마켓 핀패드에 항상 입력하던 숫자였다. 머릿속의 안개를 겨우 겨우 뚫고 나오는 딱 하나는 지난 이틀 동안 들락날락하던 깨질 듯한 두통뿐이다. 하지만 이렇게 피곤한데도 잠이 잘 안 든다. 나는 와인 몇 잔의 마취 효과에 힘입어 꿈나라로 서서히 들어가는 것에 너무 익숙해서 지난 이틀은 몇 시간이나 잠들지 못했다. 내가 어지러운 머리로 천장을 멍하니 바라보는 동안 옆에서 존은 행복한 멧

---

* BBC 요리 프로그램 출연자. 요리할 때 계속 와인을 마시면서 제작진에게 말을 거는 것으로 유명하다.

돼지처럼 코를 골며 단잠을 잔다.

지금은 6시, 하루 중 가장 힘든 시간이다. 애들 저녁 준비도 끝났고, 숙제도 다 했고, 아이들은 전부 목욕을 끝내고 TV 앞에 행복하게 앉아 있다. 술은 끈질긴 스토커처럼 계속해서 나를 부른다. 한 번만 더 기회를 줘. 우리 이번에는 잘할 수 있어. 예전과 같은 잘못은 되풀이하지 않을 거야. 넌 날 사랑해, 너도 알잖아. 넌 내가 없으면 불행해, 지금 널 봐!

하지만 전부 거짓말이라는 것을 나는 마음 깊이 알고 있다. 절대 달라지지 않을 것이다. 사실은 더 나빠지기만 할 거고, 지금 떠나지 않으면 영영 못 떠날지도 모른다.

나는 뜨거운 목욕물을 받고 몇 년 전에 크리스마스 선물로 받은 아로마테라피 초에 불을 붙인다. 도움이 된다. 10분 정도는. 나는 손을 바쁘게 움직이려고 미친듯이 청소를 한다. 평소에는 집안일을 못하는 편이지만 금주 사흘째가 되자 집이 번쩍번쩍 빛난다. 손목시계를 확인한다. 겨우 7시지만 오늘은 할 만큼 한 것 같아서 아이들을 불러모아 이제 다 같이 잠자리에 들 시간이라고 말한다. 그래, 엄마도 같이.

우리 네 사람이 내 침대에 빽빽하게 눕자 열정 넘치는 테리어 오토까지 올라온다. 오토는 자기가 개인 줄 모른다. 우리 개는 어디까

지나 남매 중 하나이고, 오토의 '형과 누나들'은 이 착각에 기꺼이 맞장구쳐준다. 오토가 나와 키트 사이에 끼어들어 눕더니 행복하게 한숨을 쉬며 지독한 방귀를 뀌자 아이들이 괴로워하며 울부짖는다.

아이들을 낳기 전에 나는 (아빠는 아주 살짝만 닮은) 자그마한 미니미 군단을 상상했다. 그러나 막상 낳고 보니 존이나 나를 전혀 닮지 않았고, 자기들끼리도 비슷하지 않다. 아이들은 태어난 첫날부터 서로 전혀 다른데다 아주 독특했고, 나는 이 아이들을 알려면 평생이 걸리겠다고 직감했다.

이비는 첫째다. 열한 살은 어린애 투정은 끝났지만 아직 십대는 되지 않은 마법 같은 나이다. 이비가 엄마랑 동생들과(그리고 개까지) 함께 침대에 기어들어가는 것이 전혀 멋지지 않다고 생각할 때까지 얼마나 남았을지 궁금하다. 이비를 보면 정말 놀랍다. 이비는 자신감이 대단하고 마음먹은 일은 무엇이든 할 수 있다고 진심으로 믿는다. 반에서 수학 1등을 하는 것이든, 네트볼 팀을 만드는 것이든, 아주 복잡한 초콜릿 케이크를 굽는 것이든 말이다. 그리고 보통 이비의 생각이 맞는다.

그다음으로 세 살 어린 키트가 있는데, 생각하는 방식이 나와 전혀 다르고, 놀라운 표현력과 유머 감각을 가지고 있으며, 매일 나에게 새로운 것을 가르쳐주는 귀여운 왼손잡이 아들이다. 키트는 만약 무슨 놀이를 하고 있는데 부엌 어딘가 자기한테 필요한 공간을 내가 차지하고 있으면 나한테 비켜달라고 말하는 대신 내 손을 잡고 다른 곳으로 이끌면서 엄숙하게 말한다. "축하드립니다. 당신은 성공적으로 재배치되었습니다."

매디는 이제 여섯 살이지만 나한테는 항상 아기일 것이다. 우리 모두 매디에게 꼼짝도 못한다. 매디는 매력이 산더미같이 많기 때문에, 아주 어렸을 때부터 일면식도 없는 사람들이 달려와서 정말 귀엽다고 외치는 일이 다반사였다. 그럴 때면 이비와 키트는 눈을 굴리면서 약간 비꼬듯이 말한다. "네, 진짜 사람이랑 똑같아요. 좀 작을 뿐."

이비는 갖고 싶은 것이 있으면 며칠에 걸쳐 멋진 파워포인트 자료를 준비해서 통계와 연구를 인용하며 최고의 변호사처럼 자기주장을 펼치지만, 매디는 뭔가 갖고 싶으면 그냥 울음을 터뜨린다. 아주 자유자재다. 닭똥 같은 눈물이 얼굴을 타고 흘러내려 코끝에서 똑똑 떨어지면 우리는 결국 다 같이 무릎을 꿇고 어떻게 하면 다시 행복해질지 제발 가르쳐달라고 애원하지 않을 수 없다.

세 아이 모두 내가 누구를 제일 예뻐하는지에 집착한다. 나는 그런 건 없다고, 제일 예쁜 아이를 정하는 건 딸기 파블로바*, 초콜릿 롤케이크, 잉글리시 트라이플** 중 하나를 고르는 것과 마찬가지라고 계속 말한다. 전부 똑같이, 하지만 아주 다른 방식으로 맛있다고 말이다. 그러면 아이들은 야유를 보내고, 결국 누가 파블로바고 누가 트라이플이냐는 피치 못할 논쟁으로 이어진다.

우리 네 명(과 개 한 마리)은 한 덩어리로 뒤엉킨 채 침대에 누워 『페이머스 파이브』***와 『해리 포터』를 돌아가며 읽는다. 나는 어느새 호그스미드에서 파는 버터비어에 진짜 알코올이 들어 있을까, 아니면 페이머스 파이브가 통조림 정어리를 삼키느라 마시는 진저비어에 더 가까울까 한가롭게 생각하고 있다.

나는 왼쪽을, 항상 와인잔이 차지하던 빈자리를 바라본다. 와인은 아무 방해도 하지 않고 한쪽 구석에 조용히 앉아 있었지만 사실은 침대 한가운데 양팔을 벌리고 누워서 아이들을 옆으로 밀치고 있었음을 나는 이제야 깨닫는다. 와인과 그 수많은 친구들 때문에 나는 수없이 많은 그림책을 대충대충 넘겼고, 아이들이 잠들기 전 소중한 시간을 몇 년 동안이나 최대한 빨리 끝냈다. 나는 아이들과 기억에 남는 순간을 같이하려고 일을 포기해놓고 몇 년 동안이나 그 순간으로부터 계속 달아났다.

● 머랭을 구워서 생크림과 과일을 올려 먹는 영국 디저트.
●● 얇은 스펀지케이크를 셰리주, 와인 등으로 적셔서 커스터드크림, 과일, 젤리 등을 층층이 쌓아 먹는 영국 디저트.
●●● 영국 작가 이니드 블라이턴의 어린이 모험소설. 네 아이와 개 한 마리가 모험을 떠나는 시리즈물이다.

언제부터 축하가 아닌 해방을 위해서 술을 마시기 시작했을까? 일상의 따분함으로부터, 그리고 현실이 내 바람과 다르다는 자각으로부터의 해방 말이다.

하지만 더이상은 아니야. 나는 말없이 선언한다. 이제 제대로 된 부모이자 제대로 된 어른이 되어 제대로 된 삶을 살 때다. 이제 아이들에게 케일칩을 먹이고, 핸드백에 살균제를 넣어 다니고, 골반기저근 운동을 빼먹지 않는 그런 엄마가 돼야지.

한 시간 동안 책을 읽은 다음 남편이 아직 퇴근도 안 했는데 불을 끄면서 나는 존이 집에 왔을 때 곯아떨어진 세 아이를 군소리 없이 각자의 침대로 옮겨주면 좋겠다고 생각한다.

매디가 다가와서 내 얼굴에 대고 "나마스테"라고 속삭인다. 아이는 잠든 다음에도 내가 곁을 떠나지 못하게 하려는 듯이 손가락으로 내 머리카락을 칭칭 감고 있다. 매디의 숨결은 따뜻하고 딸기와 초콜릿 냄새가 난다. 이를 닦았다더니 완전 거짓말이었다.

"나마스테." 내가 대답한다.

"무슨 뜻인지 알아요, 엄마?" 매디가 묻는다.

"아니." 나는 솔직히 고백한다.

"당신 안에서 신이 보여요, 라는 뜻이에요."

나는 아이들 안에서 신을 본다. 이것이 나를 견디게 할 것이다.

혼자서 해낼 수 있을지 잘 모르겠다. 이야기할 사람이 있으면 좋겠지만 너무 부끄럽다. 존에게 지나가는 말로 술을 끊었다고 얘기했지만 전혀 진지하게 받아들이지 않았을 것이다. 솔직히 존은 예전에도 그런 말을 들었고, 분명 주말이면 평소의 나로 돌아오리라 생각할 것이다.

지금까지 나는 잘못된 결정을 여러 번 내렸지만 존과 결혼한 것만큼은 예외였다. 거의 20년 전 새해 전날 스코틀랜드에서 존을 만났고, 첫눈에 반했다. 존은 아주 멋진 무릎을 드러낸 킬트 차림이었는데, 나는 항상 치마 입은 남자에게 약했다. 존은 나를—아주 많이—웃게 했고 내가 만난 사람 중에서 제일 친절했다. 우리는 절친한 친구가 되었지만 나는 당시 오만하고 나쁜 남자들에게 여전히 사로잡혀 있었다. 시간과 관심에 아주 인색해서 조금만 받아도 감지덕지하게 되는 그런 남자 말이다. 그래서 존과 나는 처음 만나고 4년 후에야 키스를 했다. 그러자 발밑의 땅이 모래에서 바위로 변했고, 나는 왜 이렇게 오래 걸렸을까 의아했다.

그 이후로 존은 점점 방탕하고 행실이 나빠지는 나를 끈질기게 인내하며 사랑해주었다.

솔직히 말해서 존 역시 완벽하지는 않다. 존은 젖은 수건을 바닥에 그냥 놔두고 더러워진 그릇을 식기세척기 안이 아니라 위에

두는 나쁜 습관이 있다. 사랑해야 할 뱃살은 14년 전보다 더 늘어났고 머리카락은 줄어들었다. 존은 스코틀랜드인이고, 돈 쓰는 것에 '신중'하다는 스테레오타입에 맞게 행동한다. 11월이 되면 내가 난방을 틀지 못하도록 조절장치에 강력테이프를 붙여놓는 것으로 악명이 높다. 하지만 존이 그렇지 않았다면 나는 그를 사랑하지 않았을 것이다.

내가 곤경에 처할 때마다 존은 최선을 다해 도왔지만, 항상 완벽하게 성공하지는 못했다. 이비가 태어나고 몇 주 뒤, 직장에서 돌아온 존은 유선염—가슴이 바위처럼 딱딱해지고 끔찍할 만큼 고열이 난다—에 걸린데다가 2주 동안 통잠을 두세 시간 이상 못 자서 걷잡을 수 없이 울고 있는 나를 발견했다.

"어떻게 해줄까?" 엉엉 우는 나와 울부짖는 이비를 앞에 두고 존이 무력하게 물었다.

나는 존이 퇴근하기 전에 동네 조산원에 전화를 걸어 조언을 구했는데, 아기의 잇몸이 갈라지고 피가 나는 젖꼭지를 몇 시간 연속으로 물고 있으면 어떤 느낌이 드는지 전혀 모르는 열아홉 살짜리 수습 조산사는 수유브라 안에 차가운 양배추 잎을 넣으면 좀 나아진다고 말했다. 말도 안 되는 소리 같았지만 그때 나는 뭐든 해볼 용의가 있었다.

"가서 양배추 좀 사다줄래?" 내가 흐느끼며 말했다.

존은 한 시간 뒤에 (잎이 없는) 콜리플라워를 사와서는 동네 슈
퍼마다 양배추가 다 떨어졌다고 설명했다.

"도대체 그걸 뭐에 쓰라는 거야?" 내가 존에게 고함을 쳤다.

"음, 먹는다든가?" 존이 대답했다. 얼토당토않은 말은 아니었다.

나는 존의 머리에 콜리플라워를 던졌고(그런 다음 와인 500밀리
리터를 마셨다) 그러자 나와 이비 둘 다 좀 나아진 것 같았다.

그러니까 요는, 존에게 얼마나 심각한 상황인지 이야기하면 그
는 최선을 다해 이해하고 도우려 할 것이다. 하지만 말을 꺼낼 수가
없다. 어쩌면 나 자신에게조차 사실대로 말하고 싶지 않아서일지
도 모른다.

나는 술장과 와인 랙을 비우지도 않았고 존에게 술을 마시지 말
라고 부탁하지도 않았다. 집에 술이 있어도 못 본 척하는 데 익숙해
지면 밖에서도 성공할 확률이 더 높아질 것 같다. 그러나 존은 사
려 깊기 때문에 내 앞에서는 술을 마시지 않으려 애쓴다. 게다가 존
은 절도 있게 술을 마시는 사람이다—아, 빌어먹을 그 눈빛. 존은
와인을 한 잔 마신 다음…… 멈출 수 있다. 어떻게 그럴 수 있지? 그
럼 도대체 술을 왜 마시지? 나는 와인 한 잔으로 절대, 절대 충분하
지 않다.

15년 전 담배를 끊을 때 온 세상에 그 사실을—당당하게—말할 수 있었던 것이 비현실적으로 느껴진다. 비흡연자들은 모두 환호했고, 두 팔 벌려 환영하면서 필요한 게 있으면 무엇이든 돕겠다고 약속했다. 아직 담배를 피우는 친구들은 나를 부러운 눈으로 보면서 나의 결의와 정신력에 감탄했다. 반면에 지금 나는 또다른 중독성 물질을 끊는 중이지만 누구에게도 말할 수 없는 기분이다.

나는—나를 위해, 가족을 위해—엄청난 일을 하고 있지만 모두 그동안 내가 나쁜 엄마였을 거라고, 무책임한 술꾼이었다고 생각할까봐 겁이 난다. 그리고 어쩌면 더욱 무서운 것은, 걱정되는 것은 술을 끊으면 따분한 사람으로 낙인찍혀 두 번 다시 아무 데도 초대받지 못할 거라는 사실이다.

하지만 지금 나는 친구가 절실하게 필요하다. 내 손을 잡고 넌 할 수 있다고 말해줄 사람이 필요하다. 이제부터 무엇을 예상해야 할지 말해줄 사람이 필요하다. 결국에는 다 잘될 거라고 말해줄 사람이 필요하다.

익명의 알코올중독자들ᴬᴬ•이 그래서 있는 거 아닐까?

그러자 나를 괴롭혀온 또다른 질문이 튀어나온다. 나는 알코올

• 'Alcoholics Anonymous'의 약자로, 알코올중독자 재활 모임.

중독일까?

새로운 의문은 아니다. 적어도 2년 동안, 주로 주말 내내 술을 마시며 떠들썩하게 보낸 다음이면 항상 구글에서 '나는 알코올중독일까?'를 검색했다. 그러면 각종 자가 진단 테스트가 나온다(이건 좋다, 나는 테스트를 좋아하니까). 내가 예라고 대답할 질문이 항상 여러 개 있었다. (일주일 금주를 결심했지만 며칠 만에 포기한 적 있습니까? 물론이지, 끝도 없이. 혼자 술을 마십니까? 당연하지, 다들 그러지 않나? 엄밀히 말해서 혼자는 아니지. 아이들이 있으니까. 개도 있고. 술을 마신 뒤 후회한 적이 있습니까? 차라리 교황이 가톨릭 신자냐고 물어라.)

하지만 정말 다행히도 아니요라고 대답할 수 있는 질문이 항상 있었다. (일어나자마자 술을 마십니까? 가족과 친구들이 금주를 권합니까? 기억이 끊긴 적이 있습니까?) 모든 질문에 대답한 다음 마법 같은 결과를 보려고 버튼을 누르면, '알코올 관련 문제를 가지고 있을 가능성이 있습니다'란다. 셜록 홈스 나셨네. 애초에 그건 나도 아니까 이 멍청한 테스트를 한 거잖아! 내가 진짜 알코올중독인지 알고 싶다고!

솔직히 말하면 내가 의학적으로 '알코올중독자'든 아니든 알코올에 중독되어 있다는 건 나도 잘 안다. 니코틴에 심하게 중독되었던 예전처럼 말이다. 알코올은 무척 중독성 높은 물질이고, 장기간에 걸쳐서 많이 마시면(인정하자, 바로 내 이야기다) 코가 꿰일 수밖에 없다. 모든 약물이 그렇듯 한번 코가 꿰이면 이전으로 돌아갈 수 없다. 끊거나 죽거나 둘 중 하나다. 하지만 혼자 끊는 것은 힘들고, AA가 분명 도움이 될 것이다……

AA의 문제는 누구나 선망하는 셀럽들의 클럽 소호 하우스와 정반대라는 점이다. 즉, 누구든지 환영하지만 아무도 자발적으로 가입을 선택하지 않는 클럽이다. 알코올중독자의 이미지는 끔찍하니까. 알코올중독자라는 말을 듣는 순간 빈민굴에서 오줌냄새를 풍기며 공업용 변성알코올을 벌컥벌컥 마시는 부랑자, 아이들이 고물을 줍는 동안 토사물에 얼굴을 박고 누워 있는 엄마가 떠오른다. 보통 알코올중독자는 의지가 약하고 이기적이라고, 어찌어찌 술을 끊는다 해도 좋은 시절은 이제 끝났다고 생각한다. 세상에서 가장 사랑받는 약물 없이 하루하루 보내면서 먼지 쌓인 지하실에서 플라스틱컵에 담긴 달콤한 차를 마시며 과거의 악행을 곱씹는 무기징역에 처해진 것이다. 이 세상 약물 중에서 그것을 계속 즐기는 사람은 '정상'이고 끊은 사람은 문제나 병이 있다고 여겨지는 것은 알코올밖에 없다.

그러나 내가 아는 사람 중에서 제일 좋은 사람 대부분은 '술을 지나치게 열정적으로 즐기'거나 술을 끊었거나 둘 중 하나다. 우리는 뭐든 어중간하게 하지 않는 사람, 삶을 완전히 장악하고 깊이 뛰어드는 사람이다. 그렇다, 우리는 절제 면에서 아주 작은 문제가 있을지도 모른다. 하지만 우리는 무슨 일—사랑, 우정, 일, 육아—에서든 절제를 모른다.

에이브러햄 링컨은 1842년 금주 연설에서 '습관적으로 술을 마시는 사람'에 대해 이렇게 말했다. "명석하고 정열적인 사람일수록 이 악습에 빠지기 쉬운 것처럼 보입니다. 과음이라는 악령은 천재적이고 마음이 후한 사람의 피를 빨아먹으며 즐겨왔습니다." 명석하고, 정열적이고, 마음이 후한 천재. 수염이 좀 수상해 보이는 사람의 말이지만 이건 받아들이지.

따라서, AA 모임(특히 이류 유명인으로 가득할 첼시 근처의 모임)에 가면 정말 멋진 사람들을 만날 것이 분명하고, 그들은 분명히 나를 환영하고 도와줄 것이다. 하지만 차마 그렇게 할 수가 없다.

'밑바닥'의 온갖 끔찍한 이야기를 들으면 하루에 와인 한 병을 마시는 습관쯤은 아무것도 아니라고 생각하게 될까봐 겁이 난다. 자기합리화가 아니다. 술을 계속 마시면 나도 분명 그렇게 될 것이다. 나는 중독이 진행성이라는 사실을, 언젠가 가족과 집을 비롯해 전부 다 잃을지도 모른다는 사실을 잘 알지만, 아직 그 정도는 아니고 그렇게 될 생각도 없다.

나는 AA 모임에 드나드는 길에 학부모회 사람과 우연히 마주칠까봐 무섭다. 더 큰 힘에 굴복한다는 생각 자체가 싫고, 그 모든 규칙을 생각만 해도 역겹다. (나는 규칙에 정말 약하다. 그래서 지금 이 모양 이 꼴이 된 거다.)

나는 교회 강당에서 모르는 사람들 앞에 서서 "제 이름은 클레어이고, 알코올중독자입니다"라고 말하는 모습을 상상할 수조차 없다. 내가 알-뭐라고 겨우겨우 말할 수 있다 해도 나 자신을 부정적으로 정의하고 싶지는 않다. 나는 자리에서 일어나 당당하게 말하고 싶다. "내 이름은 클레어이고, 술을 마시지 않습니다." 나는 이 문제를 해결하고 과거로 만든 다음 남은 생을 살아가고 싶다.

그래서 구글에 '술 끊는 방법'을 입력했다가 정말 멋진 사실을 발견한다. 나와 똑같은 여자들이 전 세계에 있다. 술을 끊고 그것에 대해서 글을 쓰는 여자 말이다. 술과의 연애가 어떻게 끝났는지, 희망과 두려움과 매일 반복되는 싸움에 대해서 쓰는 여자들. 가장 친한 친구에게도 말 못할 이야기를 온 세상에 들려주는 여자들.

읽기를 멈출 수가 없다. 나는 노트북을 들고 침대에 웅크려 과거에 술꾼이었던 사람들의 사생활을 게걸스럽게 읽어치운다. 나는 혼자가 아니다.

나는 마음에 드는 블로그 몇 개에 댓글을 남긴다. 새로 전학 온 학교에서 무리 지어 다니는 멋진 여자애들에게 시험삼아 말보로라이트를 권하면서 그 패거리에 들어가고 싶어하는 여학생이 된 기분이다. 그러다가 이런 생각이 든다. 여기서 한 걸음 더 나아가면 어떨까? 블로그를 만들어서 제대로 책임을 지고 월드와이드웹에 내가 어떻게 해나가고 있는지 이야기하면 어떨까? 그러면 정말 돌이킬 수 없어.

그래서 나는 블로그를 시작한다. 이메일 첨부파일을 다운로드하려면 직장에 있는 남편에게 전화를 걸어서 물어봐야 할 정도로 기술공포증을 가진 내가 말이다. 나는 블로거라는 프로그램을 발견하는데, 꽤 쉽다. 이 프로그램으로 썩 예쁘지는 않은 텍스트 위주의 단순한 블로그를 만든다. 그런 다음 첫 게시글에서 모든 것을 고백한다, 저 바깥세상에 사는 모두에게 내가 내 인생을 얼마나 망쳤는지 이야기한다. 나는 우울한 중년의 캐리—<섹스 앤 더 시티>의 주인공—가 된 기분으로 타자를 친다. 물론 캐리는 한 손으로 부엌 조리대에 말라붙은 라이스크리스피를 떼어내면서 나머지 손으로 타자를 치지는 않았겠지만.

놀랍게도, 30분 뒤 블로그 통계를 확인해보니 조회수가 3회나 된다! 나는 지나치게 흥분하지만 곧 내가 블로그를 읽고 또 읽은 결과임을 깨닫는다.

　나는 내 정체가 전혀 드러나지 않는지 두 번 세 번 거듭 확인한다. 닉네임은 '엄마는 맨정신'이라는 뜻의 '소버마미'로 정했는데, 키보드로 닉네임을 칠 때마다 '엄마는 이제 맨정신이야'라는 사실을 강화하고 싶어서다. 게다가 그러면 SM이라는 이니셜로 게시글을 끝낼 수 있다. 여기에 '&'만 붙이면 <그레이의 50가지 그림자>다. 어머, 야해라.

　나는 블로그 이름을 '엄마는 남몰래 술을 마셨다'로 정했다. 내 삶에 아무도(존조차도) 모르는 어두운 면이 존재하는 기분이 들기 때문이다. 학교 정문에서 같이 아이들을 기다리는 엄마들은 나를 항상 체계적이고, 아침 커피 모임을 주도하고, 후원금을 모금하고, 학부모 대표에 자원하는 사람으로만 생각하지, 실상은 전혀 모른다. 다른 엄마들은 내가 술에 취해 있거나 통제 불능인 모습을 본 적이 없다. 나는 절대 티를 내지 않는다. 생각해보니 나는 참 짜증나는 사람인 것 같다. 그러자 이런 생각이 든다. 아무도 내 비밀을 모른다면, 나 같은 엄마가 세상에 얼마나 많다는 뜻일까? 누가 또 학교 정문 앞에 서서 술냄새를 감추려고 아이들의 하리보 젤리를 몰래 훔쳐 먹고 있을까?

일요일 아침이다. 2주 만에 얼마나 달라졌는지.

어렸을 때 땅을 계속 파면 결국 오스트레일리아가 나올 거라고, 거기에서는 다 똑같지만 사람들이 모두 물구나무서 있을 거라고 생각했던 기억이 난다. 음, 술을 포기하는 것도 약간 비슷하다—전부 위아래나 앞뒤가 바뀐 것 같다.

술을 마시던 시절에 나는 금요일과 토요일 밤을 위해 살았다. 그리고 일요일 아침에는 죽었다. 하지만 이제는 밤이 두려워서 산더미 같은 케이크를 먹으면서 근근이 버텨내지만, 일요일 아침은 보상과도 같다.

오랫동안 나의 밤은 어둡고 두려움으로 가득했다. 나는 불면증에 시달리며 거의 매일 새벽 3시에 깼고, 과민한 내 정신이 수상 경력을 자랑하는 소설가처럼 작은 문제를 도저히 극복할 수 없는 문제로 둔갑시키도록 내버려두었다. 나는 라벤더 베개, 동종요법 약물, 처방약, 따뜻한 우유, 아로마테라피 목욕, 명상, 운동 등 온갖 방법을 동원했지만 절대 술은 탓하지 않았다.

그러나 이제 약간의 연습 끝에 드디어 술에 취하지 않고도 잠드는 법을 익혔고, 아홉 시간 내내 한 번도 깨지 않고 푹 잔다. 환각 같은 꿈을 꾸지도 않고, 소변이 마려워서 깨고 또 깨지도 않고, 타오르는 갈증 때문에 자꾸 냉장고 앞으로 가지도 않고, 흙더미를 태산으로 둔갑시키지도 않는다.

오늘 아침에 나는 고치를 뚫고 나오는 나비처럼(나를 나비에 비유할 수 있는 유일한 방법이다) 잠에서 빠져나왔다. 처음에는 머리가 멍하고 팔다리가 무겁지만 15분 뒤에는 듀라셀 광고의 토끼 인형처럼 잽싸게 돌아다닌다.

남편과 아이들이 쿨쿨 자느라 집이 조용한 틈을 타서 검색해보니 알코올과 불면증의 연관성은 이미 입증되었다. 상쾌함을 느끼려면 이상적으로는 6, 7회의 렘수면을 해야 한다. 술을 마시면 보통 렘수면이 1, 2회밖에 되지 않기 때문에 다음날 피곤하다. 또 알코올의 이뇨작용 때문에 화장실에 가느라 여러 번 깨는 경우가 많고, 땀과 소변 배출로 탈수상태가 되기 때문에 갈증이 난다. 게다가 알코올 때문에 코골이나 수면중 무호흡증이 생기기도 한다. 이 모든 것이 더해져서 질 낮고 단속적인 잠을 고작 몇 시간밖에 못 자는 것이다.

수면이 부족하면 피곤하고 제대로 활동하지 못할 뿐 아니라 건강에도 무척 나쁘다. 또한 우울증과 체중 문제가 악화되고, 피부가 나빠지고, 심장에 무리가 가고, 결장암과 유방암 발병 가능성이 증가한다.

세상에, 나는 잠이 너무 좋다. 초콜릿 다음으로 최고다. 잠이 너무 좋아서 심지어 술을 안 마시는 것이 정말 좋은 일일지도 모른다는 생각까지 든다. 게다가 UC 버클리의 에이미 고든 팀의 연구에 따르면 밤새 푹 자는 커플은 행복하고 성공적인 관계를 맺을 가능성이 더 높다.

나의 아침이 또하나 달라진 점은 숙취가 없다는 것이다. 나는 원래 만성적인 숙취에 시달렸다. 기념비적인 숙취에 시달렸던 어느 토요일에는 후진을 하다가 룸미러에 보이지 않는 작은 로터리 화단 위로 올라가버렸다. 공포스럽게도 차는 꼼짝도 하지 않았고, 나는 바퀴 네 개가 전부 공중에 뜬 채 화단 위에서 균형을 잡고 있음을 깨달았다. 나는 차에서 기어나와서(아직 파자마 차림이었다) 경비원 네 명에게 도움을 구걸해야 했다.

"걱정 마세요, 부인." 한 경비원이 친절하게 말했다. "늘 있는 일이에요."

"정말로요?" 내가 안심하며 물었다.

"아니요." 그가 대답했고, 네 사람이 다 같이 웃음을 터뜨렸다. 어찌나 껄껄대며 웃는지, 쓰러지지 않도록 넷이 서로 기대야 할 정도였다.

나는 문제적인 술꾼과 '정상적인 술꾼'(그들의 운명에 저주를!)의 차이점 중 하나가 숙취를 대하는 태도임을 깨달았다. 나는 일요일 점심때 와인을 한잔 마시자고 하면 어젯밤에 술을 너무 많이 마셔서 더이상은 안 된다며 거절하는 사람들이 항상 놀라웠다. 숙취에 듣는 약은 술을 더 마시는 것밖에 없다는 사실은 물론 알고 있겠지?

나는 '개의 털', 즉 해장술을 열렬히 옹호했다. 이 표현은 광견병에 걸린 개에게 물리면 그 개(잡을 수 있다면)의 털을 물린 상처에 발라야만 나을 수 있다고 믿었던 시절에서 기원한 것이다.

광견병 치료법과 달리 숙취 치료법 '개의 털'은 과학에 굳건한 기반을 두고 있다. 알코올음료에는 메탄올이 함유되어 있는데, 끔찍한 기분이 들게 만드는 독성물질이다. 의사는 메탄올중독을 치료할 때 에탄올—더 널리 알려진 명칭으로는 알코올—을 이용한다.

알코올이 숙취를 치료하는 또다른 이유는 숙취의 증상 대부분—짜증, 두통, 떨림—이 체내에서 알코올이 빠져나가면서 발생하기 때문이다. 즉, 육체가 술을 더 달라고 갈망하는 것이다. 그러므로 알코올을 주면 증상이 멈춘다. 간단하다.

나는 이러한 지식을 블로그 독자들과 나눈다. 독자가 있냐고? 어떤 면에서는 아무도 내 글을 읽지 않아도 전혀 상관없다, 이건 무료 테라피나 마찬가지다. 나는 블로그에 글을 쓰며 두려움과 희망, 매일매일 술을 마시지 않기 위해서 어떤 노력을 기울이는지 전부 토로한다. 그러고 나면 더 가볍고, 명확하고, 결심이 굳어진 기분이

든다. '발행' 버튼을 누르면 나의 말들이 인터넷으로 날아가면서 내 고통도 대부분 가져간다.

그러다가 못 보던 것이 눈에 띈다. 내 블로그의 최신 게시글 밑에 '댓글 1'이라고 적혀 있다. '변덕쟁이'라는 사람이 남긴 댓글이다. 진심으로 응원합니다. 당신의 이야기를 공유해줘서 고마워요.

월드와이드웹이 나를 뜨겁게 안아주는 것 같다. 웃는 내 얼굴이 컴퓨터 화면에 비친다. 저 바깥에 누군가 있어!

신이 난 나는 아이들을 불러모아 근처 키즈 카페에 간다.

만성적인 숙취가 있을 때 부드러운 재질로 만들어진 키즈 카페는 아주 특별한 지옥이다. 소리를 지르는 몇백 명의 아이들, 형언할 수 없는—튀김, 땀, 살균제, 더러운 기저귀가 뒤섞인—냄새, 알코올로 인한 탈수와 구역질과 두통이 합쳐져서 정말 끔찍하다. 예전의 나는 그나마 제일 조용한 자리에 웅크리고 앉아서 커피 한 잔을 들고 끝나기만을 초조하게 기다렸다.

그러나 오늘은 다르다. 푹 쉰데다가 술에 취하지도 않고 기운까지 팔팔한 나는 아이들의 눈을 꿰뚫어볼 수 있다. 지나치게 흥분한 자그마한 인간 수백 명이 이리저리 뛰어다니면서 즐거운 시간을 보내고 있다. 수많은 색채와 소리, 질감. 진정한 동화 속 세상이다.

이비와 키트가 숨을 헐떡이며 나를 찾아올 때까지는 말이다.

"엄마, 매디가 꼭대기에서 못 내려와요. 올라갈 때는 괜찮았는데 너무 무서워서 못 내려오겠대요. 우리가 도와주려고 했는데 매디는 엄마만 찾아요."

아, 멋지기도 하지. 나는 고무 장애물을 네 단계나 헤쳐나가야 한다. 터널. 사다리. 미끄럼틀. 밧줄 다리. 전부 와인 뱃살이 툭 튀어나온 중년의 엄마가 아니라 평균 체형의 여덟 살짜리에게 맞춰 만들어진 것이다.

숙취가 있든 없든 이성적인 어른이 키즈 카페에서 견딜 수 있는 시간에는 한계가 있는 법이다.

체중 감량을 위해서 술을 끊은 것은 아니지만 솔직히 살이 좀 빠지면 큰 동기가 된다. 내 몸무게는 76.2킬로그램인데, 키가 170센티미터이므로 표준체중보다 적어도 13킬로그램은 더 나간다. 게다가 와인 뱃살이 어마어마하다.

나는 지금까지 수많은 다이어트를 해봤다. F 플랜(섬유질을 끝없이 먹는다), 베벌리힐스 다이어트(과일을 많이 먹는다), 스카즈데일 의료 다이어트(세세한 식단 계획을 따른다), 헤이 다이어트(복잡한 규칙에 따라서 단백질과 탄수화물을 섭취한다), 양배추 수프 다이어트(이름 그대로다), 케임브리지 다이어트(밀크셰이크), 앳킨스 다이어트(탄수화물 금지), 뒤캉 다이어트(더 심한 탄수화물 금지), 저당지수 다이어트(몇몇 종류의 탄수화물만 섭취한다), 5:2 다이어트(일주일에 이틀 단식). 이 목록을 적기만 해도 배가 고파진다.

전부 한동안은 효과가 있었다. 한 달에 4.5킬로그램 정도 살이 빠졌다. 그러나 오랫동안 유지할 수가 없었고, 평범한 식생활로 돌아오자마자 나의 멍청한 낙관주의를 벌하기라도 하듯 다시 살이 찌기 시작했다.

물론 운동도 했다. 제인 폰다 운동. 로즈메리 콘리의 엉덩이와 허벅지 운동. 스테퍼. 실내 자전거. 달리기. 커다란 고무 밴드를 이용한 운동. 짐볼. 캘러네틱스. 웨이트. 보디 펌프. 보디 어택, 진동하는 웃기는 기계 위에 서 있는 운동. 운동법 목록만 적어도 지치는 기분이다. 운동을 하니 몸은 좋아졌지만 날씬해지지는 않았고, 무엇을 해도 뱃살은 꿈쩍도 하지 않았다.

나는 (아직) 거대하다고 표현할 정도는 아니다. 영국 기준으로 14사이즈다. (솔직히 말하면 이 사실을 부정하는 단계라서 틈만 나면 12사이즈에 몸을 구겨넣으려고 애쓴다.● 신께서 인간을 비쩍 마르게 창조하셨다면 신축성 직물을 만들지 않으셨을 거다.) 하지만 진실만을 말하는 청바지를 입고 앉아 있는 지금 내 군살─아이들이 수영장에서 쓰는 튜브 같다─이 벨트 위로 튀어나와 있다. 사랑스럽기도 하지. 욕조에 누워서 양손으로 뱃살을 잡으면(피학적인 기분이들 때면 그렇게 한다)─아이러니하게도─와인병 정도의 군살이 잡힌다.

거대한 와인 뱃살만 빼면 비교적 날씬한 체형의 문제는 임신 5개월로 보인다는 것이다. 어느 눈치 없는 여자에게 출산 예정일이 언제냐는 질문을 받는 것보다 더 나쁜 일은 없다. 게다가 파티에 참석할 경우 임산부 같은 모습으로 와인을 마시면 '임신 경찰'의 매서운 눈빛을 받게 된다.

● 영국의 14사이즈는 가슴둘레 38인치, 허리둘레 31인치, 엉덩이둘레 41인치, 12사이즈는 각각 36인치, 29인치, 39인치다.

나는 구글에서 알코올과 관련된 모든 것을 강박적으로 검색하다가 와인 뱃살에 대해서도 조사했다. 알고 보니 와인 뱃살은 미적으로도 별로지만 건강에도 무척 나쁘다.

맥주/와인 뱃살만 빼면 비교적 마른 체형보다 전체적으로 비만인 체형이 훨씬 낫다고 한다. 미네소타 메이오 클리닉의 최신 연구(<애널스 오브 인터널 메디신>에 발표되었다)에 따르면 표준체중이지만 복부에 지방이 축적된 성인은 과체중이거나 비만이지만 지방이 균등하게 분포된 사람보다 조기 사망 위험이 두 배 높다.

복부 지방이 위험한 이유는 (늘어진 팔뚝 살이나 두툼한 허벅살—나 역시 둘 다 전혀 모르는 사이라고 말하기는 힘들다—처럼) 살갗 밑에 얌전히 앉아서 흔들리기만 하는 것이 아니기 때문이다. 복부 지방은 주요 장기를 둘러싸고 뇌졸중, 심장병, 암, 이형 당뇨병 위험을 어마어마하게 증가시킨다.

나는 출발점삼아 신체 치수를 측정하기로 결심한다. 여신으로 다시 태어났을 때 그 치수를 보고 끔찍하다며 깔깔 웃으려고 말이다. 우리집에는 DIY용 금속 줄자밖에 없기 때문에 결국 나는 끈으로 몸을 묶어서 매듭으로 표시한 다음 금속 줄자로 끈 길이를 잰다.

국민보건서비스NHS에 따르면 여성의 경우 허리둘레가 32인치를 넘지 않는 것이 좋다. 32에서 35인치는 '위험', 35인치 이상은 '매우 위험'으로 분류된다. NHS는 또한 허리 대 엉덩이 비율(허리둘레를 엉덩이둘레로 나눈 수치)을 산출하라고 권장한다. 여성의 경우 0.85 미만이어야 한다.

나는 체질량지수는 '정상'을 약간 넘을 뿐이지만 허리둘레가 36인치, 허리 대 엉덩이 비율이 0.87이기 때문에 위험군에 들어가고도 남는다. 뱃살에 의해 살해당할 위험이 높은 셈이다.

분명 술 때문일 거다. 알코올의 열량은 그램당 7칼로리로, 미량영양소 중에서 지방 다음으로 칼로리가 높다. 와인 한 병은 보통 최소 600칼로리다. 즉, 하루에 와인을 한 병씩 마실 경우 일주일에 이틀치 칼로리를 추가로 섭취하는 셈이다.

알코올이 체중 증가로 이어지는 이유는 두 가지 더 있는데, 나도 무척 익숙하다. 첫째, 술을 마시면 자제력을 잃기 때문에 식사가 끝난 다음 '초콜릿을 먹고 죽는다고? 그럼 나야 고맙지! 커피랑 같이 즐기는 고급 초콜릿 한 조각 말이야? 마다할 이유가 어디 있어? 종잇장처럼 얇은 민트● 하나인데 뭐'라고 생각하게 된다. 둘째, 끔찍한 숙취 때문이다. 수분이 빠져나가고 지난밤의 마라톤에서 회복

● 1983년 영국 코미디영화 <몬티 파이튼: 삶의 의미>에는 비만인 거구의 등장인물이 레스토랑에서 어마어마한 양의 술과 음식을 먹고 토하기를 반복하다가 마지막으로 '종잇장처럼 얇은' 민트를 먹고 폭발하는 장면이 나온다.

할 에너지가 필요해진 몸은 지방과 탄수화물이 풍부한 음식을 간절히 원하고, 따라서 기름진 베이컨 샌드위치나 블루베리 머핀(하루에 먹는 다섯 개 중 하나!)을 먹으면 신선한 과일이나 무가당 그래놀라로는 절대 채워지지 않는 갈증이 채워진다.

레드와인에 지방 연소를 돕는 '레스베라트롤'이라는 물질이 들어 있는 것은 사실이다. 하지만(중요한 '하지만'이다) 하루에 작은 잔으로 한 잔 이하로 마실 경우의 이야기다. 잠깐, 내 와인 뱃살을 붙잡고 바닥을 구르며 웃고 와야겠다.

나는 블로그에 신체 치수를 전부 올린다. 알몸으로 발표 자료를 들고 낯선 사람들이 가득한 방안으로 걸어들어가는 느낌이다. 이왕 이렇게 된 김에 술을 끊고 3주 만에 처음으로 체중계에 올라가보기로 한다. 벌써부터 약간 우쭐해진다. 이 빌어먹을 절제의 긍정적인 결과를 볼 차례가 된 것이다. 복수의 시간이야, 베이비.

나는 옷을 벗고 볼일을 본 다음 불필요한 무게를 조금이라도 더 줄이려고 손톱까지 깎고 나서 체중계에 올라선다.

제기랄, 빌어먹을, 이럴 수가! 1.4킬로그램 늘었다! 한 발로 서본다. 똑같다. (세면대를 붙잡자마자 3킬로그램이 줄지만, 아무리 나라도 이게 속임수라는 것은 인정할 수밖에 없다.) 논리와 공정함은 다어디로 간 거지? 욕실 거울에 비친 내 모습을 본다. 실성한 사람처럼 벌거벗었고 여전히 뚱뚱하다! 왜? 왜? 왜?

　정말 솔직히 말하자면 나는 답을 알고 있다. 케이크 때문이다. 10년 동안은 한숨 돌리고 스트레스를 풀기 위해 담배를 피웠고, 그다음 10년 동안은 술을 엄청나게 마셨다. 이제 부정적인 감정에 대한(생각해보면 긍정적인 감정에 대해서도 똑같다) 나의 자동적인 반응은 입안에 뭔가를 쑤셔넣는 것이다. 아주 불행한 시간을 보낼 때에는 케이크를 먹는 것이 딱이다.

　새로 생긴 또하나의 습관은 핫초콜릿을 마시는 것인데, 알고 보니 핫초콜릿에는 마법 같은 힘이 있다. 교활한 와인 마녀와 씨름하는 밤이면 나는 따뜻하고 달콤하고 마음을 달래주는 핫초콜릿을 한 잔 타서 양손으로 잔을 감싼다. 그러면 어린 시절로, 못생긴 노파가 내 목을 조르고 척추에 손톱을 박아넣기 이전의 더욱 단순한 시절로 돌아갈 수 있다.

　자, 이렇게 해서 범인은 밝혀졌지만 나는 이 친구들 없이 살 수 있을지 자신이 없다. 그리고 싶은지도 잘 모르겠다. 이제 초콜릿이 필수 식품군이라는 느낌마저 든다. 솔직히 그동안의 모든 악습관을 끊은 지금, 적어도 이것 하나만큼은 아직 놓아줄 수가 없다.

　긍정적으로 생각하자면, 욕실 체중계가 비록 불행한 결말을 암시하더라도, 확실히 얼굴 살이 빠지고 이중턱도 훨씬 줄어들었다.

그리고 배는 아직 거대하지만 '진실만을 말하는 청바지'가 조금 더 쉽게 들어가는 것 같다. 게다가 오늘 아침에는 이비가 이렇게 말했다. "엄마, 엉덩이가 덜 처진 것 같아요."

칭찬을 하는 건지 욕을 하는 건지, 참. 내가 만족스럽게 얼굴을 빛내려는 찰나 이비가 덧붙였다. "근데 가슴은 아직 처졌네요."

나는 이게 다 너와 네 동생들, 특히 1년 가까이 젖병을 거부했던 매디 때문이라고 소리지르고 싶지만 혀를 깨물며 참는다('병'을 거부하다니, 엄마는 안 닮았구나).

세상에, 금요일이다!

나는 원래 금요일을 사랑했다. 주말은 금요일 점심때부터 시작되고, 뭘 해도 괜찮다.

금요일은 항상 일주일 중 가장 특별한 날—중요한 날이었다. 어렸을 때는 숙제가 없다는 것이 가장 큰 이유였다. 우리집에서 금요일은 엄마가 저녁식사 준비를 쉬는 날이었다. 아빠는 달걀 하나 삶을 줄 모르는 사람이었기 때문에 이는 곧 배달 음식을 먹는 날을 뜻했다. 피시앤칩스나 중국요리를 먹으면서 <잇츠 어 녹아웃> <투 로니스> <제너레이션 게임> 같은 오락 프로그램을 보는 것이다(우리는 컨베이어벨트 게임●을 보면서 "튀김기! 소다스트림! 인형도 잊지마!"라고 소리치곤 했다).

십대 때 정말 친했던 친구 루는 유대인이었는데, 나를 금요일 저녁식사(샤바트)에 종종 초대했다. 정말 마음에 들었다. 유대교로 개종할까 진지하게 고민할 정도였다(하지만 베이컨 샌드위치를 포기할 수 없었다). 촛불, 의식, 몇 세대의 가족이 모여 앉아 만두가 든 닭고기 수프를 먹으며 서로를 가볍게 놀리는 모습이 정말 좋았다.

그러다가 나이가 들어 직장에 다니기 시작하면서 금요일은 더

● <제너레이션 게임>의 마지막 단계로 일종의 기억력 게임이다. 컨베이어벨트에 놓인 물건이 차례로 지나간 다음 물건의 이름을 대면 상품으로 가져갈 수 있는데, 항상 인형이 포함되어 있었던 것으로 유명하다.

욱 특별해졌다. 한 주간의 일이 끝나는 날. 점심시간부터 주말을 축하하는 뜻에서 팀 전체가 근처 피자익스프레스에 가곤 했다. 그런 다음 어쩔 수 없이 각자의 자리로 돌아가서 이것저것 뒤적이며 최대한 일을 월요일로 미루고 시내로 나갔다. 묶었던 머리를 풀고 미친듯이 놀았다. 괜찮아, 우린 즐길 자격이 있어!

당시 내 남자친구는 앞쪽에 커다란 바구니가 달린 자전거를 타고 다녔다. 금요일 저녁에 남자친구가 사내 바에서 놀던 나를 데리러 오면 나는 (술잔을 든 채로) 바구니에 올라타서 다리를 달랑거렸고, 우리는 소호나 웨스트엔드로 가서 제일 인기 많은 최신 회원제 클럽에 몰래 숨어들어갔다.

그러다가 나는 전업주부가 되었지만 금요일은 여전히 내 마음속에서 특별한 자리를 차지했다. 금요일에는 종종 친구들과 점심식사를(그리고 와인 한두 잔을) 했다. 점심 약속이 없는 날은 친구와 아이들을 데리고 '놀이 데이트'를 하면서든—필요하다면—나혼자서든 학교가 끝나자마자 와인 한 병을 딸 완벽한 핑계가 되었다(나만 그랬던 건 아닌 듯하다). <데일리 텔레그래프>의 로라 도널리는 알코올 컨선이 지원한 최근 연구 결과를 인용하며 '스트레스 때문에 아이들의 등하교를 끝낸 다음 술을 찾는 엄마들'이 크게 증가했다고 말한다. 로라는 자선단체 드링크 와이즈의 이사 앨리슨

와이즈의 말을 전한다. "아이들의 하교 후에 시작하는 음주는 정말 큰 문제입니다. 예전에는 오후 3시 반에 차 한잔을 즐겼는데 요즘은 와인 한잔을 즐기죠."

금요일 오후면 어느 집 놀이방에 아이들을 풀어놓고, 이따금 "엄마, 아치가 날 물었어요!" 같은 소리가 들려와도 못 들은 척하면서 엄마들끼리 소비뇽블랑 한두 잔에 세상 돌아가는 이야기를 나눌 때가 많았다. 날씨가 아주 좋았던 어느 날, 동네 공원에서 있었던 일이 생각난다. 친구가 기분좋고 얼근하게 취한 나를 쿡쿡 찌르며 말했다. "클레어, 저기 저 나무 꼭대기에 키트 아니야?" 6미터 높이의 나무에서 꼼짝달싹 못하는 그 아이는 물론 키트였다. 나는 키트가 나무에 올라간 줄도 몰랐다.

우리 아이들이 크게 다친 적은 없지만, 분별력 덕분이 아니라 운이 좋아서였을 것이다. 나는 지금까지 가위를 들고 달리는 사람처럼 아주 위태롭게 살았음을, 아차 하는 순간에 넘어져서 나 자신이든 다른 사람이든 찌르지 않은 것은 순전한 우연이었음을 이제야 깨닫는다.

그렇다, 나는 그 느긋하고 몽롱한(가끔은 정신 나간) 금요일 오후를 사랑했다. 그러나 몇 년 전부터 금요일이 두려워지기 시작했다. 무슨 방법으로 '절주'중이든(평일에 안 마시기, 맥주만 마시기, 혼자 안 마시기 등등) 진짜 고비는 늘 금요일이었다. 그리고 점차 통제를 벗어났다. 혼자 수없이 다짐하고 또 다짐했지만 와인 마녀는 점심때부터 계속 종알거리기 시작했다. 뭐 어때! 금요일이잖아! 이 정도는 누릴 자격이 있어! 넌 어른이고, 좀 즐겨야 해. 지금까지 아주 잘했잖아. 결국 나는 아무리 늦어도 오후 4시부터는 술을 마시기 시작해 남편이 퇴근할 때쯤이면 와인 한 병을 거의 다 비웠고, 9시면 심통을 부리거나 말다툼을 하거나 잠들었다.

이제 금요일이 정말 싫다. 라디오 알람 소리에 잠이 깨면 소중한 몇 초 동안 모든 것을 잊는다. 나는 '오 예, 금요일이다!'라고 생각하지만 곧 저녁 내내 머릿속의 악마와 싸우는 것 말고는 기대할 것이 전혀 없음을 기억해낸다.

그래서 오늘은 새로운 것을 시도해볼 생각이다. 무알코올 맥주. 소셜미디어를 통해 금주하는 사람들 사이에서는 '가짜 맥주'를 둘러싼 논쟁이 상당하다. 신이 주신 선물이라고 말하는 사람이 있는가 하면 악마의 소행이라고, 당신이 "술은 입에도 안 대요"라는 말을 끝내기도 전에 옛날 습관으로 돌아가게 만든다고 말하는 사람도 있다. 맥주는 내가 선호하는 주종이 아니므로 무알코올 맥주가 신호탄이 될 가능성은 낮을 것 같다. 그러나 가짜 와인은 당분간 피할 생각이다(무엇보다도 가짜 와인은 전부 끔찍하게 맛없다는 것이 중론이다).

그래서 나는 학교에 아이들을 데리러 가는 길에 세인즈버리 슈퍼마켓에 들른다. 맥주 코너에 무알코올 맥주인 벡스블루가 있다. 진짜 맥주와 꽤 비슷해 보인다. 나는 여섯 병짜리 한 팩을 들고 계산대로 간다.

여기서 한 가지 고백할 것이 있다. 예전에 나는 슈퍼마켓 계산원이 내가 와인을 얼마나 많이 사는지 유심히 지켜보면서 평가하는 게 아닐까 걱정돼서 여러 가게를 번갈아가며 이용했다. 자주 가는 학교 근처의 세인즈버리 슈퍼마켓이 특히나 신경쓰였다. 내가 갈 때마다 같은 계산원이 근무중인 것 같아서 무척 짜증이 났다. 나는 와인을 몇 병씩 계산대로 가져가면서 아이들에게 "아빠 와인을 까먹으면 안 되지!"라거나 "덩컨 대부님이 저녁식사를 하러 오신대!"라고 큰 소리로 말하며 눈을 굴리곤 했다. 말할 필요도 없겠지만 아이들은 내가 약간 미친 줄 알았다. 아이들 생각이 틀린 것은 아니었다.

나는 두려움에 떨며 계산대로 다가가다가 (이번만큼은) 전혀 부끄러울 것 없음을 기억해낸다. 계산대에 무알코올 맥주를 내려놓은 나는 어느새 지나치게 큰 소리로 이렇게 말하고 있다. "무알코올인데 왜 나이 제한이 있을까요? 웃기지 않아요? 알코올이 든 것도 아닌데 말이에요! 하하!" 여전히 미친 여자처럼 굴고 있다. 계산원이 누가 뭘 사는지 유심히 보면서 장보는 엄마 중에서 누가 숨은 술 꾼일까 생각하는지 아닌지 정말 궁금하다. 나를 이렇다 저렇다 평가하는 사람은 나밖에 없었던 게 아닐까 싶다.

아이들을 데리러 가자 엄마 중 한 명이 말을 건다. "클레어! 정말 오랜만이다! 나가서 한잔할까?"

"나 당분간 술 끊었어." 내가 대답한다. "디톡스를 좀 할까 해서……"

의기소침해진 친구는 서둘러 멀어지며 어깨 너머로 외친다. "다시 마시게 되면 알려줘!"

"그래도 나갈 수는 있어!" 나는 친구의 뒷모습에 대고 소리친다. "물 마시면 돼! 목테일●도 있고!"

하지만 친구는 벌써 가버렸다. 나는 이제 공식적으로 버림받았다. 갑자기 울적해진 나는 (키트 덕분에) 아주 익숙한 분실물 벽장으로 가서 머리를 집어넣는다. 다행히 땀투성이 럭비 양말 덕분에 금방 정신이 든다.

집에 도착하자 아이들이 자동차에서 차례차례 내리더니 집 앞의 땅바닥을 빤히 내려다본다. 최근에 수도회사에서 보도에 큰 구

● 무알코올 칵테일.

멍을 팠다가 콘크리트를 다시 채웠는데, 거기다가 동네 장난꾸러기가 1.5미터짜리 남자 성기를 그려놓은 것이다. 아, 멋지기도 하지. 하지만 다행히 화가로서의 재능은 별로 없어 보인다.

"이게 뭐예요, 엄마?" 매디가 묻는다.

"로켓이야." 내가 대답한다.

"너무 웃겨요, 이거 약간―" 나는 엄한 눈빛으로 키트의 입을 막은 다음 얼른 아이들을 집안으로 몰아넣는다.

"엄마!" 매디가 책가방에 손을 넣은 채 신이 나서 발볼로 통통 뛴다. "깜짝 놀랄 소식이 있어요! 내가 누굴 데려왔게요?"

아, 세상에. '우리 반 곰돌이'다. 설상가상이군.

나는 재빨리 얼굴 근육을 재배치해 황홀하다는 듯 미소 짓는다.

"정말 잘했어!" 내가 열띤 목소리로 말하지만 아무도 속지 않는다. "우리집에 와서 정말 반가워, 빌리."

이비와 키트 둘 다 '우리 반 곰돌이'를 집으로 데려온 적이 있다. 표면적으로는 담임 선생님이 특히 열심히 노력한 학생에게 주는 상인데, 아이들은 주말에 곰돌이가 뭘 했는지 설명하는 짧은 일기(사진까지 있으면 더 좋다)를 써야 하므로 글쓰기 연습도 된다. 그러나 실제로는 엄마들이 얼마나 완벽한 삶을 살고 있는지 서로 뽐내는 수단으로 이용하고 있다.

이비가 매디의 가방으로 달려들어 빌리의 일기장을 꺼낸다. 이비와 키트가 일기를 넘기며 키득거리기 시작한다.

"이거 봐! 지난주에 영국박물관에 가서 엘긴 마블스*를 봤대. 로열앨버트홀에서 열린 연주회도 갔네. 재스퍼라는 사람이랑 중국어 공부도 했대. 에펠탑 꼭대기에서 찍은 사진도 있어! 중간 방학** 때 뭐했는지 봐봐! 몰디브에 가서 스쿠버다이빙을 했대!"

여섯 개의 눈이 나를 바라본다. 빌리의 반짝이는 갈색 단추까지 합치면 여덟 개다.

"우린 빌리랑 뭐해요, 엄마?"

나는 오후 4시 45분까지 버티다가(근본은 변하지 않는 법이다) 결국 '맥주'를 따고서 적당히 인상적인 빌리의 주말 일정으로 뭐가 좋을까 생각한다. 이비에게 포토샵 사용법을 배워서 빌리를 온갖 교육적인 랜드마크와 합성해야겠다.

오싹하게도 무알코올 맥주는 (거품은 별로 없지만) 보기에도 진짜 맥주랑 똑같고, 맛도 똑같고, 심지어 머리까지 약간 어질어질해진다. 취한다. 야호! 병을 다시 확인해본다. 분명히 무알코올이다.

---

* 19세기에 영국 대사 엘긴 경이 그리스 아테네에서 영국으로 가져간 파르테논 신전의 조각과 건축의 일부.
** 영국에서 한 학년은 9월에 시작해서 다음해 7월에 끝나고 9~12월, 1~3월, 4~7월의 3학기로 나뉘는데, 각 학기 중간에 일주일 정도의 중간 방학이 있다.

맥주회사가 기분 나쁜 장난을 친 것이든지, 내 머리가 취기를 간절히 기대해서 자동으로 취함 모드에 들어간 것이 분명하다.

도움이 된다, 확실하다. 조금 더 '어른'이 된 기분, 조금 더 축하하는 기분이 든다. 그런 다음 내 머리통보다 큰 당근 케이크 한 조각을 먹는다(이건 채소니까 빼야지. 아이싱도 레몬으로 만든 거였어). 그러자 더욱 도움이 된다. 하지만 그래도 지긋지긋하다. '따분한' 것이 지긋지긋하다. 머릿속으로 끊임없이 술에 대해 이야기하는 것이 지긋지긋하다.

그래서 나 자신과 거래를 한다. 앞으로 74일 더, 총 100일 동안 금주하자. 100은 참 멋지고 단호한 숫자잖아. 100일 후에도 나아지지 않으면 그만두는 거야.

4월

엉엉 울다

　　13년 전, 남편은 파티 걸과 결혼했다. 호사스럽게 사는 여자. 최근(정확히 33일 전)까지만 해도 우리의 삶은 일요일 점심때 재미있는 친구들과 흥청망청 술을 마시고, 파티에서 행복하게 취하고, 정성 가득한 저녁식사를 준비해서 비싼 와인을 곁들이는 것이었다. '데이트 날'에는 보통 최신 유행하는 레스토랑에서 저녁식사를 하며 식전에 입맛을 돋우는 아페리티프, 요리와 함께 즐기는 와인, 식후에 소화를 돕는 디제스티프를 곁들인 다음 자기 전 마지막으로 마시는 나이트캡 한 잔으로 마무리했다. 하지만 이제 그의 부인은 술을 입에도 대지 않는다. 나는 술을 끊기로 했고—남편은 아니다. 남편은 내가 술을 (과감하게) 줄이기를 바라기는 했지만, 아예 끊으라고 요구(하거나 그러기를 원)하지는 않았다.

　술을 끊기 전에 나는 보통 제일 우울한 새벽 3시쯤이면 남편이 피곤에 절어 술이나 마시는 뚱뚱한 아내를 버리고 어리고 날씬하고 생기 넘치는 여자와 도망치는 환영을 보았다. 요즘도 시무룩해지면 똑같은 환영이 보이는데, 이번에는 두 사람이 낭만적인 식당에서 와인 한 병을 나눠 마시는 동안 나는 달랑 물 한 잔만 들고 집에 혼자 앉아 있다.

　문제적 음주자의 가족에 대해서는 논의도 많고 도움의 손길도 많지만—내가 아는 한—금주자의 남편을 위한 도움은 거의 없다.

아플 때나 건강할 때나, 가난할 때나 부유할 때나, 맨정신일 때나 술에 취했을 때나……

나는 무엇이 걱정인지 존에게 아직 털어놓지 않았다(물론 블로그에는 다 토로했다). 존은 너무 다정하기 때문에 아무 아쉬움도 없다고 말할 것이고, 따라서 그가 무슨 말을 하든 내가 믿지 못할까 봐 두렵다. 그러나 오늘밤에는 참을 수가 없다.

"여보." 내가 말한다. "하나 물어봐도 돼?" 그는 전조등 불빛에 갇힌 토끼 같은 표정이다. 존은 윗입술이 뻣뻣한* 스코틀랜드인이다—'무언가에 대한 속깊은 대화' 같은 것은 하지 않는다. 존은 일곱 살 때 기숙학교에 들어갔다. 그가 재빨리 머릿속의 '곤란한 질문에 대한 적절한 대답' 파일 캐비닛을 벌써부터 뒤적인다.

"내가 술을 끊어서 신경쓰여? 술친구가 그리워?"

안심한 표정이다. 적어도 "이 옷 입으면 엉덩이가 커 보여?"라는 질문은 아니다. 존은 이 질문에 적당한 대답을 찾는 것을 항상 어려워한다.

"전혀 아니야. 아주 좋은 일이잖아." 그가 대답한다. 나는 조금 더 밀어붙인다. 나는 자세히 알고 싶다. 존이 보기에 내가 술을 끊

---

* 감정을 잘 드러내지 않는다는 뜻.

어서 좋은 점은 다음과 같다.

1. 내가 TV를 보다가 잠들지 않으므로 우리는 박스세트를 끝까지 같이 볼 수 있다.
2. 내가 짜증을 덜 낸다.
3. 밤에 내가 계속 뒤척여서 존이 자꾸 깰 일이 없다.
4. 존이 자기 몫을 확보하기 위해서 와인을 급하게 마실 필요가 없다.

내가 나쁜 점은 없냐고 닦달한다. 존이 열심히 생각하더니 대답한다. "예전만큼 TV 리모컨을 오래 차지할 수가 없지." 그런 다음 껍데기 안으로 머리를 숨기는 거북이처럼 신문 뒤로 숨는다. 대화는 끝났다. 남자들이란. 정말 단순하다니까. 잠과 TV 시청을 방해하지 않고 애착 담요만 안 건드리면 마냥 행복하다.

사실 술친구가 없어지는 것이 무서운 사람은 '평범한' 음주자가 아니라 우리 같은 중독자뿐인 게 아닌가 싶다.

하지만 내가 리모컨을 영영 뺏으려 하면 어떻게 될까? 그것이야 말로 마지노선이겠지……

나는 칼리시다

40일째가 되었고, 나는 밤마다 찾아오는 와인에 대한 갈망을 억누를 방법을 찾아서 이미지 떠올리기에 대해 공부하는 중이다.

이미지 떠올리기는 몇 세기나 된 방법으로, 명상과 기도, 최면요법에 뿌리를 두고 있다. 최고의 운동선수들도 이미지 떠올리기 기법을 많이 이용한다. 아널드 슈워제네거는 보디빌딩을 할 때 썼던 이미지 떠올리기 기법을 연기와 정치에도 적용한 것으로 유명하다.

내가 찾은 웹사이트 easyvisualizationtechniques.com에 가보면 아널드의 말이 인용되어 있다. "나는 스스로 바라는 대로 되어서 바라는 것을 가진 내 모습을 상상했다. 처음 미스터 유니버스가 되기 전에 나는 대회장에서 주인이라도 되는 것처럼 걸어다녔다. 머릿속에서 미스터 유니버스 자리에 너무나 많이 올랐기 때문에 내가 우승한다는 생각에 추호의 의심도 없었다. 그뒤 영화계에 진출했을 때에도 똑같이 했다. 나는 유명한 배우가 되어서 큰돈을 버는 내 모습을 상상했다. 나는 그렇게 되리라는 것을 이미 알고 있었다."

무서울 만큼 울룩불룩하고 알아듣기 힘든 억양으로 말하는 오스트리아인이 캘리포니아 주지사가 될 가능성이 얼마나 희박한지 생각해보면, 순 헛소리 같은 이미지 떠올리기 기법에 뭔가 특별한 것이 있을지도 모른다는 생각이 든다.

술을 끊고 금주를 유지할 때 이미지 떠올리기를 이용하는 방법은 세 가지라고 한다. 첫번째는 긴장을 완화하고 스트레스를 해소하는 것이다. 평소 와인을 마시던 시간에 피노그리지오를 생각하는 대신 조용한 곳을 찾아서 '행복해지는 장소'에 있는 자신의 이미지를 상상한다. 후각, 촉각, 청각, 시각, 미각을 전부 이용한다. 갈망이 지속되는 시간은 (엄청 길게 느껴지지만) 10분밖에 되지 않으므로 이렇게 하면 폭풍 같은 갈망을 가라앉히는 데 도움이 된다.

나도 해본다. 욕조에 눈을 감고 누워서 고등학교를 마치고 대학에 들어가기 전에 놀러갔던 태국의 섬에서 벅을 만났던 때를 그려본다. 벅은 근사한 텍사스 남자로, 나는 그와 기억에 남는 휴가지의 로맨스를 즐겼다. 벅은 발바닥에 태국어 문신이 있었다. '벅이 여기 멈추다'라는 뜻이라고 했다. 사실은 '멍청하고 아둔한 관광객'이라고 적혀 있었을지도 모를 일이다. 산들바람에 흔들리는 야자나무 소리가 들리고, 발가락 사이에서 모래알이 느껴지고, 입에서는 시원한 싱하 맥주 맛이 난다. 이런. 내가 '행복해지는 장소'는 술과 떼어놓을 수 없나보다.

결국 나는 콘월곳에서 말을 타고 달리며 허벅지로 말 등을 꽉 조이는 이미지를 떠올리기로 한다. 나는 아침부터 밭에서 풀을 베고 이제 막 돌아온 로스 폴다크•의 울퉁불퉁하고 번쩍거리는 복근을 꼭 끌어안고 있다. 다행히 아무리 상상 속이라도 펄쩍펄쩍 뛰는 말의 등에 앉아서 와인을 마시는 것은 불가능하다.

두번째 방법은 아널드 슈워제네거처럼 미래의 성공을 상상하는 것이다. 1년 뒤 원하는 곳에 있는 자신의 이미지를 그려보면 된다. 나도 한번 해본다. 술에 취하지 않고, 늘씬하고, 아름다운 옷을 차려입고 곱게 치장한 내가 곧 베스트셀러가 될 소설의 출간 기념식에서 친구들과 가족, 자랑스럽고 행복하고 얌전하고 잘 자란 아이들에게 둘러싸여 있다.

미래의 이미지 떠올리기는 집중, 자신감, 동기부여, 자존감에 도움이 된다고 한다. 자신이 무엇을 위해 노력하는지 알고, 그렇게 될 수 있다고 정말로 믿는 것이 인생을 바꾸는 첫 단계라는 것이다. 긍정적인 미래 이미지를 떠올리면 정말 그렇게 된다고 주장하는 사람들도 있다. 이것을 '끌어당김의 법칙'이라고 한다. 허튼소리처럼 들리지만 긍정적으로 생각하면 긍정적인 결과가 나오고 부정적으로 생각하면 부정적인 결과가 나온다는 사실을 보여주는 연구도 많으므로 이 방법에 뭔가 특별한 것이 있을지도 모른다.

• 윈스턴 그레이엄이 쓴 열두 권짜리 역사소설 시리즈의 주인공. 1975년과 2015년에 BBC에서 드라마로 제작되었다.

과학자들은 무의식과 인식의 힘을 계속해서 증명해왔다. 예를 들어 의료계에서 사용하는 위약(僞藥)을 생각해보자. 나는 아이들에게 '엄마가 키스해주면 나을 거야'라고 말한 다음 '아야'에다가 키스를 하면 진짜로 낫는 것이 정말 좋다. 아이들이 그렇게 믿기 때문이다. (물론 아이가 손가락 끝을 베인 경우에는 이 방법이 안 통하니까 얼른 응급실로 달려가야 한다.)

그러나 이미지 떠올리기 중에서 내가 제일 좋아하는 방법은 '혼쭐내기'다. 앨런 카(『스탑 스모킹』의 저자)는 갈망이나 '마음속의 중독자'를 꿈틀거리는 뱀이나 괴물로 상상하라고 제안한다. 그 뱀은 술을 주지 않을 때마다 조금씩 죽어간다. 뱀을 정말로 멀리 내쫓을 때까지 계속해야 한다. 딱 한 모금만 마셔도 뱀은 다시 살아난다.

비슷한 맥락에서 나는 '와인 마녀'를 상상한다. 마음속의 중독자를 자신의 무의식이 아니라 자신을 조종하는 사악한 노파로 상상하면 물리치기가 더 쉽다. 나는 여기에서 한발 더 나아가 내가 아주 멋지고 위풍당당하게 적과 싸워 물리치는 멋진 인물이라고 상상한다.

광고회사에서 이사로 승진했을 때 이와 비슷한 방법을 썼던 기억이 난다. 최연소이자 유일한 여성 이사였던 나는 이사회 회의에 덜덜 떨며 들어갈 때마다 자신을 원뿔 브라와 가죽 핫팬츠를 입은

1987년 즈음의 마돈나라고 상상하곤 했다. 그리고 가슴에서 레이 저총이 발사된다고 상상했다. 말할 필요도 없겠지만 나는 마돈나 덕분에 훨씬 더 자신 있게 회의실로 들어갈 수 있었다.

　그 은혜를 절대 잊지 못할 마돈나에게는 미안한 일이지만 요즘 은 조금 업데이트를 해보았다. 나는 이제 <왕좌의 게임>에 나오는 칼리시다. 강하고 현명하고 아름다운 칼리시─용들의 어머니 대너 리스 타가리엔. 칼리시가 곤경에 처했다고 샤블리에 손을 뻗는 모 습은 절대 볼 수 없을 것이다. 그럴 리가 없지! 칼리시라면 무결병 군단을 풀겠지. 사소한 중독 따위는 아무렇지도 않게 극복할 거다. 불꽃 속으로 걸어들어가서 상처 하나 없이 나오는 여자잖아!

　그러므로 이제 와인 마녀가 어깨를 두드리면 나는 칼리시를 상 상하면서 세 마리의 용을 풀어놓는다. 그러면 나의 용들은 지체 없 이 머뭇거림도 없이 사악한 마녀를 재로 만들어버린다. (4시즌 말미 에서 칼리시의 용들이 갑자기 사악해져 작은 아이들을 통구이로 만 들어버리는 부분은 무시하는 것이 중요하다.) 어떠냐, 못생긴 노파 야. 나한테 까불지 말라고.

와인 마녀가 이기면

술을 끊은 다음부터 꿈이 전혀 기억나지 않을 정도로 숙면을 취하고 있지만, 어젯밤에는 줄리엣이 나오는 생생한 꿈을 꾸었다.

나는 스물여섯 살 때 줄리엣을 내 친구의 여자친구로 만났다. 줄리엣과 나는 만나자마자 (플라토닉한) 사랑에 빠졌다.

줄리엣은 야성적이고 절대 길들일 수 없는 빨간 머리와 주근깨를 가지고 있었고, 손에 만져질 듯한 에너지가 넘쳐흘렀다. 줄리엣과 시간을 보내는 것은 입안에서 톡톡 터지는 사탕을 크게 한 움큼 먹는 것과 마찬가지였다. 줄리엣은 악마처럼 영리하고 지독하게 의리 있었고, 나와 마찬가지로 굴뚝처럼 담배를 피우고 고래처럼 술을 마셨다. 나는 줄리엣과 함께 있으면 더 많은 것을 느꼈다. 더욱 매력적이고, 더욱 재치 넘치고, 더욱 살아 있는 기분이 들었다.

그토록 밝게 타오르는 불꽃은 일찍 꺼질 수밖에 없음을 그때 알았어야 했는데.

줄리엣과 나는 근사한 레스토랑에 가서 웨이터들이 문 닫을 준비를 하면서 주변의 의자를 식탁 위로 올릴 때까지 이야기를 나누었다. 우리가 첫번째 병을 순식간에 비우고 나면 줄리엣은 웨이터를 향해 손을 흔들면서 "죄송하지만 이거랑 똑같은데 가득찬 걸로 한 병 더 주실래요?"라고 외친 다음 의자를 뒤로 기울이며 껄껄 웃었다.

우리는 줄리엣의 아파트나 내 아파트에서 기나긴 밤을 보내며 우리의 청춘 찬가를 틀어놓고 보는 사람이 아무도 없는 것처럼 춤을 추었다. 듀란듀란, 수지앤드더밴쉬스, 토야 윌콕스. 우리는 시를 소리 내어 암송했다(그래, 겉멋인 건 나도 알지만 우리는 어렸다). 우리는 같이 늙어가자고, 보라색 벨벳 옷에 밍크 머리가 그대로 붙은 목도리를 두르고 다니는 이상한 할머니가 되어서 지팡이로 젊은이를 위협하고 마티니를 실컷 마시자고 약속했다.

줄리엣은 지독하게 겁이 없고(맨정신이든 취했든 항상 위태로웠다) 설득력이 뛰어났다. 줄리엣은 항상 "멀쩡하게 운전할 수 있다"고 누구든 설득해냈다. 그녀는 운전 실력이 발군이라고, 사실 술을 몇 잔 마시면 더 잘한다고 말했다.

어느 주말, 시골 별장에서 열린 광란의 파티에서 줄리엣은 다른 사람들처럼 자고 가는 대신 멀쩡하게 운전할 수 있다는 결론을 내렸다. 정말 부끄러운 일이지만 우리는 말리지 않았다. 줄리엣은 M1 고속도로에서 사고를 냈다.

다행히 아무도 다치지 않았지만 줄리엣은 큰 충격을 받았다. 자신이 무적의 존재가 아니라는 사실을 깨달은 것이다. 줄리엣은 정말 싫어했던 컨설턴트 일을 그만두고 런던 외곽으로, 각종 유혹으로부터 멀리 이주했고, 맨정신으로 지내면서 글을 쓰고 싶다는 꿈을 좇았다. 줄리엣은 글을 쓰는 방식도 살아가는 방식과 똑같았다—우아하고, 독창적이고, 유머가 있었다. 줄리엣의 이메일은 옆구리가 아플 정도로 재미있었다. 추도식에서 존이 그 이메일을 몇 통 낭독했다.

말하기 부끄러운 일이지만, 젊은 시절 특유의 자기집착에 빠져 있던 나는 줄리엣이 런던을 떠난 다음 연락을 자주 하지 않았다. 줄리엣이 멀리 떨어져 사는 동안 나는 한번 찾아가지도 않았다.

어느 날 밤, 줄리엣이 친구를 불렀다. 아직 남자친구는 아니었다—서로 '간을 보는' 중이었던 것 같다. 두 사람은 술에 취했다. 줄리엣은 담배를 사고 싶었지만—시골에 틀어박혀 살았기 때문에—아직 문을 닫지 않은 제일 가까운 가게는 몇 킬로미터 떨어져 있었다. 줄리엣은 늘 그랬듯이 술을 마시면 운전을 더 잘한다고 우겼다.

줄리엣의 자동차는 텅 빈 시골 도로를 질주하다가 뒤집혀서 도랑에 처박혔다. 아직 남자친구가 아니었고 절대 남자친구가 되지 못할 그 남자는 파자마 차림으로 줄리엣의 시체와 함께 몇 시간이나 자동차에 갇혀 있었다. 줄리엣이 서른 살도 되기 전이었다.

세월이 한참 흐른 후, 존과 나는 이비와 키트(당시 아장아장 걷는 꼬마와 아기였다)를 자동차 뒷좌석에 태우고 아프리카를 달리고 있었다. 퍼붓는 비와 안개 때문에 앞이 잘 보이지 않았다. 나는 얼핏 잠들었다. 꿈속에서 줄리엣이 대낮처럼 환하게 보였다. 줄리엣이 "일어나!"라고 소리쳤다. 내가 잠에서 깼을 때 길은 중앙분리대가 상행선과 하행선을 나누는 고속도로로 접어들고 있었다. 존은 그것도 모르고 자동차들이 우리를 향해 달리는 2차선 도로를 역주행했다. 내가 고함을 지르자 존이 핸들을 획 꺾었다. 솔직히 나는 줄리엣이 우리 목숨을 구했다고 믿는다. 나도 줄리엣의 목숨을 구할 수 있었다면 얼마나 좋았을까. (존은 나에게 그 이야기 좀 그만하라고, "너무 미신 같다"고, 내가 "히피 같다"고 말한다. 존은 영혼이 없는 사람 같다.)

와인 마녀는 바로 그런 존재다. 마녀는 빼어난 사람들의 삶을 일찌감치 잘라내버리고, 다른 사람들에게도 절반밖에 주지 않는다. 와인 마녀는 아이들에게 어른은 매일 밤 술을 마시는 것이 정상이라는 생각을 심어준다. 그러다가 결국 어머니들은 한밤중에 잠에서 깨어나 생판 모르는 사람의 입을 통해 하나밖에 없는 자식이 잘 알지도 못하는 사람과 함께 도랑에 처박혀 죽었다는 소식을 듣게 된다.

나는 나 혼자만을 위해서 술을 끊는 것이 아니라고 되새긴다. 남편과 아이들을 위해서, 무책임하고 겁 없는 불타는 빨간 머리 친구, 내가 결코 잊지 못할 줄리엣을 위해서다.

디너파티

　　토요일 오후다. 며칠 동안 내리던 봄비가 그치고 햇빛이 반짝여서 존과 나는 이비, 키트, 매디와 개를 데리고 홀랜드 파크로 간다.

　　존이 벤치에 앉아서 <파이낸셜 타임스> 주말판을 읽는 동안 나는 어드벤처 놀이터에서 숨바꼭질을 하는 아이들을 지켜본다. 나는 존에게 슬슬 정수리에도 선크림을 발라야겠다고 말할까 생각하지만, 지금 이 순간을 망치지 않기로 한다.

　　갑자기, 문득, 몸이 둥실 떠오르는 듯한 기분이 파도처럼 나를 덮치고 순수한 삶의 기쁨과 사랑이 번개처럼 나를 꿰뚫는다. 1995년에 전설적인 디제이 저지 줄스가 크로스 클럽에서 디제잉을 했을 때 이후로 처음 느끼는 감정이다.

　　나는 무척 기대하는 마음으로 이 감정에 대해서 읽었다. 금주 초기에 겪는 '분홍 구름'이라는 것이다. 나는 몇 분 동안 분홍 구름을 타고 떠다니면서 무엇이든 가능하고 아무것도 잘못되지 않으리라는 기분을 만끽했지만, 구름은 순식간에 휙 사라져버렸다. 이비, 키트, 매디가 늘 그러듯 싸우기 시작했기 때문이다. 이비가 뭐 때문인지 키트의 약을 올리기 시작하고, 누나에게 대들기 좀 그랬던 키트는 아무도 안 본다 싶을 때 (아무 잘못도 없는) 매디를 발로 찬다. 매디가 울음을 터뜨리고, 존이 읽던 신문 절반이 바람에 날아가고,

개가 다른 사람의 피크닉 바구니에서 훔친 빵을 물고 달아난다.

나는 빠르게 물러가는 분홍 구름을 간절하게 바라본다. 이게 다야? 다시 돌아올까?

다시 저녁 6시―와인 시간―가 되었고, 갈망이 이를 갈며 돌아온다. 디너파티에 갈 준비를 해야 하므로 갈망은 더욱 심해진다. 나는 옷장을 미친듯이 뒤적이며 조금이라도 괜찮아 보이는 옷을 절박하게 찾고, 베이비시터에게 간단히 설명한 다음 존과 함께 차를 타고 로라의 집으로 간다.

운전해서. 이건 보너스다. 이제 심야 버스를 탈 필요도 없고, 난폭한 취객이 득시글거리는 지하철을 탈 필요도 없고, 비싼 택시를 탈 필요도 없다.

나는 술을 마시지 않는다고 요란하게 티내지 말자는 결심을 한다. 그러면 사람들이 어쩔 수 없이 묻게 되어 있는 온갖 질문에 대처할 필요도 없다. 어쩌면 아무도 알아차리지 못할지도 모른다. 혹시 알아채도 굳이 언급할 필요가 없다고 생각할지도 모른다. 다들 내가 운전해야 해서 또는 디톡스중이라서 술을 안 마시나보다 생각할 것이다.

우리는 차를 세운 다음 지난 15년 동안 내가 술에 취해 수많은 기행을 벌였던 스투코 장식의 커다란 켄징턴 하우스로 걸어들어간다.

"존! 클레어!" 우리가 지하 주방으로 걸어들어가자 집주인이 외친다. 주방은 이미 사람들로 북적거린다. "뭐 마실래?"

"어어, 다이어트 콜라는 없겠지?" 내가 대답한다.

모든 사람이 말을 딱 멈추고, 여덟 쌍쯤 되는 눈이 나를 향한다. 음, 잘도 흘러가는군.

"차 가지고 왔어." 내가 별 설득력 없이 덧붙인다.

"택시를 타지 그랬어?" 로라가 나에게 묻는다. "어쨌든, 그래도 한두 잔은 마실 수 있잖아!"

"고맙지만 안 마실래. 그…… 디톡스중이거든."

로라가 어깨를 으쓱하더니 나에게 다이어트 콜라를 건네고, 나는 애착 담요에 매달리는 어린애처럼 음료수를 양손으로 붙잡는다.

나는 로라의 아들과 잡담을 나눈다. 이비와 동갑인데, 손님의 외투를 받아 걸고 포테이토칩을 나눠주는 대신 엄마에게 돈을 받기로 했단다. 아이가 인스타그램에 보여줄 게 있다면서 핸드폰을 빌려줄 수 있냐고 묻는다. 내가 핸드폰을 건넨다.

"있잖아요, 창을 이렇게 많이 열어두면 안 돼요." 아이가 말한다. "그러면 핸드폰이 느려지고 데이터를 다 써버려요." 아이는 그 어떤 어른보다 능숙한 손동작으로 창을 닫기 시작한다. 공포스럽게도 갑자기 아이폰 화면 가득 내 블로그가 뜬다. 아이가 손을 멈추고 흘깃 본다.

"엄마는 남몰래 술을 마셨다?" 아이가 천천히, 큰 소리로 읽는다. 내가 듣기에는 성가대원의 목소리처럼 깨끗하고 맑은 아이의 목소리가 북적거리는 주방 벽과 천장에 울리는 것만 같다.

나는 공포에 질린다! 전 세계의 모르는 사람들과 내 삶의 모든 부분을 시시콜콜 나누는 것은 아무렇지도 않지만, 아는 사람이 내 지저분한 비밀과 불안, 심지어 허리둘레와 엉덩이둘레까지 읽는다고 생각하니 속이 안 좋다.

나는 아무도 못 들었기를 바라며 식탁에 놓인 비트 샐러드처럼 새빨개진 얼굴로 핸드폰을 낚아챈다.

"내가 요즘 보는 블로그야. 완전히 정신 나간 여자더라. 나라면 굳이 구독하지 않을 거야, 하하." 내가 더듬더듬 말한다.

저녁식사를 하러 모인 손님은 열 명 정도인데, 다 같이 서서 잡담을 나누고 있다. 나 혼자 단절된 기분이다. 선수가 아니라 관중이 된 것 같다. 데이비드 애튼버러•가 내 머릿속에 거주하면서 자연 다큐멘터리처럼 이 장면을 설명한다. 자연 서식지에서 어슬렁거리는 대표적인 성인 음주자들이 보이는군요—바로 '주방에서 즐기는 저녁식사'

• 영국의 동물학자이자 방송인으로, 50년 동안 수많은 자연 다큐멘터리 해설을 맡았다.

입니다. 복잡한 의식과 화려한 깃털로 서로에게 깊은 인상을 주려 애쓰고
있습니다……

　주변을 둘러본 나는 다들 믿을 수 없을 만큼 맨정신임을 알아차
린다. 47일 전까지 나는 이 시간쯤 되면 맨정신이 아니곤 했다. 대
단히 기분이 좋았을 테고. 누구나 토요일 점심때 와인 몇 잔 마시
는 거 아니었나? 그리고 외출 준비를 하면서 '정신 차리려고' 한두
잔 더 마시고? 아닌가? 어떻게 알았겠어?

　우리는 자리에 앉아서 식사를 시작한다. 나는 초조하고 불편하
지만 알고 보니 대화 상대로는 맨정신일 때의 내가 훨씬 낫다. 나는
왼쪽에 앉은 남자와 오른쪽에 앉은 남자에게 거의 비슷하게 말을
건다. 예전에는 더 재미있는 사람하고만 이야기하면서 반대쪽의 불
쌍한 남자는 허둥거리도록 내버려두곤 했다. 나는 쉬지 않고 말을
하면서 다른 사람이 말할 때는 이제 뻔한 레퍼토리 중에서 어느 얘
기를 꺼내는 게 좋을까만 생각했다. 하지만 오늘밤에는 제대로 귀
를 기울인다. 다른 사람의 이야기에 정말로 관심을 갖는다.

　그러나 와인잔에 손을 뻗지 않으려고 애를 쓰는 것이 너무 힘들
다. 나는 이를 갈며 꾹 참지만, 식사를 마치고 나자—다른 사람들보
다 훨씬 빨리 끝났다—손을 어떻게 해야 좋을지 모르겠다. 나는 손
을 깔고 앉고 싶다는 충동과 싸운다.

결국 화장실로 도망친 나는 문을 잠그고 변기에 앉아서 주방에서 어렴풋이 들려오는, 취기가 약간 올라 즐거운 대화 소리에 귀를 기울인다. 가방에서 아이폰을 꺼내 블로그에 접속한다. 내가 무척 좋아하는 독자 캑스의 댓글이 달려 있다. 구독자 대부분이 같은 마음일 텐데요, 당신이 금주를 포기하지 않도록 우리가 채찍질하는 만큼 당신의 블로그도 우리가 바른길에서 벗어나지 않도록 지켜준답니다. 나와 똑같은 감정을 느끼는 강하고 독립적인 비음주자 동지들이 세상 어딘가에 존재한다는 것을 알기 때문에 나는 술을 마시지 않고 맨정신을 지킬 수 있어요.

　이 사람들을 실망시킬 순 없다. 나는 심호흡을 하고 전쟁터로 돌아간다.

　이상하게도 다른 사람들은 대부분 디너파티에서 취하지 않는 것 같다. 굴욕적이다. 지난 몇 년 동안 나는 다들 그러는 줄 알고 기꺼이, 아주 즐겁게 술에 취했다(절대 창피할 만큼 취하지는 않았다. 비틀거리거나, 토하거나, (아주) 폭력적으로 군 적은 없지만 끝날 즈음에는 혀가 꽤 꼬부라졌을지도 모른다). 그러나 열 명 중에서 적어도 두 명은 저녁 내내 와인을 두세 잔밖에 마시지 않았고, 파티가 시작된 지 몇 시간이 지나도 눈에 띄게 취한 사람은 아무도 없다.

　우리 부부는 집으로 돌아가도 실례가 되지 않을 때쯤 되자마자 친구 집을 나선다. 충분하다. 이제 차를 몰고 집으로 돌아갈 시간이다. 오랫동안 나는 어젯밤에 마신 술이 아직 덜 깼을까봐, 또는 내가 마신 술의 양을 잘못 계산했을까봐 경찰차를 두려워했지만 오늘밤에는 경찰이 차를 세우라고 하면 좋겠다. 제복을 입은 경찰관이 술을 정확히 얼마나 마셨냐고 물어보면 정말 좋겠다. "한 방울도 안 마셨어요, 경관님. 음주측정기를 불어볼까요?"라고 말해보게 말이다. 쾌감을 느낄 일이 하나쯤은 있어야 하니까.

무작위 음주 운전 단속에 걸리지는 않았지만 오늘 저녁은 성공이다. 나는 무너지거나 누군가를 죽이지 않고도 술을 마시지 않을 수 있었다. 게다가 즐거운 시간을 보냈다. 나는 좋은 손님이었다— 그랬기를 바란다. 내일 아침 일어나면 숙취도 없을 거다. 그래도 정말 슬프긴 하다. 내가 이제 '같이 한잔 마시지' 않는 것을 사람들이 알면 버려질까봐 아직도 두렵다. 술을 끊으면 초대도 전부 끊길까봐 걱정된다. 너무 얕은 생각이라는 건 알지만, 사람들과 어울리는 것은 항상 나의 존재 이유였다. 게다가 나는 거의 종일 열두 살 이하의 아이들하고만 어울리기 때문에 어른과 대화를 나눌 기회는 저녁밖에 없다.

나는 왜 금주를 하는 걸까? 금주가 정말 필요할까? 내가 그렇게 상태가 안 좋았나?

54일째   엉엉 울다

나는 멀티태스킹중이다. TV로 <폴다크> 지난 회를 보면서 재퍼케이크*를 흡입하는 동시에 다림질을 하고 있다. 술을 끊으면 집이 얼마나 깨끗하게 정돈되는지 정말 놀랍다. 청소와 다림질은 술을 못 마신다는 생각에서 벗어나는 데 정말 큰 도움이 된다. 말하자면 더 실용적인 마음챙김 같은 거다—그 순간에 집중하면서 손을 바쁘게 움직일 수 있다. 게다가 주변 모든 것을 깨끗하게 유지하는 것과 자신을 깨끗하게 유지하는 것 사이에는 멋진 시너지 효과가 존재한다. 새로운 시작. 깨끗한 종이. 이제 깨끗하게 세탁한 침대 시트를 보면 예전에 차갑게 식힌 상세르 한 병을 봤을 때처럼 신난다. 이 얼마나 슬픈 일인지.

어쨌거나 요점으로 돌아가자. 나는 TV를 틀어놓고 남편의 셔츠를 다리다가 갑자기, 무엇에 대해서랄 것도 없이, 정말 뜬금없이, 울기 시작한다. 엉엉. 콧물까지 흘리면서. 심지어 슬프지도 않은데. 폴다크가 슬퍼하는 것도 아니다—그는 자기 소유의 광산에서 이제막 구리를 발견해 다 같이 축하하는 중이다.

나에게 공감하는 것처럼 바깥에서 천둥이 치고 비가 퍼붓기 시작한다. 크고 축축한 물방울이 내 어설픈 도랑에 폭포수처럼 떨어

● 작은 스펀지케이크에 오렌지 잼을 바르고 초콜릿을 씌운 영국 과자.

지고 얼룩덜룩한 얼굴을 타고 흐른다.

나는 영국인이다. 잘 울지 않는다. 윗입술이 뻣뻣하고 뭐 그렇다. 뚜렷한 이유도 없이 이렇게 감정이 치밀어올랐던 것은 이비가 태어난 직후가 마지막이었다. 당시 나는 호르몬 덩어리였고, 갑자기 엄마가 된 충격에서 벗어나지 못했으며, 영화 <니모를 찾아서>에서 엄마 물고기가 아직 부화하지도 못한 니모의 형제자매 수백 마리와 함께 상어에게 잡아먹히는 장면에서 헤어나오는 데 이틀이 걸렸다.

나는 한 겹 한 겹 벗겨지는 양파처럼 속살이 다 드러나고 연약해진 기분이다. 감정이 나를 압도한다. 우는 게 나쁘다는 뜻은 아니고—오히려 카타르시스를 준다—그냥 어리석고 쓸모없는 사람이 된 기분이라는 말이다.

나는 우리가 감정을 회피하기 위해서 술을 마신다는 이야기를 많이 읽었다. 스트레스를 받으면 술을 마시고, 겁이 나면 술을 마시고, 행복하면 술을 마신다. 그 결과 우리는 자라지 못한다.『드링킹, 그 치명적 유혹』의 유명한 작가 캐럴라인 냅은 말했다. "나는 성장을 우리가 선택할 수 있으며, 어른은 시간이 지난다고 저절로 이루어지는 상태가 아니라 힘든 실천을 통해 쟁취해서 유지하겠다고 결심하는 감정적 상태라는 생각을 전혀 이해하지 못했다. 내가 아는 많은 사람들(알코올중독자든 아니든)이 그랬던 것처럼 나도 성숙이 바깥에서 불쑥 찾아오기를 기다리며 인생의 많은 시간을 허비했다. 오븐에 넣어놓은 구이 요리처럼 어느 날 아침에 일어나보면 짠하고 성숙해 있을 것이라는 듯이 말이다." 그게 바로 나였다. 언제쯤이면 요리가 완성될까 궁금해하는, 오븐에 넣어 익히기만 하면 되는 치킨. 내 마음은 아직도 열아홉 살 같다.

술을 끊는다고 바로 철이 드는 것 같지는 않다. 우리는 먼저 '껍질이 벗겨져야만' 스스로를 다시 단련하여 우리 인생과 감정을 맨정신으로, 제대로 마주보면서 진짜 어른이 될 수 있는 것 같다. 완벽하게 구워진 로스트치킨 말이다.

그래서 나는 지금 여기 새로 다림질한 세탁물 앞에서 있는 그대로의 모습으로 울고 있다.

나는 인터넷을 조금 더 검색하면서 정말로 미치기 전에 이 블랙홀에서 빠져나갈 방법을 찾는다. 알고 보니 이 정도 시점이 되면 나처럼 느끼는 것이 지극히 정상이다. 나는 짜증날 만큼 예측 가능한 사람이다. '회복'은 여러 단계로 이루어진다고 한다. '밀월 기간'의 특징은 자기 삶에 대한 확신과 낙관주의, 건강하고 잘 통제하고 있다는 느낌이다.

슬프게도 '밀월 기간' 다음은 '벽'이라는 단계인데, 보통 46일째부터 120일째까지다. '벽' 단계가 되면 지루하고, 우울하고, 의심이 생긴다. 아, 세상에—썩 재미있을 것 같진 않군. 이 벽은 얼마나 높을까? 코츠월드의 나지막하고 다 무너져가는 돌벽일까, 아니면 <왕좌의 게임>에 등장하는 1.5킬로미터 높이의 얼음벽에 가까울까? 그 벽을 어떻게 넘어야 할까? 또 더욱 중요한 질문은, 그 너머에는 무엇이 있을까?

내가 블로그 독자들에게 마지막 질문을 던지자 그 벽을 넘어간 경험이 있는 블로거 에인소브라이어티가 한마디로 대답해준다. 자유.

벽의 높이를 가늠할 방법이 필요하다. 그동안 기사와 책을 읽으면서 '스스로 돌보기'라는 표현을 많이 봤다. 지금까지 스스로 돌보기란 건강한 식단과 운동에 대한 이야기라고—다년간의 음주로 황폐해진 몸을 추스르는 것이라고—굳게 믿었다. 하지만 오늘 울음을 터뜨린 나는 스스로 돌보기의 정의를 조금 더 확장해서 약간의 '방탕'을 포함시킨다. 제길, 이제 그 정도는 누려도 되겠지.

나는 자리에 앉아서 그동안 와인에 돈을 얼마나 썼는지 처음으로 계산해본다. 나는 값싼 와인은 안 마셨다. 한 병에 10파운드가 넘는 와인을 마시면 지극히 평범한 술꾼이 아니라 감식가가 되는 것 같았다. 그래서 와인 한 병에 평균 12.5파운드 정도 지출했다. 그리고 (보수적으로 계산해서) 일주일에 열 병 정도 마셨다. 그러면 일주일에 125파운드, 한 달이면 500파운드가 넘는다! 총생활비에서 어마어마한 비율을 차지한다.

나는 와인에 얼마를 쓰는지 분명히 알았겠지만(맙소사, 나는 경제학 학위도 있다!) 머릿속으로 화장지와 세제랑 똑같이 '절대적인 필수품' 목록에 넣어놓았기 때문에 한 번도 의문을 갖지 않았다. 나는 매주 슈퍼마켓에서 원 플러스 원 제품을 찾아다니고 비싼 브랜드를 자체브랜드 상품으로 바꿨지만 식료품 코너에서 술을 사는 데 한 달에 500파운드 넘게, 1년에 6천 파운드를 쓰고 있었다.

그건 끔찍하고 지독하고 부끄러울 만큼 나쁜 소식이다. 하지만 좋은 소식도 있다. 이제 나는 한 달에 500파운드를 절약한다. 예이! 잘했다, 나. 쇼핑하러 가자!

그래서 나는 비가 내려 깨끗해진 거리로 나가 상쾌한 공기를 들이마신다. 잠깐이나마 자연이 런던의 공해를 무찔렀다. 나는 꽃을 파는 가판대로 가서 집에 장식할 향기 좋은 꽃을 산다(와인 한 병 값). 그리고 봄이 온 기념으로 페디큐어를 예약하고(와인 두 병 값) 눈썹을 손질한다(그러자 더욱 눈물이 나지만 적어도 울 핑계가 생긴 셈이다)(와인 한 병 값).

지난 몇 년 동안 나는 '몸단장'에 별로 신경쓰지 않았다. 왁싱, 제모, 태닝, 드라이 같은 것은 와인을 사서 마시는 것보다 우선순위가 훨씬 밑이었다. 게다가 나는 너무 우울하고 비대하고 자신감이 없어서 외모를 가꿀 때마다 돼지에게 립스틱을 바르는 느낌이었다. 하지만 이제는 아주 약간 섹시해진 기분이다. 시간도 많아졌다. 돈도 많아졌다. 그래서 나는 "미운 오리 새끼, 잘 가!"라고, "어서 와, 백조야!"라고 외친다.

5월

사람들과
너무 많이
어울리다

우리는 보고 싶은 것만 보고 듣고 싶은 것만 듣는 능력이 믿을 수 없을 만큼 뛰어나다. 내가 담배를 열심히 피우던 시절, 담뱃갑을 집어들 때마다 정부는 굵은 대문자의 과장된 문구로 건강에 대한 위험을 경고했다. 나는 타르에 새까맣게 찌든 폐 사진을 매번 보았고, 통계도 잘 알았다. 흡연자의 절반은 결국 담배 때문에 죽는다. 하지만 그 사실이 나에게도 적용된다고 생각했을까? 전혀 아니다.

하지만 이제는 술집 앞에 모여 담배를 피우는 젊은 여자들을 지나칠 때마다 어깨를 붙잡고 이렇게 소리치고 싶다. "도대체 왜 그러니? 담배를 피워서 얻는 게 정확히 뭐라고 생각해? 섹시해 보일 것 같아? 그게 널 죽이고 있다는 걸 모르니?" 우리는 중독성 약물의 손아귀에서 억지로 벗어난 다음에야 늑대가 쓴 양의 탈을 벗기고 현실을 직시할 수 있다.

우리 사회는 알코올의 위험을 아주 능숙하게 무시한다. 우리는 성인 인구의 대다수가 합법적이고 공개적으로 자랑스럽게 섭취하는 약물은 분명 무해할 것이라고 가정하는데, 그런 가정이 딱히 비합리적이라고 말할 수는 없다. 우리는 정부 지침을 바로 그렇게, 불편하면 무시해도 되는 지침일 뿐이라고 생각한다. 신문을 보면서 간 손상과 중독에 대한 기사는 건성으로 넘기고 소량의 레드와인을 매일 마실 때 생기는 아주 사소한 장점을 자세히 설명하는 기사는 열심히 읽는다.

나는 와인 한 병을 기분좋게 따면서 와인은 (포도로 만들었으니까) 하루 다섯 번 꼭 챙겨 먹어야 하는 채소와 과일 중 하나라고 혼자서 납득했고, 지중해 생활방식을 따르는 나를 칭찬했다. 나는 지긋하게 나이들었을 때 그리스의 쭈글쭈글하고 생기 없는 노파들처럼 햇볕을 쬐며 와인을 홀짝거리는 내 모습을 상상했다. 이름 없는 그리스 섬에서 머리끝부터 발끝까지 검은색으로 차려입고 수많은 손자와 증손자의 존경을 받으며 백열 살 넘게까지 살다가 어느 날 오후 낮잠을 즐기는 도중에 평화롭게 세상을 떠나는 그런 할머니 말이다.

술을 끊고 두 달이 지난 지금에서야 알코올이 어떤 해악을 끼치는지 뚜렷하게 보인다.

2010년, 약물 분야의 정부 고문이었던 너트 교수는 약물 스무 종이 이용자와 사회 전체에 끼치는 상대적인 해악을 비교한 연구를 의학 저널 <랜싯>에 발표했다.

우리는 헤로인이 얼마나 위험한지 아이들에게 교육하고 불법 약물로 인한 문제를 걱정하면서 큰돈을 쓰지만, 너트 교수의 보고서에 따르면 (개인과 사회에 끼치는 영향을 합쳤을 때) 모든 약물 중에서 가장 유해한 것은 우리가 약물이라고 생각하지도 않는 것, 즉 알코올이다.

알코올은 지역사회와 더 광범위한 경제에 끼치는 영향을 무시하고 개인 이용자에게 끼치는 위험—중독성과 육체적 정신적 손상—만 봤을 때에도 가장 유해한 약물군에 속한다. 알코올은 헤로인, 흡연식 코카인, 필로폰을 제외하면 그 어떤 시험 약물보다 위험하다. 담배, 대마초, 분말형 코카인, 엑스터시, 케타민보다 더 치명적이다. 만약 알코올이 지금 시장에 나왔다면 절대 합법화되지 않았을 것이다.

학교 정문에 모인 엄마들이 빨리 집에 가서 코카인을 하고 싶어 죽겠다고 농담처럼 말하는 광경은 절대 볼 수 없겠지만, 훨씬 더 해로운 약물을 이용하는 것은 사회적으로 용인될 뿐만 아니라 그것을 이용하지 않으면 이상한 사람처럼 보일 정도로 당연하게 여겨진다.

알코올이 그토록 유해한 부분적인 이유는 극도의 중독성이다. 우리는 알코올중독이라는 질병을 가지고 태어난 소수의 불쌍한 사람만 술에 중독된다고 생각한다. 그러나 너트 교수는 보고서에서 알코올은 헤로인, 코카인, 니코틴, 바르비투르산염 다음으로 중독성이 강하다고 결론짓는다. 영국 공중보건국의 추정에 따르면 영국인 백육십만 명이 알코올의존증인데, 이는 전체 음주 인구의

10퍼센트에 해당한다.

알코올은 위험할 만큼 중독성이 강할 뿐 아니라 우리의 육체적 정신적 건강에 끔찍한 영향을 끼친다.

나는 술을 너무 많이 마시면 간경변에 걸려 돌이킬 수 없다는 사실을 알았지만 불쌍한 노인이나 걸리는 병이라고 생각했다. 공원 벤치에서 이미 비운 도수 높은 사이다 캔에 둘러싸여 자는 그런 사람 말이다.

그러나 절대 그렇지 않다. 영국 전역의 간 전문의들이 보고한 바에 따르면 간질환으로 입원하는 삼사십대 여성의 수가 크게 늘어났는데, 환자 중에는 술을 자신을 서서히 죽이는 약물이 아니라 자기 생활방식의 본질적인 일부로 보는 고소득직 종사자가 많다.

육체가 알코올을 소화하는 능력만큼은 여성이 남성과 절대 동등할 수 없다는 사실 때문에 문제는 더욱 악화된다.

나는 몇 년 동안이나 남자들과 같이 술을 마셨는데, 남자가 한 잔을 마시면 나도 한 잔을 마셨다. 남자들은 맥주를 마시고 나는 도수 높은 와인을 마실 때가 오히려 많았다. 정신적으로 나는 그들과 똑같을지 모르지만(내가 더 낫다고 생각하고 싶다) 육체적으로는 절대 같을 수 없음을 잊고 있었다.

여자는 보통 남자보다 체중이 적게 나가고 알코올 분해를 돕는 주요 대사 효소 수치가 더 낮다. 게다가 에스트로겐은 알코올의 효과를 강화한다. 따라서 여자는 남자보다 훨씬 더 빨리 알코올에 의존하게 된다. 알코올중독은 남자보다 여자에게 두 배나 더 치명적이다. 평균적으로 알코올의존증인 여성은 그렇지 않은 사람보다 20년 일찍 사망한다.

알코올은 간에만 영향을 끼치는 것이 아니다. 하루에 알코올을 4단위 이상 마시는 여성은 심장질환으로 사망할 위험이 네 배 높고, 뇌졸중을 일으킬 위험은 다섯 배 높다.

과도한 알코올 소비는 암, 특히 유방암과도 연관이 있다. 유방암 정보 및 지원 센터 breastcancer.org에 따르면 각종 연구 결과는 알코올이 여성의 호르몬수용체 양성 유방암의 위험을 증가시킨다고 일관되게 증명한다. 일주일에 알코올을 3단위 소비하는 여성은 술을 전혀 마시지 않는 여성보다 유방암에 걸릴 가능성이 15퍼센트나 높다.

BBC의 보도에 따르면, 의료 총책임자 데임 샐리 데이비스 교수는 알코올 소비에 안전한 수준은 없다고, 자신은 와인을 한 잔 마실까 생각할 때마다 유방암에 걸릴 위험을 생각한다고 말해 논란을 일으켰다.

알코올은 육체 건강뿐 아니라 정신 건강에도 영향을 미치고, 우울증과 깊은 연관이 있다. 전문가들은 또한 만성적인 폭음이 오래 지속되면 인지능력 저하, 기억력과 의사결정능력 약화, 불안과 감정적인 문제로까지 이어진다고 말한다. 알코올로 인한 손상은 정확한 진단이 내려지기보다 치매와 혼동되거나 불가피한 노화 과정으로 여겨지는 경우가 많다.

다시 손가락을 꼼지락거리며 간절한 눈빛으로 냉장고를 흘끔거리는 와인 시간이 되면 나는 생각한다. 밤에 마시는 와인 한 잔(또는 세 잔)이 내 수명 20년과 맞바꿀 가치가 있을까? 나와 가족에게 유방암이라는 짐을 떠안길 가치가 있을까? 그런 다음 포기의 한숨을 내쉬며 핫초콜릿을 만든다.

금주와 머리카락

오늘은 금주 70일째인데, 아침에 거울을 흘깃 보다가(마흔 살이 넘은 뒤에는 거울 앞에서 오래 서성여봐야 좋을 게 없다) 뭔가 바뀌었다는 생각을 한다.

머리카락이다.

술을 끊으면 저절로 따라올 것이라고 기대했던 수많은 장점—체중 감소, 숙면, 넘치는 에너지 등등—이 있지만 시선을 잡아끄는 매끈하고 탄력 있는 머리카락은 생각지도 못했다. 풍성해진 내 머리카락은 뻔뻔스러울 만큼 자신감이 넘친다. 미국인 같다. 이 정도면 주소를 따로 줘야 할 것 같다.

나는 구글에서 '금주와 머리카락'을 검색해본다. 상상은 아닌 것 같다. 술을 마시면 피부처럼 머리카락 역시 탈수증세 때문에 건조하고 쉽게 끊어지고 끝이 갈라진다. 게다가 알코올은 철분 흡수를 방해하기 때문에 머리카락이 빠진다. 나보다 나이 많은 친구가 폐경이 되면 머리카락도 엉망이 된다고 했으니 내 머리카락의 마지막 전성기인 셈이다. 즐기렴, 귀엽고 사랑스러운 모낭들아. 너희들이 빛날 기회란다.

머리카락이 풍성해진 타이밍이 아주 좋다. 나는 오늘밤 시련을 앞두고 있기 때문이다. 상원의사당에서 모교인 케임브리지대학교의 칵테일파티가 열린다.

케임브리지 입학 지원 및 인터뷰 결과가 든 우편물을 받았을 때가 아직도 생생하게 기억난다. 내 친구 필리파가 같이 있었다. 아직 오전 11시였지만 나는 용기를 내려고 보드카와 오렌지 주스를 섞어 우리 둘이 마실 칵테일을 두 잔 만들었다(좋은 징조는 아니었군). 나는 떨리는 손으로 봉투를 열고 재빨리 훑어보다가 이런 구절을 발견했다. "우리는 당신에게…… 제안하게 되어 무척 기쁘게 생각합니다." 내 평생 가장 자랑스러운 날이었다.

그러므로 오늘밤 파티장을 둘러보면 아마도 우리 세대 중에서 가장 명석하고 전도유망한 사람들이 보일 것이다. 내 동기 대다수는 정부 각료, 일류 변호사, 뇌외과 의사, 뉴스 아나운서, 베스트셀러 소설가, 엄청나게 부유한 금융 전문가다.

나는 뭐냐고? 전직 술꾼 주부. 그토록 밝았던 전망은 샤블리 병 바닥에서 절여졌다. 내가 (아이를 돌보는 경험과 전문성 면에서 나보다 훨씬 나은) 값비싼 보모에게 세 아이를 맡기고 (무척 잘하던) 일을 계속하지 않은 이유가 무엇이었는지 다시 한번 생각해본다. 그러자 우리 꼬맹이들을 보면서 얼마나 감탄했는지, 아이들이 얼마나 빨리 자라는지, 몇 년 동안 집에서 아이들과 함께 시간을 보낼 수 있다는 것이 얼마나 큰 특권인지 금방 떠오른다.

나는 술을 끊은 이후 칵테일파티에 한 번도 가지 않았다. 술도 안 마시면서 그런 파티에 가는 것이 무슨 의미가 있지? 이름부터 칵테일파티잖아. 게다가 임신 경험에 미루어볼 때 이런 파티에서 제공하는 무알코올 음료는 형편없다. 미지근한 오렌지 주스 아니면 엘더플라워 코디얼. 아이들과 할머니를 위한 음료수. 술을 마시지 않는 세련된 여성을 위한 버진모히토* 같은 건 없다. 절대 없지.

그래서 나는 팔팔한 머리카락에 전문가의 드라이를 선물하기로 결심했다. 비용은 와인 두 병 값—예전이었다면 정확히 오늘 같은 밤에 마셨을 양이다. 나는 문간에 서서 벌벌 떨지언정 내 머리카락은 나보다 훨씬 먼저 바에 기대서 웨이터와 노닥거릴 거다.

나는 근사한 머리카락과 함께 상원의사당에 도착한다. 보통 비가 오면 머리카락도 축 처지기 때문에 나는 거대한 우산을 힘겹게 들고서 비싼 돈을 주고 땋아올린 머리카락을 필사적으로 보호한다.

소프트드링크 종류에 대한 내 예상은 틀렸다. 엘더플라워 코디얼은 없다—미지근하고 끈적거리는 가공 오렌지 주스뿐이다. 버진모히토는 고사하고 미네랄워터조차 없다.

나는 오렌지 주스를 마시고 싶지 않다. 게다가 내가 들고 있는

---

* 무알코올 모히토.

밝은 주황색 잔이 고급스러운 와인잔의 바다에서 '술 안 마심'이라고 큰 소리로 외치고 있다. 나 말고 오렌지 주스를 들고 있는 사람은 단 한 명도 없다. 따라서 사람들이 나의 기이한 음료 선택을 계속 화제에 올린다. 나는 여름에 대비해서 '해변용 몸매'를 만드느라 잠시 술을 끊었다고 설명한다. 얼마나 웃긴 말인지! 나는 지난 20년 동안 '해변용 몸매'인 적이 없었다! 어차피 우리 가족은 여름마다 콘월에 가기 때문에 나는 결국 조그마한 비키니 대신 전신 수영복 안으로 기어들어간다. 사실 콘월에 어울리는 '해변용 몸매'는 단열을 위해 피하지방을 최대한 축적하는 것이다. 정말 놀랍게도 나의 우스운 대꾸에 아무도 눈 하나 깜빡이지 않는다. 내 말을 있는 그대로 받아들이고 다른 이야기로 넘어갈 뿐이다.

『해리 포터』에 나오는 연회장의 유령이 된 기분이다. 나는 분명 여기에 있고, 다들 내가 보이고 심지어 말도 걸 수 있다. 그러나 나는 다른 평행 차원에 존재하기 때문에 제대로 어울릴 수 없다. 다른 사람은 전부 온전하고 단단하지만 나는 투명한 홀로그램에 지나지 않는다.

결국 나는 옛 친구들을 만나서 즐겁게 수다를 떤다. 그때 (나는 알지 못하는) 두 여성이 다가와서 외친다. "클레어 풀리! 참석자 명단에서 이름을 봤어요, 그래서 찾아오지 않을 수 없었죠. 아마 기억 못할 거예요, 우린 두 학년 밑이거든요. 하지만 우리 둘 다 선배를 똑똑하게 기억해요. 정말 인상적이었어요!"

아, 세상에. 나는 힘없이 미소를 짓는다.

한 명이 말한다. "선배 덕분에 대학에 적응할 수 있었어요." (이런, 이 사람은 기억했어야 하는데!) "제가 조언을 하나 해달라고 부탁했을 때 선배가 해준 말은 절대, 절대로 잊을 수가 없어요. 사실 제 인생의 모토가 되었죠."

내가 그랬다고? 어머, 정말 멋지잖아. 나의 심오함은 어찌나 꽁꽁 숨겨져 있는지, 나 자신도 몰랐네! 나는 드물게도 넘치는 자기만족을 마음껏 즐긴다. 사실 나는 되게 현명한 사람이구나.

"내가 뭐라고 했는데요?" 궁금해진 내가 묻는다.

"스팽글은 아무리 많이 달려 있어도 지나치지 않다고요!" 그녀가 대답한다.

아. 심오하기도 해라.

다른 여자가 끼어든다. "저도 선배가 기억나요!" 아, 세상에. 좋게 끝나지 않을 것 같은 예감이 든다. "알몸으로 절묘한 위치에 유카 화분을 들고 에덴동산의 이브라면서 복도를 뛰어다녔잖아요. 우리 사이에서는 유명해요." 나는 그때 페이스북이 아직 발명되지 않은 것에 말없이 감사기도를 드리며 이비와 키트, 매디가 예전에 엄마가 저지른 비행의 증거를 보지 못해서 다행이라고 생각한다.

젊은 나, (이유는 좀 이상하지만) 잊을 수 없는 나, 원기 왕성한 나 자신에 대한 향수가 밀려와서 나는 끈적끈적하고 맛없는 오렌지 주스를 한 모금 마신다.

사람들이 술을 좀 마시고 긴장을 풀기 시작하자 사스키아와 나는 저녁식사를 하러 간다.

나는 사스키아를 뉴넘칼리지 학부에서 만나기 훨씬 전부터 알았다. 우리 둘 다 십대 때 브뤼셀에 살았다. 우리는 개를 산책시킨다는 핑계를 대고(나는 절대 지치지 않는 래브라도레트리버를, 사스키아는 좀 멍청한 레트리버를 키웠다) 나와서 숲에서 몰래 만나 담배를 피웠다. 몇 년 뒤에 사스키아네 개가 암으로 죽었다. 나는 내 탓이라고 생각했다.

5년 전에 마지막으로 만난 뒤 서로 어떻게 지냈는지 이야기를 나누고 싶다(5년이라니! 어떻게 그럴 수가 있지?). 술을 안 마시는 건 괜찮다. 하지만—고백건대—와인을 몇 잔 마셨을 때 어깨에서 힘이 빠지고, 긴장이 풀리고, 온화하고 긍정적인 기분이 밀려오는 그 느낌이 너무 그립다. 지금은 너무 뻣뻣하고, 주변을 지나치게 의식하고, 자신의 말과 행동을 일일이 분석하는 기분이다.

나는 마지막으로 이 칵테일파티에 참석했을 때의 기억을 억지로 떠올려본다—5년 전이다. 아마 집을 나서기 전에 와인을 적어도 한 잔은 마셨을 것이다. 그런 다음 칵테일파티에서 세 잔 정도 마셨다—빈속에 큰 잔으로 세 잔. 저녁식사를 하러 자리를 옮길 때쯤 되자(우리 일행은 다섯 명이었다) 무척 졸렸다.

혀가 좀 꼬이는 것 같아서 걱정했던 기억과 너무 취하고 피곤해서 재치 있는 대답을 하거나 대화를 제대로 따라가지 못한 탓에 내가 끔찍하게 따분한 사람이라고 자책했던 기억이 떠오른다. 말할 필요도 없지만 다음날 아침에는 끔찍한 두통과 함께 잠에서 깨 아이들을 학교까지 태워줘야 했다.

그래, 오늘밤은 완벽하지 않다. 쉽지 않다. 예전의 내가 그립다. 하지만 그리운 것은 25년 전의 나 자신이지 최근의 나는 아니다. 이제 술을 끊었으니 25년 전의 나와 더욱 가까운 사람은 5년 전의 내가 아니라 지금의 내가 아닐까?

제이슨 베일의 책 『쉽게 술 끊기!』를 읽는 중이다. 처음 이 책을 읽었을 때에는 계시라도 받은 것 같았다. 알코올 없는 삶을 견딜 수 있을 뿐 아니라 정말로 즐길 수도 있음을 깨달았다. 나는 책장을 넘기면서 계속 고개를 끄덕였다. 전부 그럴듯했다. 음, 어쨌든 거의 대부분 말이다.

제이슨의 논리 중에 과연 그럴까 싶은 것이 딱 하나 있었다. 제이슨의 주장에 따르면 알코올은 좋은 점이 하나도 없다. 예전에 나는 술병으로 손을 뻗게 만드는 '기폭제'가 무척 많았다. 비참하든, 행복하든, 스트레스를 받든, 불안하든, 생각해보면 거의 모든 감정이 기폭제였고, 알코올은 정말로 도움이 되는 것 같았다.

그러나 제이슨은 부정적인 감정이 적어도 부분적으로는 술 때문에 생긴다고 주장한다. 그의 말에 따르면 술을 많이 마시는 사람은 술을 마시지 않을 때 끊임없이 금단증상을 겪고, 이는 스트레스와 불안, 우울을 악화시킨다. 그는 술을 끊으면 늘 술을 몇 잔 마셨을 때만큼 기분이 좋아진다고 주장한다.

나는 제이슨의 논리가 멋지긴 하지만 좀 지나치다고 생각했다. 알코올은 많은 면에서 나쁘지만 실제로 긍정적인 효과도 몇 가지 있다. 하지만 80일이 지나자 이제 제이슨의 말이 무슨 뜻인지 이해되기 시작한다. 그 이유는 다음과 같다.

나는 지난 몇 년 동안 불안이 점점 더 커지고 있었음을 깨달았다. 사소하고 아무것도 아닌 문제 때문에 불안했다. 나는 별것도 아닌 일에 공황을 느끼곤 했다. 전화나 이메일로 (약간) 나쁜 소식, 짜증나는 소식을 들으면 뱃속에 불안의 매듭이 하나 생겼다. 불안은 촌충처럼 뱃속에서 꿈틀거렸다. 그것을 죽이거나 적어도 당분간 무감각하게 만드는 가장 좋은 방법은 소비뇽블랑을 퍼붓는 것이었다.

그래서 나는 괴로웠다. 예전에는 예산이 몇백만 파운드나 되는 거대한 글로벌 광고 캠페인을 진행하고 육십 명쯤 되는 직원을 관리했다. 그랬던 내가 고작 침실 한구석이 눅눅해서, 또는 세금 환급 문제나 완벽하지 않은 성적 통지표 때문에 스트레스를 받았던 것이다.

나는 일을 그만둬서 서툴러졌나보다고, 나이가 들어서이거나 폐경 직전이어서 그런 걸지도 모른다고 생각했다. 술을 탓하지는 않았다. 사실 나는 술이 문제가 아니라 해법이라고 생각했다.

그러나 지난주에 나는 뱃속의 그 사악한 매듭을 못 느낀 지 한참 되었음을 깨달았다. 여러 가지 문제가 생겼지만—우리 모두 그렇지 않은가—잘 해결했다.

술을 퍼부으면 문제가 사라지는 것이 아니라 잠시 잊힌 채로 곪아서 더 심해진다. 아이들이 자동차 뒷좌석 틈에 떨어뜨린 곰팡이

핀 치즈조각처럼 말이다. (아니, 내 차만 그런가?) 문제에 적절하게 대처하지 못하면 자신감이 더욱 무너진다. 당신이 슈퍼맨인데 누가 당신 바지에 크립토나이트를 넣는 것과 같다.

멀쩡한 정신으로 문제를 즉시 해결하면 자신감이 커진다. 빤히 보이게 숨겨진 크립토나이트를 발견해서 던져버리면 힘이 돌아오는 것과 마찬가지다. 며칠 전 대학교 동창회에 갔다 오고 나서 예전에 내가 얼마나 용감하고 겁이 없었는지 생각났다. 나는 무슨 일에도 당황하지 않았다.

그런 내가 돌아오고 있다. 오 예.

그러나 불안을 항상 피할 수는 없는 법인데, 그것은 엄청난 기폭제다. 불안은 내가 냉장고에 차갑게 보관되어 있는 존의 와인을 보면서 침을 흘리게 만들 가능성이 가장 큰 문제다. 그래서 나는 불안을 해결하는 '건강한' 방법을 검색해보았다. 정말 좋은 방법을 하나 찾았는데, 바로 정원 가꾸기다.

정원을 가꾸면 '통제'하고 있다는 느낌이 들기 때문에 도움이 된다고 한다. '통제'라는 감각은 심리적으로 스트레스와 불안의 천적이다. 게다가 정원을 가꾸는 행위 자체가 일종의 마음챙김과 같다. '지금'에 초점을 맞추고 과거의 문제나 미래의 두려움을 내려놓을 수 있기 때문이다.

정신 건강 자선단체 마인드에 따르면, 정원을 가꾸면 자존감이 강화되고 육체적 정신적 건강이 좋아진다는 사실이 연구를 통해 증명되었다고 한다. 마인드는 잉글랜드 전역에서 지금까지 백삼십 건의 에코테라피 프로젝트를 후원했다.

정원을 바라보기만 해도 차분해지고 환자의 경우 수술 뒤 회복이 더욱 빨라진다. 뉴욕의 악명 높은 감옥 라이커스 아일랜드는 원예테라피를 통해 수감자들을 진정시키고 출소에 대비토록 한다.

나는 원예에 대한 글을 읽는 것도 괜찮지만 직접 해봐야 장점을 진정으로 느낄 수 있음을 깨닫는다.

정원을 가꿀 생각을 하니 좀 두렵긴 하다.

고기능 알코올중독자, 아니 의존자에게 중요한 한 가지는 우선순위 정하는 법을 배워야 한다는 것이다. 모든 일을 완벽하게 해내기에는 하루 중 술에 취하지 않은 시간이 충분하지 않기 때문에 사소한 일에 힘을 빼지 않고 중요한 일에 집중하는 법을 배운다.

내 삶의 우선순위 1번은 아이들(과 남편)을 행복하게 만드는 것이었다. 적당히 먹이고, 입히고, 할일을 하도록 봐줘야 했다. 숙제를 하고, 악기 연습도 하고, 놀이 모임 약속을 잡아서 놀러가고, 특별한 의상을 입고 등교하는 각종 '드레스업 데이'를 위해서 옷을 직접 만들고, 모금 행사를 위해서 케이크를 굽고 등등. 이것만 해도 정규

직만큼이나 일이 많다.

2번은 집이다. 우리집은 낡고 (런던치고는) 비교적 크기 때문에 제대로 관리하기가 좀 벅차다. 그러므로 나는 깔끔하고 단정하게 청소만 하는 것이 아니라 금방이라도 무너질 것처럼 보이지 않도록 (사실 그렇게 보인다) 충전재나 방수페인트 등등을 들고 끊임없이 뛰어다녀야 한다.

우리집과 여기에 사는 사람들 다음으로 3번은 나 자신이다. 나는 앞서 말한 것처럼 스스로를 돌보는 일뿐만 아니라 몸단장에도 소홀해지기 시작했었다. 집-아이들-남편을 돌보면서 주말이면 진지한 '사교생활'(다른 말로 표현하자면 음주)도 해야 하는데 헬스장에 가고, 치과에 가고, 부인과 클리닉까지 갈 시간을 낼 수 있는 사람이 어디 있을까? 나는 아니다.

그렇다면 우선순위의 맨 마지막은 뭘까? 정원이다. 문을 닫아버리고 정원이 없는 척하기는 너무 쉽다. 특히 겨울에는 더욱 그렇다. 우리 가족 중에 10월부터 3월까지 정원에서 조금이라도 시간을 보내는 일원은 개밖에 없다. 그러니 정원 꼴이 어떨지는 뻔하다.

한번은 스카이 위성방송 엔지니어가 안테나를 고치러 오기로 했는데, 예상보다 조금 일찍 도착했다. 그전에 며칠 동안 비가 와서 나는 '잔디밭을 치우러' 정원에 나가지 않았다. 스카이에서 나온 사람은 '건강과 안전' 상의 이유로 우리 정원 잔디밭에 사다리를 세울 수 없다고 거부했고, 본사로 서둘러 돌아갔다. (스카이에서 왔다고 하니 그 사람이 천사 같지만, 사실 그렇지 않았다. 그는 개똥을 무서워 하는 평범한 사람이었고, 무서울 만도 했다.) 아, 나는 칠칠찮은 주부 가 된 기분이었다.

하지만 이제 영겁과도 같은 시간이 생겼기 때문에 나는 외부 공 간과 내 정신 건강을 개선하는 임무를 수행중이다. 나는 여덟 시간 넘게 등골이 부러지도록 애를 써서 우리 정원을 싹 바꾼다. 잔디를 매끈하게 손질하고, 경계 부분의 잡초를 뽑고, 낡고 부서진 플라스 틱 장난감을 전부 버린다. 또 자그마한 화초를 잔뜩 심고, 인동덩굴 과 클레마티스 넝쿨을 아이들의 낡은 장난감 집 위에 걸친다. 작은 허브 텃밭도 만들고 인터넷으로 야외용 소파를 주문한다(가격: 와 인 서른 병에 해당하는 어마어마한 금액이지만 그만한 가치가 있음).

효과가 있었다! 정원이 푸릇푸릇해졌을 뿐만 아니라(이제 우리 집에서 '러시'*라는 표현이 어울리는 것은 정원밖에 없다) 정원을 가 꾸는 행위 덕분에 기분도 무척 좋아졌다. 새로 심은 식물들이 무럭 무럭 잘 자라서 살아 있는 '금주 기간 계산기' 역할을 해주면 좋겠

---

* '푸릇푸릇하다'는 뜻의 영어 단어 러시(lush)에는 '술고래'라는 뜻도 있다.

다. 이제 위성방송 안테나도 아무 문제 없을 것이다.

아이들은 잠자리에 들었고, 녹초가 된 나는 제이슨 베일과 함께 소파에서 뒹굴고 있다(물론 사람이 아니라 책 말이다). 존이 컴퓨터로 무언가를 보다가 요란하게 웃는다. 내가 빤히 바라보자 존이 시선을 알아차리고 웃음을 뚝 그치더니 죄지은 사람처럼 나를 흘끔거린다.

존이 내 블로그를 읽고 있다.

얼마 전부터 존이 내 블로그를 가끔 보는 게 아닌가 싶었는데, 이제 증거를 잡았다. 현장에서 딱 걸렸다. 게다가 존은 나랑 같이 웃는 것이 아니라 나를 보면서 웃었다.

"뭐가 그렇게 웃겨?" 내가 공포의 눈썹을 치켜올리며 묻는다.

"여기 나오는 첼시의 커다란 주택이 도대체 어디야?" 존이 키득거리며 말한다.

나는 익명으로 남고 싶기 때문에 풀럼에 산다는 사실을 밝힐 수는 없다고 설명한다. 그러면 어차피 어디에 사는지 지어내야 하니까 이왕이면 좀더 좋은 동네로 정했다. 나는 항상 첼시에 살고 싶었다.

"우리집에 '잔디밭'이 어디 있어? '손톱만한 풀밭'이면 모를까. 그리고 잔디를 잘 깎긴 했지만 '매끈하게 손질했다'고 말하긴 힘들지. 여기서 말하는 '허브 텃밭'은 뭐야? 설마 부엌문 밖에 있는 잡초 화분 세 개를 말하는 건 아니지? 여기 나오는 이 극락은 도대체 어디야? 나 거기 가서 살아도 돼? 아니다, 우리 그 집 팔고 은퇴해도 돼?"

하하하.

나는 존에게 내가 모든 것을 장밋빛 색안경을 끼고 보는 게 당신한테도 좋을 거라고 지적한다. 왜냐면 결혼하고 13년이나 지났고 시간은 모든 것을 파괴하지만 내 눈에는 아직도 존이 제일 근사한 남자로 보이니까.

존이 내 온라인 일기를 찾아낸 것이 약간 굴욕적이긴 하지만 오히려 이상하게 마음이 놓인다. 지난 몇 년간 술을 점점 더 많이 마시면서 그 사실을 숨겨왔지만, 이제 존에게 아무런 비밀도 없어졌기 때문이다(내 옷장에서 "뭐? 이런 옷을 그 돈 주고 샀다고?"라는 말을 기다리는 새 옷만 빼면 말이다).

나는 '맨정신sober'이라는 말이 싫다. 그래서 사전에서 정의를 찾아보았다. 진지하고, 분별 있고, 엄숙하다는 뜻이다. 마찬가지로 무시무시한 동의어 목록은 다음과 같다. 중대한, 심각한, 엄격한, 절도 있는, 조심성 있는, 엄중한, 딱딱한, 감정적이지 않은, 냉정한. 나한테 해당되는 말은 하나도 없다. 내가 나를 보는 관점과 전혀 다르다.

나는 항상 반항아를 자처했다. 규칙을 절대 좋아하지 않았다, 아니 규칙을 어기고 싶어서 규칙이 있는 편이 좋았다. 술과 담배는 스스로 생각하는 내 이미지에 딱 들어맞았다.

나는 브라이턴 외곽의 로딘스쿨에 다녔는데, 당시에는 아주 전통적이고 무척 엄격한 여자 기숙학교였다. 나를 불쌍하게 볼 필요는 없다—우리 학교를 정말 좋아했으니까. 나쁜 짓을 할 기회가, 어길 규칙이 너무나 많았다. 졸업반 때 내 방은 평평한 지붕과 맞닿아 있었다. 나는 책상 위로 올라가 창문을 통해 밖으로 나가서 지붕에 오르곤 했고, 밤늦게 강풍을 맞으며(우리 학교는 절벽 위에 있었다) 제일 친한 친구 셀리나와 담배를 피웠다. 나는 말 그대로 반항으로 가는 관문이었다.

(멋진 셀리나는 맨발로 재도 182센티미터가 넘는 키에 머리카락은 백금발이었고, 당시 열 살 많은 섹시한 미국인과 도망쳐서 학교가 발

칵 뒤집혔다. 결국 그 남자와 멕시코 해변에서 결혼식을 올렸다. 음, 이 야기가 딴 길로 샜군.)

　내가 제일 좋아하는 사소한 반항 사건 중에 '바퀴벌레 사건'이 있다. 최근에 패션잡지 <태틀러>에서 리모델링을 마친 로딘스쿨 기숙사 사진을 봤는데, 호화로운 부티크 호텔 같았다. 하지만 내가 다닐 때는 그렇지 않았고, 내가 살던 기숙사 건물('제4동'이라는 상상력 넘치는 이름이었다)은 바퀴벌레가 득실거렸다. 바퀴벌레는 낮 동안 눈에 보이지 않게 숨어 있다가 밤이 되면 떨어진 과자 부스러기를 찾아서 벽과 바닥에서 기어나왔다. 비교적 겁이 없었던 내가 기숙사 사감 선생님께 항의해보겠다고 나섰는데, 선생님은 얼마 전 뇌졸중을 일으킨 바람에 얼굴 한쪽이 축 처져서 더욱 무서워 보였다.

　나는 사감 선생님의 집무실 문을 두드렸고, 친구들은 안전하게 떨어져 서서 나를 응원하며 밖에서 서성였다.

　"마담." 우리는 선생님을 이렇게 불러야 했다. "바퀴벌레 좀 어떻게 해주실 수 없을까요? 어젯밤에 애너벨이 자다 깼는데 바퀴벌레 한 마리가 팔 위를 기어가고 있었대요. 사방이 바퀴벌레투성이예요."

　"말도 안 되는 소리!" 사감 선생님이 비뚤어진 입으로 침을 튀기며 고함쳤다. "바퀴벌레가 어디 있어! 만약에 바퀴벌레가 있다 해도, 물론 없지만, 침실에 과자를 놔두는 학생 잘못이야. 내 눈앞에서 썩 물러가."

나는 화가 났다. 다른 건 몰라도 난 절대 거짓말은 하지 않았다.

그래서 나는 거대한 바퀴벌레 사냥단을 조직했다. 그다음 일주일 동안 우리는 매일 한밤중에 일어나서 포스터를 넣는 지관통으로 무장하고 리놀륨이 깔린 화장실과 침실을 돌아다니며 선사시대 생물 같은 벌레를 쫓아다녔고, 결국 잔뜩 화가 나서 꿈틀거리는 바퀴벌레로 퀄리티스트리트 토피 깡통 하나를 꽉 채웠다. 다음날 나는 깡통을 들고 사감 선생님의 집무실로 찾아갔다.

"마담, 바퀴벌레 문제를 다시 의논할 수 있을까요?" 내가 예의 바르게 물었다.

"몇 번이나 말해야 되지? 바퀴벌레는 없다니까?"

그래서 나는 커다란 책상의 가죽 상판에 깡통을 올려놓고 뚜껑을 연 다음 밖으로 나왔다.

선생님의 비명이 800미터 떨어진 식당에서도 들릴 정도였다. 방충업체 렌토킬이 불려왔다. 나는 일주일 동안 새벽 첫 종을 울려야 했다.

나는 마지막 학기까지, 대학 입학시험인 A레벨 성적을 무사히 받을 때까지 최고의 반항을 아껴두었다. 로딘스쿨에는 졸업하는 해에 장난을 치는 전통이 있었는데, 보통 무해한 장난이었다. 나와 친구들은 그 전통을 바꿀 생각이었다.

우리는 전교생이 강당 바닥에 앉고 높은 교단에 모든 선생님이 모이는 종업식 날에 스트리포그램*을 예약했다. 우리는 경찰관 복장으로 교장 선생님 앞에 걸어가서 작은 팬티만 남기고 다 벗은 다음 롱리 교장 선생님에게 빨간 장미를 건네라고 요청했다.

그날이 왔다. 스트리포그램도 왔다. 일간지 <선>의 기자와 함께. 그 부분은 우리의 계획이 아니었다. 스트리퍼는 우리의 요청대로 했다. 오백 명이 깜짝 놀라서 입을 떡 벌렸고, 바늘 떨어지는 소리도 들릴 만큼 고요했다. 롱리 교장 선생님은 금방이라도 심장마비를 일으킬 듯한 표정이었다. 교장 선생님은 그 자리에 뿌리를 내린 것처럼 꼼짝도 하지 않았다. 덩치가 좀 크지만 놀랄 만큼 유연한 교감 선생님은 그렇지 않았다. 교감 선생님은 돌격하는 코뿔소처럼 복도를 내달리더니 기자가 들고 있던 카메라를 빼앗아 필름을 빼고 기자를 내쫓았다.

그해 학기말 댄스파티는 취소되었다.

---

* 스트립쇼를 하면서 메시지를 전달해주는 서비스.

당시에, 그리고 그뒤 20년 동안 제일 친했던 친구들은 추운 정원이나 바람 부는 화재대피용 계단에 모여 앉아서 같이 담배를 피우거나 새벽까지 술자리에 남아 술 마시기 게임을 하는 사람들이었다.

　내가 광고를 직업으로 선택한 것은 '분별 있는' 직업의 정반대 같아서였다. 광고계에서는 규칙적으로, 열정적으로 술을 마시는 것이 의무나 마찬가지였다. 그리고 어디서든 담배를 피울 수 있었다. (팀원 중 한 명이 천식이 있다면서 업무보고 회의를 할 때 흡연을 금지하면 안 되냐고 요청했던 기억이 난다. 나는 그것이 시민의 자유를 심각하게 침해하는 일이라고 생각했기 때문에 그녀에게 회의에 참석하지 않아도 된다고 말했다. 지금 다시 생각하니 내가 아주 책임감 있는 상사는 아니었던 것 같다.) 광고계에서는 약간 미쳐야 했다. 나는 (가끔) 정장을 입었지만, 옷깃에 인조모피가 달린 정장이었다.

　1990년대 초반은 파티의 나날이었다. 나는 열심히 일하고 열심히 놀았다. 초의 양쪽 끝뿐만이 아니라 중간에도 불을 붙인 것과 같았다. 주말이면 즉석 페스티벌에서 야영을 하거나 크로스와 프리지, 미니스트리오브사운드 같은 클럽을 돌아다니며 밤새 놀았다. 나는 도시의 새벽과 아주 친근한 사이가 되었고, 가끔은 집에 가는 것이 아무 의미가 없었기 때문에 사무실 소파에서 잤다(사무실은 편리하게도 애너벨스라는 나이트클럽 바로 옆이었다).

그러다가 거의 15년 전에 나는 담배를 끊었다. 내가 생각하는 나의 이미지에서 손가락 사이에 늘 끼워져 있던 담배—반항의 상징(나는 그렇게 생각했다), 수수께끼와 가능성을 암시하는 자욱한 연기, 나만의 연초점렌즈●—를 빼자 적응할 때까지 시간이 좀 걸렸다. 그래도 나에겐 아직 술이 남아 있었다……

술을 끊기 전까지 나는 집안일과 단둘이 남겨진, 납작하게 찌그러져 갇힌 재미없고 포동포동한 중년 주부가 된 기분이 들면 차가운 상세르를 한 잔 따라서 혼자만의 작은 파티를 즐겼다. 이제 그런 즐거움도 끝났다. 나의 마지막 남은 비행. 최후의 반항. 이제 나는 술에 취하지 않고 살이 약간 빠진 중년의 주부가 되었다.

이다음에는 어떻게 될까? 나는 교차중독에 대해서 아주 잘 알고 있다. 인터넷 포르노, 과식, 온라인 빙고에 중독되는 것만큼은 절대 싫(고 필요하지도 않)다. 그래서 이렇게 생각하려 한다……

영국 성인 인구의 80퍼센트가 술을 마신다면, 진정한 반항아는 누구일까? 모두가 "네"라고 말할 때 혼자서만 "아니요"라고 말하는 사람은 누구일까? 최전선에 서서 경계를 넓히는 자는 누구일까? 바로 나다. 그러니 마음에 안 들어도 순순히 받아들이시지.

● 선명도와 색조의 대비를 약화시켜 신비스러운 분위기를 만들어주는 렌즈.

게다가 나에게는 자그마한 블로그가, 나만의 반항이, 불온한 비밀이 있다. 가끔 다른 엄마가 요즘 뭐하고 지내냐고 물으면 나는 "아, 블로그를 시작했어요"라고 말한다.

"정말요? 누구 읽는 사람 있어요?" 사람들이 믿을 수 없다는 듯이 묻는다.

"아, 네. 전 세계에서 수천 명이 읽어요. 인도랑 중국부터 우크라이나, 안티과, 오만까지─말 그대로 전 세계에서요."

"블로그 주제가 뭐예요?" 엄마들이 무척 흥분하며 묻는다.

"그냥 이것저것요. 변태적이거나 불법적인 건 아니에요." 나는 수수께끼처럼 대답한 다음 자리를 떠난다. 나는 아직 반항아다.

문제는, 나는 절대 따분한 사람이 아니고 술을 마시지 않아도 멋진 반항아가 될 수 있음을 스스로에게 증명하려 애쓰다가 너무 나간 것 같다. 초보자의 흔한 실수다.

나는 새로 단장한 정원을 자랑하려고 두 가족을 점심 바비큐파티에 초대했다. 주말 연휴면 늘 그렇듯이, 바비큐를 하려고 불을 피우자마자 비가 내리기 시작한다. 우리는 집안으로 자리를 옮겨서 오후 2시 30분쯤 되어서야 점심식사를 시작한다.

3시 30분쯤 되자 다들 지나치게 많이 먹었다. 예전과 달리(원래 이쯤 되면 나는 '손님을 제대로 대접하는 흉내'를 포기해버린다) 나는 커피와 초콜릿을 잊지 않고 내온다. 나는 접시를 치우고 식기세척기에 그릇을 넣고, 다른 사람들은 전부 저쪽에 앉아서 술을 마신다.

오해는 하지 말기 바란다. 정말로 재미있다. 대화는 유쾌하고, 몇 번이나 눈물이 찔끔 날 정도로 웃는다. 하지만 근질근질하다. 조명을 낮추고 의자에 기대앉아서 대세에 몸을 맡길 수 있다면 정말 좋겠다. 나는 너무 경직되어 있고, 음식을 먹거나 술을 마시지 않아도 네 시간 동안 테이블 앞에 앉아서 시간을 보낼 수 있다는 사실을 지나치게 의식한다.

어느새 나는 말을 하는 동시에 내 말을 샅샅이 분석하고 있다. 재미있나? 내가 이 이야기를 왜 하는 거지? 이런 소문을 이야기해도 괜찮은 걸까? 예전에 나는 아무 생각도 하지 않으면서 온갖 이야기를 할 수 있었다. 가끔 충격을 주거나 기분을 상하게 만들었을지도 모르지만, 쉬웠다. 자연스러웠다.

참 우습게도 십대에서 이십대 초반일 때 이런 식으로 대화를 분석했던 기억이 떠오른다. 아마 내가 점심식사나 디너파티에서 비교적 맨정신이었던 것은 그때가 마지막이었을 것이다. 임신했을 때는 예외였지만, 그땐 쉬웠다. 의자에 기대앉아서 소중한 배를 조용하고 평온하게 쓰다듬으며 내면의 마돈나(팝스타 말고 성모님 말이다)를 불러내다가 아무 가책 없이 일찍 자리를 뜨면 되었다.

오후 5시가 되자 의자에 올라서서 "좋아! 내가 만든 음식도 먹고 내가 내온 술도 마셨으니까 이제 내 집에서 썩 꺼져!"라고 소리치고 싶어진다. 하지만 전부 내가 사랑하는 사람들이고, 즐거운 시간을 보내고 있기 때문에 그럴 수가 없다.

오후 7시 30분이 되자 다들 집으로 돌아간다. 머리가 깨질 듯이 아프다. 나는 몇 시간 동안 말 그대로 이를 갈고 있었음을 깨닫는다. 내가 자랑스럽지만, 완전히 녹초가 되었다. 작고 안전한 내 집에 작고 안전한 내 가족과 함께 틀어박혀 핫초콜릿 한 잔을 들고 드라마 <매드 맨>을 보고 싶다는 생각밖에 없다.

생각해보니 술을 끊는 것은 사고를 당한 뒤에 걷는 법을 다시 배우는 것과 약간 비슷하다. 아장아장 걸어야만 한다. 이번 주말에 나는 연습도 별로 안 해놓고 빌어먹을 마라톤을 뛰려 했다.

후기 급성 금단증상

중간 방학이라서 나는 아이들과 개와 함께 우리 부모님 집으로 왔다.

많은 독자들이 힘들었던 어린 시절—이혼, 따돌림, 학대—에 대해서 이야기한다. 독자들은 '영혼에 구멍'이 난 듯한 느낌에 대해서도 자주 말한다. 내 경험은 전혀 다르다.

우리 부모님은 정말 대단하다. 머릿속으로 영화를 보듯이 어린 시절을 돌이켜보면 모노폴리 게임, 버터스카치맛 에인절딜라이트*, 기니피그, 스카이콩콩, 1976년의 한없이 더웠던 여름이 행복하게 뒤섞여 떠오른다. 내 인생이 아주 약간 부족해진 것은 우리 부모님의 탓이 절대로 아니다. 하지만 나는 아빠의 집안에 유전적으로 중독 성향이 있는 게 아닐까 약간 의심이 든다.

어렸을 때 나는 아빠가 군인이라고, 종종 전투를 하러 떠난다고 생각했다. 엄마는 내가 선생님과 친구들에게 그렇게 말했다는 이야기를 듣고 어떻게 된 일인지 물었다. 알고 보니 '대구 전쟁' 때문에 아이슬란드로 간다는 아빠의 말을 내가 오해한 것이었다. 아빠는 사실 농림수산식품부 공무원으로, 어업권 협상 때문에 출장을 갔었다.

---

* 우유에 넣고 섞어서 무스 같은 디저트를 만드는 가루 제품.

아빠는 내가 만나본 사람 중에서 제일 똑똑하다. 케임브리지 장학생이었고(클레어칼리지 출신이라 거기서 내 이름을 따왔다), 공무원 시험에서 아주 높은 점수를 받았다. 우리 아빠는 믿을 수 없을 만큼 엄격한 원칙주의자다. 아빠는 큰 성공을 거두었고 무척 존경받지만, 나는 아빠가 거짓말이나 속임수를 쓸 각오가 있었다면 최고의 자리까지 올라갔을 거라고 어렴풋이 생각한다. 하지만 아빠는 절대 그럴 사람이 아니다.

아빠는 재치가 무척 뛰어나다. 유럽연합 집행위원회에서 일할 때에는 만우절마다 아주 재미있는 쪽지를 남기는 것으로 유명했다. 어느 해에는 하일랜드 숫양의 정자 수를 늘리기 위해 고환 감싸개를 손으로 직접 뜨는 (가상의) 스코틀랜드 여성노인협동조합을 위해 유럽연합 공동농업정책의 재원 확보를 촉구하는 장난스러운 탄원서를 돌렸다. 아빠는 이 정책을 실현하면 어떤 장점이 있는지 토론하는 회의가 너무 길어지기 전에 사실을 털어놓아야 했다.

엄마도 화이트홀*에서 일하다가 아빠를 만났지만, 당시 관례에 따라 내가 태어나자 일을 그만두었다. 남동생이 초등학교에 들어가자 엄마는 교육학 공부를 시작했지만, 아빠가 브뤼셀로 발령받는

* 영국 관공서가 모여 있는 런던의 거리.

바람에 다시 한번 커리어를 포기해야 했다.

엄마가 매사에 어떻게 접근하는지 보면, 얼마나 큰 성공을 거두었을지 알 수 있다. 남동생이 보이스카우트 어린이단인 컵스카우트에 들어가고 싶어하자 엄마는 발 벗고 나섰고, 동생은 금방 컵스카우트 대장이 되었다. 1, 2년 뒤 엄마는 베네룩스 지역 컵스카우트 운동을 이끌고 있었다. BBC가 라디오 4를 장파 방송에서 제외하겠다고 발표하자(그것은 엄마가 <디 아처스>나 <우먼스 아워> 같은 프로그램을 못 듣게 된다는 뜻이었다) 엄마는 재외 영국인 커뮤니티를 동원해서 티셔츠와 범퍼 스티커, 현수막을 만들고 의회 행진을 조직했다. BBC는 현명하게도 우리 엄마에게 양손을 들었다.

하지만 지금 나는 부모님 집이라는 피난처에 머물고 있는데도 지난 며칠 동안 기운이 없고 불쑥불쑥 화가 난다. 그리고 정말로 피곤하다. 육체적으로도 정신적으로도 녹초가 되었다.

나는 통나무처럼 일곱 시간은 족히 자고도 일어나자마자 피곤하다. 늦은 오후면 의자에 앉은 채로 다시 잠든다. 저녁에는 TV 앞에 쓰러져 있는 것 말고는 아무것도 할 에너지가 없다.

그래서 구글에 '금주 후 피로감' 같은 구절을 검색해본다. 늘 그렇듯 술을 끊은 직후 며칠 동안 나타나는 금단증상에 대한 이야기밖에 없다. 그거라면 나도 잘 안다. 술을 끊은 첫 주에 정말 피곤했던 기억이 난다. 하지만 지금은 88일째다. (뚱뚱한 여자 두 명이 서 있는 것 같은 숫자잖아. 얘들아, 너희 마음 나도 잘 알아.)

그러다가 후기 급성 금단증상을 발견한다. 안 어울리게 귀여운 별명으로 포스PAWS라고도 한다.•

아, 제기랄.

포스는 알코올(이나 다른 형태의 약물) 금단현상 중 두번째 단계이고, 맨 처음에 나타나는 강렬한 육체적 금단현상 다음으로 발생한다. 뇌의 화학작용이 새로운 평형상태로 서서히 돌아가는 과정에서 불규칙적으로 흔들리며 감정적 생리적 육체적 증상을 일으킬 수 있다.

포스 증세는 주기적인 것으로 보인다—어떤 사람들은 달의 운행과 관련이 있다고, 약 28일에 한 번씩 또는 보름달이 뜰 때 발생한다고 말한다. 세상에, 내가 늑대인간이라는 거잖아! '벽' 이후 이어지는 '분홍 구름' 단계에 포스 증세가 처음 나타날 수 있는데, 이 증상은 최대 2년까지 재발할 수 있다!

좋은 소식은 증세가 나타날 때마다 더 짧고 약해지면서 며칠 내로 사라진다는 것이다. 이 사실을 인식하고 대비하면 잘 대처할 수

• 영어 'paw'는 '동물의 발'이라는 뜻이다.

있다. 포스의 공격에 대비하지 못해서 다시 술을 마시게 되는 경우가 많다. 모든 것이 나아지고 있다고 생각하는 순간, 쿵! 처음으로 돌아간 기분이 드는 것이다. 그러면 결국 나아지리라는 믿음을 잃고 술병에 손을 뻗게 된다.

포스의 증상으로는 감정 기복, 불안, 짜증, 피로, 낮은 열의, 다양한 집중 및 수면 장애(과음하는 악몽도 포함된다) 등이 있다.

내가 읽은 바에 따르면 포스 증세가 나타날 때 급격한 기억력 감퇴를 경험하는 사람이 많다고 한다. 이 사실을 알자 솔직히 마음이 놓인다. 이틀 전에 가게에서 우편번호를 물었을 때 기억하지 못했던 이유가 설명되기 때문이다. 10년 가까이 써온 우편번호였다. 나는 알츠하이머 조기 발병이 아닐까 싶어서 겁에 질렸다. 생각해보라. 술에 취해서 20년을 흐리멍덩하게 살다가 겨우 몇 달 맨정신으로 살았는데 정신이 나가버린다니!

그렇다면 포스에 어떻게 대처해야 할까? 중독과 회복 관련 웹사이트 addictionsandrecovery.org에는 이렇게 나와 있다. 회복을 서두를 수는 없지만 한 번에 하루씩 이겨낼 수는 있습니다. 후기 급성 금단 증상 때문에 화를 내거나 본인의 방식대로 억지로 밀어붙이려 하면 지치게 됩니다. 지쳐버리면 (약물이나 알코올을) 피난처로 삼고 싶은 생각이 들 것입니다.

그러니 기본적으로 흐름에 몸을 맡겨야 한다. 월경전증후군처럼 버티면 된다.

늘 그랬듯이 나는 새로 알게 된 지식을 '엄마는 남몰래 술을 마셨다'에 공유한다. 이제 전 세계 사람들이 내 블로그를 우연히 발견해서(주제가 주제이니만큼 말 그대로 '비틀거리다가' 발견했을 가능성도 있다) 조회수가 하루에 몇백 회나 된다. 내가 그랬던 것처럼 실성하는 게 아닐까 걱정하다가 그렇지 않다는 사실을 깨닫고 안심한 사람들이 무수히 댓글을 달아준다.

러시노모어('더이상 술꾼이 아니야'라니, 닉네임이 정말 마음에 든다)라는 사람은 이렇게 말한다.

오늘 올리신 글은 타이밍이 정말 완벽했어요. 지쳐서 그런 것이라고는 생각도 못했기 때문에 지금 눈알이 빠지도록 엉엉 울고 있습니다. 만세―나는 정상이다! 하지만 정상이라는 느낌이 안 들어요. 진짜 이상한 사람이 된 기분이에요. 평소에는 이 정도로 감정 기복이 심하지 않거든요. 사이코 같은 감정 기복이라는 말이 더 어울리겠어요.

블로그가 아주 좋은 치료 요법이라는 사실이 증명되고 있다. 블로그에 그날의 글을 쓰기 전까지는 초조하다. 머릿속에서 말이 계속 빙빙 돌아다니고, 나는 그 말을 겨우 일렬로 몰아서 가상의 종이에 얌전히 앉힌다. 그런 다음 인터넷에 쏘아올리면…… 평화로운 기분이다. 하지만 그보다 더 좋은 것은 덜 외롭고 내가 다른 사람들을 돕고 있다는 느낌이 드는 거다. 나는 술을 마시던 시절에 믿을 수 없을 만큼 이기적이었기 때문에 뭔가 가치 있는 일을 해서 기분이 좋다.

와인 마녀

내 생각에 '와인 마녀'라는 개념을 본능적으로 이해한다는 것은 당신이 알코올을 통제하는 것이 아니라 알코올이 당신을 통제하고 있음을 가장 잘 보여주는 신호다. 나는 겨우 3년 전에 와인 마녀를 만났다. 그전에는 누가 와인 마녀에 대해서 이야기해도 무슨 소리인지 전혀 몰랐을 것이다. 와인 마녀 대신 '마음속의 중독자'라든가 '내 등에 올라탄 원숭이'라고 부르는 사람들도 있다. 남자들은 종종 '악마'나 '늑대'라고 말한다. 하지만 우리 같은 온라인 금주 모임 여자들은 대부분 와인 마녀라고 하면 바로 알아듣는다.

마녀는 어느 순간부터(십대 때 술을 마시기 시작하자마자 마녀가 나타나는 사람도 있지만 사십대쯤 되어서야 나타나는 사람이 많다) 우리 귓가에 속삭이기 시작하고, 그뒤로 점점 더 깊숙이 침입해 들어온다.

처음에 와인 마녀는 전혀 거슬리지 않게 시작한다. "그걸로 충분한 거 확실해? 혹시 떨어질 때를 대비해서 한 병 더 사는 건 어때?"라고 말하는 것이다. 그러다가 약간 경쟁을 부추긴다. 예를 들면 "저 사람 말이야, 자기 잔에 술을 훨씬 더 많이 따르지 않았어?"라고 말한다. 마녀는 점점 더 기만적인 면을 드러낸다. "한두 잔 미리 마시고 가, 그러면 거기서는 많이 안 마셔도 되잖아." 결국에는 대놓고 이상해진다. "저 빈병들을 갖다버릴 다른 장소를 찾아야 돼, 아니면 이웃 사람들이 네가 내놓은 재활용품을 보고 너를 이상하게 생각할 거야."

와인 마녀의 입을 다물게 만드는 방법은 퍼붓는 것밖에 없다— 마녀가 원하는 만큼 술을 주는 것이다. 무슨 이유에서건 술을 줄이려고, 자제하려고 결심하는 순간 마녀는 더욱 시끄럽고 완고해진다. "한 잔? 그걸론 부족하지! 간에 기별도 안 가잖아! 네가 뭐라고 생각하는데? 사람이 아니라 쥐라도 되는 거야?" 이제야 우리는 누구를 상대하고 있는지 똑바로 보게 된다.

장거리 비행이 아주 좋은 예다. 비행기에서는—멀리 떠나는 것을 축하하거나 집으로 돌아오는 것을 애도하기 위해서—상당한 양의 술이 필요하기 때문이다. 게다가 양항비와 날개 곡면에 따른 대기속도의 차이를 과학적으로 아무리 잘 이해한다고 해도 그렇게 거대한 금속 덩어리가 하늘을 난다는 사실은 직관에 어긋나는 것처럼 느껴진다. 그리고 수화물이 엉뚱한 비행기에 실렸을지도 모른다거나 45분의 시간은 연결편을 갈아타기에 절대 충분하지 않다는 두려움이 항상 존재한다. 술은 그러한 불안의 매듭을 푸는 데 도움이 된다.

나는 비즈니스석에 타는 것을 무척 좋아했다. 비행기에 오르는 순간—"서비스 음료로 샴페인을 드릴까요, 부인?"—부터 등받이를 완전히 눕혀서 평평해진 침대에 누워 잠드는 순간—"디제스티프

드릴까요? 나이트캡 드릴까요?"—까지 공짜 술을 자꾸 권하니까 말이다. 그러나 가족과 함께 이코노미석에 타는 것은 전혀 다른 경험이었다.

나는 영국항공이 알코올 정책을 바꾸었다고, 술에 더 인색해졌다고 확신했다. 장거리 비행이 그전까지는 아주 만족스러웠지만 그때는 엄청난 스트레스로 다가왔기 때문이다. 저녁식사 전에 한 잔, 식사중에 한 잔이라니, 분명 이보다 더 많이 주지 않았나? 지금 생각하니 바뀐 것은 내가 아니었을까 싶다.

끝없는 보안 절차와 탑승수속을 마치고 비행기에 오를 때쯤 되면 술 한 잔이 간절했다. 비행기가 이륙하고 음료를 실은 카트가 나올 때까지 기다려야 했다. 나는 복도에서 느릿느릿 다가오는 카트에서 눈을 떼지 못했다. 세상에, 빨리 좀 와라! 나는 저녁식사를 하고 약간 적은 듯한 술 두 잔을 다 마시고 나면, 어떻게 하면 승무원을 불러서 아주 작은 잔이지만 와인을 한 잔 더 달라고 요청하면서도 이상하게 보이지 않을 수 있을까 하는 딜레마와 끝없이 씨름했다.

와인 마녀는 바로 그런 순간에 이상해진다. "빌어먹을 승무원을 불러! 승무원이 뭐라고 생각하든 무슨 상관이야!"

그렇기 때문에 소버리스타스라는 멋진 웹사이트에서 와인 마녀라는 말을 처음 봤을 때는 불이 탁 켜지는 기분이 들었다. 누가 나의 숙적에게 이름을 붙여주었을 뿐만 아니라 분명 나 혼자만 그 마녀를 만난 것이 아니었기 때문이다.

나는 하루하루 술을 안 마실 때마다 와인 마녀의 에너지를 빼앗는다고 생각한다. 나의 마녀는 이제 거의 혼수상태다. 아직 존재하지만 쇠약해졌고, 이제는 말도 안 한다. 적을 파악해서 좋은 점은 아는 것이 힘이 되고 그 힘으로 적을 물리칠 수 있다는 사실이다.

나는 학교가 끝난 다음 아이들을 태우고 집으로 가는 길에 정말 잘하고 있다고, 아주 용감하고 욕심도 없다고, 훌륭한 엄마가 되어가고 있다고 생각하면서 자신을 칭찬한다. 이 나이쯤에는 자만하면 반드시 추락하게 되어 있음을 알았어야 하는데.

핸드백에서 '띵' 하는 전자음이 연달아 울린다. 나는 신음한다. 아이들 반의 단체 채팅방에서 견과류가 없는 스낵이나 잃어버린 옷에 대해서 수다를 떠는 것이 분명하다. 나는 집에 도착하자마자 핸드폰을 확인한다.

안 좋은 소식이 있어요, 여러분. 조캐스터한테서 서캐가 나왔어요. 다른 아이들도 확인해야 할 것 같아요.

아치도 나왔어요. 친환경적이고 자극적이지 않은 처치 방법을 찾았어요. 자세한 내용이 궁금하면 메일 보내요.

보건 선생님 말씀이 서캐가 온 학교에 퍼졌대요. 저학년 고학년 전부.
우리 애들도 빗질하는 중이에요.

문자를 보자마자 왠지 가렵다. 내 두피에서 행진하는 머릿니 군
단이 확실히 느껴지는 것 같다. 아이들을 돌아보니 키트가 팔을 들
고 머리를 맹렬하게 긁기 시작한다. 아이들에게 참빗을 하나씩 나
눠준 다음, 넷이서 동그랗게 모여 앉아 털을 골라주는 고릴라처럼
서로의 머리카락을 빗어준다.

"하나 찾았다!" 키트의 머리를 빗어주던 이비가 외친다.

"난 매디한테서 두 개 찾았어!" 키트가 지지 않으려고 대꾸한다.

"엄마, 뿌리 좀 보세요!" 매디가 외친다. "미용실에 가서—"

"염색하라고 하지 마!" 내가 매디를 보며 으르렁거린다.

곧 가족 모두 이가 옮았음이 분명해진다.

"아빠는 서캐가 생기면 별로 안 좋아하실 거야." 완곡어법의 달
인인 매디가 말한다.

"음, 적어도 찾기는 쉽겠네." 키트가 씩 웃으며 말한다. "숨을 데
가 없잖아!" 여덟 살짜리에게 노화에 따르는 시련을 지적하는 것보

다 더 재미있는 일은 없다.

화학 성분이 없는 빌어먹을 유기농 샴푸는 다 약해빠졌다. 비장의 무기를 꺼내야겠다. 나는 무시무시한 해골과 뼈다귀가 그려진 병에서 유독한 냄새가 나는 액체를 덜어 모두의 머리를 공격한다. 그런 다음 머리를 빗고, 감고, 말리느라 몇 시간은 보낸 느낌이다. 이제 나는 녹초가 된다. 다행히 잠자리에 들 시간이고, 나는 오늘 하루만은 책 읽기를 건너뛰어도 되겠지 생각한다.

"엄마." 키트가 말한다. "저 내일 로마 프로젝트 내는 거 잊지 마세요."

아아아아아아악! 4학년 로마 프로젝트. 이 정도면 어떤 엄마든 술을 찾을 거다. 까먹지 말았어야 했는데. 어제 나는 로마 프로젝트를 보란듯이 하루 일찍 제출하는 학부모를 여러 명 봤다. 어떤 남자애는 글래디에이터 의상을 입고 복잡하게 얽힌 콜로세움 축소 모형을 꽉 쥐고 와서 프로젝트를 냈다. 또다른 아이는 직접 만든 종이에 아름다운 장식서체로 글씨를 쓴 다음 돌돌 말아서 보라색 리본으로 묶었다. 그런 프로젝트를 아이들이 직접 했을 리는 없다.

우리는 두 시간 동안 키트의 로마 프로젝트를 제출할 만한 수준으로 열심히 만들었고, 나는 아이들을 재운 다음 키트의 극악무도한 철자를 좀 고쳤다(지저분한 글씨체를 흉내내려고 왼손으로 썼다).

그러고 나자 정말 손가락 하나 까딱하기 싫어졌다.

　나는 의자에 쓰러진다. 와인 마녀를 완전히 통제하고 있다고 생각했지만 그녀가 복수하러 돌아왔다. 와인잔을 감싸쥐고 싶어서 손가락이 아플 지경이지만, 그 대신 의자 팔걸이를 억지로 두드린다. 내 정신과 손가락의 주의를 돌리기 위해서 핸드폰을 집어들고 페이스북에 접속한다.

　멍청한 실수였다. 내 뉴스피드에 파티에서 술 마시는 사람들 사진, 전경에 커다란 와인병 여러 개가 떡하니 찍힌 저녁 식탁 사진, 자연스럽게 이어지는 엄마들과 와인에 대한 밈이 가득하다.

이 세상 어딘가는 5시니까!

친구를 가까이하고 와인은 더 가까이하라.

친절을 베풀어라. 도움이 되어라. 와인을 가져와라.

　심지어 와인 디스펜서 겸용 핸드백 링크를 올린 사람도 있다. 생긴 건 평범한 가방 같고 핸드폰과 지갑, 화장품도 들어가지만 안감 쪽에 와인 2리터가 들어가는데, 편리하고 눈에 잘 안 띄는 꼭지를 통해서 와인을 따를 수 있다. 예전의 나라면 얼마나 좋아했을까.

　정말로 모든 사람이 항상 술을 마시는데 내가 이렇게까지 고생하는 게 무슨 의미가 있지? 하루를 끝내고 긴장을 푸는 아주 멀쩡한 방법이잖아. 유행이기도 하고. 유럽대륙풍이고.

나는 왜 인생을 이렇게 힘들게 만드는 걸까? 하룻밤에 아이들 머릿니를 다 잡고 로마 프로젝트까지 만든 사람한테 차나 한잔 마시면서 한숨 돌리라고 할 사람은 아무도 없을 거다. 지금은 무알코올 맥주조차 티라노사우루스 렉스의 짤따랗고 쓸모없는 팔처럼 아무 소용이 없을 것 같다.

이럴 때면 우리집에서 술을 아예 금지하지 않은 나의 결정을 저주하고 싶다. 나는 뭐든지 최대한 평범하게 유지하기 위해 존이나 손님이 마실 와인을 얼마든지 열어놓겠다고 정말 굳게 결심했다. AA는 강력하게 반대한다. 이발소에 얼씬거리면 결국 머리를 깎게 된다고 말이다. 나는 그보다 강한 사람이라고, 온 세상이 알코올 속에서 헤엄을 치는데 혼자 알코올로부터 달아나는 것은 아무 의미가 없다고 스스로에게 말했다.

하지만 지금, 냉장고에 내가 제일 좋아하는 화이트와인 반병이 차가운 상태로 들어 있다는 사실을 알기에 나는 미칠 것 같다. 머릿속에서 전쟁이 벌어지고, 나는 냉장고를 향해서 걸어갔다 돌아오기를 반복한다. 어찌나 왔다갔다했는지, 마룻널에 홈이 패지 않은 게 신기할 지경이다. 결국 나는 냉장고 문을 열고 큰 잔에 따른다.

6월

100일을 기념한 달,
점점 쉬워지기
시작하다

나는 그 와인을 마시지 않았다.

부엌 식탁에 앉아서 빤히 바라보기만 했다. 냄새도 맡았다. 잔을 들어서 꿀 같은 색의 차가운 와인을 빙빙 돌려보았다. 그때 문이 열리고 존이 들어왔다. 나를 보고, 내 손에 들린 잔을 본 존이 충격받은 표정을 지었다. 내가 깜짝 놀라서 펄쩍 뛰는 바람에 와인을 손과 부엌 식탁에 거의 다 쏟았다. 알몸으로 가스 검침원과 맞닥뜨린 기분이었다.

"당신 그거 마시는 거 아니지?" 존이 물었다. "지금까지 너무 잘했잖아, 이제 와서 망치지는 마."

나는 얼마나 멀리 왔는지 되새겼다. 나는 이 다이어리―0일부터 시작하는데, 절대로 처음부터 반복하고 싶지는 않다―를 다시 읽었고, 패배를 인정하기 전에 적어도 100일까지는 술을 안 마시겠다고 약속했음을 기억했다. 그래서 나는 잔을 싱크대에 비우고 존에게 머릿니가 있을지도 모른다고 말한 다음 침대로 갔다.

이제 나는 금주를 계속하기로 결정한 것이 정말 기쁘다. 오늘은 완전히 다른 느낌이기 때문이다. 케이트 모스의 말을 조금 비틀어보자면, 어떤 와인도 맨정신만큼 맛이 좋지는 않다. 나는 행복한 분홍 구름 속에서 헤엄치고 있고, 게다가 술을 끊은 지 정확히 석 달이 지났다. 1년의 4분의 1. 누가 짐작이나 했을까?

금주 블로그에서 만난 친구들이 없었다면 여기까지 오지 못했을 것이다. 나를 웃기고, 울리고, 너그러운 마음과 굳건한 힘으로 나를 놀라게 한 나의 동족. 내가 그 와인을 마셨다면 그 친구들을 전부 실망시켰을 것이고, 내가 실패했다면 인터넷의 수많은 친구들이 도미노처럼 쓰러졌으리라는 생각이 든다. 인터넷이 나를 살렸다.

그러나 그것으로 충분하지 않았던 순간이 아주 많다. 말없는 포옹이 필요할 때가 있다. 손에 닿는 것. 만들어낸 이름이 아니라 얼굴을 가진 친구.

내가 AA에 참석할 용기가 있었다면 오늘 나는 케이크를 들고 교회 강당에 가서 내 가상 세계의 아바타가 아니라 현실의 나를 아는 진짜 사람들과 축하했을 것이다. 사람들은 박수를 치고 내 등을 두드려주고 케이크를 나눠 먹었을 것이고, 나는 3개월 기념 코인을 받았을 것이다. 그래서 오늘은 서글픈 가짜 이름으로 모니터 뒤에 숨어 있는 것이 약간 우울하다.

나는 힘을 내기 위해서 잡동사니를 정리하며 하루를 보내기로 한다.

고기능 알코올중독자 술고래의 한 가지 특징은 겉으로 보이는 모습을 제일 중요하게 여긴다는 것이다. 모든 것이 통제되고 있는 것처럼 보이면 정말로 그렇다고 스스로를 속일 수 있다. 우리는 백

조와 같다—물 밖에서는 수월하게 미끄러지는 것처럼 보이지만 실제로는 물고기 똥 사이로 미친듯이 발을 철벅거리고 있다.

그러므로 우리 같은 사람의 집은 대부분 겉으로는 잘 정돈되어 보이지만 찬장이나 침대 밑, 지하실을 들여다보면 잡동사니와 동그랗게 뭉친 먼지 덩어리가 가득하다. 술을 많이 마실 때는 수많은 일을 전부 할 시간이, 뭘 어디에 두고 어떻게 할지 생각할 시간이 없다. 그래서 서랍에 처박은 다음 술을 한 잔 더 따르는 것이다.

그리고 무시무시한 사실이 하나 있다. 정신적으로도 완전히 똑같다는 것이다. 세상에, 성가신 감정이 하나 있는데 정말 마음에 안 들고 어떻게 해야 할지도 모르겠어. 에라 모르겠다, 마음 깊은 곳에 숨겨버리고 술이나 한 잔 더 따르자.

그러다가 술을 끊으면 마음 깊은 곳에 그대로 남아 있는, 그동안 거부하고 무시했던 감정, 곰팡이가 피어서 우리를 나태하게 만들고 기능장애를 일으켰던 감정을 치우기 시작한다. 그러니 실제 환경도 치워야겠다는 생각이 들기 시작하는 것은 놀라운 일이 아니다. 정원은 이미 치웠고, 이제 집을 치울 시간이다.

나는 '모델하우스 프로젝트'를 시작하기 전에 우선 풍수에 대해 읽으면서 조사해보기로 한다. 풍수는 우리의 물리적 환경과 영적 자아가 어떻게 연결되어 있는지 설명해준다. 고백건대 나는 풍수를 항상 '인생은 너무 짧기 때문에 신경쓸 수 없는 거창한 헛소리' 칸에 분류해놓았지만, 이제 말이 되는 소리처럼 느껴지기 시작했다.

인테리어 웹진 thespruce.com에 실린 글은 다음과 같이 주장한다.

잡동사니는 흐르지 못하고 고여서 혼란을 일으키는 저급한 에너지로, 당신의 에너지를 끊임없이 빼앗아간다. 집안에서 풍수적으로 중요한 자리와 잡동사니의 위치에 따라 삶의 여러 영역에서 사건과 에너지의 흐름이 막히거나 부정적인 영향을 받을 수 있다.

풍수에 따르면 우리는 식물과 같아서 공간과 빛이 없으면 자랄 수 없다.

이런, 내 인생이 이렇게 엉망진창인 것도 당연하군.

참 우습게도 나는 제일 먼저 부엌과 현관의 잡동사니 정리를 시작한다. (재빨리) 조사를 좀 해보니 부엌이 건강, 특히 간과 관련된 구역이라고 한다. 너무 무섭잖아?!? 그리고 집으로 들어오는 입구는 '기의 통로'라고 하는데, 집은 바로 여기에서 '에너지와 영양'을 얻는다. '기의 통로'가 막히면 끝장이다(이상 개요 끝).

내가 조사한 바에 따르면 잡동사니를 정리할 때에는 구역을 작게 여러 개로 나눈 다음 한 번에 한 구역씩, 30분 이내로 정리하는 것이 제일 좋다. 30분 동안 모든 잡동사니를 '간직할 물건' '버릴 물건' '모르겠음' 세 더미로 나눈다. 정말로 좋아하거나 유용하거나 제자리가 있는 물건만 간직한다. 좋아하지 않거나 쓸데가 없거나 제자리가 없는 물건은 가차없이 버린다. '모르겠음' 상자는 몇 달 동안 치워두었다가 다시 '간직할 물건' '버릴 물건' '모르겠음'으로 나누고, 상자가 빌 때까지 이 과정을 반복한다.

나는 어느새 <겨울왕국>의 주제가 <렛 잇 고>를 마음대로 부르면서 신들린 여자처럼 자선중고품가게에 보낼 상자를 기분좋게 채우고 있다.

하루가 거의 저물어 존과 아이들이 집으로 돌아왔을 때 나는 육체적 감정적으로 지쳤지만 (완전히 합법적이고 독성이 없는) 흥분 상태이기도 했다. 훨씬 넓은 공간을 확보했을 뿐 아니라 혼돈에서 질서를 만들어냈다. 나는 모든 물건에는 제자리가 있어야 하고 모든 물건은 제자리에 있어야 한다고 중얼거리면서 현관문 옆에 개목줄을 걸 고리를 달고 아이들의 가방을 걸 못도 박았다. 그런 다음 각종 물건이 가득 담긴 그릇을 전부 비워서 분류했다. 심지어 새로 만든 '허브 텃밭'에 낡은 어항과 아이들이 키우는 올챙이로 일본식 잉어 연못까지 나름대로 만들었다. 클럽에 다니던 시절에 입었던 밝은 주황색 베르사체 청바지(10사이즈)를 버리려니 정말로 눈물이 나서 잠깐 쉬어야 했다.

지금 남편은 소파에 아무렇게나 퍼질러앉아서 매디랑 같이 십대 인어에 대한 프로그램을 연달아 보고 있다. 나는 당장 남편부터 정리하고 싶은 충동을 억누른다.

"당신 그거 왜 보는 거야?" 내가 쓰레기봉투를 들고 남편 옆을 지나가면서 묻는다. 화면 속에서 금발 머리 십대 세 명이 거의 알몸과 다름없는 비키니 차림으로 슥 지나간다. 남편은 눈을 떼지 못한다.

"누구나 좋아할 만한 특별한 면이 있는 것 같아." 존이 눈도 떼지 않고 대답한다.

물리적 감정적 잡동사니를 전부 다 정리하려면 아직 멀었지만 (아직 지하실—우리집에서는 '절망의 구렁텅이'라고 부른다—은 근처에도 못 갔다) 스며들기 시작하는 빛이 느껴진다. 아니면 지붕 타일이 또 떨어졌나.

나는 축하하는 뜻에서 차를 마시려고 가스레인지에 주전자를 올린 다음 우편물을 가지러 나간다. 우편함에 손으로 주소를 쓴 편지가 하나 들어 있는데, 10년 넘게 못 본 필체였지만 나는 바로 알아본다.

30년지기 친구이자 지금은 미국에 살고 있는 필리파의 편지다.

필리파는 내 블로그 독자 중에서 (존을 제외하면) 유일하게 나를 아는 사람이다. 필리파도 술을 끊었기 때문에 나는 블로그를 시작하자마자 그녀에게 링크를 보냈다. 필리파는 9년째 술을 마시지 않았을 뿐 아니라 대학원에서 중독학 학위까지 받았다. 내 죄를 고백하기에 이보다 더 좋은 상대가 어디 있을까?

나는 차를 한 잔 놓고 자리에 앉아서 봉투를 뜯는다. 축하 카드와 필리파가 AA에서 받은 3개월 금주 기념 코인이 들어 있다. 진짜 사람이 보낸, 확고하고 손으로 만질 수 있는 것이다. 나를 생각해줄 뿐만 아니라 자신에게 무척 소중한 것까지 보내주다니. 나는 울음을 터뜨린다. 크고 통통하고 행복한 눈물, 아주 좋은 눈물이다.

고마워, 필리파. 나에게는 네가 상상할 수 있는 것보다 훨씬 큰 의미가 있는 선물이야.

회상

정말 대단한 일을 해냈다, 오오! 우후! 잘하고 있어!

AA는 3개월을 축하하지만 금주 블로그 세계에서는 주로 100일을 축하한다. 100일 전후로 상황이 점차 좋아지기 때문에 획기적인 시점이라고들 한다.

나는 혼자(그리고 인터넷 친구들과 함께) 축하할 생각이었지만, 알고 보니 남편이 블로그를 몰래 엿보는 것에도 장점이 있었다. 오늘 아침 잠에서 반쯤 깨자 남편이 백 살 생일 축하 카드를 주었다! (백 살 생일 축하 카드라니, 분명 구하기 힘들 거다.)

그뿐만 아니라 멋진 목걸이―코끼리 펜던트가 달린 은목걸이―도 주었다. "아무것도 잊지 않는다는 코끼리네" 같은 말을 하거나 내 엉덩이 크기에 대한 농담을 할 수도 있었겠지만, 사실 존은 내가 코끼리를 얼마나 사랑하는지 잘 아는 것뿐이다.

존은 정말 좋은 사람이다. 나를 지켜주는 사람.

아무튼 특별한 날이니만큼 이 다이어리를 처음부터 다시 읽으면서 회상해보았다.

원기 왕성하고, 열정이 넘치고, 순진한 나는 이제 막 중등학교에 들어간 소녀 같았다. 드디어 해냈다고―해야 할 일을 하고 시험을 통과하고 드디어 입학이라고―생각하지만 곧 아무것도 모른다는 사실을 깨닫는다. 주변을 둘러보다가 아무도 양말을 올려 신거나 정해진 길이의 치마를 입고 있지 않다는 사실을 알아차리는 것이다. 아무것도 모른다. 규칙도 모른다. 전혀 이해할 수가 없다.

나는 이제 '나는 알코올중독일까?'라는 시험을 치렀고, '한 번은 마실 수 있겠지?' 단계('이걸로 끝이야? 영원히?' 단계라고도 한다)도 지났다. 8학년과 9학년도 마쳤고, 이제 10학년이 된다! 하지만 모르는 것이 없고 자신감이 넘치는 멋진 12학년이 되려면 아직 한참 남았음을 깨닫는다. 나는 이제 막 '성찰'과 '그런데 나는 도대체 어떤 사람이지?' 단계를 시작했고, 이다음에 뭐가 나올지 전혀 모르겠다. 강의계획서도 못 받았다.

나는 블로그에 뒤따라 들어오는 신입 여학생들을 위한 글을 올리려고 8학년이었던 100일 전의 나에게 무엇을 예상하라고 말해주면 좋을지 생각해본다. 그 결과는 다음과 같다.

너는 몇 년 만에 더 깊이, 더 오래 자겠지만 상상보다 훨씬 더 피곤할 거야. 핫초콜릿에 마법 같은 치유력이 있고, 무알코올 맥주도 마실 만하다는 사실을 알게 될 거야. 10년은 더 성숙하고 현명해진 기분이 들겠지만, 5년은 더 어려 보일 거야. 청소, 정리 정돈, 잡초 뽑기, 분류, 버리기에 열중하게 될 거고—문자 그대로도, 은유적으로도—알코올, 알코올의존증, 알코올중독 등 '알코'로 시작하는 모든 것에 대해서 닥치는 대로 읽을 거야. 몇 년 동안이나 끌어안고 있던 불안의 매듭을 술이 해결해주는 것이 아니라 바로 술 때문에 그 불안의 매듭이 생겼다는 사실을 깨달을 거야. 가장 친한 친구가 사실은 철천지원수였던 거지. 강박적일 만큼 자기성찰적인 사람, 즉 자기 배꼽만 보는 사람(뱃사람만 보는 사람이랑 헷갈리면 안 돼)● 이 될 거고, '나는 누구지? 누구였지? 어쩌다 여기까지 왔지? 어디로 가고 있지?' 같은 의문과 끊임없이 씨름할 거야. 이 모든 것을 배우면서 믿을 수 없을 만큼 멋진 동료 여행자들을 만나게 될 거야. 널 웃기고, 울리고, 생각하게 만드는 사람들. 어마어마하게 강인하고, 용감하고, 영감을 주면서 너와 같이 여행하는 사람들.

하지만 그거 아니? (성숙하고 현명해진) 내가 (어리고 순진했던) 나에게 이런 말을 했다고 해도 아무 소용도 없었을 거야. 내가 배운 정말 중요한 사실은 지름길은 없다는 거거든. 윈스턴 처칠의 말로 자주 인용되는 문구가 있어(처칠이 실제로 그렇게 말하지는 않았지만 그 사람이 했을 법한 말이긴 해). "지옥을 헤쳐나가는 중이라면 계속 전진하라." 한 발 앞에 한 발을 놓기만 하면, 한 번에 하루씩 견디기만 하면 돼. 그러면 결국 전쟁터에서 빠져나올 거야. 나를 봐, 100일 동안 계속 걷다보니 여기까지 왔잖아!

● 영어로 'navel gazer'는 '자기성찰적인 사람'이지만 단어 그대로 해석하면 '배꼽을 보는 사람'이라는 뜻이다. 발음이 비슷한 'naval gazer'로 말장난을 치고 있다.

소버리스타스에 접속해서 새로 들어온 사람들이 1일째, 7일째, 14일째에 쓴 글을 읽자 삶을 바꿀 여행의 시작점에 서 있다는 사실이 거의 부러울 지경이다(음, 정말로 부럽지는 않다). 처음 100일은 힘들지만, 내가 생각했던 것보다 훨씬 강렬하고 보람 있다.

나는 (인간을 운반하는 낡은 도요타로 위장한) 폭신폭신 분홍 구름을 타고 여자친구 샘을 만나서 점심을 먹기 위해 하이 스트리트 켄징턴으로 향한다.

샘은 멋진 금발 머리 여성으로, 켄징턴의 전형적인 젊은 엄마처럼 보인다. 하지만 케임브리지에서 영장류학 박사학위를 받았을 뿐만 아니라 과학기술잡지 <뉴 사이언티스트>를 구독하고(게다가 진짜로 읽는다), 코끼리 보호를 위해서 어마어마한 기금도 모은다. 그러므로 샘이 내 코끼리 목걸이를 바로 알아본 것도 전혀 놀랍지 않다.

"목걸이 진짜 예쁘다!" 샘이 말한다. 왜인지는 모르겠지만 나는 어느새 그게 무슨 목걸이인지 설명하면서 술을 끊었다고, 어쩌면 평생 안 마실지도 모른다고 털어놓는다. 나는 샘이 충격받은 표정으로 "도대체 무슨 생각이니? 넌 너무 따분해! 두 번 다시 안 만날래!"라고 소리치기를 기다린다. 하지만 샘은 그러지 않는다.

"세상에, 진짜 다행이다. 오늘 점심에는 술을 별로 마시고 싶지 않다는 말을 어떻게 꺼내나 고민중이었는데. 할일이 있거든." 최고다. 내가 여세를 몰아서 비밀 블로그에 대해서도 말하자 샘은 전혀 충격을 받지 않을 뿐만 아니라 깊은 인상을 받은 것 같다. 샘이 나를 꼭 끌어안더니 정말 자랑스럽다고 말해준다. 나는 샘에게 아무한테도 말하지 않겠다는, 내 블로그를 찾으려 애쓰지도 않겠다는 약속을 받아낸다. 잠깐 용기가 번득였을지 모르지만, 이 정도면 충분하다.

집으로 돌아와서 '엄마는 남몰래 술을 마셨다'에 접속해보니 전 세계에서 스무 명이 넘는 여자(그리고 남자 하나!)로부터 축하 메시지가 와 있다.

나 정말 멋진가봐. 진짜 그럴시도 몰라!

100일까지 한 다음 포기할지 말지 결정하자는 조건을 달았던 것이 이제야 생각난다. 나는 100일쯤 되었을 때 더 수월해지지 않으면 술을 끊지 않겠다고 맹세했다. 하지만 지금은 그것이 세상에서 가장 어리석은 생각 같다. 절대, 절대로 처음부터 다시 시작하고 싶지 않다. 그러므로 오늘부터 다시 100일을 위해서 힘내자. 난 준비가 되어 있다.

나는 펍 퀴즈 대회●에서 오늘밤을 (남몰래) 축하하고 있다. 오늘

● 영국 펍에서는 정해진 요일에 상품을 건 퀴즈 대회를 개최한다.

밤이 끝날 때에도 시작할 때와 똑같이 아주 지적인(또는 그렇지 않은) 모습 그대로일 거라고 생각하니 기대된다. 난생처음이다. 하지만 내가 제안한 팀 이름 '빅 팩트 헌트'가 거부당해서 살짝 화가 난다. 어떤 사람들은 정말 유머 감각이 없다니까.

혼술

누가 내 블로그에 남긴 댓글이 자꾸 생각난다. 내 생각이지만 혼술하는 사람은 문제가 있음이라는 말이다. 그러자 이런 생각이 들었다. 언제부터 혼자 술 마시는 것을 부끄럽다고 생각하지 않게 됐지? 아니면 혼술은 아직도 부끄러운 일로 여겨지지만 나랑 내가 아는 사람들만 말도 안 되는 낡은 사고방식이라고 욕하는 건가?

나에게 '절대 넘으면 안 되는 선'은 오전부터 술 마시기, 술 때문에 거짓말하기(술병을 숨기거나, 남편과 친구들에게 거짓말을 하거나 그런 것 말이다. 물론 의사에게 하는 거짓말은 여기 안 들어간다) 두 가지였다.

내가 혼자서 술 마시는 것을 위험신호라고 생각했다면 20년 전에 진작 선을 넘은 셈이다. 그때라면 술을 아예 끊기보다는 자제했을 것이고, 그랬으면 술을 적당히 마시는 행복하고 평범한 사람이 되어서 와인 마녀 같은 것은 알지도 못했을 것이다.

나는 인터넷으로 '당신은 알코올중독입니까?'라는 자가 진단 테스트를 할 때마다(그런 테스트를 엄청나게 많이 했는데, 주로 취했을 때였다) "혼자서 술을 마십니까?"라는 질문이 나오면 마음속으로 제쳐버렸다. 혼자 술을 마시냐고? 당연하지. 다들 그러는 거 아니야?

하지만 처음에 나는 사람들과 어울리면서 술을 마시기 시작했다, 케임브리지에 들어가자 거의 매일 '사교적인' 음주 행사가 있었던 것이다. 대학을 졸업한 다음에는 인턴이었던 대학 친구 세 명과 집을 하나 빌려서 같이 썼다. 화를 식히는 방법을 인턴보다 잘 아는 사람은 없다. 우리집은 거의 매일 밤 '사교적인 술자리의 중심'이었다. 곰팡이 핀 접시가 싱크대 가득 쌓여도 다들 못 본 척했고, 커피잔에 남은 찌꺼기에 담배를 비벼 껐다.

1, 2년 뒤 나는 대학 친구 케이티와 함께 시끄러운 원즈워스 브리지 로드의 비교적 조용하고 작은 아파트로 이사했다. 우리 두 사람은 같이 행복하게 살았고, 그러다가 케이티가 마크를 만나면서 두 명에서 세 명이 되었다.

나는 마크가 좋았다. 좋은 사람이 다 그렇듯 마크는 좀 이상했다. 그는 불꽃놀이회사를 운영했는데, 우리 아파트 옥상에 거대한 로켓발사대를 설치했다(우리집 거실 창문에서 옥상으로 기어올라갈 수 있었다). 저녁에 마크와 케이티 단둘이 집에 있을 때 오붓한 시간을 조금 더 보내고 싶으면 풀럼의 하늘로 거대한 로켓 불꽃을 쏘았고, 그러면 나는 어느 술집에 있든 그것을 보고 조금 더 돌아다녀야 했다.

마크가 세번째로(케이티와 불꽃 다음으로) 사랑한 것은 장난이었다. 처음에 마크는 내가 돌아오면 놀라게 하려고 폭죽을 설치했다. 새벽 2시에 술에 조금 취한 내가 문을 열면 펑! 문이 폭발했다. 결국 이 장난에 익숙해진 나는 미리 마음의 준비를 했다. 그러던 어느 날 밤, 내가 모든 문을 아무 문제 없이 통과한 다음 화장실로 가서 변기 뚜껑을 열자 아파트 전체에 울릴 만큼 크게 펑 소리가 나는 바람에 심장마비가 올 뻔했다.

예측할 수 있겠지만 나는 전쟁지역에 살면서 지뢰는 없는지, 변기가 폭발하지 않는지 끊임없이 확인하고 젊은 연인들에게 맞춰주는 것이 지긋지긋해졌다. 그래서 스물여섯 살에 내 아파트를 샀다.

나는 풀럼에서 가격이 8만 파운드인 널찍한 침실 하나짜리 아파트를 찾아냈다(은행에서 빌린 돈이 95퍼센트, 부모님께 빌린 돈이 5퍼센트였다). 요즘 런던에서 그 정도 금액이면 모터 달린 자전거 한 대 세울 땅도 못 산다. 나는 짐이 거의 없었기 때문에 친구의 폭스바겐 해치백과 친절한 검은색 택시 한 대로 이사를 끝낼 수 있었다.

새 아파트에서, 샌즈 엔드 지역에 임피리얼 가스라이트앤드코크컴퍼니 직원들을 위해 만든 빅토리아풍 테라스하우스 2층에서 보낸 첫날밤에 나는 새 거실의 유일한 의자(밝은색의 해비탯 덱체어)에 앉아 있었다. 그 외의 가구는 콘랜숍에서 산 장식촛대 두 개, 스테레오 시스템, 앨런이라는 이름의 유카 화분, 커피테이블로 쓰는 포장용 상자밖에 없었다. 그런 행복은 정말 처음이었다.

그렇다면 내가 페리에를 한 잔 마시면서 축하했을까? 말도 안 되는 소리! 나는 당연히 샴페인(아이러니하게도 로랑페리에였다)을 땄고 혼자서 절반을 마셨다(당시에는 그것도 많았다).

혼자 살면 혼자 술을 마시는 것이 합리적이다. 나는 의문을 가져본 적이 없었다. 사실 치열한 광고계에서 종일 힘들게 고생하고 돌아와 냉장고에서 꺼낸 차가운 샤르도네(그때는 샤르도네를 마셨다)를 한 잔 가득 따르면 정말로 어른이 된 기분이었다.

세련되고. 자유롭고. 하나도 슬프지 않았다! 절대! 브리짓 존스는 혼자 술을 마셨다. 캐리 브래드쇼도 혼자 술을 마셨다. 젊고 독립적인 미혼 여성은 원래 그랬다.

나이가 들어서 결혼을 하고 아이를 낳은 다음에는 아이들이 잠들고 나서(시간은 점점 당겨졌다) 한 잔(또는 세 잔) 가득 술을 따르는 것이 바쁘고 스트레스에 시달리는 엄마로서 삶의 일부였다. 우리는 "세상에, 와인 한 잔이 진짜로 필요해" 같은 말이나 '엄마 주스'에 대한 농담을 매일 듣는다. 그리고 우리는 분명히 술친구를 기다리지 않고 혼자 틀어박힐(그리고 맹렬하게 마실) 것이다.

그러나 이제는 안다, 혼술의 문제는 바로 그때부터 술이 '인간관계의 윤활유'에서 '자가 처방 약물'로 바뀌는 것이다.

사람들이랑 어울릴 때에는 보통 흥을 돋우고 긴장을 풀고 같이 기분 전환을 하려고 술을 마신다. 혼술은 보통 스트레스를 받기 때문에 마신다. 따분하고. 화나고. 외롭고. 그러다보면 어느새 마비되어서 아무 감정도 느껴지지 않을 때까지 술을 마시게 된다. 늦게까지 깨어서 와인을 마시며 아이폰의 시리와 시무룩한 대화를 나누는 것이다. 그것은 건강하지 않다(당연하지).

게다가 사람들과 어울려서 술을 마시면 다른 사람들과 비슷한 양을 마실 확률이 더 높다. 혼자서 마시면 스스로 기준을 정하게 된다. 한 잔이 금방 3분의 1병이 된다. 친구들과 만나기 전에 '예열' 삼아 몇 잔 마신다. 다들 그러겠지 생각하다가, 그런 사람은 나밖에 없음을 문득 깨닫는다.

그러므로 나는 아이들을 위해서, 또 오늘날의 청년을 위해서 우리가 할 수 있는 최선은 혼술을 다시 부끄러운 일로 만드는 것이라고 믿는다. 정부가 돈을 좀 써서 혼술을 서글프고 절망적이고 문제적으로 그리는 광고를 만들면 문제적인 음주습관의 즉각적인 결과나 장래의 결과에 드는 어마어마한 비용을 아낄 수 있을 것이다.

그래서 나는 이런 생각을 해보았다. 십대 아이들에게 책임감 있는 음주생활을 위한 조언을 해야 한다면 뭐라고 하는 게 좋을까?

여기서 잠깐 멈추고 좀 웃어야겠다. 엘비스 프레슬리에게 건강한 식단에 대해서 이야기해달라거나 카사노바에게 책임감 있는 섹

155

스에 대해 논하라고 요청하는 거나 마찬가지 아닐까?

다음은 내가 십대 아이들에게 권하는, 그리고 누군가 나에게 권했더라면 싶은 규칙이다.

1. 저녁 6시 이전에는 술을 마시지 말자.
2. 아주 약간이라도 통제할 수 없다는 느낌이 들면 바로 잔을 내려놓자.
3. 음주 횟수는 일주일에 세 번을 넘지 말자.
4. 절대, 절대로 혼자서 술을 마시지 말자.
5. 1-4번을 지키지 못하면, 그리고/또는 술에 관해서 스스로나 타인에게 거짓말을 하고 있다면, 도움을 청하자.

아아, 내가 혼술을 얼마나 좋아했는지…… (그 사실이 정말로 모든 것을 말해준다.)

나는 침실로 가는 길에 키트의 방에 들른다. 키트는 이불을 둘둘 말고서 뭍으로 올라온 불가사리처럼 대자로 자고 있다. 머리카락은 헝클어져 있고, 최근에 빅토리아시대의 위인들에게 푹 빠지는 바람에 구레나룻을 우스꽝스러울 정도로 길게 길렀다. 나는 아이가 잠든 사이에 구레나룻을 자를까 생각하지만 곧 그 생각을 억

누르고 조심조심 이불을 덮어준 다음 베개 밑으로 손을 넣어 아주 작고 이제는 필요 없어진, 키트가 아까 전에 넣어둔 이빨을 꺼낸다. 나는 그 대신 1파운드 동전을 넣어둔다.

이빨 요정은 우리집에서 악명이 자자하다. 신뢰성이 떨어진다는 평판이다.• 이빨 요정이 꽉 막힌 도로에 갇혔다거나, 우리가 휴가중인지 몰랐다거나, 이빨을 뺐다는 소식을 늦게 들었다고 설명해야 할 때가 많았다. 사실은 와인을 한 병 마시고 스웨덴 범죄드라마를 보다가 잠들어서(술에 취한 상태로 자막을 읽어보라) 잊어버렸지만.

하지만 이제 엄마처럼 이빨 요정도 개과천선했단다.

• 서구권에서는 아이의 유치가 빠졌을 때 이빨을 베개 밑에 넣어두고 자면 요정이 와서 가져가고 작은 보상을 준다는 믿음이 있어서 보통 부모님이 베개 밑에 용돈을 넣어둔다.

확실히 더 수월해지고 있다. 이제는 몇 시간, 심지어 며칠 동안 술 생각이 한 번도 안 날 때도 있다. 맨정신이 뉴노멀로 떠오르기 시작했다. 이제 엄청나게 노력할 필요가 없다. 술 마시던 때를 떠올려봐도 별로 생생하지 않다. 내 기억 속 영화의 술 취한 소녀가 나 자신처럼 느껴지지 않는다.

하지만 술을 마시고 안 좋았을 때는 기억이 잘 나지 않지만 좋았을 때는 지나치게 잘 떠오른다. 무척 고대하던 하루의 첫 잔—어깨의 긴장을 풀고 마음을 편안하게 만드는 한 잔. 아이들이 정원에서 스프링클러의 물을 맞으며 뛰어다니는 동안 햇살을 받으며 친구와 함께 마시던 여름의 첫 로제와인. 크리스마스에 방울다다기양배추를 다듬으면서, 올해에는 산타 할아버지한테 뭘 받았는지 들으며 마시던 샴페인 첫 잔. 마침내 휴가지에 도착했을 때 주는 서비스 칵테일. 그러다보면 속삭이는 소리가 들린다……

……네가 오버하는 거야! 아직도 어리석군. 그래, 술을 줄일 필요는 있었지만, 누구나 그렇지 않아? 그런데 완전히 끊는다고? 영원히? 도대체 무슨 생각이었니? 진짜로 나쁜—어엿한 알코올중독도 아니었잖아. 열정이 좀 지나쳤을 뿐이야! 필름이 끊긴 적도 없고, 하수구에 토하거나 모르는 사람이랑 잔 적도 없잖아.

나는 손으로 귀를 막고 이를 갈며 대답한다. 하지만 이제 와서 왜 술이 마시고 싶겠어? 이젠 적당히 마실 수 있다고 해도 말이야. 맨정신에 익숙해지고 있고, 더 건강해진 느낌인데, 잠도 잘 자고 살도 빠졌어. 더 좋은 사람이 됐어. 더 나은 엄마, 더 나은 아내……

그러면 모욕을 한다. 하지만 그건 너무 평범해. 넌 따분한 사람이야. 좀 즐기면서 살아! 예전엔 정해진 규칙을 따르는 사람이 아니었잖아. 이건 너답지가 않아.

나는 블로그를 떠올린다. 온라인 친구들은 어쩌고? 나한테 의지하고 있어. 그 친구들이 실망할 거야.

그러면 깔깔 웃는다. 잘난 척하지 마! 금주 블로거가 너밖에 없는 것도 아니잖아. 월드와이드웹이 큰 바다라면 넌 물 한 방울에 지나지 않아. 다시 술을 마시면 '현실'의 친구들은 아주 좋아할 거야. 친구들은 예전의 너를 정말로 그리워하고 있어. 너도 진짜 네가 그립잖아. 그런 다음, 더욱 조용하게 덧붙이는 한마디. 분명 네 남편도 마찬가질걸……

106일이나 술을 안 마셨으니까 충분히 영점조정이 됐어. 이제 나이도 들고 더 현명해졌잖아. 티셔츠랑 3개월 기념 코인도 받았고, 두 번 다시 예전으로 돌아가지는 않을 거야. 당연히 평범한 사람처럼 절제하면서 마시겠지. 한번 해보는 게 어때? 해보고 싶으면 언제든지 다시 끊을 수 있잖아.

절제. 방안의 코끼리. 거대한 엔칠라다. 가시가 부숭부숭한 밤.

금주 블로그의 세계에서 '절'로 시작하는 두 글자 단어는 무척 격렬한 감정을 불러온다. 끝없는 불안과 설전을 일으킨다. 이 말 때문에 사이가 틀어지고, 사람들은 발끈해서 분노에 가득찬 이모티콘을 남긴 채 웹사이트를 떠난다. 이 주제가 그토록 격론을 일으키는 것은, 우리에게 '절제'란 성배이자 동화의 최종 결말이기 때문이다. 매일 밤 와인을 한 병씩 마시고 아침마다 자기혐오에 휩싸인 채 깨어나는 암흑의 나날로 돌아가고 싶지는 않지만, 어쩌다 한 번씩 특별한 몇 잔은 마시고 싶기 때문이다.

'술을 정말 좋아하는'('알코올중독'을 대신할 완곡한 표현을 내가 몇 개나 생각해낼 수 있을까?) 사람이 한참 동안 금주한 다음 이제부터 '절제하며' 술을 마시겠다고 선언할 때 우리는 솟구치는 희망을 느낀다. '그 사람이 할 수 있으면 나도 할 수 있지 않을까?' 생각한다. 그래서 다들 기분이 상하는 것이다.

유명인은 항상 그런다. 낮 시간대 토크쇼에 출연해서 편안한 소파에 앉아 '지옥 같은 재활'에 대해 이야기를 늘어놓지만, 1, 2년 지나면 아주 가끔 칵테일을 다시 마신다고, 전혀 문제될 게 없다고 한다. 그러다가 몇 달 뒤에는 댄스플로어에서 정신도 못 차릴 만큼 취해 훨씬 어리고 누군지도 모르는 사람 품에 안겨 있거나 팬티를 다 드러내며 택시에서 내리는 사진을 찍힌다. 하지만 그사이에 우리는 사막의 오아시스를, 세이렌의 노래를, 유혹적으로 어른거리는 잘못

된 희망을 본다.

나도 안다, 한참 동안 술을 끊었다가 와인을 한 잔 마신다고 해서 사흘 내내 퍼마시다가 결국 맨발로 하수구에 빠지는 일이 벌어지는 건 아니다. 나도 수없이 겪어봤다. 아, 절대 아니지. 사실은 그보다 훨씬 교묘하다.

사실 나는 첫 잔을 그렇게까지 좋아하지는 않는다—내 기억과 다르게 약간 식초맛이 난다. 그러면 생각한다. '이거 봐! 이젠 그렇게까지 좋아하지도 않잖아! 하하. 코르크 마개를 닫아서 저기 영원히 처박아두자. 뭐, 최소한 정말 특별한 일이 생길 때까지라도 말이야.'

2주 뒤. 약간 특별한 일이 생긴다. 그러면 나는 생각한다. '와인 한 잔 마셔도 되겠네. 지난번에 진짜 잘했잖아. 벌써 2주나 지났어. 만세, 나 진짜 다 나았나봐!' 그러고서 와인을 세 잔 마신다. 그런 다음에는 2주도 안 돼서 주말마다 술을 마시다가, 외출할 때마다 마시다가, 월요일과 목요일만 빼고 매일 마시다가, 매일 저녁 7시 이후에 마시다가…… 등등. 결국 처음보다 더 멍들고 얻어맞고 지쳐서 출발점으로 돌아오는 것이다.

사실 나는 태생적으로 적당히 하는 사람이 아니다. 모 아니면 도다. 무엇이든 적당히 하는 것은 내 강점이 아니다. 게다가 술과 나의 관계가 얼마나 평범하지 않은지, 얼마나 강박적인지 증거가 필요하면 블로그에서 금주에 대한 글 백 편만 읽어보면 된다. 나와 같은 금주 블로거 앤은 얼마 전 평범하게 술을 마시는 사람이라면 금주 블로그를 쓸 필요성을 느끼지 못한다고 썼다. 그게 바로 나다. 정곡을 찔렸다.

AA의 공동 창립자 빌 윌슨은 자신이 알코올중독인지 아닌지 확인하려면 며칠 또는 몇 주 동안 술을 마시지 않을 수 있는지가 아니라(나는 그럴 수 있고, 실제로 그런 적도 많다) 딱 한 잔만 마시고 더 안 마실 수 있는지 보라고 했다. 그는 (AA의 경전에서) 이렇게 말한다. 술을 마시고 바로 멈춰보라. 한 번 이상 그렇게 해보라. 금방 결론이 나올 것이다. 나는 불가능했다. 손을 식탁에 스테이플러로 고정하고 미쳐버리지 않는 이상 불가능한 일이다.

절제에 대한 AA의 입장은 확고하다. 그들은 '한번 중독자는 영원한 중독자'라고, 한 잔이 두 잔 되고 두 잔이 세 잔 된다고 말한다.

여기에는 신경학적 생리학적 이유가 있다. 뇌가 알코올에 '반복적으로 과도하게' 노출되면(그때의 나다!) 자연스러운 갈망과 보상 체계가 엉망이 된다. 술을 마시면 뇌의 보상 체계가 억지로 활성화되어 도파민을 생성한다. 도파민은 두뇌가 생성하는 '기분좋은' 화학물질, 말하자면 천연 마약이다. 시간이 지나면 우리의 뇌는 도파민을 너무 많이 생성하는 게 아닌가 싶어서 후진기어를 넣어 도파민의 기본 수치를 적극적으로 줄인다.

따라서 술을 마시는 사람은 조금씩 더 우울해지고, 술을 마셔야만 기분이 나아진다고 믿게 된다. 사실 틀린 생각은 아니다. 술을 마시면 도파민이 다시 생성된다. 그러나 우리가 이해하지 못하는 사실은 애초에 술 때문에 생긴 문제라는 점이다. 실제로 우리는 술이 더이상 해결책이 아니라 문제가 되기 시작하는 전환점에 도달한다.

좋은 소식은 술을 끊자마자 두뇌가 균형을 되찾아서 행복 호르몬을 혼자 생성한다는 것이다. 사실 처음에는 과잉 보상할 수도 있다. 늘어났던 고무줄이 제자리로 돌아갈 때처럼 원래 자리를 지나쳐버린다. 따라서 술을 끊으면 '분홍 구름' 단계를 겪은 다음 우리 뇌가 다시 평형상태를 되찾아가면서 일련의 감정 기복을 거치게 된다.

나쁜 소식은 이제 우리 뇌가 알코올은 곧 즐거움이라고 믿게 되었다는 사실이다. 사실상 알코올로 도파민을 제어했던 기나긴 세월이 우리 머릿속에 '와인 마녀'를 만들어놓은 것이다. 와인 마녀의 입을 닥치게 만드는 방법은 술을 마시지 않는 것밖에 없다.

AA는 알코올중독자가 두 번 다시 '평범하게' 술을 마실 수 없는 이유를 오이와 피클에 비유한다. 오이가 피클이 되는 것은 막을 수 있지만, 일단 피클이 되고 나면 절대 오이로 되돌릴 수 없다. 현실을 직시하자. 내가 오이였던 시절은 이미 오래전에 지났다. 나는 어엿한 피클이 되었다.

　이제 나는 이 모든 사실을 알았고, 이렇게 적는 것만으로도 큰 도움이 된다. 하지만 가끔은 더 쉬워지면서도 어려워지는 느낌이다. 두 걸음 전진하면 한 걸음 후퇴한다.

공짜 보톡스

이제 2주 반만 지나면 학년이 끝나기 때문에 정신이 없다. 런던에서 초등학생 세 명을 키우는 나는 앞으로 19일 동안 운동회 두 번, 시상식 두 번, 학급 모임 세 번, 베이크세일, 여름 축제, 그리고 절대 피할 수 없는 드레스업 데이를 치러야 한다. 작년에는 약 열아홉 병의 와인이 이 모든 행사에 함께했다.

내일은 매디의 학년 전체가 프랑스 관련 복장으로 등교하는 날이다(어학 선생님의 제안인데, 그 선생님은 이런 제안을 받는 입장이 되어본 적 없는 게 분명하다).

나는 이제 아주 효율적이고 책임감 있는 엄마가 되었으니까(스스로에게 계속 되뇌는 말이다), 예전처럼 아마존에서 소재가 저렴해 한번 입으면 다 뜯어지고 전구만 봐도 불붙을 것 같은 옷을 주문하고 싶다는 충동을 물리쳤다.

'프랑스의 날'이 당장 내일로 다가온 오늘밤, 그 결정이 너무 후회된다. 나는 집에 쓸 만한 게 뭐가 있는지 머릿속의 목록을 넘겨본다.

"좋은 생각이 있어!" 내가 선언한다. "매디는 불랑제를 하면 되겠다." 나는 암울한 사춘기 시절 프랑스어를 배운 이후 한 번도 쓰지 않은 단어를 말하느라 숨을 헉 들이마신다. "불랑제. 엄마 앞치마를 두르고 빵바구니를 들고 가는 거야!"

세 아이가 기를 죽이는 눈빛으로 나를 본다.

"나도 불랑제였죠." 이비가 말한다. "그리고 키트도. 너무 시시했어요. 그리고 크루아상 중에 아몬드 들어간 게 있어서 난리가 났었어요." 이비는 '아몬드'가 비소라도 되는 것처럼 발음하는데, 학교의 견과류 금지 규정에 따르면 비소나 마찬가지이긴 하다.

요즘 학교는 견과류에 대해서 더욱 지나치게 예민해졌다. 키트랑 제일 친한 친구가 담임교사를 죽일 뻔했기 때문이다. 아이는 사랑스럽게도 집에서 (땅콩버터로) 구운 쿠키를 담임 선생님에게 드렸다. 그러자 말도 못하게 인기가 많고 견과류 알레르기가 있는 에번스 선생님은 반 전체 앞에서 아나필락시스쇼크를 일으켜 구급차에 실려갔다. 우주 최고의 부모는 아니지만 아직 선생님을 입원시키지는 않은 나를 칭찬한다.

"에펠탑을 할래요." 매디가 선언한다.

"멋진 생각이야!" 매디의 언니 오빠가 드물게도 하나가 되어 응원한다. "우리가 도와줄게."

아, 이렇게 기쁠 수가.

우리는 문구점에 가서 카드, 물감, 풀과 테이프를 산다. 필요한 물건을 다 샀더니 파리에 갔다 올 정도의 시간이 지났다.

우리는 매디에게 끝이 뾰족한 모자를 만들어 씌우고 마분지를 오려 커다란 삼각형 두 개를 만든 다음 내가 신던 낡은 스타킹을 이용해서 매디의 어깨에 걸친다. 이제 키트와 이비가 매디의 앞면과 뒷면에 에펠탑을 그려주는데, 깜짝 놀랄 만큼 사실적이다.

에펠탑이 완성될 때쯤 우리 네 사람은 모두 물감을 뒤집어쓰고 있다. 나는 아이들을 미친듯이 씻기고 재운 다음 샐리의 파티에 갈 준비를 한다.

나와 샐리는 25년지기 친구다. 나는 샐리가 내 예전 남자친구와 데이트를 시작하면서 그녀를 만났고, 우리는 결국 그 남자보다 서로를 더 좋아한다는 결론을 내렸다.

샐리는 만나는 모든 사람과 연락을 계속 유지하는 믿기 힘든 부류다. 최근에 주소록에서 오래된 연락처를 정리했는데, 오백 명을 지웠다고 한다. 나는 지금까지 만난 사람도 오백 명이 안 될 것 같은데. 그러므로 샐리의 파티에 가는 것은 <디스 이즈 유어 라이프>● 녹화장에 들어서는 것이나 마찬가지다. 모퉁이를 돌 때마다 몇십 년은 못 본 사람이 나타난다. 예를 들면 내가 미시경제학 수업에서 짝사랑하던 남자애, 2학년 때 내 남자친구랑 도망쳐서 내 마음을 아프게 한 여자애, 졸업생 인턴일 때 같은 사무실에서 일하던 여자애.

존과 내가 도착하자 파티가 한창이다. 나는 얼른 버진모히토를

● 출연자를 초대해 그 사람의 인생을 돌아보는 TV 다큐멘터리.

두 잔 연달아 마신다. 보기에도 맛도 진짜 모히토 같고, 짜증나게 가격도 비슷하다. 이게 정말 정당한 거 맞아?

적어도 네다섯 명한테 정말 좋아 보인다는 말을 듣는다. 사람들이 계속 휴가라도 다녀왔냐고 묻고(그랬으면 얼마나 좋겠니), 여자들은 보톡스나 기타 '시술'의 표시를 찾아서 알쏭달쏭한 표정으로 나를 바라본다.

여러 명이 나에게 다섯 살은 젊어 보인다고 말한다. 예이! 오랜 친구 한 명(솔직히 좀 취하긴 했다)은 심지어 "열 살은 젊어 보인다"고 말하지만, "원래는 좀 피곤해 보였잖아"라고 덧붙여서 산통을 깬다.

잠깐 화장실에 가서 거울 속 나를 자세히 살펴보니, 정말이다. 얼굴이 덜 부었다—몇 년 만에 턱선도 생겼다. 주름도 훨씬 줄었고, 피부는 탱탱하고 장밋빛이다. 게다가 눈이 하얗고 반짝거린다. 그렇다고 해서 내가 러네이 젤위거는 아니지만, 그녀 본인도 요즘은 러네이 젤위거가 아니다.

그러니까 정말이다. 금주는 새로운 보톡스다. 더 싸고, 눈썹도 치켜올릴 수 있다. 그러니 나쁠 게 뭐 있는가?

밤 11시가 되어 사람들이 꽤 많이 줄어들자 나는 남편 때문에 어쩔 수 없는 척 차를 몰고 집으로 돌아온다.

나는 잠에 빠져들면서 그러고 보니 핸드백이 어디 있는지 정확히 알고 있네, 라고 생각한다.

별일 아닌 것처럼 들릴지도 모르지만, 나는 몇 년 동안 핸드백 때문에 끝없이 불안했다. 마흔번째 생일날 존에게 선물받은 아름다운 검은색 샤넬 퀼트 가방 말이다. 나는 이 가방을 끝까지 안전하게 간직했다가 두 딸 중 한 명에게 물려줄 생각이다(내가 죽으면 둘이서 누가 뭘 가질지 한참 의논해야겠지).

샤넬 가방은 파티나 특별한 행사가 있을 때에만 외출하기 때문에 예전에는 보통 가방이 집으로 돌아올 때쯤 그 주인은 잔뜩 취해 있었다. 나는 옷을 벗고(하지만 화장을 지우지 않았으므로 베개는 결국 엉망이 되었다) 침대에 쓰러졌다가 몇 시간 뒤 겁에 질려 잠에서 깨 가방을 어디다 두었는지 기억해내려고 애쓰곤 했다. 파티에서 집으로 가져오긴 했나? 택시에 두고 내린 거 아니야? 결국 나는 침대에서 일어나 (핸드폰을 찾을 수 있는 경우에는) 아이폰 손전등을 켜고 침실을 살펴본 다음 아래층으로 내려가서 부엌을 샅샅이 뒤져 가방을 찾아냈다. 그때쯤 되면 새벽까지 다시 잠들 가망은 싹 사라져버렸다.

그러나 오늘밤 나는 세수를 깨끗이 하고 수분크림을 바른 다음 편안하게 누워 있고, 가방도 옷장 속 제자리에 제대로 돌아와 있다. 대단한 성과다.

　　오늘 아침에 나는 숙취 없이 잠에서 깨는 것보다 기분좋은 일을 하나 발견했다. 바로 숙취가 있는 사람 옆에서 깨는 것이다. 물론 지금까지 많은 것을 참아준 남편이 괴롭기를 바라는 것은 절대 아니다. 하지만 오늘 아침에 남편은 내가 무엇을 놓치고 있는지 멋지게 보여주고 있다. 우리 침실에서 양조장냄새가 나고 존의 입 냄새는 스무 걸음 떨어져 있는 양파조차도 피클로 만들어버릴 것 같다. 얼굴이 붓고 기분이 언짢아 보이고 눈도 충혈되었다.

　　좀 심술궂고 잘난 척하는 것 같지만, 남편을 보니 AA의 격언이 생각난다. 오늘의 음주는 내일의 행복을 당겨쓰는 것이다. 음주 초보자 시절의 나는 밖에서 술 마시는 날의 엄청난 즐거움을 다음날의 경미한 두통과 기꺼이 바꾸었지만, 술꾼 말년 시절에는 경미한 즐거움을 다음날(또는 다음 며칠)의 엄청난 우울과 바꾼 셈이었다.

　　이러한 트레이드오프에도 생리적인 이유가 있다. 술을 마시면 뇌에서 도파민이 분비되어서 기분이 좋아지지만, 이에 대응하여 다음 며칠 동안 도파민이 '고갈'되기 때문에 우울해진다.

　　그러자 어쩌면 내가 평생 마실 술을 미리 당겨서 전부 마셔버렸을지도 모른다는 생각이 든다. 어쩌면 우리의 두뇌가 평생 감당할 수 있는 양이 정해져 있는데, 나는 지난 20년 동안 마셔도 되는 양의 네 배는 마셨으니 다 써버렸을지도 모른다. 와인 은행 잔고가 텅 빈 것이다. 참 우습지만 그렇게 생각하니 기분이 좀 나아진다. 적어도 공평한 느낌이 든다. 키트는 스물네 시간 만에 핼러윈 전리품을 게걸스럽게 먹어치우지만 누나와 동생은 몇 주에 걸쳐 아껴 먹는 것과 비슷하다. 키트는 그것이 자신의 선택임을 알기 때문에 불평을 (많이) 하지 않는다.

나는 지옥 같은 하루를 보내고 있을 존에게 동정심을 느끼려 애써본다. 나는 정말 기분이 좋다! 그럴 만도 한 것이, 오늘은 키트의 운동회다⋯⋯

나는 약 4년 전 이비의 운동회를 떠올려본다. 우리는 전날 밤 외출했다가 늦게 들어왔다. 나는 늘 그렇듯 숙취와 함께 일어났다. 그리고 운동회가 끝난 뒤 학부모와 아이들이 다 같이 점심을 먹는 전통을 위해서 피크닉 가방을 꾸리며 화이트와인도 한 병 챙겼다(두통을 해결할 방법은 그것밖에 없다고 결론을 내렸다).

나는 아장아장 걷는 키트와 아직 아기였던 매디, 개를 중간중간 쫓아다니면서 스푼으로 달걀 나르기, 머리에 콩주머니 얹고 달리기 등등을 그럭저럭 다 해냈다. 이번에도 역시 그럴듯한 핑계를 대고 경쟁심 강한 엄마들의 달리기에서는 빠졌다. 전 CEO, 패션모델, 타이거 맘 등이 자녀 앞에서 영웅이 되고 싶어 서로를 팔꿈치로 떠미는 경주였다.

(나는 운동회에 처음 참가했을 때 달리기가 재미있을 줄 알고 출발선에 나란히 서는 실수를 저질렀다. 끈 샌들을 신고 있던 나는 다른 엄마들이 전부 스파이크 달린 러닝화로 갈아 신는 것을 보고 크나큰 오판이었음을 깨달았다.)

경기가 끝나자 다들 피크닉을 위해서 모였고, 나는 아무도 술을 싸오지 않았음을 금방 깨달았다.

나는 아랑곳하지 않고 와인병을 꺼냈지만 딜레마에 빠졌다. 내가 지독한 술고래처럼 보이지 않도록(사실은 지독한 술고래였다) 다른 사람들도 같이 마시면 좋겠다고 생각하면서도, 내가 마실 와인이 눈곱만큼만 남지 않도록 너무 많은 사람이 동참하지는 않았으면 좋겠다는 생각이 들었다. 나는 한 손으로는 권하면서 또 한 손으로는 술병을 꽉 잡고 지켰는데, 이 모든 과정이 정말 끔찍한 스트레스였다.

게다가 술을 권했다가 거절당하면 끔찍한 죄책감이 들었다. 다른 엄마들은 "고맙지만 괜찮아요, 어젯밤에 너무 많이 마셨거든요!"(저도요)라거나 "고맙지만 운전해야 해요"(저도요), "오늘 오후에 할일이 너무 많아요"(저도요), "정말 안 돼요, 오늘 저녁에 외출해야 해서요"(엡, 저도요)라고 말했다.

그러나 오늘, 나는 숙취가 하나도 없는 상태로 에펠탑을 학교까

지 태워주었다. 매디가 포니테일을 경쾌하게 흔들며 무척 자랑스럽
고 신난 표정으로 뽐내듯 걸어가서 브르타뉴의 명물 줄무늬 티셔
츠와 양파 목걸이로 치장한 아이들을 부끄럽게 만드는 것을 보니
벼락치기로 요란하게 만들기를 한 보람이 있었다. 그런 다음 운동
회에 참가하러 갔고, 모든 일이 순조롭게 흘러갔다. 우리 테리어가
배낭에 오줌을 싸고 아이가 먹을 샌드위치를 물고 달아난 것만 빼
면 말이다. 나는 큰 소리로 혀를 차며 말했다. "저건 누구네 개죠?"

지금까지 나는 시류를 잘 탔다. 매일 내 블로그를 발견하는 사람의 수가 점점 많아졌다. 매주 과음의 위험을 경고하는 기사가 하나씩 보이는 것 같았다. 나는 거대한 변화의 물결 선봉에 선 기분이었다.

그러다가 여름 태양이 떠올랐다.

요즘은 구글에서 '나는 알코올중독일까?'를 검색했다가 내 블로그를 우연히 발견하는 사람이 별로 없다. 그들이 검색하는 것은 '완벽한 핌스 칵테일 만드는 법'이나 '바비큐와 제일 잘 어울리는 칵테일'이다.

기자들은 하원의사당 테라스에서 열리는 칵테일파티가 너무 즐겁기 때문에 알코올의 해악에 대한 기사를 굳이 쓰지 않는다. 다들 결혼식, 축제, 윔블던에 가서 어마어마한 양의 술을 퍼마신다.

나 혼자만 근사한 피크닉을 망치겠다고 위협하는 먹구름이 된 기분이다. 나는 파도를 가라앉히려 헛된 애를 쓰면서 으르렁거리는 물결보다 소리를 높여 외치는 크누트대왕이다. "간을 생각해! 도파민수용체는 어쩌고? 와인 뱃살을 잊지 마!"

통계적으로 영국 인구의 3분의 1은 여름에 술을 더 많이 마신다고 고백한다(사실을 인정하고 술을 얼마나 마시는지 계산할 수 있을 만큼 맨정신인 사람만 그만큼이라는 뜻이다). 이것은 즉 맥주 3억

3300만 파인트와 와인 6700만 리터를 추가로 마신다는 뜻이다. 크리스마스 시즌 이후에 우리는 여름에 가장 취한다.

내가 여름 오후에 마시는 술을 얼마나 사랑했는지. 메이 위크(참 이상하게도 사실은 6월이다)●에 케임브리지 안뜰에서 벌어지는 핌스파티. 정원에서 마시는 차가운 로제와인 한 잔(또는 세 잔). 술을 마시며 즐기는 바비큐, 술에 취한 피크닉, 수영장 가장자리에서 마시는 칵테일.

하지만 이제 나는 난생처음으로 1월을 기다린다. 모두가 술을 딱 끊지는 않더라도 줄이려고 결심하는 춥고 어둡고 황량한 1월. 1월이면 나도 정상일 것이다. 1월이 되어 조류가 다시 바뀌면 나는 보드에 서서 파도를 타며 멋진 묘기를 보일 것이고, 이제 막 술을 끊은 신입들은 얕은 물에서 허우적거릴 거다.

그동안 나는 와인에 대한 갈망을 어떻게 생각하고 어떻게 대처할지 새로운 방법을 찾았다. 바로 돌쟁이의 투정으로 생각하는 것이다.

노련한 엄마라면 누구나 알겠지만, 바닥에 누워서 팔다리를 버

● 케임브리지대학교에서 학년말 기간을 지칭하는 말로, 조정 경기, 댄스파티, 가든파티 등 다양한 행사가 열린다. 메이(5월) 위크라는 명칭처럼 원래는 학년말시험을 치르기 전인 5월이었지만 지금은 시험을 치르고 난 6월이다.

둥거리며 소리지르는 아이를 대하는 방법은 여러 가지다.

첫번째는 '굴복'이다. 아이에게 원하는 것을 주면 (당분간) 조용해진다. 하지만 이 방법은 아이들에게 더 자주, 더 크게 짜증을 내라고 가르칠 뿐이다. 나는 몇십 년 동안 술을 이렇게 대했다. 술을 마시고 싶으면 마셨다.

시간이 조금 지나면 당신은 이 방법이 상황을 악화하기만 한다는 사실을 깨닫고 새로운 기술을 발견한다. '주의 돌리기'다. 아이가 투정을 부리면 제일 좋아하는 장난감을 꺼내서 이야기를 만들어내는 것이다. 그러면 (당분간은) 투정을 멈춘다.

처음 술을 끊을 때는 괜찮은 기술이다. 술이 마시고 싶으면 산책을 가거나, 초를 켜놓고 거품 목욕을 하거나, 케이크를 먹거나, 블로그에 글을 쓰거나, 책을 읽거나, 정원을 가꾸거나, 집을 청소한다— 통하는 건 뭐든지 한다.

지난 3개월 동안 나는 그렇게 해왔다. 그러다가 제멋대로 구는 아이를 다룰 때처럼 아주 새로운—그리고 더 효과적인—방법이 있음을 깨달았다. '근본적인 원인을 해결'하는 것이다.

우리는 몇 달, 몇 년의 시행착오 끝에 아이가 짜증을 내는 진짜 이유는 아이가 말하는 이유와 다르다는 사실을 깨닫기 시작한다. 예를 들어, 아이가 애니메이션 <페파 피그>를 한 편 더 보고 싶다며 짜증을 낸다고 해보자. 그런데 이상할 정도로 너무 심하다. 얼굴이 새빨개질 때까지 소리를 지르다가 파랗게 질리고 곧 몸이 뻣뻣해진다. 애초에 뭐 때문인지는 이미 까먹었지만 짜증에서 빠져나오지 못하는 것이다.

진실은 이거다. <페파 피그> 때문이 아니다.

배가 고픈 것이 거의 확실하다. 아니면 피곤하거나 따분하다. 아니면 지나친 자극을 받았을지도 모른다. 이때 아이에게 필요한 것은 라이스케이크와 낮잠이다. TV를 더 보는 것도, 다른 게임으로 주의를 돌리는 것도 아니다(그래도 여전히 배가 고프고 피곤할 것이고, 따라서 다시—더 심하게—짜증을 부릴 것이다).

갈망도 마찬가지다. 갈망에 굴복할 수 있다(아주 나쁜 생각이다). 주의를 돌릴 수도 있다(통하긴 하지만 결국 문제를 지연시킬 뿐이다). 하지만 당신이 정말로 해야 하는 것은 갈망을 경고신호로 보는 것이다. 자동차 계기판에서 깜빡이는 불빛과도 같다.

이 경고등이 보내는 신호는 사실 '난 술이 필요해'가 아니다. 내몸은 술을 필요로 하지 않는다. 3개월 동안 술을 끊었으므로 나는 알코올에 전혀 의존하지 않는다. 그저 어떤 경고신호든 알코올을 퍼부어 익사시키는 데 익숙했을 뿐이다. 내가 해야 하는 것은 경고신호가 사실 나에게 무엇을 말하는지 알아내는 것이다. 이 짜증이 사실은 무엇 때문일까?

내 경우, 깜빡이는 경고등은 보통 불안과 관련이 있다. 그것을 무시하고 한참 동안 목욕을 해도 아무 소용 없다. 불안의 근본 원인이 사라지지 않았기 때문이다. 내가 해야 할 일은 심호흡을 하고 문제가 무엇인지, 어떻게 고칠 수 있는지 알아낸 다음 계획을 세우는 것이다. 어른답게 말이다! 목욕은 문제가 해결된 다음에 느긋하게 즐기면 된다.

그리고 갈망을 나에게 어떤 문제가 있다고 경고해주는 친구로 본다는 것은 내가 귀찮은 문제점을 전부 제대로 해결할 수 있다는 뜻이고, 그러면 내 삶은 잔잔한 바다 위의 매끄러운 항해가 될 것이다. (그래, 맞아.)

하지만 정말 그렇다면, 갈망이 사실은 내 마음속의 아이가 부리는 투정이라면, 그것은 곧…… 닌자처럼 투정을 미리 차단할 수도 있다는 뜻이다.

셋째를 키울 때쯤 나는 닌자 같은 엄마였다(비교적 말이다). 매디는 거의 투정을 부리지 않았는데, 배가 고픈지 피곤한지 내가 미리 알았기 때문이다. 나에게는 정해진 일과가 있었고, 몸에 좋은 스낵을 항상 가지고 다녔고, 예방책과 비상 대책이 다 있었다.

나는 투정이 두려워서 하고 싶은 것을 포기하지는 않았다. 알코올에 대한 갈망을 촉발시키는 모든 상황을 피할 수는 없지만 미리 계획을 세워서 좀더 쉽게 만들 수는 있다. 예를 들어 나는 친구들과 함께 주말을 보낼 때면 무알코올 맥주를 가져가게 되었다. 일이 코앞에 닥쳐서 스트레스를 받기 전에 끝없는 목록을 만들어서 일을 해치웠다. 힘든 저녁이 될 것 같으면 40분 정도 낮잠을 자면서 충전했다.

시간이 지나면 이런 전략을 점점 더 발전시켜서 결국에는 어엿한 어른이 될 것이라고 생각한다. 투정도 갈망도 없는 어른. (아니, 거의 없다고 해야겠다. 인정하자, 어른도 가끔 투정을 부린다.)

오늘은 정말 멋진 기분 전환을 한다. 나는 엄마, 이비와 함께 여자끼리의 데이트로 빅토리아앨버트미술관에서 열리는 알렉산더 매퀸 전시회에 간다.

나는 하이패션이 예술이라는 주장에 늘 약간 회의적이었지만, 내가 틀렸다. 완전히 마음을 빼앗긴다. 전시회 구성이 정말 멋지다. 전시실마다 주제—하일랜드 레이프, 고딕, 로맨틱, 트라이벌 등등—가 다르고, 그에 맞는 음악과 조명, 매퀸의 캣워크쇼 영상이 있다.

이 전시회는 모든 감각에 대한 공격인데, 어찌나 난폭한지 나는 동시에 웃고 울고 소리지르고 싶은 충동을 느낀다. 내가 가진 것을 전부 버리고 정말 아름다운 것으로 바꾸고 싶어진다. (전시회를 보고 나오자 이비는 당장 옷가게 톱숍에 가고 싶다고 하고, 엄마는 미술관 카페에 앉아서 맛있는 차를 한잔 마시고 싶다고 한다.)

나는 샤블리 외에도 기분을 바꿔주는 훨씬 더 흥미롭고 다양한 방법이 있음을 깨닫는다. 음악, 미술, 연극, 무용, 요가…… 내가 집에서 술을 마시느라 경시했던 그 모든 것.

흥분하기 위해서 꼭 제정신이 아닐 필요는 없다.

(나보다 22일 뒤에 태어난) 알렉산더 매퀸이 이 사실을 깨달았다면 나이 마흔에 자살하지 않았을지도 모른다.

7월

변신을
시작하다

체중 감량

나는 술을 끊는 것이 힘은 들어도 마른 몸매라는 최고의 보너스가 있을 거라고 생각했다! 아니면 적어도 덜 뚱뚱한 몸매라도. 어쨌든 와인 한 병의 열량은 600칼로리 정도다. (하루에 한 병씩) 일주일치 와인이면 4200칼로리—일일 권장 열량 이틀치—나 된다.

하지만 슬프게도 그렇게 단순한 문제가 아닌가보다. 비교적 빨리 통통한 얼굴이 사라지고 와인 뱃살이 좀 들어갔지만, 체중계 바늘은 크게 움직이지 않았다. 늘 그렇듯 나만 그런 것은 아니다. 나는 사람들이 보낸 이메일과 내가 방문하는 블로그에서 읽었기 때문에 '열정적인 술꾼'의 경우 체중이 기적적으로 줄어들지 않는다는 사실을 알고 있다.

왜? 왜? 왜? 그게 어디가 공정한 거지?

내가 아는 한 주된 이유는 두 가지다. 첫째, 몇 년 동안 액체 칼로리를 들이부은 탓에 우리의 간은 우리가 먹은 음식물을 처리하기 전에 그것부터 대사해야 했고, 따라서 신진대사가 엉망진창이 되었다. 우리 몸은 '정교하게 조정된 엔진'이 아닌데, 기름을 너무 많이 친 것이다. 술을 끊으면 초대형 유조선이 방향을 바꿀 때처럼 우리 몸이 경로를 조정할 시간이 필요하다. 내 엉덩이를 초대형 유조선에 비길 수 있을까? 아, 당연하지.

둘째, 우리는 대부분 갈망을 잠재우기 위해서 설탕에 의존한다. 설탕은 알코올처럼 도파민을 유발하고, 그러므로 역시 중독성이 있다. 게다가 위안도 준다. 제길, 이렇게까지 자제하는데 보상을 좀 누릴 자격이 있는 거 아니야? 나는 술을 끊고 처음 몇 주 동안 내 머리통보다 큰 조각 케이크를 종종 먹었다.

'교차중독' 문제는 잘 알려져 있다. 우리 중독자의 근본적인 문제는 의지할 무언가가 없으면 감정, 느낌, 상황, 삶 자체를 제대로 다루지 못한다는 것이다. 우리는 심오한 문제가 해결될 때까지 쉬운 방법만 선택하고 하나의 대처기제를 다른 대처기체로 대체한다. 음식을 먹는 것은 뻔한 방법이다. 손을 입으로 가져가는 동작이 술을 마실 때(그리고 담배를 피울 때)와 비슷하기 때문이다.

우스운 일이지만 지금 돌이켜보면 나는 삼십대 초반에 최소 하루 한 갑씩 피우던 담배를 끊으면서 알코올 소비가 급격히 늘었다. 몸무게도 6킬로그램 이상 늘었다. 이십대 때 내 손과 입은 담배에 너무 열중해서 먹고 마시는 일에는 소홀했다.

이러한 파블로프식 반응이 깊이 배어 있다. 뱃속에서 익숙한 불안의 매듭이 꿈틀거릴 때마다—다행히 술을 끊고 나니 예전보다는 뜸하다—여전히 뭔가를 입에 넣어야겠다는 생각이 든다. (야한 농담을 할 기회지만 나는 어른이니까 참자.)

흥미롭게도 이러한 방정식은 쌍방이다. 비만대책연합 obesityac
tion.org에 따르면 위밴드수술 환자는 보통 과식을 유발하는 근본
적인 문제가 해결되지 않기 때문에 음식을 배불리 먹는 것이 불가
능해지면 알코올의존 등 다른 중독이 생기는 경우가 많다고 한다.
알코올중독자는 설탕중독자가 되고, 설탕중독자는 알코올중독자
가 되는 것이다. 말하자면 <프리키 프라이데이>●의 중독자 버전 같
은 것이다(아마 그만큼 흥행하지는 않겠지만 말이다).

나는 이 문제 때문에 스스로를 몰아세우지 않으려고 애써왔다.
우리는 스스로를 친절하게 대하고 때로 보상을 해야 할 필요가 있
다. 하지만 '작은 보상'은 금방 쌓인다. 칼로리 면에서 초콜릿 케이
크 한 조각, 핫초콜릿과 벡스블루 두 잔을 합치면 와인 한 병과 맞
먹는다. 그러므로 술을 끊고 나서 체중이 줄어드는 대신 늘어나기
가 얼마나 쉬운지 알 수 있다.

나는 노트북 앞에 구부정하게 앉아 초콜릿으로 코팅된 건포도
를 멍하니 보면서 왜 와인 뱃살이 더 빨리 빠지지 않을까 생각하기
보다 교차중독을 달리기나 요가 쪽으로 몰아서 불안에 대처하는
것이 훨씬 더 분별 있는 행동이라는 것을 깨닫는다.

● 엄마와 딸의 영혼이 바뀌는 내용의 영화.

어쨌든 놀라운 뉴스는 빼빼 마른 여신으로 변신하기 전선에서 몇 주—몇 달—동안 거의 진전이 없었지만 드디어 체중이 줄어들기 시작했다는 것이다! 나는 금주 첫날보다 총 4.5킬로그램이 빠졌다. 허리와 와인 뱃살은 2.5인치 줄었고, 엉덩이는 3.5인치 줄었다. 5년 만에 최저 몸무게다!

부분적으로는 시간이 흐르고 내 몸의 신진대사가 균형을 되찾으면서(초대형 유조선이 방향을 바꾸면서), 또 부분적으로는 내 몸이 나에게 하는 말에 관심을 기울이기 시작하면서 변화가 생긴 것 같다. 나는 몇십 년 동안 술을 퍼부어 내 몸의 자연스러운 반응을 억눌렀다. 내 몸이 "우웩! 그 술은 독이야! 나한테 무슨 짓을 하는 거야?"라고 말하면 나는 "닥치고 진통제나 받아!"라고 했다. 몸이 "배고픈 게 아니야, 약에 취하고 수분이 부족한 것뿐이야"라고 말하면 나는 "닥치고 베이컨 샌드위치나 먹어"라고 말했다.

그토록 오랫동안 내 몸에 무슨 짓을 했는지 생각하면 정말 끔찍하다. 이제 내 몸을 존중할 때인 것 같다. 그래서 나는 귀를 기울인다. 나는 온갖 이유로—우울해서, 따분해서, 숙취가 있어서, 술에 취해서—먹었다. 하지만 이제는 배가 고플 때만 먹고 배가 차면 바로 멈춘다. 세상에, 돌쟁이 수준의 영양학이지만 무시무시하게도 나에게는 아주 새롭기만 하다. 나는 아직도 나에게 작은 보상—핫초콜릿, 케이크와 무알코올 맥주―을 주지만, 그래도 순조롭다.

나도 안다, 중요한 것은 겉모습이 아니라 그 안에 든 것이다. 하지만 14사이즈 옷을 몽땅 자선중고품가게에 갖다주는 것보다 기분좋은 일은 별로 없다. 안녕, 사랑스러운 12사이즈 옷들아, 오랜만이네. 우리 같이 놀러갈까?

이비가 내 새로운 허리 라인을 망치기로 작정한 것처럼 학기말 베이크세일에서 팔 컵케이크를 굽고 있다. 언젠가 내가 파격 할인하는 마크스앤드스펜서 케이크를 사서 직접 구운 것처럼 바꿔치기하는 현장을 잡은 이비는 자기 엄마가 제빵을 좋아하지 않는다는 사실을 받아들이고 메리 베리•의 도움을 받아 스스로 빵 굽는 법을 배웠다. 문제는 이비가 부엌에 있는 그릇과 기구를 모조리 꺼내 쓴다는 것이다. 나중에 가보면 폐허가 따로 없다. 부엌 표면은 전부 가루 설탕으로 뒤덮여 있다. 코카인 공장이 폭발한 듯한 광경이다.

이비가 내 얼굴을 흘긋 보더니 반쯤 빈 가루 설탕 포장을 향해 엄격하게 손가락을 흔들며 말한다.

"자, 거기 가만히 앉아서 네가 무슨 짓을 했는지 오래, 열심히 생각해봐."

• 영국의 유명한 요리사이자 제빵사로, 각종 베스트셀러 요리책을 냈고 TV 프로그램도 진행했다.

나는 '아일랜드 맘'이라는 블로그를 읽고 있는데, 그녀는 말한다. "지난 몇 달 동안 술을 마시면서 나이든 기분, 누구의 눈에도 내가 보이지 않는 기분이었고, 죽을 때까지 그런 기분일 것 같았다." 나 역시 지난 10년 동안 점점 눈에 보이지 않는 사람이 된 기분이 들었기 때문에 크게 공감했다.

나는 파티 장소에 걸어들어가도 (치마가 속바지에 걸리지 않은 이상) 아무도 나를 돌아보지 않는 것은 물론이고 건설 현장 앞을 지나가도 아무 반응이 없다는 사실을 이미 오래전에 체념하고 받아들였다. 어쩔 수 없는 것 같다. 아니, 오히려 한 술 더 떠서 일부러 나 자신을 눈에 보이지 않게 만들었다……

내 삶이 꽤 완벽해 보이지만 자세히 들여다보면 전혀 그렇지 않다는 사실을 나는 고통스러울 만큼 잘 알았다. 누구든 조금만 더 자세히 들여다보면 다 터진 솔기가 보였을 것이다. 나는 아침에 아이들을 학교에 데려다줄 때면 숙취 상태로 대화를 나누지 않으려고 최대한 눈에 띄지 않게 재빨리 들어갔다 나왔다. 점심때 와인을 한잔 마신 티가 많이 나면 오후에 아이들을 데리러 갈 때도 그렇게 했다.

체중이 점점 늘고 몸이 통통하게 부풀어오르면서 나는 거의 항상 딱 붙는 청바지와 검은색 옷밖에 입지 않았다. 나의 이상적인 복장은 해리 포터의 투명 망토였을 것이다. 파티에 참석할 때 내 목표는 와인 뱃살과 급속히 확장중인 엉덩이, 전체적으로 나라는 사람 자체에 시선이 끌리게 만드는 옷을 입지 않는 것이었다.

그리고 새로운 옷을 도무지 살 수가 없었다. 무슨 옷을 입으면 근사해 보이는지(또는 덜 나빠 보이는지) 자신이 없었고, 일시적이기를 간절히 바라는 사이즈의 옷을 살 수가 없었기 때문이다.

눈에 보이지 않는 존재가 되기 위해서 거울도 조심스럽게 피했다. 거울이 방심하고 있던 나를 몰래 덮치는 게 너무 싫었다. 갑자기 거울에 비친 내 모습을 보면 '엄마가 언제 이렇게 살이 찌셨지⋯⋯ 악! 나잖아. 바보야, 얼른 고개 돌려, 아니면 돌로 변한다?'라고 생각했다.

거울의 존재를 미리 알면 대비할 수 있었다. 나는 볼을 홀쭉하게 만들고, 이중턱이 보이지 않도록 머리 각도를 조절하고, 배를 집어넣었다. 이비는 이것을 '무시무시한 거울 포즈'라고 부르면서 전혀 나 같지 않다고 말한다.

내가 거울보다 더 싫어하는 딱 한 가지는 사진이었다. 물론 내 사진만이다. 애들 사진은 몇 시간이라도 볼 수 있다. (이비가 태어난) 서른네 살 즈음까지는 내 사진이 아주 많았다. 파티를 즐기는 클레어, 존을(그리고 그의 전임자들을) 끌어안는 클레어, 토플리스

수영복 차림으로 온갖 해변에서 즐기는 클레어까지!

지난 10년은 어땠냐고? 사진 한 장 없다. 나는 무자비한 헤롯대왕처럼 마음에 안 드는 사진은 태어나자마자 죽였다. 디지털 기술이 있어서 얼마나 다행인지! 클릭 한 번이면 휙…… 사라지고 없다. 따라서 지난 10년 동안 만든 우리 가족 앨범에는 세 아이를 키우는 영웅적인 홀아버지 존밖에 없다. 아니, 술을 마시느라 바빠서 놓친 수많은 활동 중에 앨범 만드는 것도 포함되지 않았다면 그랬을 것이다.

하지만 이제 나는 고치에서 천천히, 천천히 기어나오는 나비가 된 기분이다. 나는 더이상 투명인간이 되고 싶지 않다. 사람들에게 보이고 싶다. 아직 어마어마한 쇼핑을 즐길 자신감(그리고 돈!)은 없지만, 옷장 깊숙이 손을 넣어서 최대 5년 동안 빈둥거렸던 '낙관적인' 옷을 점점 더 많이 꺼내고 있다.

'낙관적인' 옷은 색이 환하고 무늬가 대담하며 다이어트를 새로 시작해서 기분이 좋은 날에 약간 작은 사이즈로 산 옷이다. 며칠 또는 몇 주 뒤면 현실이 매서운 맛을 보여주는 것이 정해진 수순이지만 새로 산 옷을 자선중고품가게에 가져가 패배를 인정하는 것만은 절대 견딜 수 없다. 그래서 이런 옷은 몇 년 동안이나 옷장 속에 남아서 다이어트가 성공하리라 믿었던 당신을 놀린다.

어쨌든 나는 매디와 함께 슈퍼마켓에 왔다. 장을 보고 돈을 낸 다음 짐이 잔뜩 실린 카트를 밀고 엘리베이터 쪽으로 간다. 매디가 엄청난 의식을 치르듯이 발끝으로 서서 버튼을 누르자 문이 열린다. 엘리베이터 버튼만 눌러도 좋아 죽는 나이의 매디를 부러워하며 나는 작은 일에 흥분하는 능력을 언제 잃었을까 생각해본다.

엘리베이터에 카트를 끄는 여자 한 명이 이미 타고 있어서 나는 그녀가 내릴 수 있도록 옆으로 조금 비켜선다. 그녀는 나보다 조금 더 젊고, 더 날씬하고, 옷을 잘 입었다. 나도 저러면 좋겠다 싶은 모습이다. 하지만 나는 그렇지 않다.

그녀도 옆으로 조금 비켜선다.

나는 엘리베이터가 사실 비어 있음을 서서히 깨닫는다. 뒷벽이 거울이고, 거기 비친 내 모습을 보고 있었던 것이다! 이렇게 깨닫는 순간, 그동안 손을 쥐어비틀고, 두려워하고, 빨래를 하며 울었던 그 모든 순간이 보람을 찾는다. 삶에서 거울에 비친 자기 모습이 마음에 드는 것보다 좋은 일은 별로 없다.

이렇게 거울과는 잠시 휴전했지만, 사진에 대해서는 여전히 확신이 없다. 장을 봐온 물건을 정리하고 안락의자에 털썩 주저앉아 축하의 뜻에서 벡스블루를 마시며 페이스북을 보다가 내가 태그된 사진을 발견했기 때문이다.

3개월 기념 코인을 보내주었던 필리파가 최근 영국에 놀러왔다가 십대 때 브뤼셀에서 살았던 친구들의 모임을 주선했다. 우리는 모두 영국에서 기숙학교에 다녔고, 방학이 시작되면 항상 도버에서 다 같이 만나 다섯 시간 동안 페리를 타고 오스텐더로 가서 기차를 타고 브뤼셀로 갔다. 각각 성채와도 같은 남학교나 여학교에서 갓 풀려나 페로몬이 넘치던 우리는 부모님이 역으로 마중나올 때쯤이면 스텔라아르투아 맥주와 면세 말보로 냄새를 풍기고 있었다.

우리 모임은 빗속의 피크닉이었지만(정말 고전적인 영국식 재회가 아닌가?) 나는 그날 정말 즐거웠다. 우리는 10년 전쯤 마지막으로 만난 이후 어떻게 지냈는지 이야기를 주고받고 각자의 아이들도 만났다. 그러나 (찍는지도 몰랐던) 사진 속의 나는 완전히 비참해 보였다.

알고 보니—정말 끔찍하게도—나는 가만히 있으면 화난 듯한 무표정이 된다. 우웩!

그래서 나는 온종일 '가만히 있을 때' 입꼬리를 살짝 올리는 연습을 한다. 그리고 거리를 걸어다닐 때 사람들을 보며 미소를 지으려고 애쓴다. 가끔 미친 여자 보듯 하는 사람도 있지만 대부분은 똑같이 미소를 지어준다. 진정한 미소. 몇 시간 동안 의식적으로 미소를 지었더니 평소 잘 쓰지 않던 볼 근육이 괜한 연습을 한다고 불평하고 아이들은 의심스럽다는 듯 계속 흘끔거린다. 하지만 기분은 아주 좋다.

내일 키트가 역사 시험을 보기 때문에 우리는 매디의 봉제 인형을 몇 개 골라서 보즈워스전투를 재현한다. 리처드 3세는 커다란 판다, 헨리 튜더는 폭신폭신한 토끼, 변절자 스탠리 경은 매력적인 분홍색 유니콘이다.

나는 행복과 귀여운 동물, 황홀한 생명체에게 둘러싸여 있다. 나는 사랑을 퍼뜨리고 있다.

　　알코올중독자들은 종종 '원숭이 뇌'를 가지고 있다고 말한다. 우리는 끊임없이 움직이고 분석하고 비판하고 걱정하는, 특히나 활동적인 정신을 가지고 있다. 아니면 누구나 똑같지만 다른 사람들은 그런 정신을 더 잘 다루는 것뿐일지도 모른다.

　　나는 알코올을 이용해서 머리를 멈추곤 했다. 과거 일로 괴로워하거나 미래에 대해 스트레스받는 것을 멈추는 방법은 술밖에 없는 것 같았다. 온종일 뛰어다니다가 마음속에서 끝없이 오가는 대화 때문에 미쳐버릴 것 같을 때, 안락의자에 늘어져 앉아서 와인을 한 잔 가득 따르고 꿀꺽꿀꺽 맛있게 몇 모금 마시면 상대적인 평화가 찾아왔다. (원숭이 뇌가 자기혐오를 늘어놓고 의지력이 부족하다며 꾸짖는 소리에 잠을 깨는 새벽 3시쯤까지는 말이다.)

　　술을 끊고 나서 가장 그리운 것 중 하나는 '밝기 조절 스위치' 또는 음량 버튼이다. 여기에서 불교의 오랜 수행 방법인 마음챙김이 등장한다. 다들 마음챙김에 대해서 이야기하는 것 같다. 거의 모든 문제의 기적적인 해결책이라도 되는 것처럼 선전한다. 확실히 마음챙김은 원숭이 뇌를 진정시키고 잠시 쉴 수 있는 건강한 방법처럼 보인다.

　　나는 인터넷에서 조사한 다음 마음챙김 명상을 다운로드받는다. 명상은 한 번도 해본 적 없지만, 어려워봐야 얼마나 어렵겠어? 아이들과 남편은 위층에서 곤히 자고 있으므로 나는 낡았지만 든든한 스토브 옆, 오래됐지만 제일 좋아하는 가죽 안락의자에 앉아서 다운로드받은 파일(18분짜리)을 재생한다.

호흡이 무척 많이 나온다. 호흡에, 호흡이 어떤 느낌인지에 집중하라는 말도 많다.

빈 무릎으로 앉아 있는 나를 발견하고 지나치게 흥분한 테리어가 같이 하겠다며 뛰어들어서 다 망쳤다. 나는 지금 구강의 위생 상태가 의심스러운 수수께끼의 개에게 핥음당하는 느낌에 집중하고 있다. 분명히 귀네스 팰트로에게는 이런 문제가 없을 텐데.

생각이 밀려들 것입니다…… 와, 셜록 홈스다. 내 생각은 이런 식이었다. 이제 얼마나 지났지? 애들이 금방이라도 아침을 달라며 쳐들어올 텐데. 배고프다. 호흡에 집중하지 않으면 어떻게 되지? 호흡이 멈추나? 아아아악. 죽을 거 같아. 설마 <왕좌의 게임>에서 존 스노가 진짜 죽은 건 아니겠지? 이제 얼마나 지났지? 할일이 있는데. 가족들이 일어나기 전에 블로그에 글도 올리고 개 산책도 시켜야 하는데. 잠깐, 누가 일어났나? 다음 시즌 첫 회에 존이 살아 돌아올지도 몰라. 박스세트 주문해야겠다. 배고파. 이제 얼마나 지났지? 아아, 내 생각은 전부 왜 이렇게 얕을까? 지구 온난화나 세계평화에 대해서 생각해야 하는 거 아닌가? 앤젤리나 졸리는 명상할 때 무슨 생각 때문에 방해를 받을까?

10분쯤 지나자 스트레스가 어마어마하다. 명상이니 뭐니 하는 허튼소리에 솔깃하기엔 나는 지나치게 영국인인가보다. 솔직히 약간 바보가 된 기분이 든다. 하지만 마음챙김이라는 개념은 포기하고 싶지 않으므로 다시 검색에 들어간다. 18분 동안 호흡할 필요 없이 '마음을 챙기는' 방법이 분명히 있겠지?

알고 보니 마음챙김은 '몰입'이라는 심리학적 개념과 무척 비슷하다. 어떤 활동에 깊이 빠지면 시간이 쏜살같이 날아가고 황홀경에 가까운 감각을 느끼는 것 말이다. 현재의 순간에 완전히 집중해서 그 무엇도 걱정하지 않는다. 그것이 바로 '몰입'이다. '마음챙김'이라고도 할 수 있다.

그러므로 마음을 챙기기 위해서 반드시 명상하는 법을 배워야 하는 것은 아니며(만세!), 자신이 사랑하고 온전히 집중할 수 있는 활동을 선택하면 된다. 당신이 하는 일에, 그것이 어떻게 보이고, 어떤 느낌이고, 소리와 냄새는 어떤지에 온전히 집중하면서 마음이 방황하지 않도록 하면 된다.

중독자였던 사람들이 선택하는 활동은 요가부터 정원 가꾸기, 요리, 뜨개질, 미술, 개 산책이나 낚시까지 무척 다양하다. 심지어 『마음챙김을 위한 컬러링』이라는 베스트셀러 컬러링북도 있다. 무슨 활동이든 완전히 몰두할 가능성이 가장 높은 것을 선택한다. 성가신 걱정이 마음속으로 기어들어와 눈에 띄면 그것을 없애라. (마

음챙김에서는 이 과정을 아케이드게임에서 이름을 따와 '두더지 잡기'
라고 부른다.)

그렇게 30분을 보내고 나면 무언가(케이크 굽기, 정원의 잡초 뽑
기, 물고기 잡기 등 뭐든지)를 해내게 될 뿐만 아니라 기분도 아주 좋
아진다—긴장이 풀리고 차분하고 평화로워진다—고 한다. 술도 안
마셨는데 말이다.

이런 생각을 하다보니 나의 독서와 블로그 중독이 바로 온전히
집중해서 시간을 잊는 마음챙김이라는 것을 알겠다. 나는 아주 좋
은 책에 푹 빠지거나 노트북으로 뭔가를 맹렬히 쓸 때 딴생각을 전
혀 하지 않는다. (인간적인 방법으로) 원숭이를 마취시켜서 내 머리
를 식히는 것이다.

그러므로 나는 새로운 것을 전혀 안 하고도 마음챙김을 정복한
자신을 잘했다고 칭찬한 다음 존과 함께 첼시에 새로 생긴 식당에
서 열리는 친구의 여름파티에 간다. 나는 (유기농) 엘더플라워 코디
얼을 마신다. 아직 약간 '동떨어진' 기분이 들고 남의 시선이 의식되
지만, 새로운 사람들을 만나서(예전에는 귀찮아서 그러지 않았을 것
이다) 재미있는 농담도 몇 마디 나눈다.

임신을 세 번이나 해서 골반기저근이 안 그래도 약한데 엘더플
라워 코디얼까지 끝없이 마시면 화장실에서 엄청나게 많은 시간을

보낼 수밖에 없다.

따라서 지금 나는 어두운 칸에 앉아 있고, 이참에 베이비시터에게서 메시지가 오지 않았는지 확인한다. 바로 그때 문이 열리고 하이힐 두 켤레가 또각또각 세면대로 다가간다.

"들었어? 클레어가 술을 끊었대." 1번이 말한다. 나는 숨을 멈추고 변기에 뿌리박힌 것처럼 꼼짝하지 않는다. 숨을 (조용히) 내쉬고 들이마시려 애쓴다. 죽기에는 너무 끔찍하고 품위 없는 곳이다.

"클레어 풀리가? 세상에, 걘 절대 안 끊을 줄 알았는데!" 2번이 대답한다.

"그러니까 말이야. 좀 극단적인 것 같지 않아? 좀—"

"따분해!" 상대방이 문장을 끝맺는다. 둘은 킬킬 웃는다. 당장 뛰쳐나가 마스카라 브러시로 두 사람을 마구 찌르고 싶다. 아니면, 나는 박테리아가 득실거리는 화장실 솔을 내려다본다. 훨씬 좋지.

"이제 걔는 초대 손님 명단에서 빼야겠어!" 1번이 소리친다.

두 사람이 화장실 칸에 들어갔다 나와서 손을 씻고 나가기를 기다리는 동안 몇 시간은 앉아 있은 느낌이다. 어찌나 오래 앉아 있었는지 내가 일어나기도 전에 자동 변기가 마음대로 물을 내려버린다. 정말 결정적인 굴욕이다.

나는 거울 속에서 판다처럼 시커메진 눈가를 볼 때까지 내가 울고 있었다는 사실조차 알지 못한다. 눈 화장을 최대한 멀쩡하게 고친 다음 파티 자리로 돌아간다. 나의 가장 큰 두려움이 확인되었다. 따분한 사람. 사교계의 추방자. 가십의 주인공.

나는 누구의 목소리였는지 생각해보려 하지만 샅샅이 뒤져 두 사람을 찾아내고 싶다는 충동에는 저항한다. 그냥 집으로 돌아가고 싶다. 나는 존을 찾아서 긴급 대피 표정을 짓는다. 파티가 지겹다. 맨정신인 것이 지겹다. 나인 것이 지겹다. 커다란 와인통에 머리를 처박고 전부 잊고 싶다.

우리가 집으로 돌아갈 때(차를 몰고 가는 건 여전히 신난다) 존이 말한다. "당신 정말 멋져!"

"왜?" 공짜 운전기사가 있어서 좋다는 말을 하려는 줄 알고 내가 묻는다. 하지만 아니다. 존이 자세히 설명한다.

"앨이 집에 가기 전에 나한테 와서 그러더라고. '어이 존, 오늘 자네 부인 정말 멋지던데!'"

하! 잘 들어, 1번이랑 2번. 난 안 따분해! 이제 안 보이지도 않고, 사실은 멋지다고!

나는 캣니스 에버딘•이다(음, 십대를 죽이는 부분은 빼고).

• <헝거게임> 시리즈의 여주인공.

달리기

오늘은 여름방학 첫날이다. 7주간의 방학. 매디에게 더위 때문에 올챙이가 거의 다 죽었다고 설명해야 하므로 시작이 썩 좋지는 않다. 개구리가 되지 못한 불쌍한 올챙이들.

내가 경고도 하기 전에 매디가 수조 안을 들여다본다. "엄마, 보세요! 다리가 진짜 빨리 자라서 벌써 뛰쳐나갔나봐요! 살기 좋은 장소를 찾았으면 좋겠다. 스마일." (좀 이상하지만 매디는 얼마 전부터 이모티콘을 말로 하기 시작했다.) 나는 아무 말도 하지 않는다. 어쩌면 정말로 올챙이가 빨리 자랐을지도 모르지. 누가 알겠어?

신난다. 이제 등하교시킬 필요가 없다. 수많은 모험—해변, 아이스크림, 서핑, 누워서 뒹굴거리기, 영화, 외출. 하지만 초조하기도 하다. 7주 동안 다양한 방법을 써서 이비, 키트, 매디를 컴퓨터에서 떼어놓아야 한다. 남매 사이의 분쟁도 조정해야 한다(즉, 서로 때리지 못하게 말려야 한다). 수백 끼의 식사를 준비해야 하는데, 그때마다 셋 중에 적어도 한 명은 코를 막겠지. 끝없는 정리, 세탁, 선크림 바르기, 코 닦아주기, 매너 가르치기……

……하루가 끝나고 '한숨 돌리게' 해줄 것 하나 없이 이 모든 일을 해야 한다니. 게다가 혼자 블로그를 하거나, 거품 목욕을 하거나, 개를 오래 산책시키거나, 기타 '회피 행위'도 못하는데 말이다.

그러나 이 모든 일을 숙취 상태로 하는 것보다는 낫겠지. 그리고 오후 5시만 넘으면 아이들끼리 난장판을 치든 말든 혼자 와인에 빠져 있는 것보다도. 약간 취하고 우울해져서 아이들에게 소리지르는 것보다도. 나는 에너지를 가득 채우고 방학을 시작한다. 몇 년 만에 몸무게가 70킬로그램 밑으로 떨어졌다. 나는 (비교적) 느긋하고 온화하다. 난 완벽한 엄마가 될 수 있어! (아, 당연하지.)

어젯밤에 존과 나는 한 학기가 끝난 것을 축하하며 밤 데이트를 했다. 우리는 저녁을 얼른 먹고(알고 보니 소비뇽블랑을 한 잔 또는 다섯 잔 마시지 않으면 식당에 오래 앉아 있기 힘들다) 영화를 보러 갔다.

우리는 새로 나온 <터미네이터> 시리즈를 봤다. 물론 존이 골랐다. 나는 에이미 와인하우스의 전기영화가 보고 싶었다.

늘 그렇듯이 영화의 처음 20분은 정말 긴장된다. 존이 돈을 절약하는 방법 중 하나가 값싼 좌석을 사서 들어간 다음 우연을 가장해 다리를 둘 공간도 넓고 편안한 팔걸이도 있는 VIP 좌석에 앉는 것이기 때문이다. 그러면 나는 두려워하면서 우리 자리의 정당한 주인이 나타나기를 기다리고, 만약 정말로 주인이 나타나면 우리는 뒷줄의 싼 좌석으로 '수치의 행진'을 해야 한다.

영화는 마지막으로 나왔던 <터미네이터> 시리즈랑 거의 비슷했지만 시간 여행이 훨씬 더 복잡해졌다. (사람들이 시간을 거슬러

갔다가, 앞질러갔다가, 동시에 양방향으로 갔다. 맨정신에도 이해하기 까다로웠다……) 하지만 나는 여주인공 세라 코너가 좋았다.

에밀리아 클라크가 세라 코너(미래 혁명군 지도자의 어머니) 역을 맡았는데, 그녀는 <왕좌의 게임>에서 내가 제일 좋아하는 여주인공—대너리스 타가리엔(용들의 어머니)—이기도 하다. 나는 세라 코너를 보면서 그녀가 인류의 미래를 구원해야 한다는 책임감 때문에 스트레스를 받는다면 어떨까 상상해보았다. 기관총으로 끝장을 내는 대신 와인이나 한두 병 마시기로 했다면 어떻게 됐을까? 그랬다면 미래에서 온 변신 터미네이터의 상대도 되지 않았을 거야, 안 그래? 터미네이터를 따분하게 만들어서 죽일 생각이었다면 또 모르지만.

멋진 캣니스 에버딘이 헝거게임 아레나에 들어가기 전에 보드카를 몇 잔 마시면서 긴장을 푼다고 상상해보자. 석궁 솜씨가 지금의 절반도 못 미쳤을 것이다. 몇 시간 뒤에 대포가 발사되고 에버딘의 사진이 하늘 위로 떠오른다. 그러면 시리즈 자체가 끝장이다.

<에이리언>의 리플리는 또 어떻고? 리플리가 화염방사기를 들고 나가기 전에 불안을 잠재우기 위해서 술을 몇 잔 했다면 "한 병 더 따줄래?"라고 말하기도 전에 배에서 에일리언이 튀어나왔을 것이다.

이 모든 이야기의 결론은 분명하다. 강하고, 끝내주고, 야심 찬 여자들은 술을 마시지 않는다. 우주를 구하려고 약에 취할 필요가 없다. 더 나은, 더 중요한 할일이 있다. 알코올은 방해만 될 뿐이다.

나는 이제 마흔 살보다 쉰 살에 더 가깝지만 강한 여자가 되고 싶다고—그럴 만한 가치가 있다고—결론을 내렸다. 나는 술을 끊었고, 이제 싸울 수 있는 체중으로 회복중이다. 달리기를 진지하게 해보자. 요가도 해서 강하고 유연해지자. 그런 다음 세상을 바꾸자. (잠깐 앉아서 차만 한잔 얼른 마시고 시작해야지.)

그래서 오늘 나는 달리려 한다. 내가 말하는 달리기는 달리기와 걷기를 합친 것이다. 나를 응원하는 것보다 정확성이 더 중요한 사람이라면 달리기가 아니라 조깅이라고 말할 수도 있겠지만. 하지만 어때, 그렇게 시작하는 거지.

우리집 테리어가 충격에 빠진다. 우리 개는 자신이 냄새를 맡고 영역을 표시하는 동안 내가 이메일을 확인하고, 전화를 걸고, 지나가는 사람과 잡담을 나누면서 느릿느릿 걷는 것에 익숙하다. 그런데 이제 잠깐이라도 멈췄다가는 전속력으로 달려서 나를 따라잡아야 한다.

아직까지 내가 이 모든 것을 즐기고 있다고 말할 수는 없다. 한두 번인가 '러너스 하이'—내가 오랜 세월 동안 술병 바닥에서 찾았던 그 엔도르핀 러시—를 살짝 맛본 적은 있지만, 달리기는 정말 힘든 일이다. 나는 빠른 속도를 내도록 타고나지 않은 것 같다. 페라리보다는 경차에 더 가깝다. 지금까지 제일 좋은 부분은 땀투성이가 되어서 숨을 헐떡이며 금방이라도 쓰러질 듯한 상태로 현관으로 들어와 넋을 잃은 가족에게 "다들 좋은 아침, 잠깐 달리고 왔어"라고 말한 다음, 신문을 들고 내가 제일 좋아하는 의자에 털썩 앉는 것이다.

나는 지금 아이들과 함께 스코틀랜드에 있다.

존은 정기적으로 고향으로 돌아와서 속옷도 없이 치마를 입고 (그렇다, 스코틀랜드인에 대한 소문은 사실이다) 히스로 뒤덮인 산에 올라가고, (한 해 중 적당한 시기에는) 이런저런 것을 총으로 쏘고, 바보 같은 춤을 추고, 기름에 튀긴 부속 고기를 먹어야 한다. 존은 너무 오랫동안 스코틀랜드를 떠나 있으면 계집애 같은 남자(즉, 잉글랜드인)가 될까봐 겁낸다.

늘 그렇듯 우리의 순례 여행은 두 부분으로 나뉜다. 1부는 내가 우리 짐, 이비, 키트, 매디, 개로 가득찬 자동차를 몰고 북쪽을 향해 아홉 시간 동안 운전을 하는 것이고, 2부는 며칠 뒤(사무실에 끝내야 할 중요한 일이 남아 있다나 뭐라나) 존이 기차를 타고서 신문을 들고 진토닉을 홀짝거리며 따라오는 것이다.

내가 마지막으로 진지하게 술을 끊으려 한 것은 2년 전이다. 나는 6주 정도 금주를 하다가 북쪽을 향해 한참 동안 운전했다. 이제는 나도(며칠씩이나 구글에서 검색해보았으므로) 6주에서 8주 사이에—분홍 구름이 흩어지고 '벽'이 드러나는 때다—포기하는 사람이 많다는 사실을 안다. 하지만 그때는 몰랐다.

아무튼 2년 전, 여행을 시작하고 여덟 시간까지는 아무 문제도 없었다. 그런데 그때 이비, 키트, 매디가 싸우기 시작하더니 악을 쓰고 머리카락을 잡아당겼다. 이빨도 한몫하지 않았을까 하는 의심도 든다. 나는 이성을 잃고 같이 소리를 지르기 시작했다. 개가 양을 보더니(우리 개는 풀럼 개다—캐시미어 점퍼에는 익숙하지만 다리가 달린 진짜 양털은…… 별로 그렇지 않다) 미친듯이 짖기 시작했다. 그러다 마지막 마무리라도 하듯이 경찰이 교통사고 때문에 체비엇 구릉을 지나는 유일한 도로를 폐쇄했다. 우리는 우회로로 들어섰다가 완전히 길을 잃었다.

목적지에 도착했을 때는 이미 늦은 시각이었고, 나는 지치고 지긋지긋했다. 나를 포함해서 가족 모두가 각자의 이유로 울고 있었다. 나는 정말, 정말, 정말로 와인 한잔 마실 자격이 있다고 스스로에게 말했다. 그래서 찬장에서 술을 한 병 찾아서 땄고, 한 시간 반 만에 병은 텅 비었다.

다음날은 끔찍한 기분이었다. 6주 동안 술을 끊었던 내 몸이 자비를 베풀어달라며 비명을 질렀다. 나는 두 번 다시 그 무엇도 마시고 싶지 않았다. 나는 생각했다. 하하! 시스템이 리셋됐어. 이제 난 평범한 술꾼이야. 가끔 실컷 마셔도 절대 계속 마시고 싶진 않을 거야. 잘했다, 나 자신.

그런 다음 다시 술을 안 마셨다. 일주일 동안. 그러다가 가족과 저녁식사를 하면서 두 잔을 마시고, 세 잔째를 거절하면서 자신을 칭찬했다. 이것 봐, 진짜 절제하고 있잖아! 그런 다음 다시 닷새 정도 술을 안 마셨다. 다들 아는 이야기다. 한 달 뒤에 나는 다시 매일, 예전보다 더 많이 술을 마시고 있었다.

그래서 이번에는 초조했다. 짐을 싸고, 짐을 풀고, 운전하고, 차가 막히고, 아이들을 중재하고 등등 이런 여정을 마친 다음 마지막으로 술을 잔뜩 마시지 않은 기억이 없다.

오늘까지는!

그렇다, 우리가 여기 도착했을 때 나는 완전히 지쳤다. 아니, 딱 한 병 싸온 벡스블루는 소용없었다. 하지만 몇 시간 뒤 아이들이 잠자리에 들고 나서 나는 뜨거운 물로 목욕을 하고, 불을 피우고(7월인 건 나도 알지만 여기는 스코틀랜드다), 핫초콜릿을 만들고, 노트북을 꺼냈고, 아주 훌륭하게 해내고 있다. 들리는 소리라고는 부엌 시계가 똑딱거리는 소리, 키보드를 두드리는 소리, 불이 타닥타닥 타는 소리밖에 없다.

그리고 더 좋은 점이 있다. 내일 아침 나는 맑은 정신으로 넘치는 열정과 함께 멋진 풍경 속에서, 신선한 공기와 고요함 속에서 잠을 깰 것이다. 또다른 '첫 경험'에 체크.

나는 블로그에 재발 경험담을 올린 다음 독자에게도 경험담을 떠올려보라고 권한다. 몇 분 만에 '맞아요, 나도 그랬어요!'라는 댓글이 달린다. 내 블로그 링크가 다른 사이트로 퍼지고, 전 세계 여자들(과 일부 남자들)은 술 한 잔은 절대 한 잔이 아님을, 우리에게는 절대 한 잔으로 끝나지 않음을 되새긴다.

런던으로 돌아와 다시 짐을 싼다. 이번에는 매년 그러듯 콘월로 여행을 가기 위해서다. 3주 동안 즐기는 태양(우리 바람이 다), 서핑, 모래성. 그리고 내가 이렇게 흥분한 것은, 상대적으로 콘월은 음주와 관련해서 연상되는 것이 별로 없기 때문인 것 같다.

아빠의 가족이 콘월 출신이라서 나는 세상에 태어난 후 매년 콘월에 갔다. 물론 거기서도 술을 상당히 마셨다. 나는 어디서든 술을 상당히 마셨다! 그러나 술 마신 기억보다 맨정신이었던 기억이 훨씬 많다.

서핑을 하고 나서 해변에서 먹는 도넛과 핫초콜릿. 바위 웅덩이에서 게 잡기. 동굴에서 숨바꼭질. 길고 바람이 부는 절벽 산책. 모래로 벽을 쌓아서 파도 막기. 블랙베리를 따서 파이와 크럼블 만들기. 연 날리기. 해변에서 소시지 굽기. 숨겨진 작은 만 찾기. 바다표범 찾기. 자전거 타기. 패들보드 타기. 워터스키 타기. 아이스크림. 크림 티. 콘월 파이. 스윙볼. 프리스비. 둑 쌓기. 보트 타기. 모래투성이 발가락. 햇볕에 탄 코. 끈으로 묶은 갈색 종이 꾸러미*. (아차, 이건 여기가 아니지.)

작년에는 나의 사랑스러운 미국인 친구가 가족과 함께 나를 만

---

* 영화 <사운드 오브 뮤직>의 유명한 곡 <내가 좋아하는 것들>의 가사다.

나러 왔다. 그녀는 아주 근사했다. 지미추 스트랩샌들을 신고 파스텔톤 실크 옷을 입고 완벽한 화장을 하고 두건까지 쓴, 뉴욕 햄프턴스에나 어울리는 복장이었다. 친구는 고무장화와 방수복을 입은 우리가 바닷물에 젖어 엉망으로 헝클어진 머리와 거센 바람을 맞아 빨개진 얼굴로 동굴에서 억수 같은 비를 피하는 모습을 보고 충격을 받았다. 우리는 완전 야생의 상태였다.

콘월은 인생에서 제일 좋은 것을 누리기 위해 옷을 차려입을 필요가 없다는 사실을 일깨워준다. 제일 좋은 것은 공짜인 동시에 돈으로 살 수 없을 만큼 귀중하다. 게다가 맨정신으로 즐길 수 있다.

나는 휴가를 가기 전에 사야 할 것이 좀 있어서 키트와 매디를 데리고 런던 서부의 자부심 강한 엄마들이 정기 예배를 드리러 가는 이 지역 소비지상주의의 사원 웨스트필드 쇼핑센터로 간다.

웨스트필드는 차로 10분 거리밖에 안 되지만 나는 식당과 영화관밖에 안 가봤다. 가게에는 한 번도 가지 않았다. 사실 나는 10년 넘게 아이들 물건 말고는 쇼핑에 별로 관심이 없었다. 자신이 싫고 뚱뚱하다는 느낌이 들면 쇼핑이 재미없다. 나는 온라인 쇼핑만 했고, 주로 눈에 띄지 않는 것만 샀다. 검은색이면 더욱 좋았다.

그러나 이제 느낌이 달라졌다. 우선 나는 거의 6.5킬로그램이나 가벼워졌다. 나는 M사이즈다! (나는 뭐든 L사이즈로 사는 것이 항상 싫었다.)

그래서 키트와 매디를 어린이 놀이방에 맡기고…… 약간 정신을 놓았다. 우선 라이스에서 상의를 샀다(합리화: 흰색이라서 어떤 옷에든 잘 어울려). 나이키에서는 운동화, 달리기용 상의, 카프리팬츠를 샀다(합리화: 새로운 취미에 돈을 많이 쓸수록 계속할 가능성이 높아지잖아, 그리고 살이 다시 찌더라도 신발은 맞겠지). 캘빈클라인에서는 속옷과 잠옷을 샀다(합리화: 미안하지만 난 킴 카다시안이 아니기 때문에 얘기하지 않는 것도 있거든요).

호사스러운 쇼핑이 끝날 때쯤 되자 기분이 정말 좋다. 머리가 어쩔하고 맥박이 미친듯이 뛴다. 취한 기분이다. 나는 커피를 들고 앉아서 '쇼핑중독'을 검색한다. (웨스트필드에서 얼마나 많은 사람들이 이 단어를 검색할까?) 알고 보니 쇼핑은 마약과 술처럼 엔도르핀과 도파민을 분비시킨다. 알코올중독자가 술을 끊고 나서 과도한 쇼핑에 빠지는 일은 꽤 흔하다. 심지어 12단계 프로그램을 운영하는 쇼핑중독 재활단체 '익명의 쇼핑중독자들'도 있다.

나는 아이들을 찾은 다음 끔찍한 죄책감과 일종의 숙취를 느끼며 웨스트필드를 나선다. 하지만 제길, 정말 멋진 운동화가 생겼잖아.

우리는 집으로 돌아오는 길에 이비를 데리러 이비가 새로 사귄 친구 집에 들른다. 나는 이 친구의 엄마를 처음 만나지만, 보자마자 마음에 든다. 우리가 친해지는 모습이 머릿속에 저절로 그려진다.

"차 한잔하실래요?" 그녀가 묻는다. "아니면 와인 한잔?"

6시 반이다. 와인을 한잔 마시기에 완벽하게 합당한 시간.

"아, 차로 부탁해요." 내가 대답한다. (당연하지.)

그녀의 눈에 실망이 떠오른다. 그녀가 거나하게 취한 술꾼이고 술병을 따고 싶은 마음이 간절해서가 아니라(그런 표정은 이제 나도 안다) 이 대답이 내가 어떤 사람인지 말해주기 때문이다.

나는 즉석에서 유대감을 만들어주는 술(과 담배)의 힘이 그립다. '차 아니면 와인' 테스트는—내 기준에서—앞에 서 있는 사람이 어떤 부류인지 알려주는 방법이었다. 나는 친구가 될 수 있을 것 같은 사람에게 이 방법을 종종 써먹었다. 그리고 '와인'이라고 대답하면 재미있는 사람이라고 결론을 내렸다. 필요할 때는 어른이지만 마음은 항상 젊고 거칠고 무모하다고 말이다. '와인'이라고 대답하는 사람은 내 편이었다. 아군이었다.

담배도 똑같다. 나는 파티장의 정원에 나가 바람 속에서 지포 라이터를 켜려고 애쓰다가, 또는 사무실이나 레스토랑, 기차, 비행기의 흡연 구역(그 시절을 기억하는지?)으로 내쫓겼다가 일생의 친구들을 만났다.

내가 새 친구에게 '차'를 마시겠다고 대답했을 때 그녀는 '책임감

있고, 분별 있고, 직설적이고…… 따분하구나'라고 생각했다. 나 그
런 사람 아니에요! 나는 정말 이렇게 소리치고 싶다. 걱정 마세요, 나는
원래 차나 한잔 마시자는 사람이 아니에요. 와인 한잔 마시자고 하는 사
람이에요. 머리 풀고 어디 한번 신나게 놀아보자, 될 대로 되라지, 그런 식
으로 말하는 사람이에요. 하지만 와인은 따지 않는 게 좋을 거예요. 내가
살아온 이야기를 다 듣고 코믹한 스트립쇼를 본 다음 새벽 2시에 나를 여
기서 끌어내지 않으려면 말이에요. 하지만 나는 아무 말도 하지 않는
다. 그랬다간 그녀는 내가 미쳤다고 생각할 거고, 이비는 나를 절대
용서하지 않을 것이다.

내가 AA에 가지 않고 혼자서 술을 끊으며 놓치는 것은 새로운
아군이다. 술을 끊은 사람들은 많은 면에서 최고의 아군이다. 극단
적인 사람들. 좀 놀아본 사람들. 할 이야기가 많은 사람들.

그게 바로 나, 그리고 내 온라인 친구들이다.

8월

우주가
신호를 보내다

도착

콘월로 떠날 시간이다!

나는 새벽이 밝자마자 일어나서 몇 시간 동안 짐을 싼 다음 (별로 크지 않은) 우리 차에 전부 쑤셔넣으면서도 세 아이와 개 한 마리가 탈 공간을 남기기 위해서 애쓴다. 벡스블루를 전함도 침몰시킬 만큼 잔뜩 샀기 때문에 쉽지 않다. 벡스블루가 콘월이라는 이 세상의 외진 구석까지 진출했는지 확실하지 않으므로 대비하고 싶다. 다행히 짐을 전부 밀어넣고도 아이들과 맥주 둘 중 하나를 선택할 필요는 없다. 영화 <소피의 선택>만큼은 아니지만 그래도 난처하니까.

차가 끔찍하게 밀린다(존은 늘 그러듯이 하루 더 일하고 다음날 기차를 타고 온다). 다들 해안 쪽으로 떠나는지, M5는 고속도로라기보다 주차장 같다. 우리 모두 덥고, 화가 나고, 피곤하다.

마침내 A30을 지나 노스 코니시 해안도로에 들어서자 어깨의 긴장이 풀린다. 공기의 냄새조차 다르다—히스와 소금 냄새가 난다. 우리는 항상 그러듯 누가 제일 먼저 바다를 보고 "바다다! 바다다!" 소리를 지를지 내기한다.

콘월의 좁은 도로와, 모퉁이 너머에 뭐가 있는지 보이지 않아서 무서운 구불구불한 길을 30분 더 달리자 작은 별장이 나온다. 이제 나는 지나치게 흥분한 세 아이를 상대하면서 한 시간 동안 짐을 푼다.

휴가지에 도착하면 모든 기폭제가 활성화된다. 스트레스(체크), 피로(체크), 축하(체크), 보상(체크), 불안(체크). 하지만 미리 계획을 세워두었지! 난 이런 일의 전문가니까! 바로 이 순간, 차가운 벡스블루가 나를 기다리고 있다.

내가 미처 계산하지 못한 것은 빌어먹을 병따개가 없다는 사실이다! 무슨 휴가지 별장에서 병따개도 안 주지? 나는 별장을 샅샅이 뒤진다. 아이들은 해변에 가자며 고함을 지르고 있다. 나는 신들린 여자다. 꼭…… 중독자 같다! (누가 짐작이나 했을까?) 아니면 서랍과 찬장을 전부 열었다 닫았다 다시 여는 미친 폴터가이스트라든지.

병따개 없이 병뚜껑 따는 법도 모르다니, 지금까지 너무 과보호를 받으면서 산 것이 분명하다. 모든 방법을 동원해보지만 손만 아프다. 결국 나는 담으로 막힌 작은 정원으로 가서 돌로 병 윗부분을 박살낸다. 말할 필요도 없이 맥주가 사방으로 튀고, 남은 건 두 모금의 액체와 엄청난 양의 거품, 깨진 유리, 양조장 같은 냄새뿐이다.

예전에 아무리 심한 알코올중독이었어도 미친 사람처럼 병을 깰 정도까지는 아니었는데, 참 아이러니하다.

아이들과 나는 좁은 오솔길을 걸어서 들판을 지나고 목책을 넘

고 어둡고 구불구불 얽힌 잡목림을 지나 해변으로 내려간다. 해가
진 다음에는 바위에 앉아서 콘월 아이스크림을 먹으며 최면을 걸
듯이 규칙적으로 부서지는 파도를 바라본다. 지극히 행복하다. 드
넓은 대서양과 3주간의 휴가가 우리 앞에 펼쳐져 있다. 나는 절벽
에서 저 아래 파도치는 바다로 다이빙하는 무모한 십대 아이들과
경험도 없으면서 희망에 넘쳐 갈매기를 잡으려 애쓰는 우리 개를
바라본다.

그후에, 바람을 많이 맞아서 지쳤지만 행복한 아이들은 잠자리
에 들고, 깊은 잠에 빠진 개는 드디어 새를 잡는 꿈을 꾸며 다리를
움찔거린다. 나는 파자마 차림으로 창가에 앉아서 놀랍고 야생적
이고 축축하고 바람이 부는 풍경을 내다보면서 존이 타고 올 택시
소리에 귀를 기울인다. 기차를 타고 재미있는 책과 와인 반 병을 느
긋하게 즐기며 온 존은 데이지처럼 생생하겠지. 하지만 내가 시킨
대로 병따개를 가지고 온다면 용서해야지. 만약 안 가지고 왔으면
문도 안 열어줄 거야.

나는 문제적 음주와 우울증의 상관관계에 대해서 수없이 많이 읽었다. 둘은 너무 복잡하게 얽혀 있어서 뭐가 먼저인지 알아내는 것이 불가능한 경우가 많다. 우리는 우울해서 술을 마실까, 술을 마시기 때문에 우울할까? 사실 이것은 하강나선처럼 우리를 빨아들여 배수구에 빠지는 거미처럼 삼켜버릴 수도 있다.

하지만 결국은 술과 도파민의 문제다. 우울할 때 술을 마시면 도파민이 급격히 분비되어 기분이 좋아지는 데 실제로 도움이 되지만, 자주 마시면 뇌가 도파민 분비량을 자연스럽게 줄인다. 즉, 알코올이 없으면 우울해진다는 뜻이다. 게다가 술을 마셔서 생성되는 도파민은 기분을 정상 수준으로 돌려놓을 뿐이다. 다시 말해서, 알코올만이 당신을 행복하게 만든다고 느끼기 시작한다—그것이 사실이기 때문이다. 하지만 애초에 문제를 일으킨 것은 나쁜 친구인 알코올이다.

솔직히 나는 술을 마실 때 우울했다고 생각하지 않는다. 그냥 무미건조했다. 약간 우웩이었다. 모든 색이 다 빠져서 세피아빛이 된 사진처럼. 하지만 너무나 서서히 진행되었기 때문에 나는 거의 눈치채지 못했다.

하지만 이제, 특히 이렇게 아름다운 콘월에 있으니, 스위치를 조절해서 멋진 총천연색으로 돌아온 것 같다. 낡은 뇌가 녹슨 도파민

생성기의 용량을 올려서 이제 나는 기분이 좋아지기 위해 술을 마실 필요가 없다.

나는 키트, 매디와 함께 좁은 절벽 길을 걸어간다. 아이들은 가파르고 울퉁불퉁한 계단을 자그마한 산양처럼 통통 뛰어올라가고, 나는 뒤에서 헐떡헐떡 아이들을 따라잡으려 애쓰면서 헬스장을 빼먹은 나날을 저주한다.

한쪽 옆은 비교적 고요한 옥빛 바다로 떨어지는 가파른 급경사다. 반대쪽에는 히스와 금작화, 블랙베리 덩굴이 얽혀 있다. 나는 혹시 바다표범의 검은 머리가 보이는지 바다를 훑어보고, 아이들은 덤불에서 블랙베리를 찾는다.

알고 보니 바다표범보다 블랙베리가 훨씬 많다. 아이들은 몇 개 따서 가방에 넣지만(바다표범 말고 블랙베리 말이다) 손과 얼굴에 묻히는 게 더 많다. 나는 못 본 척하면서 나중에 우리가 같이 만들 크럼블을 상상한다. 끈적하고 새콤한 블랙베리와 달콤하고 바삭한 토핑의 냄새가 나는 것 같다. 커스터드크림으로 할까, 클로티드크림으로 할까? 일생의 영원한 딜레마다.

어떤 여자가 우리를 향해 걸어온다. 나는 그녀를 향해 미소를 짓는다. 저 상냥한 할머니는 분명 내가 엄마 노릇을 잘한다며 감탄하겠지. 아이들과 야외에서 건강하고 즐거운 시간을 보내니까. 보덴•

옷을 입고 바람 때문에 온통 헝클어진 우리 애들 너무 귀엽잖아? 잘했어, 클레어. 너무 잘난 척하는 표정은 짓지 말고!

노파가 우리를 지나치면서 자주색으로 물든 입에 블랙베리를 집어넣는 매디를 본다.

"개들이 거기다 오줌을 쌌을걸." 그녀가 말한다.

못된 쭈그렁 할멈이 내 해피 벌룬을 빼앗아 터뜨려버렸잖아, 쳇. 그러자 이런 생각이 든다. 나는 이런 상황에서 크럼블냄새를 맡는 사람이 되고 싶을까, 오줌을 보는 사람이 되고 싶을까? 지금 나는 크럼블냄새를 맡고 있고, 그동안 오줌을 보느라 얼마나 많은 시간을 허비했는지 이제야 깨달았기 때문이다.

우리는 해변에서 존과 이비, 테리어를 만난다. 밀물이라 푸스틱 놀이**를 하기로 한다. 평범한 푸스틱 놀이가 아니라 풀리가 버전으로, 물론 그 어떤 절제도 없다. 반대로 소리지르기(멍멍 짖기)와 달리기가 아주 많이 필요하고, 전략과 배신도 조금 필요하다.

한 아이당 하나씩, 색깔이 다른 빨대가 총 세 개 필요하다(우리는 매디를 펍으로 보내서 빨대를 얻어오라고 했다. 매디는 정말 심각하

● 영국의 의류 브랜드.
●● <곰돌이 푸>에 나오는 놀이. 푸와 친구들이 강물 위 다리에서 각자 막대기를 던진 다음 반대편으로 뛰어가서 누구 막대기가 제일 먼저 흘러내려오는지 보는 놀이다.

게 귀여워서 어떤 펍 주인도 매디에게 "안 돼"라고 말할 수 없기 때문이다. 매디가 보드카를 주문하지 않아서 얼마나 다행인지……). 그런 다음 주차장 옆 물살이 빠른 시냇물에 빨대를 떨어뜨리고 해변까지 내리막길을 진짜 빨리 달려간다.

시냇물은 도로 밑을 지나 해변가 바위들에 놓인 다리 밑으로 나온다. 한 명이 이 지점을 지키면서 상황을 살피고 빨대가 걸리지 않았는지 확인한다. 시냇물은 바위와 작은 폭포, 소용돌이를 지나기 때문에 두 명이 중간중간에서 지켜본다. 결국 시냇물을 따라 흘러 해변에 도착한 빨대 중 하나(보통 반칙을 쓰는 키트의 빨대다)가 승자로 선언된다.

플라스틱 빨대 세 개와 콘월의 시냇물만 있으면 카리브해도 필요 없다. 단순한 것이 최고다. 더 낮게 만든 인공적인 자극제는 정말로 필요 없다.

환호성을 지르고 싶어지다

침대 위에서 맞이하는 콘월의 토요일 아침. 여기 온 지 딱 일주일째다. 태양이 밝게 빛나고, 키트와 매디가 일어나는 소리가 들린다(작은 오두막이라 어디서 누가 트림이라도 하면 모두가 다 안다). 사실 기본적인 틀은 정확히 똑같은데(나는 확실히 습관의 동물이고, 좋은 습관과 나쁜 습관이 모두 있다) 무엇 때문에 이번 휴가가—지금까지는—작년과 다른지 생각해보았다. 중대한 차이는 초조하지 않다는 점인 것 같다.

술을 마시던 시절에는 종종 어딘가 다른 곳으로 가고 싶었다. 정말 평화롭다고 느낄 때는 손에 술잔을 들고 있을 때뿐이었다(그런 시간이 꽤 많았고, 점점 더 많아졌다). 나는 무언가를 시작하자마자 이다음엔 뭘 할지 생각했다. 그 순간에 집중하기(마음챙김)보다 미래에 초점을 맞췄다. 나는 이것을 '계획 세우기'라고 불렀지만 사실은 초조함이었음을 이제는 알겠다.

이런 느낌에는 생물학적인 이유가 있다. 우리가 무언가(니코틴, 마약, 알코올, 무엇이든)에 중독되면 뇌의 도파민 기본 수치가 떨어진다. 이는 잠시라도 중독성 물질이 없으면 우울하고, 신경이 곤두서고, 초조해진다는 뜻이다. 뭔가 빠진 듯한 느낌, 완전하지 않은 듯한 느낌이 든다. 사실은 그 느낌이 맞다. 우리의 신경화학에 불균형이, 구멍이 생겼으니 말이다.

그러므로 아무리 긴장을 풀고 그 순간에 집중하려 해도 우리의 무의식(와인 마녀)이 속삭인다. 냉장고에 와인 있어? 가게에 가야 하는 거 아니야? 이 정도면 놀이방/놀이터/유원지에 충분히 있지 않았어? 이제 정말로 한잔 마실 시간이야. 거기 가만히 앉아 있지 말고 뭐라도 해봐!

예전의 나는 아이들과 콘월 해변에서 놀면서도 오후 5시만 되면 불안해졌다. 짐을 챙기라고 아이들을 재촉하고 결국에는 소리까지 질러서 반드시 '나를 위한 시간'에 맞춰 집으로 돌아왔다.

그러나 올해는 썰물이 점점 더 늦어져 시간을 조정했다. 우리는 말 그대로 자연스러운 흐름을 따랐고, 점점 더 늦게 잠자리에 들었다. 오후 8시까지 해변에 남아서 서핑을 마음껏 즐기고, 바위에 앉아서 모래 묻은 버거를 저녁으로 먹고, 일몰을 보았다. 나는 어딘가 다른 곳에 전혀 가고 싶지 않았다.

이것이 금주의 가장 좋은 선물이다. 평화.

바닷물이 적당히 빠지자마자 우리는 서핑을 하러 다 같이 해변으로 내려간다. 우리는 번들거리는 웨트슈트 차림으로 파도를 타려고 안간힘을 쓰면서 하얗게 부서지는 파도 위로 뛰어오른다. 입술이 짭짤하고 얼굴에 태양이 느껴진다. 나는 큰 파도에 제대로 올라탄다. 해안으로 돌진하며 왼쪽을 보자 이비가 서핑 마니아처럼 씩 웃고 있다. 오른쪽을 보자 키트 역시 똑같이 환희에 젖어 있다. 나도 모르게 우아아아 소리가 새어나온다. 방귀를 뀌었다는 말을 돌려서 하는 것이 아니다. 내가 정말로 "우후!"라고 외쳤다는 뜻이다.

자, 나는 너무 오랫동안 지나치게 열심히 사느라 지친 중년 여성이고, 그래서 마지막으로 나도 모르게 환호성을 지른 것이 언제인지 기억도 나지 않는다. 지난 몇 년 동안은 술을 마시고 댄스플로어에 나가도 환호성이 나오지 않았다. (내가 아무리 술을 퍼부어 없애려 해도) '넌 내일 이 대가를 치를 거야'라고 잔소리하는 목소리가 항상 존재했다.

술은 내가 환호성을 지르게 만드는 힘만 잃은 것이 아니다. 거의 모든 것에서 환호성을 빼앗았다. 숙취에 시달리며 다음 술 마실 시간만 헤아리는 것은 환호성과 무척 거리가 멀다.

그리고 혹시 아시는지? 환호성을 지르지 않기에는 삶이 너무나 짧다.

오늘 아침 나는 갑자기 침울함에 맞닥뜨렸다. 참을 수 없을 만큼 활발한 폴리애나*처럼 경쾌하게 뛰어다니는 것에 너무 익숙해졌던 나는 이 암울함에 맞닥뜨리자 쓰러지고 말았다. 밤사이 내 마음이 '반이나 있네'에서 '반밖에 없네'로 바뀐 것 같다(몰랐으면 모를까 나는 반이나 있거나 반밖에 없는 잔을 발견하면 비우지 않고 놔둔 적이 없으므로 참 아이러니하다). 환호성을 지르던 내가 이제 울먹이고 있다.

호르몬 때문일지도 모른다. 끔찍한 포스일 수도 있다. 그냥 우울한 기분일 수도 있다.

나는 행복해야 할 이유를 전부 떠올려본다(건강하고, 아이들이 행복하고, 감당 못할 빚이 없고 등등 거창한 이유 외에도 추가적으로 말이다). 우리는 콘월—세상에서 내가 제일 좋아하는 장소—에서 휴가를 보내고 있다. 이비, 키트, 매디는 이번 휴가가 최고라고 했다. 오븐에서는 크루아상이 구워지고 있고, 희박한 확률을 뚫고 벡스블루를 파는 가게를 발견했다. 여섯 병들이 팩을 계산대로 가져가자 주인이 나를 미친 사람 보듯 하며 "이거 무알코올인 건 아시죠?"라고 묻는 것으로 보아 주인이 실수로 주문한 것이 분명하다.

---

* 엘리너 포터가 쓴 아동소설 『폴리애나』의 주인공. 부모님을 잃은 열한 살 소녀로, 엄격한 친척 아주머니와 함께 살면서 특유의 활발함으로 무서운 아주머니의 마음을 녹인다.

그래도 시무룩한 목소리가 부정적인 것을 자꾸 지적한다. 비가 오고 있고, 이번주 일기예보는 엉망이다. 모두를 위한 휴가지만 나는 하루에 최소 두 끼를 준비하고(그것도 지난주에는 정말 좋아했던 음식을 이번주에 다시 내면 눈을 굴리면서 구역질소리를 내는 것으로 악명 높은 까다롭고 예측 불가능한 손님들을 위해서 말이다), 매일 세탁기를 돌리고, 하루에 두 번 식기세척기를 돌려야 한다. 룸서비스가 딸린 휴가를 보낸 지 10년도 넘었다. 키트가 어제 이 동네 호텔에서 너무 버릇없게 굴었기 때문에(늘 그러듯 채소에 대해서 불평했다) 우리는 얼른 나와야 했다. 너무 부끄러워서 그 호텔에 두 번 다시 못 갈지도 모른다. 그리고 아이폰을 들고 한 손가락으로 블로그에 올릴 글을 입력하느라 바빠서 빌어먹을 크루아상을 태워버렸다!

나는 가족에게 나를 따라다니는 먹구름을 전염시키고 싶지 않아서 블로그에 특별한 이유도 없는 침울함에 대한 짜증을 풀어놓는다. 몇 시간 뒤, 내가 정말 좋아하는 덴마크 독자 울라가 제일 좋아하는 어린 시절의 기억을 댓글로 달아놓은 것을 발견한다.

울라의 어머니는 수영을 하자고 했다. "하지만 비가 오잖아요!" 어린 울라가 대답했다(내 상상 속의 울라는 피오르처럼 짙은 푸른색 눈에 금발을 땋아내리고 빨간 깅엄 피나포어를 입고 있다). "뭐 어때?" 엄마가 말한다(너무나 뻔한 내 상상 속에서 울라의 어머니는 멕 라이

언을 닮았다). "어차피 젖을 텐데!"

그런데, 올라의 어머니 말이 옳다. 페이스북의 밈을 인용하자면, 삶은 태풍이 지나가기를 기다리는 것이 아니라 빗속에서 춤추는 법을 배우는 것이다. (술을 마시든 안 마시든) 역경이 생겼을 때 구멍을 파고 들어가 몸을 웅크리고 틀어박히는 것으로 대응하면 다음에는 더욱 무서워진다. 우리의 세상이 점점 더 작아진다. 그러나 태풍 속으로 걸어나가서 그것을 경험으로 바꾸면, 정말로 춤을 추기 시작하면, 다음번에는 더욱 용감해질 것이다. 우리가 해낼 수 있다는 것을 알기 때문이다. 그러면 우리의 세상은 더 커지고 밝은 전망으로 가득해진다.

올라 덕분에 우리는 다 같이 수영복을 입고 해변으로 걸어가다가 수렁으로 변한 오솔길에서 미끄러지며 내려간다. 오후라 태양이 낮게 떠서(먹구름 사이로 보이는 부분은 그렇다는 말이다) 오전에 생긴 발자국이 전부 씻겨나가고 새로 드러난 모래에 긴 그림자를 드리운다.

해변에는 거의 아무도 없다. 8월에는 정말 드문 일이다. 바다가 물러가면서 바위틈에 크고 잔잔한 웅덩이를 남긴다. 우리는 웅덩이로 뛰어들고, 나는 이슬비를 맞으며 누워서 장난치고 뛰노는 새끼들에게 둘러싸인 엄마 바다표범(아니, 바다코끼리인가?)이 된 기분으로 둥둥 떠다닌다. 키트가 아빠에게 "엄마는 어디 갔어요?"라고 물어서 분위기가 깨진다.

"해변으로 떠밀려 올라갔어!" 존이 대답한다. 진짜 웃긴다. 아니거든.

고개를 들어 구름이 개는 하늘을 보자 내 머릿속의 구름도 개는 것 같다. 나는 빗속에서 춤출 수 있음을(그리고 수영할 수 있음을) 스스로에게 증명했고, 울라처럼 내 아이들에게 잊을 수 없는 기억을 만들어주었기를 바란다.

작년에는 오늘처럼 비가 오는 날이면 와인을 한 병 따고 오후 내내 몰래몰래 냉장고의 술을 꺼내 잔을 채우면서 아이들에게 고함을 질렀고, 결국 침울하고 불만스럽게 잠자리에 들어 밤새 뒤척였다.

나는 이제 기운을 되찾았다. 행복의 분홍 구름을 타고 둥둥 떠다니고 있다.

부모님이 콘월로 와서 우리와 합류했다. 그러자 생생한 기억이 떠오른다. 작년에 콘월에 왔을 때 엄마는 친절하고 상냥한 말투로 내가 "술을 너무 많이 마시는" 것 같다고, 살을 좀 빼야겠다고 말했다. 특히 알코올이 유방암과 관련있어서 걱정이라고 했는데, 본인이 5년 전 유방암을 겪은 탓에 내가 같은 일을 겪지 않기를 바라기 때문이었다.

나는 엄마의 말이 둘 다 맞는다는 것을 알았다. 그러므로 이 글을 읽는 당신은 내가 엄마에게 걱정해줘서 고맙다고 말하고, 그 문제에 대해서 이성적으로 생각한 다음 행동을 취하기로 결심하고, 그래서 오늘날의 내가 되었다고 생각할 것이다. 아닌가요?

그런데 절대 아니다! 나는 엄마한테 요란하게 고함을 질렀다. 유아차에 누워서 장난감을 전부 집어던졌다. 엄마를 울렸다. 엄마한테 잔인하고 위선적인 참견쟁이라고 말했다. 나는 와인잔을 꽉 쥐고 쿵쾅거리며 내 방으로 가서 일주일 내내 클로티드크림을 퍼먹고, 분위기를 다 망치는 잔인무도한 엄마라며 중상모략을 퍼뜨리고, 뭐 그랬다.

이제 나는 거의 6개월 동안 술을 마시지 않았지만 엄마는 이에 대해서 별말을 하지 않았다. 엄마는 내 신상에 대해 언급하기를 꺼리는데, 충분히 이해가 가는 일이다. 얼마나 오래 걸릴까, 엄마가 뭐라고 말할까 궁금하다. 만약 무슨 말을 한다면 말이다. 아빠는 내가 유행하는 다이어트라도 하는 줄 알고 (더) 보기 좋다고 끊임없이 말씀하신다. 착한 우리 아빠.

나는 작년에 엄마에게 분통을 터뜨렸다고 블로그에 지나가듯 썼다.

내가 금주 블로그 세계에 대해서 알게 된 사실이 있다면, 정말 좋은 곳이라는 거다. 우리는 모두 너그럽고 함부로 평가하지 않는 사람들이다(어쨌든 우리가 누굴 평가할 수 있을까?). 나는 그동안 끔찍한 행동을 블로그에 털어놓았지만 다들 정말 괜찮다고, 자기는 더 심했다고 말해주었다.

그러므로 여러 독자들이 내가 엄마에게 잘못했다고 지적해서 나는 충격을 받았다. 그리고 독자들의 말이 정말로, 완전히 옳다. 독자들은 내가 사과해야 한다고 말한다. 에엑.

솔직히 고백하자면 나는 엄마에게 사과한다는 생각은 떠올리지도 못했다. 정말 너무한 거 아닌가? 우리 집안은 '감정적인 문제에 대한 이야기'를 전혀 안 한다. 사실 나는 영국인이 고주망태로 그렇게 유명한 것은 '뻣뻣한 윗입술' 때문이 아닐까 싶다. 이야기하거나 드러내지 못한 감정을 처리할 방법이 필요하니까 말이다.

독자들의 지적에 나는 생각했다. 12개월 전 얘기잖아. 이미 흘러간 물이라고. 엄마 말이 맞고 내 행동이 잘못된 건 너무 자명하지—날 봐! 살도 6.5킬로그램이나 빠지고, 거의 6개월 동안 술도 안 마셨잖아—엄마 말을 들었다는 뜻이야……

그러나 미안하다고 사과하는 것이 옳은 행동이다. 선업을 쌓는 거다. 우리는 아이들에게 그렇게 가르친다. 그리고 나는 아이들을 보면서 즉석에서 자동 반사처럼 하는 사과보다 뒤늦은 사과가 더욱 의미 있고 더 깊이 생각한 결과라는 사실을 배웠다.

AA의 기본 중 하나는 '보상하기'다. AA에 따르면 과거와 화해를 해야 자유와 평온을 얻을 수 있다. 12단계 중 8단계는 우리가 해를 끼친 모든 사람의 명단을 만들어서 모두에게 기꺼이 보상할 용의를 갖는 것이다(각 단계를 딱히 멋지게 표현하지는 않았다). 그래서 나는 엄마에게 사과할 적당한 때를 본다. 하지만 계속 미루기만 한다. 말이 목구멍에 달라붙어서 떨어지지 않는다. 나는 수년간 길들여진 성격과 싸운다.

결국 나는 부엌에서 불쌍한 엄마를 구석으로 몰아넣는다.

"할말이 있어요." 내가 불쑥 말한다. 엄마는 깜짝 놀란 표정이다. 전조등 불빛에 갇힌 고슴도치 같다. 머릿속에서 비상제동 스위치를 올린 것처럼 이 상황에 어울리지 않는 유머 모드가 켜지더니 키트가 제일 좋아하는 농담이 떠오른다. '고슴도치야! 산울타리를 혼자 쓰지 말고 같이 쓰자!'● 나는 해결해야 할 문제에 억지로 정신을 집중한다.

"작년에 엄마가 술을 너무 많이 마신다고, 너무 뚱뚱하다고 말했을 때 내가 너무 못되게 굴었어요. 엄마를 울렸죠. 하지만 엄마 말이 맞았어요, 미안해요."

"어머, 난 다 잊어버렸는데." 엄마는 이렇게 말하지만(선의의 거짓말이겠지) 깜짝 놀라고…… 기쁜 표정이다. "내가 너무 퉁명스럽게 말했지, 미안해. 지금 너 좀 봐! 정말 자랑스럽다—의지력이 정말 대단해. 게으름뱅이가 되고 싶지는 않았구나."

(우리 엄마는 진짜 문제가 뭔지 몰랐고, 엄마의 제일 큰 걱정은 내가 '자신을 놓아버리는 것'이었음을 깨달았지만, 별로 상관없다.)

우리는 포옹한 다음 좀 어색하게 기침을 한다. 그런 다음 둘이 나란히 서서 동시에 도마에 칼을 부딪으며 채소를 다지고, 다른 이야기를 꺼낸다. 하지만 나는 어깨에 지고 다닌 줄도 몰랐던 묵직한 짐을 내려놓은 기분이다. 그리고 엄마를 정말 행복하게 해드린 것 같다.

'보상'은 단순히 미안하다고 말하는 것이 아니다—모든 것을 제

● 'Hedgehogs! Share the hedge!'에서 'hedge'는 '산울타리'라는 뜻이고 'hog'는 '독차지하다'라는 뜻이 있기 때문에 만들어진 말장난.

자리에 돌려놓는 것이다. 그러나 우리 엄마가 원하는 보상은 술을 끊는 것(그리고 그 결과 살을 빼는 것)뿐임을 나는 잘 안다.

그래서, 이제 아무 문제도 없다.

구름 한 점 없는 이 분위기의 유일한 흠은 내가 노트북 앞에 앉아 있을 때마다 엄마가 자꾸 다가온다는 것이다. 나는 당연히 술에 대해서 읽거나 쓰고 있기 때문에 결국 노트북을 탁 덮고 교활한 표정을 짓는다. 이제 엄마는 내가 바람을 피운다고 확신한다.

바람을 피운다고? 내가 무슨 시간이 있어서? 아니면 무슨 에너지가 있어서? 직장을 그만둔 이후 지난 8년 동안 화장실만 가도 누군가 나를 애타게 찾고 몇 분 뒤에는 문을 쾅쾅 두드렸다. 도대체 내가 섹스를 할 만큼 오래 자리를 비울 수나 있을까?

돌고래

페이스북 최고운영책임자인 셰릴 샌드버그는 죽은 남편에게 바치는 감동적인 추도사에서 유대교 기도문을 인용했다. 내가 아직 살아 있는 동안에는 죽지 않게 하소서. 술이 우리에게 하는 일이 바로 이거다. 우리는 살아 있어야 할 때 천천히, 한 방울씩, 한 잔씩, 한 병씩 스스로를 죽인다. 우리는 스스로를 술에 빠뜨려 죽이고 겹겹의 군살 밑에 묻는다.

내가 읽은 음주에 관한 회고록에서 저자들은 대부분 술을 마시면서 성장이 멈추었다고 설명한다. 우리가 인간으로서 나아가려면 삶을 생생하게 겪어야 한다. 성공과 실패를 모두 마주하고 그 둘을 똑같이 대해야 한다.

술을 마실 때 우리는 그렇게 하지 않는다, 그저 숨을 뿐이다. 지평이 확장되기보다 세계가 좁아진다. 술을 끊지 않으면 우리의 세계는 점점 더 작아져서 술병만 빼고 모든 것을 잃게 된다. AA에 이를 완벽하게 설명하는 말이 있다. 알코올은 당신에게 날개를 주고 나서 하늘을 빼앗는다.

그게 바로 내 기분이었다. (지금까지) 중요한 일—내 가족과 가정—에 매달렸지만 머리 위에서 하늘이 닫히고, 나는 자신을 잃었다. 아직 살아 있지만 서서히 죽어가는 중이었다.

그러나 이제 거의 반년 동안 성찰하면서 벽돌을 하나씩 쌓듯 천천히 자신을 다시 쌓아올리고 나니 무언가의 끄트머리에 서 있는 기분이다. 이제 수평선이 보인다. 귓가에 문이 탕 닫히는 소리가 울리는 대신—몇 년 만에 처음으로—가능성이 느껴진다.

앞으로 어떻게 될지 모르겠지만 무슨 일이든 일어날 것이다.

오늘 우리는 보트를 타고 콘월 해변을 둘러보기로 한다. 카리브해나 지중해가 아니라 대서양이라는 사실을 잊지 말자. 우리는 머리끝부터 발끝까지 방수복을 입고 구명조끼까지 착용해야 했다.

다른 승객들이 승선하기를 기다리면서(보트 좌석은 열여섯 개이고, 선장이 한 명 있다) 나는 정말 근사한 패드스토만▩을 바라보고 갈매기소리에 귀를 기울이며 지금 이 순간이 평소 삶과 너무나 다르다는 생각을 한다. 그때 키트의 말소리가 들린다. "안녕, 에릭."

"그게 누구야?" 내가 묻는다.

"엄마, 에릭 기억하죠? 나랑 같이 에번스 선생님 반이었어요." 에릭의 엄마가 고개를 돌리다가 나를 보고 손을 살짝 흔든다. 음, 평소 삶과 그렇게 다르진 않은가보다. 알고 보니 우리의 휴가지는 바다 위의 풀럼이었다.

우리가 파도를 맞으며 해안에서 한참 벗어났을 때 나는 열 살쯤 이후 한 번도 하지 않은 행동을 한다. 즉, 우주를 향해 신호를 보내달라고 빈다(그래, 진짜다). 나는 말한다. 앞으로 내 삶이 기적적으로 바뀐다면 돌고래를 보내주세요.

5분 뒤 진짜 돌고래 한 마리가 우리 보트를 따라 헤엄친다. 꿈틀거리는 지느러미! 돌고래가 어찌나 가까이 있는지, 반들반들한 까만색 눈에 비친 우리 보트가 보일 정도다.

그러니 잘 지켜봐주시길. 지금까지 시간을 엄청 낭비했으므로 이제 내 차례다.

나는 9월을 준비하는 걸 늘 좋아했다. 새로운 시작. 새로 사서 반짝반짝 윤이 나는 등교용 신발. 꽉 채운 필통. 오랜 친구들을 만나서 어떻게 지냈는지 이야기하고, 새로운 친구들을 사귀는 시기. 텅 빈 백지. 점차 짧아지는 낮과 길어지는 그림자. 여름의 마지막 나른한 숨소리.

금주를 하면 특히 여름에는 거의 항상 외로운 것 같다. 흰 양떼 속에서 혼자 검은 양이 된 기분이 들기 쉽다. (잠깐. 검은 양떼 속의 흰 양에 더 가깝겠지?) 또는 혼자서 "얘들아, 절벽에서 물러나는 게 어때?"라고 외치는 나그네쥐라든지.

하지만 지금처럼 8월의 마지막 며칠 동안은 물살을 거스르기보다 다시 물살을 따라 헤엄치는 기분이 든다. 다들 핌스를 찬장에 다시 넣고, 직장으로 돌아갈 준비를 하고, 씀씀이를 줄이고 몸매를 만들어야 한다고 말한다.

그래서 나는 이제 자주 미소를 짓는다. "웃어라, 세상이 너와 함께 웃으리라. 울어라, 너 혼자 울리라"라는 격언이 얼마나 진실한지 알겠다.

우리 알코올중독자는 혼자서 많이 운다. 점점 더 고립된다. 우리는 외출할 때 스스로를 믿지 않는다. 그리고 혼자 술을 마시는데, 그러면 우리를 평가할 사람이 없기 때문이다. 그래야 편하다. 또 초대받는 일도 점점 줄어든다. 부적절할 만큼 취하지 않더라도 따분하고 자기중심적인 경향이 있기 때문이다. (물론 당시에는 이 사실을 깨닫지 못한다!) 우리는 했던 말을 또 하고, 다른 사람의 이야기를 듣지 않는다.

1990년대 초반에 나는 사람들의 입에 자주 오르내리던 『천상의 예언』이라는 책을 읽은 적이 있다. 내용은 대부분 기억나지 않지만 저자가 '발산하는 자'와 '빼앗는 자'라는 두 부류의 인간에 대해서 했던 이야기는 생생하게 기억난다.

그의 말에 따르면 '발산하는 자'는 긍정적인 에너지를 내뿜는 사람이다. 그런 사람은 꿀단지가 벌을 끌어들이듯 다른 사람들을 끌어들인다. 그런 사람과 함께하면 만났을 때보다 헤어질 때 훨씬 즐겁고 에너지가 넘친다. 당시 나는 발산하는 자였고, 그 사실을 나 자신도 알았다. 누구나 알고 싶어하는 행복하고 긍정적이고 반짝거리는 사랑스러운 사람.

'빼앗는 자'는 반대로 에너지를 빨아먹는다. 그런 사람과 시간을 보내고 나면 지친 기분이 든다. 빼앗는 자를 사랑하고 좋아할 수는 있지만 너무 많은 시간을 같이 보내지 않도록 자신을 보호해야 한다.

이것이 바로 알코올이 우리에게 하는 작용이다. 알코올은 우리를 빼앗는 자로 만든다. 불행하고 자기중심적인 사람. 만화 『스누

피』를 기억하는지? 슐츠는 어떤 캐릭터가 불행하면 그 머리 위에 작은 먹구름을 그렸다. 그게 바로 나였다. 나는 그것이 보이지 않았다. 하룻밤 만에 그렇게 변하는 것은 아니다. 변화는 너무나 천천히 다가오기 때문에 당신은 스스로 변한 줄도 모른다.

그러므로 술을 끊어도 바로 달라지지 않는다는 사실에 놀랄 필요가 없다. 때로 변화는 너무나 서서히 일어나기 때문에 뒤를 돌아보고 당신이 얼마나 멀리 왔는지 깨달을 때에만 보인다. 그러나 서서히, 서서히 구름이 걷혔다. 나는 점차 에너지를 빨아들이는 대신 다시 에너지를 나눠주기 시작했다.

어제 나는 마크스앤드스펜서에 가서 보송보송한 새 수건을 샀다(가격: 와인 두 병). 목욕 수건을 새로 사는 건 12년 만이었다! 나는 쾌활한 계산대 직원과 방학의 장단점에 대해서 잡담을 나누었다. 헤어질 때 그녀가 "오늘 손님을 만나게 되어서 정말 반가웠습니다"라고 말했다. 매뉴얼대로 읽은 것이 아니라 진심이었다!

그런 다음 나는 개를 데리고 산책을 나갔다가 어느 불쌍한 사람에게 딱지를 끊는 교통경찰을 지나쳤다. 교통경찰은 보통 썩 친절하지 않지만 그 경찰은 나를 보고 빙긋 웃더니 "즐거운 오후 보내세요!"라고 말했다.

같은 날, 나는 작은 일을 맡겼던 여성으로부터 이메일을 받았다.

그녀는 이렇게 썼다. "난 천사를 믿는데, 당신이 그중 하나인 것 같아요."

그리고 비교적 최근에 알게 된 친구가 있는데(술 취한 나보다 맨정신인 나를 더 오래 본 친구다) 그녀는 아주 끔찍한 시간을 보내고 있었다. 지난주에 그 친구가 나에게 말하기를, 평생 그 누구보다도 지난 몇 주 동안 내가 그녀를 더 많이 변화시켜주었다고 했다.

이처럼 크고 작은 일을 겪으면서 불현듯 깨달았다. 내가 다시 발산하는 자가 됐어! 나는 지금 웃고 있고, 온 세상이 나와 함께 웃는다.

나는 또한 훨씬 잘 웃고 더 침착한 엄마가 됐다. 작년 이맘때쯤, 방학이 7주째 접어들었을 때, 나는 제정신이 아니었다. 혼자만의 시간이 간절했다. 나는 아이들에게 툴툴거리고 소리도 많이 질렀다. 전날 밤의 숙취 때문에 언짢은 경우가 많았다. 인생이 내 기대대로 흘러가지 않아서 언짢았고, 자신이 별로 마음에 들지 않아서 언짢았다. 그러나 아이들은 아무것도 몰랐을 것이다. 그래서 자기 때문에 내가 화났다고 생각했다. 아이들은 엄마가 자기들과 시간을 보내는 것을 썩 좋아하지 않는다고 결론 내렸다. 아이들은 엄마가 어딘가 다른 곳에 가고 싶은 게 아닐까 생각했다. 그 생각이 완전히 틀린 것은 아니었다.

이제 술을 끊고 나니 아이들과 뜻이 통한다. 그리고 아이들과 보내는 시간은 정말 놀랍다. 나는 아이들의 눈으로 세상을 본다. 나는 오븐 속에서 부풀어오르는 머핀에서 마법을, 모바일 추리게임 클루(적어도 처음 여섯 판)에서 스릴을, 트림 대회에서 유머를 본다.

열한 살 이하 어린이 세 명을 시간 맞춰 데리고 나가는 것은 힘든 일이다. 예전의 나는 아이들이 옷을 입고 준비를 마칠 때까지 애원하고, 간청하고, 그러다가 소리를 (많이) 질렀다. 나는 엄청나게 스트레스를 받고 화가 나서 운전을 하며 개학까지 며칠 남았는지 말없이 헤아렸다.

지금은 그렇지 않다. 나는 차분하다. 완벽하게 집중하고 있다. 그러므로 나는 아이들에게 말한다. "볼링 치러 가고 싶으면 15분 내에 옷 입고 문 앞에 서 있어야 해. 아니면 안 나갈 거야. 엄마는 둘 다 상관없어." 나는 잡지 <그라치아>를 들고 기대앉는다. 10분 뒤에 아이들이 모두 외출 준비를 마치고 한 줄로 서 있다. 이 방법을 왜 진작 생각하지 못했을까?

우리는 차를 타고 가는 내내 콜드플레이의 <비바 라 비다>를 따라 부른다. 다섯번째쯤 되자 나는 귀네스 팰트로와 나의 공통점을 (드디어) 깨닫는다. 바로 크리스 마틴과 의식적으로 거리를 두고 싶어한다는 것이다.

우리는 줄을 서서 레인이 비기를 기다리면서 늘 그러듯 우리의 볼링 '별명'—전자점수판에 올라갈 이름—을 뭘로 할지 의논한다. 자신감과 낙관주의가 차오른 나는 슈퍼맘으로 정한다.

　철자가 특기라고 하기는 힘든 키트가 신청서를 써낸다. 나는 우리 레인으로 가서 볼링공을 들고 첫 타격을 준비하며 화면을 올려다본다. 점수판에 내가 고른 이름이 똑똑히 표시된다. 서퍼맘.●

　치솟았던 사기가 땅으로 곤두박질친다. 자음 하나가 굴러들어오는 바람에 나는 슈퍼히어로에서 아이들의 식사를 준비하는 사람으로 추락한다. 멋지기도 해라.

● '슈퍼(super)'를 '저녁식사'라는 뜻의 '서퍼(supper)'로 잘못 썼다.

9월

인터넷에서
널리 퍼지다

처음에는 시간을 헤아렸다. 그다음에는 날짜를 헤아렸다. 강박적으로. 나는 한 번에 하루씩이라는 격언을 실감했다. 하루 이상 앞을 내다보면 공포에 사로잡혔다. 뭐? 두 번 다시 와인을 못 마신다고? 계산이 안 돼. 과부하야……

하지만 요즘은 하루하루가 헤아리기도 전에 쏜살같이 흘러간다. 사실 나는 어제부로 6개월째 금주했다는 사실도 완전히 잊고 있었다. 까먹었다! 누가 생각이나 했을까?

이제 나는 '한 번에 하루씩'을 더이상 필요 없을 때까지 해야 한다는 사실을 안다. 그 격언이 존재하는 것은 당신이 결국 해낼 때까지 영원히(프린스의 말에 따르면 정말 긴 시간이다) 걱정하지 않게 하기 위해서다.

그리고 이제 나는 해낸 것 같다. 6개월이 지난 지금, 나는 두 번 다시 술을 마시지 않는 내 모습을 정말로 그려볼 수 있다. 겁이 나지 않는다. 전혀. 자유롭다. 신난다. 기적 같다. 이건 잘난 척이나 지나친 자신감이 아니다, 아니길 바란다. 나는 금주에 실패하고 첫날로 돌아가기가 얼마나 쉬운지 정말 잘 안다. 나 같은 사람들이 그렇게 된 이야기를 항상 읽으니까. 또 기복에 대해서도 잘 안다. 다음 주 지금쯤 다시 덜덜 떠는 폐인이 되어 있기는 정말 쉽다.

그러나 중요한 점은 이거다. 지금 나는 더이상 두렵지 않다. 또는 불행하지 않다. 또는 억지로 참는 느낌이 아니다.

오늘 나는 드디어 새 학기의 시작을 축하할 수 있다. 아이들을 학교에 내려준 다음 해야 할 자잘한 일을 적으면 내 팔 길이쯤 되는 목록이 나오겠지만, 나는 분명 시간 맞춰 끝낸 뒤 거대한 케이크 한 조각을 먹고, 라디오 4에서 <우먼스 아워>를 듣고, 심지어 <그라치아>까지 읽을 수 있을 것이다. 아, 천국이다.

7주 동안 게으르게 지내던 세 아이를 시간 맞춰 깨워서 등교 준비를 시키는 것은 조금 힘들다. 외국에 다녀온 것은 아니지만 어마어마한 시차를 겪는 기분이다. 우리는 오전 9시가 아니라 6시 30분에 하루가 시작되는 새로운 시간대에 내던져진 셈이다.

나는 개가 재미로 숨겨놓은 키트의 새 신발을 찾고, 이비의 헝클어진 머리를 빗고, 매디의 타이츠를 '원래대로 뒤집느라' 정신이 없다.

어쨌든 나는 꼬드김에 협박을 더해 세 아이와 개를 모두 차에 태운다. 우리 개는 세 남매가 잠깐 멈춰서 과자를 사자고, 화장실에 가자고, 또는 포켓몬고로 희귀한 포켓몬을 잡아야 한다고 징징거리지 않는, 길고 신나는 산책을 기대하고 있다.

우리는 늦지 않게 도착했을 뿐 아니라 일찍 왔다! 처음이다. 아직 아무도 없다. 나는 학교 정문 앞 주차장에 차를 세운다. 난 정말

백 점짜리 엄마라니까.

천천히 뭔가 이상하다는 생각이 든다. 세 쌍의 눈이 나를 향하고 키트가 입을 연다. "다들 어디 있어요, 엄마? 오늘이 정말 맞아요?"

나는 핸드폰으로 학교 웹사이트에 접속한다. 확실히 우리는 일찍 왔다. 스물네 시간이나 일찍. 개학은 내일이다. 제기랄. 캐주얼한 청바지와 점퍼 차림의 교감 선생님이 정문을 향해 걸어오는 모습이 보인다. 이 엄청난 실수를 교감 선생님에게 들키고 싶진 않다.

"얘들아, 숨어!" 내가 몸을 숙이며 외친다. 아이들은 꿈쩍도 없이 열두 살 이하의 어린이가 지을 수 있는 최대한 한심하다는 표정으로 나를 가만히 볼 뿐이다.

"우리 왜 왔어요, 엄마?" 매디가 묻는다. "날짜를 잘못 알았어요?"

"아니, 아니, 절대 아니야." 내가 대답한다. "방학이 너무 길었으니까 예행연습을 한 거야. 정말 신난다, 셋 다 아주 잘했어! 내일은 아주 쉽겠어! 그러니까 특별한 보상으로 방학 마지막날을 기념해서 영화 보러 가자."

자잘한 일들아, 안녕. <우먼스 아워>도 안녕. 그리고 <그라치아>와 긴 산책도 안녕. 대신 케이크는 두 조각 먹어야지.

내일은 진짜 개학이므로 나는 아이들을 최대한 일찍 재운 다음 핫초콜릿을 들고 침대에 푹 파묻혀 블로그에 6개월 동안 금주한 소감을 쓴다.

나는 술을 끊으면 많은 것을 놓칠 거라고 생각했지만 잃은 것은 끝없는 불안과 자기혐오, 나태함 등 부정적인 것밖에 없다고 적는다. 와인 뱃살과 숙취도 사라졌고 와인 마녀도 죽었다.

나는 큰 변화에 대해서 끝도 없이 쓰지만, 작은 변화도 아주 많다. 그래서 목록을 작성하기로 한다. 나는 목록을 정말 좋아하니까. 나는 20년 동안 라디오 4에서 전화가 오기를 기다리며 무인도에 가져갈 음반 목록을 만들었다.● (놀랍지 않겠지만 내가 선택한 '사치품'은 샤블리 한 상자였다. 이제 새로운 품목을 찾아야겠군.)

나는 '잃어버린 작은 것'이라고 쓴다. 그런 다음 이렇게 적는다. 슈퍼마켓 계산원에 대한 두려움, 구강청결제, 새벽 3시, 뱅글뱅글 도는 방, 뱃살, 진통제.

몇 분 만에 구독자의 답변이 달린다. 쨍그랑거리는 재활용품 봉투, 술에 취해 보낸 문자, 설명할 수 없는 멍.

맞아요! 내가 대답한다. 그리고 바가지 씌우는 택시, 늦은 밤 냉장고

● BBC 라디오의 장수 프로그램 <무인도에 가져갈 음반>은 초대 손님에게 무인도에 표류한다면 가져가고 싶은 음반 여덟 장, 책 한 권, 사치품 한 가지가 무엇인지 물어본다.

습격, 설명할 수 없는 분노, 놓친 영화 결말, 불분명한 발음, 검게 물든 입술.

점점 더 많은 독자가 덧붙인다. '엄마 와인'에 대한 농담, 노출 사고, 구글에서 '나는 알코올중독일까' 검색하기, 자면서 식은땀 흘리기, 베개에 화장 묻히기, 글씨를 읽으려고 한쪽 눈 감기.

정말 오랜만에 진짜 재미있었다.

알코올이 유발하는 분노

신문을 보면 유명인이 분노발작으로 사고를 쳤다는 기사
가 항상 나온다. 참 우습게도 술을 안 마시는 사람이 그러는 경우
는 없고, 항상 술이 관련되어 있다. 가장 흔한 것은 스태프에게 핸드
폰 던지기, 비행기 승무원에게 소리지르기, 비행기에서 쫓겨나기,
케이터링이 마음에 안 들어서 폭발하기다.

말할 필요도 없이 나는 이런 기사를 아주 재미있게 읽는다. 그
만큼 극적이지 않지만 우리 술고래는 다들 알코올로 인한 분노 때
문에 사건을 겪은 경험이 있기 때문이다. 나는 프랑스에서 열린 친
구의 결혼식에서 택시 예약 때문에 말다툼을 벌이다가 남편에게
와인잔(와인이 든 잔이었다)을 던진 기억이 난다(슬프지만 그 자리
에 참석한 많은 손님들도 기억하겠지). 운좋게도 조준이 형편없었기
때문에 영구적인 피해는 없었지만, 그렇게 성질을 부렸다가 진짜
중대한 결과로 이어지는 경우도 가끔 있다.

오래전 회사에서 중책을 맡고 있었을 때(사무실에 바가 있었다),
나는 점심때 동료와 와인을 큰 잔으로 두 잔 마셨다. 그런 다음 자
리로 돌아와보니 아주 중요한 해외 고객으로부터 우리가 막 촬영
을 끝낸 TV 광고에서 몇 군데 불필요한 수정을 요구하는 이메일이
와 있었다. 나는 (술에 취해서) 크게 화를 내며 성급한 답장을 보내
당신은 진짜 예술적인 천재의 작품을 감상할 줄도 모르는 네안데

르탈인 같은 멍청이라고 말했다. 내가 보낸 이메일이 유명해져 나는 크리에이티브 부서의 영웅이 되었지만, 해당 고객의 업무에서 배제되었다. 해고당할 수도 있는 일이었다.

내가 조사한 바에 따르면 알코올은 우리의 집중 범위를 좁히고 터널시야를 갖게 한다. 즉, 취했을 때 자극을 받으면 부대 상황이나 다른 사람들의 감정, 잠재적 결과를 계산에 넣지 못한다. 이는 우리가 평소라면 어깨를 으쓱하고 말 일에 폭력적으로 대응할 수 있다는 뜻이다.

또한 알코올은 억제력을 약화시키기 때문에 결국 우리가 처한 위험한 상황이 잠재적 충돌로 이어질 가능성이 커진다. 위험하게도 엉뚱한 자신감이 폭발한다. 게다가 정보처리능력이 떨어져 모욕을 당했다고 착각하는 경향("그 남자가 저를 이상한 눈으로 봤습니다, 판사님")이 커지기 때문에 문제는 더욱 악화된다.

나는 술을 끊은 이후 이성을 잃은 적이 한 번도 없다(좋다, 한두 번은 있을지도 모르지만 절대 많지 않다). 나는 참선하는 사람처럼 차분하다.

그렇기 때문에 오늘밤의 사건은 좀 충격이다.

나는 침대에 누워서 잠이 들려는 참이다. 존은 욕실에 있다. 그가 욕실에서 나와 문을 닫는데 내가 아까 주워서 걸어둔 축축한 수건이 다시 바닥으로 처얼썩 떨어지는 소리가 들린다. 말할 필요도 없지만 (역시 그 소리를 들었을) 존은 아무 관심도 주지 않고 태연하게 침대로 올라온다.

나는 침대에서 벌떡 일어나 소리친다. "이제 끝이야! 수건이라면 아주 지긋지긋해!"

존이 깜짝 놀라서 나를 본다. 전조등 불빛에 갇힌 토끼 같다. 그래도 나는 멈추지 않는다.

"당신이 떨어뜨린 수건을 내가 늘 주워놓잖아! 이비의 수건도, 키트의 수건도, 매디의 수건도 내가 주워. 개가 수건을 썼다면 그것도 내가 주워야 했겠지! 이 집안에는 수건 줍는 사람이 하나도 없어! 내가 없으면 수건이 온 집에 쌓이고 쌓여서 결국 전부 다 하얗고 폭신폭신한 수건에 깔려 죽을 거야!"

내가 숨을 쉬느라 잠시 말을 멈추자 존이 내 팔에 손을 얹고(아주 용감하군, 물어뜯어버릴까보다)—아주 조용하게—말한다. "클레어, 수건 때문이 아니지?"

나는 잠시 멈추고 생각한다. 분명히 나는 수건 때문에 화가 났고, 그것은 정당한 분노이며, 사실 수건 때문에 항상 화가 나긴 한다. 그러나 보통은 바닥에 떨어진 수건 때문에 이렇게 성층권까지 폭발하지는 않는다.

이비가 수학여행을 갔다. 일주일 내내 이비를 못 본다. 지금까지 이비와 가장 길게 떨어져 있었던 기간은 사흘이다. 나는 이비가 보고 싶다. 그래서 이성을 잃은 것이다.

술을 몇 잔 마셨다면 이 사실을 절대 깨닫지 못했을 것이다. 존이 끼어들어도 무시했을 것이고, 존의 말은 분노를 더욱 키우기만 했을 것이다. 나는 수건에서 시작해 역시나 정말 싫어하는 것—접시와 포크, 스푼을 식기세척기에 넣지 않고 위에 올려두는 것—으로 넘어갔을 것이다. 나는 존에게 끔찍한 남편이라고 비난했을 것이고, 결국 우리 둘 다 기분이 상해서 서로에게 화가 난 채 잠자리에 들었을 것이다.

그러므로 술을 끊으면 가끔 비이성적으로 분노를 터뜨리는 일이 사라질 뿐 아니라 잠시 멈춰서 상황을 이해하고 수건의 문제가 아님을 깨달을 수 있다. 식기세척기의 문제도 아니다. 케이터링 준비의 문제도 아니다. 그러므로 금주는 우리의 정신과 인간관계에 더 좋을 수밖에 없다.

하지만 우리 가족이 가끔은 '빌어먹을 축축한 수건을 줍게 만들 방법'은 여전히 궁금하다.

술을 끊는 여정에서 가장 신기한 점은 장점이 계속 생긴다는 것이다. 어떤 장점—통통한 얼굴 살이 빠지거나 숙취가 사라지는 것—은 금방 생기고 어떤 장점은 천천히 생긴다. 그리고 나는 점점 냄새가 좋아진다는 사실을 알아차렸다. 다시 말하자면 나는 냄새를 더 잘 맡게 되었다.

(사실 나한테서 나는 냄새도 더 좋아졌을지 모른다. 아마 내 땀구멍에서 퀴퀴한 와인냄새가 종종 나지 않았을까. 아니면 밤새 뒤척였으니 땀냄새가 났든지. 아니면 지독한 입냄새. 윽. 이제 그만하자.)

확인해보니 술을 많이 마시면 시간이 흐를수록 뇌에서 후각을 담당하는 부분이 손상된다고 한다. 누가 알았을까?

나는 후각이 둔해지고 있음을 알아차리지 못했다. 분명 아주 천천히 진행되었을 것이다. 그러나 후각은 미각과 밀접하게 연결되어 있다. 나는 미뢰가 둔해졌다는 것은 알았다. '자극적인 맛'을 위해서 거의 모든 음식에 칠리 플레이크를 넣기 시작했으니까. 심지어 늘 쓰던 하인즈 케첩을 칠리맛으로 바꿨다(그래, 그런 케첩도 있다! 한번은 키트가 실수로 칠리 케첩을 먹는 바람에 귀에서 증기가 나오는 줄 알았다).

다음에 디너파티에 가면 누가 음식에 양념과 향신료를 잔뜩 넣는지 확인해보기 바란다—분명 술고래일 것이다, 내기해도 좋다.

이제는 토마토, 바질, 모차렐라 치즈를 넣은 간단한 샐러드만 먹어도 입안에서 어마어마한 맛이 폭발한다. 전부 맛있다. 정말 최고다. 그러나 후각이 좋아진 것에는 단점도 있다……

……우리 지하실, 앞서 말했던 절망의 구렁텅이 어딘가에서 쥐가 한 마리 죽었는데 찾을 수가 없다. (낡은 테니스라켓, 망가진 램프, 이미 오래전에 못 쓰게 된 전기제품의 케이블, 존이 "만일에 대비해서" 버리지 않으려 하는 카세트플레이어 등등 잡동사니 속에서는 아무것도 찾을 수 없다. 당신은 "무슨 만일이요?"라고 물을지도 모른다. 음, 그러게 말이다.) 하지만 사체냄새가 자꾸 위층으로 올라와서 토할 것 같다.

나는 금주 단계 중 잡동사니 정리 단계(지하실까지는 진출하지 못했다) 때 알아보았던 풍수를 다시 찾아본다. 풍수를 따졌을 때 죽은 쥐는 분명 정말 최악일 것 같다는 느낌이 든다. 침대 머리맡에 걸린 그림이나 지저분한 현관(후훗), 그 외 풍수계의 대죄보다 훨씬 나쁘겠지.

어디에서 죽었을까? 재정과 관련된 구역(많은 것이 설명된다)이나—더 나쁘게는—인간관계와 관련된 구역에서 죽었을 거다. 으윽. 불쌍한 존.

나는 구글에서 '죽은 쥐 풍수'를 검색한다. 아무것도 없다. 너무

불길해서 생각조차 할 수 없나보다. 그러나 시든 화분과 꽃에 대한 얘기는 조금 있다. 건강하지 않은 식물을 집에 두면 그 집은 무언가 가 죽는 곳이라는 느낌을 주기 때문에 좋지 않은 것 같다.

이런 제길. 죽은 식물이 그렇게 나쁘다면 썩어가는 설치류는 풍 수에서 도대체 뭘까?

내가 여전히 술을 마셨다면 풍수적인 불상사와 부엌으로 밀려 드는 썩은 냄새를 전혀 모른 채 행복했을지도 모른다. 하지만 그렇 다면 다른 것도 다 몰랐을 것이다. 이제 나는 새로운 눈을 떴고 커 피냄새를 확실히 맡을 수 있다. 쥐냄새도.

죽음의 향기가 맴도는 집에 최대한 늦게 들어가기 위해 나는 아 이들과 함께 학교 앞에서 인디언서머 특수를 맞은 아이스크림 트 럭에 들른다. 내가 소프트콘 네 개(하나는 딸기 소스 추가)를 주문 하자 아이스크림 아저씨가 깜짝 놀란 척한다.

솔직히 나는 아이스크림 아저씨와 잘 아는 사이라고 고백해야 겠다. 지난 몇 년 동안 내가 아이스크림과 아이스바를 어찌나 많이 샀는지, 낮에 혼자 밖에서 돌아다니다가 마주치면 아저씨는 바로 트럭을 세우고 공짜 아이스크림을 준다.

"이런 걸 물어봐도 괜찮을지 모르겠는데요." 그가 말한다. "혹시 살이 엄청 많이 빠졌어요?"

"어, 네. 맞아요." 내가 대답한다.

"어떻게 뺐어요?" 아저씨가 묻자 줄을 서서 기다리던 사람들이 모두 귀를 기울인다.

"술을 끊었어요." 내가 말했다.

"그것뿐이에요?" 아저씨가 믿을 수 없다는 듯이 묻는다. "다이어트나 뭐 그런 건 안 하고요?"

"안 했어요. 술만 끊었죠. 제가 샤블리를 정말 많이 마셨다는 증거죠. 하하하!"

"하하하!" 줄 서 있던 엄마들이 전부 웃는다. 저 사람들이 사실을 알면……

나는 자동차에 앉아서 아이스크림을 먹으며 소버마미 메일함을 스크롤해서 내리다가 제일 좋아하는 구독자 제인이 새 학기의 스트레스에 대해서 불평하는 메일을 읽는다. 그녀는 이렇게 썼다.

학교의 끝도 없는 요구에 질렸어요, 그것도 보통 하루 전에 알려주죠. "로알드 달의 날이니 노란색 옷을 입혀서 보내주세요." 빌어먹을, 노란 티셔츠가 네 장이나 되진 않는다고요! "내일은 해적 복장으로 보내주세요." 알려주셔서 참 감사하네요! 엄마들의 단체 채팅방은 말할 것도 없고요. "곰돌이 이름 맞히기 부스 운영 도와주실 분?"

　나이가 드니까 점점 냉소적으로 변하는 것 같지만, 학부모회 엄마들은 정말이지 잔뜩 취해서 섹스라도 좀 해야 해요.

　어찌나 크게 웃었는지, 학부모회 회장이 우리 차 옆을 지나칠 때 바닐라맛 아이스크림을 자동차 앞유리에 뿜어버렸다.

204일 전, 처음 술을 끊었을 때 가장 큰 걱정은 친구를 다 잃을지도 모른다는 두려움이었다. 누가 술을 입에도 안 대는 사람이랑 어울리고 싶어할까? 그리고 실제로 금주생활에서 내가 아직 해결하지 못한 부분은 바로 사람들과 어울리는 것이다.

나는 아직도 파티가 조금 어색하다. 우습게도 나는 더이상 바에 자석처럼 이끌려가지 않는다. 다이어트 콜라만 마셔도 행복하다. 버진모히토라도 있으면 좋아서 어쩔 줄을 모른다. 그러나 약간 '껄끄러운' 기분이 든다. 바깥에서 안을 들여다보는 것처럼. 사람들이 나만 빼놓고 비밀을 공유하는 것 같다.

좋은 면을 보자면, 차를 몰고 집으로 돌아올 수 있다. 혀가 꼬이거나, 의도치 않게 누군가를 모욕하거나, 끊임없이 화장실에 가서 줄을 서거나, 가구에 부딪힐 걱정을 할 필요가 없다. 다음날 아침에 죽을 것 같은 기분으로 일어나서 나를 미워할 이유가 있는지, 어쩌다 이상한 멍이 들었는지 기억을 캐낼 필요도 없다. 그리고 파티가 점점 편해지고 있지만, 아직까지는 적응하는 중이다.

나는 인간관계가 대부분 파티에서, 아니면 적어도 밤에 이루어진다고 생각했지만 이제 보니 틀린 생각이었다. 이번주 다이어리를 보니 매일 행사가 적어도 하나씩은 있다. 하지만 칵테일파티는 하나뿐이다. 나머지는 여자친구들과 점심을 먹거나, 커피와 케이크를 먹거나, 한참 동안 어슬렁거리며 개를 산책시키는 약속이다. 그리고—아시는지? 이러한 형태의 '사교생활'이 나의 우정을 완전히 바꾸고 있다.

파티에서만 친구들을 만나 안부 인사를 주고받을 때에는 한 사람과 15분밖에 이야기를 나누지 않았다. 길어야 15분. 그리고 기본적인 이야기밖에 못했다. 게다가 술을 몇 잔 마시고 나면 온통 나, 나, 나, 내 이야기뿐이었다. 어쩌다 누가 자기 이야기를 자세히 해도 기억을 못했다.

나와 친구들이 파티에서 나누는 대화의 주제는 대체로 항상 똑같다. 바로 아이들과 학교다. 특히 중등학교 입학시험. 과외를 시킬까 말까? 방과후활동은 무엇을/얼마나 시킬까. 보모/오페어•에 대한 불만. 그다음은 끔찍한 집값과 주택 리모델링. 건축회사 문제, 이웃의 삼층집에서 지하실을 만드는 문제. 측면 확장(빅토리아풍 테라스하우스에 살지 않는다면 들을 일 없는 단어다). 또 휴가 계획 역시 사람들이 좋아하는 주제로, 별장이나 아이들의 스키/프랑스어/스쿠버다이빙 실력을 자랑할 수 있는 기회도 된다.

또하나 중요한 화제는 가십이다. 나는 가십을 정말 좋아했다. 우

• 아이 돌보기 등 집안일을 하고 일정한 보수를 받으며 언어를 배우는 외국인.

리처럼 속에서 곪아가는 어두운 비밀을 가진 사람에게 다른 이가
지닌 인생의 결함만큼 듣기 좋은 이야기는 없다. 나는 중독 문제가
있는 사람의 이야기를 특히 좋아했다. 나는 생각했다. 예이! 알겠
지—난 그렇게 심하지 않아. 만약 심하다 해도 최소한 나만 그런 건
아니잖아. 하지만 이 어리석고 끝이 없는 수다, 상대적인 우월감과
가십은 영혼에 좋지 않다. 그것은 페이스북의 현실 버전과도 같아
서 겉치장만 있지 알맹이가 없다. 그리고 우정을 돈독하게 해주지
도 않는다.

　나는 십대 때, 그리고 이십대 초반에 여자친구들과 인생의 의미
에 대해서 몇 시간이고 이야기를 나누곤 했다. 우리는 서로 속속들
이 남김없이 알았고, 희망과 꿈과 두려움을 끝도 없이 나누었다. 그
랬던 우리가 지난 10년 정도는 파티에서 만나 겨우 10분 동안 누구
네 집 오페어가 그 집 남편과 몰래 섹스를 하는지, 지하실 개조와
다락방 증축 중에서 뭐가 더 나은지나 이야기했던 것이다.

　그러나 이제 나는 파티에서 돋보이지 않을지는 몰라도 거의 매
일 여자친구와 한 시간 정도를 보낸다. 우리는 중요한 것에 대해서
이야기한다. 나는 귀를 기울이고, 기억한다. 중요한 구직 면접이 있
는 날에는 행운을 비는 문자를 보낸다. 친구의 기분이 별로 좋지 않
을 때는 꽃을 보낸다. 나는 좋은 친구로 돌아가고 있다.

나는 인생에서 그렇듯이 우정에서도 뿌린 대로 거둔다는 사실을 완전히 잊고 살았다. 우정을 한가로운 가십의 원천으로만 보면 친구에게 당신 역시 그런 존재임이 밝혀져도 화를 낼 수 없다.

　내가 정말로 가졌어야 할 의문은 '친구를 다 잃지 않을까?'가 아니라 '도대체 어떻게 나한테 아직도 친구가 있을까?'다.

거의 7개월 동안 술을 끊었더니 이제 약간 전문가가 된 느낌이 든다. 나는 이 문제에 대한 책을 서른 권쯤 읽었고, 많은 시간을 투자해서 구글을 검색하고 블로그를 읽었으며, 가장 중요하게도 209일 동안 실천했다. 매일 조언을 구하고자 하는 독자가, 또는 이 문제에 대해서 아는 사람한테 그저 이야기하고 싶은 독자가 내 블로그에 댓글을 달고 이메일을 보낸다.

나는 처음 며칠을 계속 되풀이하는 여자들(과 블로그 세계의 한 구석에 처박혀 있는 내 블로그까지 찾아오는 용감한 몇몇 남자)의 이야기를 읽을 때 가장 힘들다. 그런 사람들은 나흘 동안 술을 끊었다가 다시 첫날로 돌아간다. 그다음에는 열흘 정도 성공하지만 다시 흥청망청 마신다. 그다음엔 사흘. 다시 나흘. 끝이 없다.

나도 잘 안다! 정말이다. 나 역시 겪어봤다. 계속 버티기만 하면 언젠가는 해낼 수 있다. 하지만 이제 여섯 달 (이상) 지나서 돌아보니 나는 그런 사람들을 꽉 끌어안고 소리치고 싶다. "안 돼요! 당신은 제일 힘든 부분만 계속 반복하면서 좋은 부분에는 가지도 못하고 있어요!" 문제는 절망적이고 우울한 초기에서 벗어나지 못하는 시간이 길어질수록 무의식적으로 금주는 원래 그런 것—고난과 부정—이라는 생각이 강화된다는 점이다.

오늘 아침에 딱 그런 상태인 여성으로부터 또다른 이메일이 왔다.

어떻게 하면 사흘을 넘길 수 있을까요? 이제 너무 지쳤어요. 난 아무짝
에도 쓸모가 없어요. 너무 힘들어요.

그래서 나는 그 사람을 위해, 그녀와 똑같은 상태인 모든 사람
을 위해 글을 하나 쓴다. 제목은 '장애물 코스'다.

당신이 어느 들판에 서 있다고, 아주 오랫동안 그곳에 살았다고 상상해
보세요. 처음에는 아름다웠어요—야생화, 친구, 햇빛과 폭신폭신한 토
끼로 가득했지요(토끼는 조금 과한가요? 하지만 뭐, 그냥 그렇게 할게요).
　하지만 시간이 지나면서 당신은 그 들판에서 점점 더 불행해져요.
아직은 맑은 날도 좀 있지만 비가 너무 많이 내리고 무시무시한 번개
가 쳐요. 당신은 꽃이 다시 필 거라고 계속 생각하지만, 꽃은 피기도 전
에 죽어요. 토끼는 거의 없고 서로 뚝뚝 떨어져 있죠.
　그러다가 별로 멀지 않은 곳의 다른 들판에 대해서 말하는 사람들을
만나요. 그 사람들이 직접 봤대요. 그 들판에 사는 사람도 있어요. 당
신 들판의 예전 모습과 똑같대요, 아니 오히려 더 좋대요. 사람들은 당
신의 황폐한 들판을 봤기 때문에 이웃 들판의 진가를 더 높이 평가해
요. 그 사람들도 황폐한 들판에 살아봤거든요.
　"와서 우리랑 같이 살아요!" 그 사람들은 이기적이지도 비열하지도 않

기 때문에 당신에게 이렇게 말해요. 자기네 들판은 아주 넓어서 다 같이 살 수 있다고, 친구가 더 많이 생기면 좋겠다고 진심으로 생각해요.

당신은 정말, 정말로 그 사람들과 함께 살고 싶어요. 하지만 문제가 하나 있어요. 가는 길에 아주 거대하고 어마어마한 장애물 코스가 있거든요. 코스 전체는 보이지 않고 바로 눈앞의 장애물만 보일 뿐이에요. 코스 끝에 있는 약속의 땅도 보이지 않아요. 당신은 코스가 얼마나 긴지, 끝까지 가려면 얼마나 걸리는지, 가고 싶은지도 잘 모르겠어요. 하지만 지금 이 들판에서 계속 살 수 없다는 것은 알아요. 더 나빠지기만 할 테니까요. 그래서 당신은 벌떡 일어나서 첫번째 장애물로 뛰어들어요.

처음에는 그렇게 어렵지 않아요. 에너지와 열정이 넘치니까요. 하지만 3.5미터 높이의 담을 넘고, 거머리가 가득한 도랑을 건너고, 맨손으로 울타리 밑 땅을 파고 나니 지쳐요. 질렸어요. 그 들판이 정말 존재한다는 증거도 없죠. 당신이 그렇게 멀리 갈 수 있는지도 모르겠어요. 익숙한 곳, 이렇게 피곤하고 춥고 무섭지 않은 곳으로 돌아가고 싶은 마음이 간절해요……

……그래서 당신은 원래 들판으로 돌아갑니다. 처음에는 집에 돌아와서 참 좋아요. 그곳에서 꼼짝 못하는 사람들은 돌아온 당신을 두 팔 벌려 환영하면서 다른 들판 같은 건 없다고 말해요. 당신은 편안하니

다. 당신은 이곳을 잘 알아요. 떠오르는 태양이 보이는 것 같고 저멀리 토끼도 있는 것 같아요.

하지만 당신은 스스로를 속이고 있습니다. 이제 토끼는 한 마리도 남지 않았어요. 천둥 번개가 치는 폭풍우는 점점 더 거세어집니다. 결국 당신은 다시 3.5미터 높이의 담에 몸을 던져요. 다시 한번 거머리와 용감하게 맞섭니다. 터널도 뚫어요. 이번에는 다섯번째 장애물까지 왔지만 다시 처음으로 돌아가지요.

당신이 돌아가는 것은 증거가 없기 때문입니다. 얼마나 걸릴지 알 수 없어요. 당신이 해낼 수 있는지도 잘 모르겠고요. 당신은 처음 몇 개의 장애물을 넘고 또 넘느라 지쳐버려요. 너무 힘들 뿐이에요.

이것이 당신 이야기라면 잘 들으세요. 제가 잘 아니까요. 저는 크게 외칠 거예요. **그 들판은 정말로 존재합니다! 구석구석 당신이 바라는 만큼 좋아요. 100일 정도 지나면 들판이 보이고, 6개월 정도 지나면 도착해요. 당신은 할 수 있습니다.**

사실 장애물 코스에서 가장 힘든 것은 시작 부분이에요. 담을 넘고, 거머리와 싸우고, 땅을 파는 걸 계속 반복하고 싶지는 않잖아요. 그 구간을 지나면 다른 장애물은 더 쉽고 더 띄엄띄엄 있어요. 그리고 당신은 더 강해지고, 날씬해지고, 대처능력이 더 좋아져 있겠지요.

딱 하나 주의할 것은 '가짜 꼭대기'입니다. 가끔 당신은 목적지에 도착했다고 생각해요. 장애물이 한참이나 보이지 않아서 다 왔다!고 생각하죠. 하지만 그다음에 터무니없이 높은 담이 나와요. (포스에 대한 장을 보세요.) 그래도 이제 당신은 그 빌어먹을 담을 어떻게 올라야 하는지 방법을 알아요. 별문제도 아니죠. 당신은 담을 넘을 때마다 성취감을 느끼기 시작합니다. 어차피 어려운 문제가 없는 들판은 좀……밋밋하고 단조롭잖아요.

그러니 내 친구 모험가들이여, 가방을 싸고, 당신의 들판에 작별 인사를 하고, 장애물에 몸을 던지고 계속 나아가세요! 목적지에 다다를 때까지 돌아보지 마세요!

나는 생각이 바뀌기 전에 얼른 '발행' 버튼을 누른다. 어쩌면 누군가에게는 도움이 될지도 모른다. 어쩌면 토끼와 거머리와 3.5미터 높이의 담 이야기를 하다니, 내가 정신이 나갔나보다고 다들 생각할지도 모른다.

그러나 곧 정말 놀라운 일이 벌어진다. 금주 블로그 곳곳에서 사람들이 '이 글을 읽어보세요, 정말 도움이 될 거예요'라고 말하면서 내 글을 계속 공유한다. 그리고 사람들이 정말로 내 글을 읽고 '토끼 들판에 가고 싶어'라고 말하다가 마침내 '토끼 들판에 갈 거야'라고 말한다.

내 글이 인터넷에서 바이러스처럼 퍼진다. 음, 바이러스까지는 아닐지 모르지만 자그마한 박테리아 감염 정도는 되는 것 같다.

10월

망하다

안녕, 내 매력아. 도대체 어디 갔었니?

오늘 우리는 진짜 큰 파티에 간다. 내 친구의 나이 앞자리 숫자가 바뀌는 생일인데, 돈을 많이 들여서 성대한 파티를 준비한 것 같다. 파티의 테마는 <왕좌의 게임>이고, 두 달 전에(아마도 까마귀가 물고 와서) 받은 초대장은 밀랍으로 봉인한 양피지였다.

'암흑의 음주 시절'이었다면 나는 불참했을지도 모른다. 우선 파티 장소가 시골이다. 차를 타고 고속도로를 한 시간 넘게 달려야 한다. 즉, 파티에 참석하려면 우리 둘 중 한 사람이 술을 마시지 않거나(불가능하다), 우리를 태워갔다가 태워올 운전기사를 고용하거나(끔찍하게 비싼데, 거기다 선물, 파티 의상, 베이비시터 등등의 비용까지 든다), 그 동네 어딘가에 묵을 곳을 찾아야 한다(더 비싸고 진짜 골치 아프다). 그 당시에는 파티라고 하면 나의 영웅 도러시 파커(알코올중독자)가 뉴욕의 단골 무허가 술집에 가서 바텐더에게 "뭘로 하실래요?"라는 질문을 받았을 때의 일화가 떠올랐다.

그녀의 대답은 "별거 안 해요"였다.

하지만 이제 술을 끊은 나는 생각한다. 와, 진짜 재미있겠다. 내가 운전해야지. 거기서 12시 반에 출발하면 1시 반까지는 돌아올 수 있어. 전혀 문제없지.

나는 옷을 차려입는다. '지난 삶과 산산조각난 꿈의 옷장'을 샅샅이 뒤져서 레이스 소매와 네크라인에 거대한 깃털이 달린 코르

셋을 찾아낸다(예전에 좀 놀았다니까요). 여기에 새로 산, 몸매를 아름답게 드러내는 까만 스커트를 입고, 허벅지까지 올라오는 부츠를 신고, 허리까지 내려오는 헤어피스(왜 샀는지는 이미 오래전에 잊었지만 역시 옷장에서 찾았다)를 붙인다. 안녕, 캐틀린 스타크!

지난 7개월 동안 체중이 10킬로그램 이상 줄었기 때문에 다 잘 맞는다. 그리고 날씬해 보인다. 이제 와인 뱃살은 없다. 배가 팬케이크처럼 납작하다고는 못하겠지만 확실히 완만한 언덕 이상은 아니다. 산책을 가끔 하는 썩 건강하지 않은 사람도 쉽게 오를 수 있는 정도랄까. 전부 내 상상인가 싶어서 줄자를 다시 꺼내 확인했더니 허리는 36인치에서 33인치로, 배는 41인치에서 37인치로, 엉덩이는 43인치에서 39인치로 줄었다. 정말 믿기 힘들다!

나는 아주 흥분해서 사진을 찍은 다음 마음이 바뀌기 전에 얼른 페이스북에 올린다. 중대한 사건이다. 나는 페이스북에 내 사진을 절대로 올리지 않는다.

존은 파티에 가기 전에 항상 그렇듯 시무룩해 보인다. 집에 남아서 럭비를 보고 싶단다. 나는 남편에게 절망의 구렁텅이에서 찾아낸 약간 퀴퀴한 냄새가 나는 오래된 (가짜) 모피 코트를 입히고, 어처구니없는 흑발 가발을 씌우고, 키트의 플라스틱 검을 쥐여준다. 존 스노(의도한 것이었다)와 모니카 르윈스키(그럴 의도는 없었다)

를 합친 것 같다. 생각해보니 내가 존의 계모인 셈이므로 좀 부적절한가 싶지만, <왕좌의 게임>에서 허용되지 않는 것은 없다.

가는 길에는 존이 운전하기 때문에 나는 페이스북을 얼른 들여다본다. 목적지에 도착할 때까지 나는 'P 부인, 섹시하신데요?' 같은 댓글을 열다섯 개쯤 받았다. 섹시하다고? 정말? 내가? 오늘 나는 (예전처럼) 이미 반병 마신 상태로 슬그머니 들어가서 바를 향해 곧장 걸어가는 것이 아니라 대형 천막 안으로 보란듯이 뽐내며 걸어들어간다. 그것도 맨정신으로.

알고 보니 중세 소품으로 장식한 대형 천막이 두 개나 된다. 굽이 높은 술잔, 왕좌, 거대한 깃발, 모피, 벨벳, 용. 눈과 얼음 조각, 백귀, 야인도 있다. 난쟁이(당연하지), 어릿광대, 화염방사기, 커다란 뱀을 두른 여성(진짜 뱀이다)도 있다.

나와 돌아온 나의 매력은 아주 즐거운 시간을 보낸다.

자주 만나는 동네 친구들은 나의 변모에 대해서 언급한 적이 없다. 변화는 서서히 찾아왔다. 천천히, 천천히. 하지만 오늘밤 파티에 참석한 손님들은 거의 1년 만에 나를 보는 것이다. 내 평생 칭찬을 이렇게 많이 들은 것은 처음이었다! (내 결혼식 날만 빼고. 전문가 군단의 도움과 어마어마하게 비싼 드레스와 긴급 다이어트 덕분에 그날 나는 정말 근사했다.)

나는 '말랐다'는 말(절대 마르진 않았지만 모든 것은 상대적이고, 게다가 나는 멋진 코르셋 차림이다)을 적어도 열 번은 듣는다. 한 친구의 십대 딸은 나를 못 알아봤다고 말한다. 내가 "아, 살이 좀 빠졌어"라고 하자 아이는 "음, 그러네요, 하지만 얼굴 전체가 변했어요!"라고 대답한다.

나는 아는 사람 모두와 이야기를 나눈다. 지인의 이름과 그 아이들의 이름까지 기억한다(간단한 일인 것 같지만 취했을 때는 불가능하다). 댄스플로어에도 몇 번 나간다. (맨정신으로 춤을 추다니! 정말 재미있다! 누가 알았을까? 유일한 문제는 술의 마취 효과가 없기 때문에 몇 시간이 지나자 발이 너무 아파서 잘라내고 싶을 정도라는 것이다.)

멋진 친구들에게 둘러싸여 미친듯이 춤을 추는데, 댄스플로어 가장자리에서 여자 두 명이 나누는 이야깃소리가 들린다. 바로 옆 스피커에서 큰 소리로 울리는 음악 때문에 두 사람은 서로 소리를 치고 있다. 그 순간 나는 3개월 전으로 돌아간다. 아는 목소리다. 1번과 2번이다. 나는 두 사람을 보며 억지로 미소를 짓는다.

"안녕, 클레어!" 1번이 말한다. "나도 너랑 같이 춤출까봐."

"그래." 내가 대답한다. "나이도 있는데 따분하게 서 있을 순 없잖아, 안 그래?"

12시 반이 되자 나는 BBC 월드서비스를 들으며 차를 몰고 집으로 돌아온다. 존은 술에 취해 조수석에서 코를 골고 있다. 내일 아침에 나는 피곤하지만 행복하게 잠에서 깰 거야. 그것도 내 침대에서. 내가 아무도 모욕하지 않고, 무례하거나 부끄러운 행동도 하지 않고, 내 매력을 되찾은 멋진 밤을 기억하면서.

그리고 숙취에 시달리는 존을 보면 기분이 더 좋겠지……

알코올과 부모 노릇

나는 훌륭한 엄마가 아니다. 12년 전, 나는 아무 힘도 없는 갓난아기를 데리고 퇴원하라는 허락을 받고 깜짝 놀랐다.

나는 소리치고 싶었다. "설명서는 어디 있죠? 내가 뭘 하는 건지 모르겠어요! 난 아마추어예요!"

아이를 하나 키우려면 온 마을이 필요하다는 말이 있다. 예전이라면 당신과 아이들은 부모님과 조부모님, 친척 아주머니와 아저씨, 형제자매에게 둘러싸여 육아를 비롯한 여러 가지를 배웠을 것이다. 요즘 사람들은 지리적으로 훨씬 떨어져 있다. 예전처럼 조언을 해줄 현명한 손윗사람이 없다.

우리는 지나 포드와 슈퍼내니● 같은 '전문가'의 상충하는 조언에 혼란을 느끼며 어설프게 해나간다. 또한 (역시 임기응변으로 아이를 키우는) 친구들과 인터넷에서 독선적으로 잘난 척하는 생판 남들에게 의존한다.

우리가 이제 아기를 잘 돌보게 되었구나 싶으면 아이가 학교에 들어가면서 완전히 새로운 난제가 생긴다. 이제 그런 문제도 잘 다루겠다 싶으면 웬걸, 아이들은 키가 30센티미터씩 크고 여드름이 폭발하고 호르몬이 불안정하며 냄새를 풍기는 십대가 된다! 하루

● 지나 포드는 오랜 조산사의 경험을 바탕으로 베스트셀러 육아서를 쓴 육아 전문가이고, <슈퍼내니>는 육아의 고충을 겪는 가정을 방문해 문제를 해결해주는 영국의 리얼리티 프로그램이다.

가 끝날 때쯤 맛있는 와인 한 잔(아니면 5리터)이 간절해지는 것도 당연하다.

나는 알코올이 부모 노릇에 얼마나 쓸모없는 도구였는지 이제야 깨닫는다……

오늘밤 아이들을 재우다가 문득 이제 우리집은 평화롭다는 생각을 한다. 고함치는 사람이 아무도 없다. 몇 달 전과 비교하면 크나큰 변화다. 아이들이 어릴 때는 저녁 7시에 재웠다. 애들을 재우는 과정은 무척 피곤했다—차 마시기, 목욕, 우유 마시기, 기저귀 갈기, 이야기해주기, 안아주기 등등을 세 번씩 반복해야 했다. 하지만 재우고 난 뒤에는 안락의자에 기대앉을 수 있었고, 내 앞에 '어른의 시간'이 몇 시간이나 펼쳐졌다.

그러나 아이들이 자라면서 잠자리에 드는 시간이 점점 늦어졌고, 와인 시간은 점점 빨라졌다. 나의 저녁은 이런 식이었다.

오후 5시 30분: 아이들이 학교와 각종 방과후활동을 마치고 돌아온다. 아이들의 저녁을 차리면서 와인을 한 잔 따른다.

오후 6시 30분: 아이들이 숙제에 집중하도록 헛된 노력을 하면서 와인 두번째 잔을 따른다.

오후 7시 30분: 아이들을 욕실에 들여보냈다가 다시 내보내고 잠자리에 들 준비를 시키면서 와인 세번째 잔을 따른다.

그러고 나면 저녁 8시쯤 되고, 나는 아이들이 잠들기 전에 이야기를 들려주고 남편의 저녁을 차리려 애쓰면서 점점 더 기진맥진 지치고—사실을 인정하자—취해간다. 피로와 스트레스와 취기가 합쳐지면 고함으로 이어질 수밖에 없다.

존이 일을 마치고 집으로 돌아오면(저녁 8시 30분경) 남편과 같이 저녁식사를 하면서 (추가로) 와인 한 병을 우아하게 나눠 마시기 위해서 나는 애들을 최대한 빨리 재우려고 필사적으로 애쓰다가 결국 세 아이에게 돌아가면서 소리를 지른다.

그러나 내가 육아에 대해서 하나 배운 것이 있다면, 바로 아이들에게 무언가를 정말로 가르치려면 모범을 보여야 한다는 사실이다. 욕을 하지 말라고 가르치면서 아이들 앞에서 욕을 퍼부을 수는 없다. 본인이 직접 모범을 보이지 않으면 아이들에게 매너와 친절을 가르칠 수 없다. 술을 마셔야만 긴장을 풀고 즐기는 모습을 보여주면 아이들은 그렇게 믿게 될 것이다. 당신이 항상 소리를 지르면 아이들도 그렇게 한다……

그래서 우리집은 평화롭지 못했다. 내가 소리를 질렀기 때문에 아이들도 소리를 질렀다. 자기들끼리. 나에게. 아빠에게. 아침에도 저녁만큼이나 큰소리가 많이 났다. 나는 항상 피곤하고 기분이 언짢았는데, 매일 반복되는 등교 준비가 너무 힘들었기 때문이다.

그러나 이제 나는 아이들이 밤 9시까지 잠자리에 들지 않아도 신경쓰지 않는다. 아이들과 추가로 함께 보내는 시간이 즐겁다. 우리는 한참 동안 책을 읽는다. 나는 존의 저녁식사를 준비하면서 아이들에게 요리하는 법을 가르친다. 오늘 하루를 어떻게 보냈는지 다 같이 수다를 떤다. 나는 아이들을 쫓아내려고 끊임없이 애쓰지 않는다.

그렇다면 아침은 어떨까? 나는 아침이 정말 좋다! 나는 "어서 일어나! 오늘도 즐거운 하루가 시작됐어!"라고 말하며 아이들을 깨운다. 노래도 부른다. 나는 때려주고 싶을 만큼 쾌활하다. 이제 거의 소리를 치지 않는다. 그리고 아이들이 소리를 치면 나는 아주 조용히 말한다. "부탁이니까 소리치지 말아주겠니? 우리집에서는 소리치면 안 돼." 이건 위선이 아니다.

등하굣길에 아이들이 장난을 쳐도 나는 소리치지 않는다. 그 대신 교문 앞에 차를 세우고 창문을 내린 다음 흘러나오는 최신 인기곡을 큰 소리로 따라 부르면서 1980년대 느낌의 손동작을 적절히 덧붙인다. 그러면 뒷좌석에서 고뇌의 울부짖음이 들려오고 아이들은 나랑 모르는 사람인 척하려고 애쓴다. (아이들의 복수는 가게에 갔을 때 "우리 엄마는 마흔여섯 살이래요!"라고 크게 외치는 것이다.)

부모 노릇에 관한 한 나는 아직 미완성인 부분이 많지만, 드디어 행복하고 편안하고 평화로운 가정을 만들었다. 아직도 가끔은 시끄럽지만, 멋진 디스코음악에 맞춰서 춤을 추며 웃느라 그런 것이다.

만약 누가 나에게 부모 노릇 설명서를 써달라는 말도 안 되는 부탁을 한다면 그 책의 첫 장은 이렇게 시작할 것이다. 와인을 내려놓자. 와인은 당신의 친구가 아니다. 술과 아이들은 물과 기름이나 마찬가지다. 와인 마녀는 메리 포핀스가 아니다……

나는 사람들이 알코올중독 때문에 잃어버린 몇 년, 심지어 몇십 년을 고맙게 생각한다고, 그 시간이 현재의 그들을 만들어주었다고 하는 말을 종종 듣는다. 더 강하고, 더 인정 많고, 더 깨우치게 되었다고 말이다. 그러면 나는 '정말? 고맙다고?'라는 생각이 든다. 만약 신께서 나를 와인 한 잔 마신 다음 그다음 잔(혹은 한 병 전부)을 정말로 원하지 않는 그런 짜증나는 사람 중 하나로 만들었다면, 그랬다면 나는 고맙게 생각했을 것이다.

내가 이런 생각을 한 것은 주말에 영화관에서 <에베레스트>를 볼 때였다. <에베레스트>는 1996년 5월에 에베레스트 정상 근처에서 사망한 등반가 여덟 명에 관한 대단한 영화다. 그날 에베레스트에 오른 등반가 중 한 명은 벡 웨더스라는 좀 부적절한 이름●을 가진 미국인 의사였다. 그는 우울증을 극복하려고 등산을 시작했다.

등반가들은 산에서 내려오다가 엄청난 눈보라가 닥치자 벡을 내버려두고 먼저 가버린다. 벡이 살아서 하산할 가망이 없다고 믿었기 때문이다. 벡은 '죽어가던 순간'을 기억하지만, 해가 뜨자 눈앞에 가족의 모습이 어른거린다. 이때 벡은 시력을 거의 완전히 잃었고, 손과 얼굴에 감각이 없었으며, 한 팔이 머리 위로 들린 채 얼어

● 벡 웨더스(Beck Weathers)는 '배드 웨더(bad weather)', 즉 '나쁜 날씨'와 발음이 비슷하다.

붙었고, 사흘 동안 아무것도 먹지 못하고 이틀 동안 아무것도 마시지 못한 상태였다.

그럼에도 벡은 가장 가까운 캠프로 비틀비틀 기어내려온다. 그러나 동료들은 벡을 텐트에 홀로 버려두고 간다. 그는 이번에도 죽음을 거부하고, 결국 헬리콥터에 실려 산에서 내려온다.

나는 이 영화를 본 다음 <메일 온 선데이>에서 벡이 자신의 경험과 에베레스트 등반 이후의 삶에 대해서 쓴 글을 읽었다. 그는 양손을 잃었다고 한다. 그리고 집으로 돌아와 의자에 앉았을 때 오른쪽 눈썹이 우수수 떨어졌다. 나중에는 복도를 걸어가다가 왼쪽 엄지발가락이 부서졌고, 잠시 후 코 역시 부서졌다.

벡이 무척 비통해했을 것 같지 않은가? 중요한 신체 부위를 그렇게 많이 잃었으니까. 친구들에게 한 번도 아니고 두 번이나 버림받았으니까. 하지만 그렇지 않았다. 벡은 말한다. 나에게 다시 하겠냐고 묻는다면 하겠다고 대답할 것이다. 무슨 일이 일어날지 다 안다 해도 말이다. 나는 양손을 내놓고 가족과 미래를 얻었다. 나는 그 거래를 기꺼이 받아들인다. 이제 나는 평생 처음으로 평화롭다. 나를 채워줄 것을 찾아 전 세계를 돌아다녔지만 사실 그것은 내내 우리집 뒷마당에 있었다. 나는 축복받은 사람이다. 그리고 더 좋은 점은 내가 그 사실을 안다는 것이다.

벡은 고마워한다! 그러자 나는 믿을 수 없을 만큼 겸허한 마음이

들었다. 나는 아직 감사하는 마음까지는 갖지 못하겠지만, 후회는 없음을 깨닫는다. 그렇기 때문에 지금 부엌에서 춤을 추면서 타의 추종을 불허하는 에디트 피아프의 <아니, 난 후회하지 않아>를 따라 부르고 있다.

우리 아빠가 좋아하는 이야기가 떠오른다. 1962년의 일이다. 아빠는 (본인의 말에 따르면) 잘생기고 (모든 사람의 말에 따르면) 재능이 어마어마한 스물네 살의 청년이었고, 영국 행정부에서 이제막 브뤼셀로 발령을 받은 참이었다. 어느 날 저녁, 직장 동료가 업무 때문에 못 가게 되었다며 아빠에게 표를 한 장 주었다. 게테 극장의 쇼였다(나중에 내가 제일 좋아하는 나이트클럽으로 바뀌었고, 지금은 고급 아파트인 것 같다).

아빠는 무슨 공연인지 전혀 몰랐지만 극장에서 관객에게 와인한 병과 카술레*를 준다는 것은 알았다(모든 좌석에 나무로 만든 돌출 장식이 달려 있어서 테이블 역할을 했다). 아빠는 달걀 하나 삶을 줄 모르는 독신남이었기에 공짜 식사는 놓치기 아까운 기회였다.

아빠는 저녁식사를 하면서 긴 다리와 발랄한 가슴, 깃털이 잔뜩 등장하는 물랭루주 스타일의 공연이기를 바랐다. 그러나 몹시 쇠

* 흰 콩과 각종 고기를 넣어서 푹 끓인 스튜의 일종.

약해 보이는 노파가 혼자서 무대에 오르더니 마이크 앞으로 걸어 갔다. 아빠는 공연을 보러 온 것을 후회했고, 일찍 나갈 작정이었 다. 그때 그녀가 입을 열고 노래를 시작했다. 우리 아빠는 전설적인 에디트 피아프의 공연을 우연히 본 것이다!

나는 위키피디아에서 에디트 피아프를 찾아본다. 그녀는 알코 올중독자였다. 에디트 피아프는 아빠가 공연을 보고 나서 1년도 지 나지 않아 세상을 떠났다. 그리고 그녀는 아빠의 기억과 달리 노파 가 아니었다. 아빠가 봤을 때 에디트는 마흔여섯 살이었다. 딱 지금 내 나이다.

에디트 피아프는 비극적인 삶을 살았다. 태어나자마자 어머니에 게 버림받았고, 매음굴에서 할머니와 성매매 여성들 손에 자랐다. 에디트는 어린 시절에 4년 동안 앞을 보지 못했다. 그리고 열일곱 살 에 딸 마르셀을 낳았지만 자기 엄마가 그랬던 것처럼 딸을 버렸다.

마르셀은 두 살에 수막염으로 죽었다. 소문에 따르면 피아프는 딸의 장례식을 치르기 위해서 돈을 받고 어떤 남자와 잤다고 한다. 에디트의 일생일대의 사랑은 1949년에 그녀를 만나러 오다가 비행 기 사고로 죽었다.

이 모든 비극과 상심을 생각하면 에디트 피아프가 알코올과 모 르핀에 중독된 것도 별로 놀랍지 않다. 그녀는 세 번이나 재활을 시도했지만 악마를 이길 수 없었다. 에디트는—마흔일곱 나이에—간암으로 죽었다.

나는 에디트를 기억하며 아무것도 후회하지 않기로 맹세한다. 후회는 당신을 따라다닐 수 있다. 후회는 당신을 마비시키고, 꼼짝달싹 못하게 만들 수 있다. 그렇기 때문에 AA에서 '보상'을 그토록 중요시하는 것이다. 나는 내 인생의 지난 10여 년을 후회할 수 없다. 무척 재미있는 부분도 많았다. 나는 멋진 아이를 셋이나 낳았고, 아기에서 어린이로 그럭저럭 키워냈다. 나의 과거가 나를 지금 이 자리로 데려왔는데, 꽤 괜찮은 자리다.

우습게도 내가 후회하는 것은 내가 했던 일이 아니라 하지 않은 일이다. 그렇게 오랫동안 마비된 상태로 살지 않았다면 내 인생으로 무엇을 했을까라는 생각이 나를 계속 따라다닌다.

나는 대학 시절을 무척 좋아했다. 그러나 딱 한순간이 아직도 나를 괴롭힌다. 1학년이 끝날 때였다. 1차 시험이 다가오고 있었다. 나는 한 손에 담배(당시 나는 항상 담배를 피웠다), 한 손에 플라스틱컵(술도 마찬가지)을 들고 안뜰을 어슬렁거렸다. 그때 친구 두 명이 나를 보고 말했다. "클레어, 베를린에서 지금 난리가 났대. 장벽을 하나씩 하나씩 무너뜨리고 있나 봐. 우린 싼 표를 구해서 가보려고. 너도 갈래?"

나는 솔깃했지만 돈이 없었다. 할일도 있었다. 그래서 거절했다. 어마어마한 역사적 순간을 함께할 기회를 놓친 것이다. 그날 이후, 사람들이 그 가증스러운 기념비를 파괴하는 모습을 TV로 본 이후, 나는 그 순간을 즐길 기회를 두 번 다시 놓치지 않겠다고 맹세했다. 하지만 나는 같은 실수를 반복하고 또 반복했다. 시간이 손가락 사이로 모래알처럼 빠져나갔다. 하지만 더이상은 아니다. 다음에 장벽이 무너지면 나는 그 자리에 있을 것이다.

나는 에디트가 간의 보복으로 죽임을 당할 때 마지막으로 남긴 말이 "아니, 난 후회하지 않아"였을 것이라고 상상했다. 하지만 아니었다. 그녀의 마지막 말은 "살면서 했던 모든 일에 대가를 치러야 하는 거야"였다.

내가 전화를 받자마자 엄마가 말한다. "안됐지만 나쁜 소식이 있어."

속이 울렁거린다. 5년 전에 엄마가 전화해서 유방암에 걸렸다고 말한 이후 나는 이런 식으로 시작하는 전화가 무서웠다.

"말씀하세요." 나는 이렇게 말하지만 속으로는 그만해요, 듣고 싶지 않아요라고 생각한다.

"네 이모 말이야. 유방암이래. 악성이라는구나." 감정의 소용돌이가 곧장 나를 덮친다. 엄마가 아픈 게 아니라서 마음이 놓이지만 이모를 생각하니 어찌할 바를 모르겠다. 우리는 온갖 실질적인 문제—진단이 어떻게 나왔는지, 이제 뭘 해야 하는지, 다른 가족들은 어떻게 대처하고 있는지—에 대해 의논한다. 사실은 "왜, 왜, 왜? 이게 어디가 공평해?"라고 소리치고 싶을 뿐이지만. 나의 사랑스럽고 친절하고 착한 이모는 이런 일을 당할 아무 잘못도 저지르지 않았는데.

나와는 다르게 말이다. 그러자 마음 깊은 곳에서 어떤 생각이 떠올라 나를 괴롭히기 시작한다. 가까운 가족 한 명이 유방암에 걸리면 운이 나쁜 거지만 두 명(엄마와 그 여동생)이 걸리면 패턴에 가까운 것 같은데. 그러자 스스로에게 화가 난다. 이건 내 이야기가 아니야. 사랑하는 이모 얘기인데 난 나를 걱정하고 있다. 하지만 전화를 끊고 나서도 그 생각은 사라지지 않는다.

그래서 나는 그 생각을 잠재우고 이모를 어떻게 도울 수 있을지 생각하기 위해 위층 욕실로 가서 상의와 브래지어를 벗는다. 나는 정기적으로 가슴을 직접 검사해보라는 글을 수없이 읽고 온갖 조언을 들었으므로 그 말에 따른다. 한두 달 전에도 분명히 했을 것이다. 사실 했다는 것을 잘 알고 있다. 최근 들어 왼쪽 가슴이 이상하게 아파서 찬찬히 검사했지만 아무 이상도 발견하지 못했기 때문이다.

하지만 지금 왼쪽 가슴을 조심스럽게 검사하니 확실하게 뭔가 느껴지는 것 같다.

그만둬. 전부 네 상상이야. 넌 예민하게 굴고 있어.

나는 상의를 벗은 채 거울 앞으로 가서 나를 본다. 자주 하는 행동은 아니다. 세 아이에게 젖을 먹인 이후에 거울 속 알몸을 들여다보는 것은 좋은 생각이 아니다. 내 마음이 장난을 치고 있든지, 왼쪽 가슴 아래쪽에, 혹이 느껴지는 듯한 바로 그 자리에 움푹 들어간 자국이 정말로 있든지 둘 중 하나다. 가슴이 묘하게 비대칭이다.

나는 공황상태에 빠진다. 식은땀이 나서 몸이 축축해지고 숨이 멎는 것 같다. 나는 왼쪽 가슴을 계속 확인한다. 아무것도 없어─ 괜찮아. 아니, 잠깐. 뭐가 있어. 난 죽을 거야.

정말 이상한 느낌이 든다. 내가 다른 곳에서, 또는 다른 때에 자신을 보면서 이렇게 생각하는 것 같다. 넌 이 순간을 절대 잊지 못할 거야. 이 장면, 네가 상의를 벗고 욕실 거울 앞에 서서 묘하게 비뚤어진 가슴을 바라보는 장면 말이야. 이때가 바로 모든 것이 바뀐 순간이야. 그러자 엉뚱하게도 지금 이 장면이 기억에 영원히 새겨질 거라면 먼저 아이들 칫솔과 치약이 아무렇게나 널브러진 욕실부터 치울 걸 그랬다는 생각이 든다.

내 삶을 들여다보는 망원경이 뒤집힌 느낌, 너른 지평선을 바라보고 있었는데 갑자기 아주 중요한 하나의 점으로 모든 것이 쏠린 느낌이 든다. 숨이 안 쉬어진다. 너무나도 중대한 문제에 압도되어 숨이 막힌다.

미치지 않으려면 무언가를 해야만 한다. 존에게 전화를 걸 순 없다. 그러면 너무 현실적으로 느껴질 것이고, 불필요한 걱정을 끼치고 싶지도 않다. 엄마한테 전화할 수도 없다―엄마는 이미 마음의 짐이 너무 많다.

무엇보다도 술을 마시고 싶다. 그러면 마법처럼 두려움이 무뎌질 것이다. 술을 한두 잔 마시면 차분해져서 논리적으로 생각할 테고, 내가 바늘을 보고 몽둥이라고, 자그마한 양성낭종을 가지고 악성종양이라고 호들갑을 떨고 있음을 깨달을 것이다.

나는 부엌으로 간다. 냉장고에 와인은 없지만 찬장에 보드카 반 병이 있다. 나는 술을 한 잔 따르고 물끄러미 바라본다. 너무나도 무해해 보인다, 물처럼 보인다. 하지만 이 잔에 무감각, 침착함, 이 모든 걱정을 없애줄 마법 같은 연금술이 들어 있다.

그러다가 나는 세라 코너, 리플리, 캣니스 에버딘, 용들의 어머니 를 떠올린다. 지금은 도망칠 수 없는 순간이다. 굳건하게 서서 직면 해야 한다. 화염방사기를 꺼내서 모조리 태워버려야 한다. 맑은 머 리와 맨정신으로. 어른이 되어야 할 때다.

그래서 나는 술에 기대지 않고 전문가에게 의지한다.

진료 약속을 잡으려고 담당의사에게 전화를 건다. 손가락이 축 축해서 자꾸 미끄러진다. 오늘은 진료 가능한 시간이 없다—당연 하지. 나는 엉엉 울면서 접수 담당자에게 가슴에서 혹을 발견했는 데 너무 무섭다고 말한다. 나는 걱정하지 말라고, 상황이 상황이니 만큼 의사 선생님이 바로 진료해줄 거라고, 멀쩡하다고 할 거라고 말해주길 기다린다. 하지만 접수 담당자는 코를 훌쩍거리는 불쌍 한 나를 완전히 무시하고(오늘 아침에 전화를 걸어서 가슴에 혹이 있 다고 감정에 북받쳐서 호소한 중년 여인이 나 말고도 네 명쯤 더 있었 던 걸까?) 월요일 약속을 잡아준다. 나흘 후다.

나는 떨리는 손으로 노트북을 열고 블로그에 로그인해서 제목

란에 '도움이 필요해요'라고 쓴다. 타자를 치는 내내 에디트의 마지막 말이 머릿속에 맴돈다. "살면서 했던 모든 일에 대가를 치러야 하는 거야." 그런 다음 초현실적이게도 영화 <페임>의 사운드 트랙이 이어진다. "그리고 바로 여기서부터 대가를 치르는 거야."

나는 금주 초기처럼 유사流沙 속을 걸어가듯 한 시간 한 시간 헤쳐나간다. 아이들이 옆에 없을 때마다 구글에서 검색해본다. 유방암일까, 낭종일까? 가슴에 혹이 몇 개 있으면 암일까? 가슴에 움푹 들어간 자국. 나 죽는 거야?

나는 불쌍한 왼쪽 가슴을 자꾸 찌르면서 전부 내 상상은 아닌지 확인한다. 혹이 커졌나? 부드럽고 말랑거리나(좋음), 딱딱하고 멍울이 잡히나(좋지 않음)? 내 불쌍한 가슴은 디스코텍에 다니던 십대 시절 이후로 이렇게 큰 관심을 받은 적이 없다. 그 당시 내 가슴은 전혀 다른 생선 냄비*(가슴을 생선 냄비에 비유해도 되는 걸까?)였다. 탄탄하면서도 풍만하고, 이상하게 움푹 들어간 자국 같은 것도 없었다.

(아이들 식으로 말하자면) IRL**의 누구에게도 내 상황을 말하지 않았으므로 블로그가 나의 생명줄이다. 나는 전 세계 수많은 여성들로부터 수많은 댓글을 받았다. 그들은 내 손을 잡아주고 행운을 빌어준다. 많은 사람들이 말한다. 저도 똑같은 혹이 있었는데 괜찮았어요! 가슴 멍울 열 개 중 여덟 개는 양성이래요. 나이 때문에 그래요. 호르몬 때문이에요. 당신은 괜찮을 거예요. 당신은 아주 많은 사람에게 도

---

* 영어에서 '다른 생선 냄비(a different kettle of fish)'는 '전혀 다른 별개의 것'이라는 뜻이다.
** 영어로 '현실 세계에서(in real life)'의 줄임말.

움을 줬어요—그러니까 나쁜 일은 절대 안 생길 거예요. 우리는 당신을 생각해요. 당신을 위해서 기도하고 있어요.

신경이 곤두서서 아무것도 넘어가지 않아 커피랑 벡스블루만 마시고 있다(오늘 벡스블루를 여섯 병 마셨다). 와인을 한 병 마시고 전부 잊자는 생각은 아직도 끔찍할 만큼 유혹적이지만, 이 상황을 무시하는 것은 좋은 생각이 아님을 나도 안다. 이 상황에 대처해야 해. 강해져야 해. 맨정신이어야 해. 나는 주문처럼 반복한다. 내가 지난 7개월 동안 배운 것이 하나 있다면 인생에서 술 때문에 악화되지 않는 문제는 하나도 없다는 사실이다. 아이들과 정해진 일과 덕분에 나는 몇 시간이나마 인터넷 검색과 자가 진단에서 벗어날 수 있다.

신경을 분산시키는 또하나의 방법은 내 장례식 계획을 세우는 것이다(꼭 좌석이 없는 장례식장이어야 해, 그리고 다들 울고 있겠지). 무인도에 가져갈 음반 정하기 놀이의 우울한 버전이랄까. 묘하게 마음이 치유된다.

존이 일을 마치고 집으로 돌아온다. 평소보다 빨리 왔다—처음이다.

"왜 말 안 했어?" 존이 말한다. 내 블로그를 읽은 것이다.

나는 울음을 터뜨린다. 존이 나를 끌어안고 다 괜찮을 거라고 말한다. 나는 존의 근사한 출근용 재킷에 눈물 콧물을 묻힌다. 존이 똑같은 통계를 말해준다. 정말, 정말 흔한 일이라고. 대부분의 혹은 양성이라고. (존 역시 구글에서 검색해본 것이 분명하다.)

나도 알아, 나도 알아, 나도 알아. 그러자 정말로 공포가 조금씩 사라지기 시작한다. 다 괜찮을 거야. 엄마랑 이모는 둘 다 칠십대에 유방암 진단을 받았어. 난 마흔여섯 살밖에 안 됐잖아. 나는 날씬하고 건강해. 아팠던 적 한번 없잖아. 아이들 때문에 말고는 병원에 안 간 지 몇 년이나 됐어. 이번 일은 아무것도 당연하게 여기면 안 된다고, 매 순간 후회 없이 살아야 한다고 깨우쳐주는 건강한 신호일 뿐이야. 타이밍이 딱 맞는 경고신호야, 다음주에는 평소로 돌아갈 거야.

나는 주의를 돌리려고 저녁식사를 화려하게 차린다. 이비, 키트, 매디도 식탁을 차리면서 분위기에 동참한다. 우리는 결혼식 때 썼던 도자기와—거의 쓰지 않는—은제 포크와 스푼을 꺼내고 나뭇가지 모양 촛대도 꺼낸다.

다섯 식구가 자리에 앉자 나는 텅 빈 여섯번째 자리에 사악한 악령—혹—이 자리를 잡고 앉아서 자기를 없앨 수 있다고 생각하는 나를 비웃고 있음을 깨닫는다. 레너드 코언의 노래 가사를 조금 바꾸자면, 나는 그를 식탁 의자에 묶고 그의 왕좌를 부수고 머리카락을 자른다. 그런 다음 그를 잊는다.

아이들은 잠시 휴전하고 서로 다정하게 대한다. 심지어 키트는 채소도 먹는다. 나는 어쩔 수 없이 벡스블루를 마신다(주식을 사야 겠다). 존은 레드와인을 마신다.

그때 키트가 무언가(아마도 앞서 말한 채소의 맛을 지울 케첩)를 잡으려고 식탁 위로 몸을 숙였다가 실수로……

……존의 와인잔을 쓰러뜨려 내 얼굴에 다 튄다.

다들 깜짝 놀라서 침묵한다(우리집에서는 정말 드문 일이다). 맛 있는 토스카나산 바롤로 한 잔이 내 코끝에서 똑똑 떨어지고 양손 에도 온통 묻는다. 나는 손가락을 빨고 싶다는 본능과 싸운다.

"아, 정말 불공평하다. 안 그러니?" 다들 쓰러져 웃자 내가 말한 다.

오늘의 긍정적인 생각. 양쪽 가슴을 전부 절제해야 할 경우 재건 술로 팔팔한 가슴이 생길지도 몰라!

이상하리만치 침착한 기분이다. 나는 안다. 담당의사는 마음 든든한 통계를 수없이 인용하면서 아무 문제 없을 거라고 90퍼센트 확신하지만 안전을 기하기 위해서 몇 가지 검사를 하는 게 좋겠다고 말할 것이다. 그런 다음 몇 시간만 견디면 훨씬 기분이 좋아질 것이다.

하지만 상황은 그렇게 흘러가지 않는다.

내가 대학을 졸업하고 인턴들과 살 때 우리는 <캐주얼티>라는 의학드라마를 제일 좋아했다. 우리는 오프닝을 보면서 이번주에 누가 죽을지 내기를 했다. 의사의 반응으로 볼 때, 오늘의 진료가 내가 본 <캐주얼티> 에피소드였다면 내 캐릭터가 몇 달을 넘기지 못하는 데 걸었을 것이다. 미안하지만 다음주 에피소드에 넌 없겠다. 그러니까 본업은 포기하지 마.

의사는 마음 든든한 통계를 인용하지 않는다. 아무 문제 없을 거라고 말하지도 않는다. 조금 걱정스러운 표정이다. 그녀는 "조금 걱정스럽군요"라고 말한다. 의사는 혹의 느낌이 마음에 들지 않고 (알고 보니 혹은 내 상상이 아니었다), '가족력'이 마음에 들지 않고, 움푹 들어간 가슴이 마음에 들지 않는다.

이 빌어먹을 여자는 술을 얼마나 마시냐고 묻지도 않는다. 이번 진료에서 내가 유일하게 기대했던 부분은 전혀요, 한 방울도 안 마셔요라고 말할 수 있다는 점이었는데.

"제 가슴의 혹은 양성이죠, 네?" 내가 그녀에게 대사를 알려준다.

"으음." 의사는 내 눈을 보지 않고 키보드를 치면서 말한다. "긴급 진료의뢰서를 써드릴게요."

"그러면 언제 진료를 받을 수 있죠?" 나는 속이 안 좋아지는 것을 느끼며 묻는다.

"3주 정도 걸릴 거예요." 그녀가 대답한다. 3주라고? 장난하세요? 긴급이라면서요?

나에게 주어진 10분이 끝나고, 나는 '울퉁불퉁한'과 '연결된' 같은 수식어(인터넷에 검색해보니 좋지 않은 형용사다)가 들어간 진료의뢰서를 끌어안은 채 자리를 뜬다. 버스에 치인 기분이다.

나는 집으로 와서 블로그에 모든 이야기를 쏟아낸다. 몇 시간 뒤에 전화가 울린다. 내 친구 샘이다. 샘을 마지막으로 만난 것은 금주 100일 기념으로 점심식사를 같이했을 때다. 전생의 일 같다. 나는 명랑한 목소리를 내려고 초인적인 노력을 기울인다.

"안녕! 어떻게 지내?" 나는 추락하는 시청률을 반등시키려고 지나치게 애쓰는 토크쇼 진행자처럼 떨리는 목소리로 말한다.

샘은 거두절미하고 본론으로 들어간다. "클레어, 너한테 소개했던 내 친구 제니 알지? 술을 끊는 데 도움이 필요하다던 친구 말이야. 오늘 아침에 제니가 네 블로그를 읽고 전화했어. 무슨 일인지 알아. 내가 도와줄게."

나는 흐느끼기 시작한다.

"전화 몇 통 해보고 바로 다시 전화할게."

그런 다음 어떻게 되었을까? 샘은 몇 시간 만에 런던 최고의 유방암 전문의와 진료 약속을 잡아주었다. 그리고 존의 직장의료보험에서 그 비용이 나온다고 했다. 진료는 내일이다.

"괜찮을 거야." 샘이 말한다. 어쩌면 그럴지도 모른다. 하지만 그렇지 않을 경우, 적어도 빨리 안 괜찮겠지. 전화를 걸어서 진부한 말만 늘어놓는 대신 엄청난 도움이 되는 일을 실제로 해준 정말 놀라운 내 친구에게 너무나 고맙다. 그리고 도움을 청하는 나의 소리 없는 외침이 누군가에게 들리도록 해준 내 블로그도 고맙다.

유방암이 아닐까 걱정해야 하는 불상사가 혹시 닥친다면 되도록 중간 방학은 피하길 바란다. 아이들이 전부 집에서 기다리며 도대체 엄마가 어디 갔나 걱정할 테니 말이다. 또 '유방암 인식 주간'도 피하라고 권하고 싶다.

물론 '유방암 인식 주간'은 무척 좋은 캠페인이다. 지금의 나처럼 유방암을 떠올리지 않으려고 필사적으로 노력할 때만 빼면 말이다. 나는 이미 인식하고 있어! 고통스러울 정도로 인식중이라고! 빌어먹을 유방암을 생각하지 않으려 애쓰는 중인데 가는 곳마다 짜증나는 분홍색 리본이랑 팔팔한 분홍색 풍선이 눈에 띄고, 잡지를 집어들 때마다 '내가 겪은 지옥 같은 유방암' 따위 기사가 보인다. 으으윽.

정말 멋진 우리 엄마가 집에서 아이들을 봐주는 동안 존과 나는 암 클리닉에 간다. 즉, 엄마에게 혹에 대해서 말해야 했다는 뜻이다. 이제 엄마는 여동생에 딸까지 돌보는 중이다.

대기실에서 기다리는 동안 나는 주의를 돌리려고 동료 환자들을 둘러본다. 경쾌한 머릿수건을 두른 사람이 있는데, 눈썹도 속눈썹도 없다. 또다른 사람은 머리카락이 아주 짧고 곱슬곱슬하다. 점심시간을 이용해서 늘 하던 대로, 아무 스트레스도 없이 유방암 검사를 받으러 왔는지 아주 말쑥하게 차려입은 여자 몇 명이 잡지를 읽고 있고, 나처럼 솔직히 겁에 질려 보이는 여자가 두어 명 있다.

클리닉 벽은 '마음을 달래는 풍경화'로 뒤덮여 있다. 그림 때문에 더 짜증이 난다. 암 진단을 받아도 폭포를 보면 기분이 나아진다고 생각하는 거야, 정말로?

"클레어 풀리 씨?" 접수 담당자가 큰 소리로 외친다. 진실을 대면할 시간이다.

우리는 미스터 빅의 진료실로 안내받아 들어간다. 이 남자는 병들었을 가능성이 있는 가슴 수십만 개를 상대했다. 천재라고들 한다. 미스터 빅은 재빨리 검사를 한 다음 초음파와 엑스레이 촬영을 하고, 필요하면 생체검사를 하겠다고 설명한다. 오늘 이곳을 나서기 전에 우리가 무엇을 상대하는지 대략적으로 알게 될 것이다.

존과 미스터 빅, 간호사가 기다리는 동안 커튼 뒤로 들어가서 옷을 벗자, 미스터 빅이 내 가슴을 만져본다. 난 지금 믿을 수 있는 사람의 손안에 있어, 나는 스스로에게 말한다. 말 그대로다. 벌써부터 진단이 나올 거라고 기대하지는 않는다. 결과는 엑스레이 촬영과 초음파검사를 마친 다음에 나올 거다. 그래서 몇 초 뒤에 미스터 빅이 아무 예고도 없이, 숫자를 다 맞춰 빙고를 선언하는 사람처럼 "유방암입니다"라고 말했을 때 나는 정말 완전히 쓰러진다.

제기랄.

미스터 빅은 환자의 비위를 맞출 시간이 별로 없고 간호사는 이런 상황에 익숙한 것 같다. 안됐다는 표정으로 티슈 한 상자를 들고 달려왔으니 말이다. 하지만 나는 울지 않는다. 너무 놀라서 울음도 안 나온다. 그냥 아무 느낌도 없다.

존과 나는 대기실로 돌아온다. 나는 아무 말 없이 가만히 앉아서 빌어먹을 해변과 일몰 그림을 멍하니 바라본다. 존은 신문을 읽는다. 농담이 아니다. 존은 신문을 보면서 페이지를 넘기고 뭐 그러고 있다. 나는 소리를 지르고 싶다. "당신 아내이자 애들의 엄마가 죽을지도 모르는데 아무렇지도 않아?!? 왜 통곡하지도 않고, 울지도 않고, 신을 저주하지도 않는 거야?" 하지만 나는 영국인이고, 존이 무척 신경쓴다는 것도, 이것이 상황에 대처하는 그의 방식이라는 것도 안다. 그래도 존이 나쁜 놈이라는 생각에는 변함이 없다.

미스터 빅은 단 몇 마디로 내 세상을 전부 빨아들여 진공상태로 만든다. 보통 내 머릿속에서 요동치는 생각(매디의 등교용 신발을 사야 하나? 오늘 저녁은 뭘로 하지? 브렉시트! 가스 요금은 냈나?)이 전부 사라지고, 나와 악성종양 단둘만 남는다. 나는 잡다한 생각이 돌아오기는 할까, 아니면 종양이 팽창하고 또 팽창해서 악성 덩어리만 가득차게 되는 걸까 생각한다.

엑스레이 촬영을 하러 갔더니 촬영기사들이 내 가슴을 한쪽씩

차례로 짓이겨서 거대한 샌드위치토스터 같은 기계에 끼운다. 난 이제 치즈 토스트를 두 번 다시 못 만들 것 같다. 그런 다음 초음파 검사를 하는데, 산전 검사와 똑같지만 아무런 기쁨도 없다. 마지막으로 내 가슴에 어마어마한 바늘을 찔러넣어서 생체검사에 쓸 세포를 조금 떼어낸다.

컨베이어벨트의 맨 끝에 다다르자 다시 미스터 빅에게 불려가고, 그는 물론 자기 진단이 확실히 옳았다고 말한다. (우, 정말 똑똑하지 않아요?) 나는 유방암에 걸렸다. 병원에서 보기에는 초기라고 한다.

유방암 담당 간호사가 나를 넘겨받아 무척 공감하는 태도로 마음 든든한 통계를 읊어준다. 유방암 환자의 10년 생존율은 80퍼센트예요. 림프절로 퍼졌다는 징후는 아직 없어요. 유방을 절제할 필요 없이 종양만 절제할 수도 있어요. 냉각모자를 이용한 치료를 받으면 머리카락도 안 빠질 거예요. 질문 있어요? 네! 수백 개요!

"아니요." 내가 말한다.

"며칠 뒤에 생체검사 결과를 보러 오셔야 하는데, 그때 치료 계획을 더 자세하게 의논할 수 있을 거예요. 집에 가서서 독한 술이라도 한잔하시는 게 어떨까요?"

제길, 하하하.

집에 어떻게 돌아왔는지 기억이 안 난다. 아무 생각이 없다. 불쌍한 엄마에게 다 괜찮은 것은 아니라고 말하면서 동시에 아이들에게 정말 아무 문제도 없고 아빠랑 특별한 주중 데이트를 아주 재미있게 즐겼다고 안심시키려 했던 기억은 난다.

나는 최대한 빨리 노트북을 들고 도망쳐서 블로그에 접속한다. 전 세계의 멋진 여자들이 보낸 메시지가 오십 개 정도 와 있는데, 다들 내가 괜찮은지 확인하면서 예상했던 것처럼 낭종, 지방종, 양성인지 소식을 기다리고 있다. 나는 아니라고 말해준다. 하지만 술을 마시고 싶은 욕망은 전혀 없다고도 얘기한다. 내 생각에 암 진단보다 더 무서운 것은 숙취 상태에서 암 진단을 듣는 것밖에 없다. 다음 진료를 앞두고 잠 못 이루는 밤보다 더 나쁜 것은 술까지 마시고 잠 못 이루는 밤밖에 없다.

단 1분도 알코올로 지우고 싶지 않다고, 우울한 기분으로 잠에서 깨 또다른 아침을 낭비하고 싶지 않다고 깨닫는 데 가장 좋은 방법은 당신의 유한함을 직시하는 것이다. 내가 끔찍한 우울에 빠지는 대신 (비교적) 긍정적일 수 있었던 것은 술을 끊었기 때문이라고 확신한다.

그리고 나 자신과 독자들의 기운을 북돋기 위해서 긍정적이어야 할 이유 일곱 가지를 적어본다.

1. 내 주치의는 우리 나라 최고의 유방암 외과의다.
2. 병원에서는 내가 1기(또는 혹이 약 2센티미터라 딱 경계에 해당하므로 2기 초기)라고 거의 확신한다. 즉, 암치고는 아주 좋은 암이다.
3. 유방암에 걸리지 않는, 또는 (내 경우) 재발하지 않는 제일 좋은 방법은 술을 안 마시는 것이다. 벌써 하나 성공했다.
4. 다음에 누군가가 왜 술을 안 마시냐고 닦달하면 "화학요법이랑 좀 안 맞거든"이라고 대답할 수 있고, 그러면 입을 확실하게 막을 수 있다.
5. 암치료를 견뎌낼 때 권장하는 방법은 한 번에 하루씩, 아기가 걸음마를 하듯이 버티는 것이다. 순간을 살아라—앞을 보지 말자. 자신의 감정을 직시하자. 지난 (거의) 8개월을 보면 나는 이 분야에서 대학원 학위를 딴 것이나 마찬가지다.
6. 암치료를 받는 이모와 함께하는 것보다 더 좋은 응원이 어디 있을까?
7. 정말 멋진 가족이 나를 응원하고, 항상 나를 웃길 줄 아는 세 아이가 끊임없이 내 주의를 분산시켜준다.

그래서 나는 불쌍하게 보지 말라고, 나를 위해서 이렇게 생각해달라고 말한다. 클레어가 가슴의 일부를 잘라낸 다음 남은 부분을 레이저로 지지고 독에 절이면서도 술을 안 마실 수 있다면, 당연히 나도 안 마실 수 있어. (그리고 유방암 검사는 꼭 정기적으로 받자. 아마도 나는 이모가 유방암에 걸렸다는 소식을 듣자마자 대충이라도 검사해보았기 때문에 목숨을 건졌을 것이다.)

블로그에 일부러 명랑한 척 글을 쓰고 나자, 또 그 결과 사랑과 응원의 물결이 가상 세계의 어마어마한 포옹처럼 나를 감싸자 모든 것이 훨씬 더 나아졌다.

밖에서 강풍소리가 들린다. 지난 며칠 사이 기온이 뚝 떨어진 것 같다. 겨울이 오고 있다. 누워서 잠을 청하자 딱 한 가지 생각이 나를 괴롭힌다. 빌어먹을 돌고래가 날 속였어.

아직도 나는 극소수의 사람만 빼면 7개월 전부터 술을 끊었다는 말을 아무에게도 하지 않았다. 담배를 끊으면 옥상에 올라가서 동네방네 소리를 지르고, 그러면 다들 당신을 축복하면서 영웅처럼 대접한다. 하지만 술을 끊으면 이상한 사람이라고 생각하면서 나병 환자 보듯 한다.

나는 동정을 산다는 면에서는 유방암에 걸리는 것이 훨씬 낫다는 사실을 깨닫는다(물론 다른 면에서는 썩 좋지 않다). 암에 걸린 것이 당신의 선택은 아니지만 당신은 대번에 용감하고 담대한 사람이 된다. 아이러니하게도 사실 나는 겁에 질려 있고, 꽁무니를 빼고 전장에서 도망칠 수만 있으면 꼭 그렇게 하겠지만 말이다.

나는 가족과 정말 가까운 친구 몇 명에게 유방암에 걸렸다는 소식을 직접 알렸지만, 같은 대화를 하고 또 해야 한다고 생각하니 정말 견딜 수가 없다. 아무도 즐기지 않는 대화다. 하지만 그렇다고 입소문에 맡기고 싶지도 않다. 학교 운동장에서 다들 나에 대해 수군거리면서도 자기들이 안다는 것을 내가 아는지 잘 모르겠어서 나를 피하는 것도 싫다.

그래서 나는 단체 이메일을 쓴다. 일부러 사실적이고 경쾌하게. 모두에게 내가 무슨 일을 겪고 있는지 이야기하고, 아이들 앞에서는 아주 긍정적이고 평범한 태도를 취해달라고 부탁한다(다행히도 아직 아이들은 이 상황을 전혀 모른다). 그런 다음 내 친구들, 아이들의 담임 선생님, 학교 정문에서 만나는 엄마들에게 보낸다.

이제 이왕 겪을 일이라면 최대한 이용하자고 결심한다. 어제 나는 주차위반 딱지를 뗐다. 나는 항상—원칙적으로—불법주차 벌금에 항의한다. 근거가 있는 경우는 희박하지만, 요점은 그게 아니다. 아무튼 나는 자리에 앉아서 주차단속국에 편지를 쓴다.

담당자 님께

주차위반 통지 XXXXX번에 대해서

진심으로 사과드립니다. 제가 실수로 임시 폐쇄된 주차 구간에 차를 세웠습니다. 안내문의 날짜를 잘못 읽었거든요. 전적으로 제 잘못이며, 여러분께 제 차를 근처 주차 구간으로 견인하는 수고까지 끼쳤습니다. 하지만 제가 그런 실수를 저지른 것은 이제 막 암 진단을 받아서 정신이 없었기 때문이에요. 이것이 벌금 취소 사유가 아니라는 것은 알지만—만약 취소해주신다면—인류에 대한 저의 믿음이 회복될 것 같습니다.

제 말을 확인하고 싶다면 런던 유방암 클리닉의 미스터 빅에게 전화해보시기 바랍니다.

부탁드려요—절 기쁘게 해주세요. 좋은 소식이 있으면 기분이 풀릴 것 같아요.

감사의 마음을 담아,

클레어 풀리

이 기세를 몰아 나는 학부모회에서 온 이메일을 확인한다. 학교 크리스마스 축제(존은 죽음보다 더한 축제라고 부른다) 때 부스를 하나 맡아줄 수 있는지 묻는 내용이다. 나는 매년 부스를 맡았다. 핫도그 부스, 복권 부스, 도서 부스, 산타 할아버지를 만나요 부스, 그 밖에도 전부 해봤다. 부스를 맡으면 일이 정말 많기 때문에 나는 매년 '어쩌면 이번에는 다른 사람이 할지도 몰라'라고 생각한다. 그래서 이렇게 답장을 보낸다.

이메일 정말 고마워요. 저도 돕고 싶지만 지금은 유방암 때문에 정신이 하나도 없네요. 이해해주시리라 믿어요. 축제가 성공하길 바랄게요.

아무리 안 좋은 상황이라도 좋은 점이 하나는 존재하는 법이다.

유방암 진단을 받고 이틀이 지나자 실감이 나기 시작한다. 나는 주의를 돌리려고 이비를 데리고 킹스 로드에 쇼핑을 하러 간다. 내가 정말 좋아하는 가게 앞을 지나칠 때까지는 잘하고 있었다. 30년 정도 된 부츠가게인데, 진열장에 정말 근사한 카우보이부츠가 항상 진열되어 있고 이름은—아주 멋지게도—R. 솔스다. (소리 내서 말해보시라.)•

그런데 R. 솔스가 없어졌다. 판자로 막아놓았다. 그러자 갑자기 견딜 수 없이 슬퍼진다. (아직 암에 대해서 전혀 모르는) 이비는 부츠가게가 문을 닫았다는 이유로 길거리에 서서 우는 나를 이해하지 못한다. 이비는 창피해한다. (열한 살짜리에게 사람 많은 첼시 거리에서 갑자기 무너진 엄마를 친구가 우연히 보고서 빌어먹을 증거 사진을 찍어 인스타그램에 올리는 것보다 더 무시무시한 일은 없다.) 하지만 분명히 부츠 때문은 아니다.

이제 나는 MRI를 찍으러 병원에 가야 한다. 간단하게 들리겠지만 절대 그렇지 않다. 2주간의 중간 방학이 아직 끝나지 않았으므로 이비, 키트, 매디를 돌봐줄 사람을 찾아야 한다. 존이 집과 아이들을 보기 위해 반일휴가를 쓰지만, 그것은 곧 나 혼자 병원에 가

• 발음이 '개자식(asshole)'과 비슷하다.

야 한다는 뜻이다.

　앞으로 몇 달 동안 아슬아슬한 저글링을 끝없이 하면서 편의를 봐달라고 부탁하고 불쌍한 아이들을 여기저기 맡기는 장면이 훤히 보인다. 아이들이 원하는 것은 엄마가 언제나처럼 평범한 모습으로 곁에 있어주는 것뿐인데 말이다.

　MRI 스캔은 기본적으로 (나보다 복받은 여성들을 위해 만들어진) 거대한 바구니 두 개에 가슴을 넣고 엎드린 다음 <스타트렉>에 나올 듯한 터널 안으로 들어가는 것이다. 45분 동안 가만히 누워 있어야 하기 때문에 눈을 감고 잠을 청하지만, 너무 시끄러워서 고속도로나 건설 현장 한가운데에서 잠을 자는 것과 마찬가지다.

　지하철을 타고 집으로 돌아오는데 거대한 우웩의 파도가 나를 덮친다. 내가 <왕좌의 게임> 결말을 볼 수나 있을까? 나는 뿡 소리가 나지 않는 방귀 쿠션이 된 기분이다. 소리 없는 눈물이 뚝뚝 떨어지기 시작한다. 뻣뻣한 윗입술을 만들어낸 나라에서 이런 행동은 용납되지 않고, 체포나 격리를 당할 가능성이 높다. 다행히도 지하철에서의 행위규범은 '모든 것과 모든 사람을 무시하라, 못 본 척하라'다(뭐든지 말이다).

　(예전에 아침 러시아워 때 지하철에서 값비싼 핀스트라이프 정장에 반질반질한 단화를 신고 가죽 서류가방을 든 남자를 본 적이 있다.

얼굴이 녹색으로 변한 것을 보니 지난밤에 흥청망청 마신 것이 분명했다. 그의 주변에 앉은 사람 모두가 초조한 표정이었다. 결국 그 남자는 서류가방을 무릎에 올리더니 열어서 안에다 토하고는 다시 가방을 닫고 평범하게 들고 갔다. 아무도 한마디도 하지 않았다.)

그래서 나는 지금 지하철에서 눈물을 뚝뚝 흘리며 가방에 토한 은행원처럼 무시당하고 있고, 와인 마녀는 실컷 즐기고 있다. 네가 술을 마셔도 아무도 뭐라고 하지 않을 거야. 그건 약이나 마찬가지야, 제길. 술을 끊을 때 이런 일이 생길 줄은 몰랐잖아······

나는 술이 정말로, 정말로 필요하다. 좀 무뎌질 필요가 있다. 잠시 탈출해야 한다. 자신에게 보상을 줘야 하는데, 식욕을 완전히 잃었으므로 이제 초콜릿 케이크는 안 든다. 하지만 동시에 술이 전혀 필요 없다는 사실도 안다. 한 잔으로는 간에 기별도 안 갈 테니까. 한 병 전부 마셔야 할 것이다. 그러면 이 모든 일이 끝날 때까지 매일 한 병을 마실 텐데 끝나려면—최상의 시나리오라 해도—앞으로 몇 달은 걸릴 것이다.

그리고 유방암이 알코올보다 더 좋아하는 것은 없다······

그래서 나는 '금주 초기'의 요령을 이용한다. 따뜻한 물로 목욕하고 핫초콜릿과 막장 소설을 들고 일찍 잠자리에 든다. 그러나 몇 달 동안 통나무처럼 푹 자던 나는 이제 옛 친구(새벽 3시)와 다시 친해진다.

미스터 빅의 오후 진료에서 MRI와 생체검사 결과를 듣기로 했기 때문에 몇 시간이나 잠을 설쳤다. 더 나쁜 소식이 아니기만을 바라고 있다. MRI를 찍어보니 가슴 속에서 종양이 더 많이 자라고 있을지도 모른다. 생체검사 결과 끔찍할 만큼 공격적인 암이 미친듯이 분열하고 증식하고 있을지도 모른다. 나는 유방암 인터넷 커뮤니티를 둘러보다가 '나는 죽고 아이들은 엄마도 없이 남겨지겠지'라고 금방 확신한다.

생각해보니 구글 검색은 별로 좋은 생각이 아니다. 그래서 대신 소버마미 이메일 계정을 확인한다. 사랑과 응원을 보내며 행운을 빌어주는 멋진 이메일이 아주 많다. 그러다가 엘리자베스에게서 온 메일을 발견한다. 엘리자베스는 몇 주 전에 나에게 메일을 보내서 이렇게 말했다.

나는 매일 밤 12.5도의 레드와인을 한 병씩 마시고 있어요. 저녁식사를 하면서 '평범하게' 한잔 곁들이는 사람이 되고 싶지만, 난 모 아니면 도 유형이거든요. 흡연자였을 땐 하루에 서른 개비를 피웠어요. 담배에 손도 대지 않은 지 11년이 되었지만, 이제는 레드와인에 정신적으로 의지하고 있어요. 나는 언젠가 술을 끊을 거고, 당신의 블로그를 매일 읽어요. 그러니까 블로그를 그만두지 말아주세요. 언젠가 저에게도 평생 금주의 첫날이 올 테니까요.

그리고 지금 그녀에게서 메일이 한 통 더 와 있기에 열어서 읽기 시작한다.

방금 오늘 올린 블로그 글을 읽었고, 당신에게 일어난 일 때문에 정말 가슴이 아파요. 당신이 무슨 일을 겪는지 나는 정확히 알아요. 난 마흔 두 살(16년 전)에 혹을 발견했고, 검사 결과 암이었어요. 내가 해줄 수 있는 말은 앞으로 당신에게 일어날 일 중에서 제일 힘든 건 기다림이라는 거예요. 알지 못하는 것, 시시각각 당신의 머릿속에서 펼쳐지는 무시무시한 시나리오가 실제 결과보다 훨씬 더 무서워요. 그 외에 무슨 말을 해야 할지 모르겠군요. 당신이 그 끔찍한 의심의 안개 속에 머무는 동안은 내가 무슨 말을 해도 도움이 되지 않을 테니까요. 내가 해줄 수 있는 말은 진실밖에 없어요. 괜찮아질 거예요. 저는 알아요, 왜냐면 (1) 나도 겪어봤고, (2) 간호사니까요. :─)
　당신은 너무나 많은 사람들을 위해 너무 많은 것을 해주었기 때문에 수많은 사람들이 당신을 생각하고 있고, 난 그중 하나일 뿐이랍니다. 행운을 누릴 자격이 있는 사람이 있다면 그건 바로 당신이에요. 계속해서 꿈을 꾸세요. 당신과 사랑스러운 가족에게는 미래가 있고, 이건 그 멋진 미래의 짧은 순간일 뿐이니까요. 돌고래는 절대 거짓말을 하지 않아요.

한 번도 만나지 못한 사람들이 해주는 이렇게 놀라운 말이 얼마나 큰 의미인지, 나는 감히 표현도 할 수 없다.

자, 특종이다. 나는 22밀리미터 크기의 2기 침윤성 소엽 암이다. 좋은 면을 보면, 나는 종양이 하나밖에 없다—오른쪽 가슴은 완전히 깨끗하고, 왼쪽 가슴에 하나뿐이다. 2기는 1기만큼 느리게 자라지 않지만 맹렬한 3기에 비하면 훨씬 보기 좋다. 나는 또한 HER2 음성이고 ER 및 PR 양성인데, 놀라운 약인 타목시펜으로 치료할 수 있다는 뜻이다. 종양절제술은 일주일 뒤로 잡혔고, 수술 직후 (혹과 감시림프절 생체검사 결과가 나오는 대로) 화학요법과 방사선요법에 대해서 의논할 것이다.

병원에서 파악한 바에 따르면 암은 전이되지 않았다. 가슴에서 림프절까지 전이되면 '전이 유방암' 또는 4기 유방암이라고 하는데, 그럴 경우에는 끝장이다. 치료가 불가능하다. '확인하기 위해서' 월요일에 PET 스캔을 찍기로 했다.

그러므로 나는 오늘 하루 검사를 쉬지만, 끔찍한 일이 남아 있다. 동정적인 유방암 담당 간호사는 내가 암에 걸렸음을 아이들에게 말해야 한다고 주장했다. 말하지 않으면 아이들이 대화를 엿듣고 공포에 질릴 수밖에 없다고, 처음부터 솔직하게 털어놓지 않으면 우리가 또 뭘 숨기고 있나 계속 걱정할 것이라고 했다.

오늘 나는 치아교정 때문에 이비를 치과에 데려가야 한다. 그래서 이비한테 말하는 건 내가 맡고 매디와 키트는 존이 맡기로 한다

(여섯 살, 여덟 살이므로 많은 정보는 필요 없다).

아무튼 나는 치과 의사와 상담을 한다. 그녀는 우리에게 선택할 수 있는 방법, 시기, 비용, 그다음 단계—특수 엑스레이를 찍는 것 등—를 아주 상세하게 알려준다. 나는 유능하고 체계적인 엄마처럼—실제로도 그렇다—고개를 연신 끄덕이지만 전혀 아무것도 이해하지 못한다. 그녀가 무슨 말을 하는지 정말 하나도 모르겠다. 나를 위한 메모: 몇 달 안에 다른 치과에 예약할 것.

공원을 가로질러 집으로 돌아가는 길에 이비는 학교에 대해서 수다를 떤다. 나는 이비가 잠시 말을 멈춰 내가 끼어들 틈만 기다린다.

"재미있는 사실!" 이비가 말한다. "우리 요리 선생님이 레즈비언이래요." 내가 어렸을 때라면 엄청난 스캔들이었을 일이 지금은 '재미있는 사실'로 분류된다는 게 참 좋다.

"잘됐네." 내가 대답한다. 그런 다음 심호흡을 하고 말한다. "이비, 엄마가 요즘 진료도 많이 받고 그랬던 거 알지? 음, 엄마 가슴에 작은 혹이 있는데, 암이래. 너도 암에 대해서 들어봤을 거고, 정말 무섭게 느껴질 거야. 하지만 꼭 알아야 할 게 있는데, '암'은 말하자면 '바이러스'나 마찬가지야. 감기부터 에볼라까지 전부 바이러스인 것처럼 암도 쉽게 치료 가능한 것도 있고, 진짜 어려운 것도 있어. 좋은 소식인데 엄마의 암은 착한 암이래. 요즘 유방암은 진짜 쉽게 고칠 수 있고, 의사 선생님도 최고이고 약도 아주 좋아. 결국 괜찮아질 거야."

"그럼 엄마 죽는 거 아니죠?" 이비가 어울리지 않게 작은 목소리로 묻는다.

"하하하하. 세상에, 아니야. 내가 너희를 아빠한테 맡기고 어떻게 죽겠니? 말도 안 되는 소리지. 출입국심사 때 위조 여권이 아닌지 확인하려고 키트의 생일을 물어봤는데 아빠가 기억 못했던 거 기억나니? 아니, 난 절대 아무 데도 안 가!"

그런 다음 속으로 생각한다. 제발, 제발, 하느님, 이 말이 거짓말이 되지 않게 해주세요.

"무슨 일이 생긴 건 우리도 알고 있었어요." 똑똑한 이비가 말한다. "키트랑 매디랑 나랑 셋이서 계속 얘기했어요. 우린 엄마가 아기를 낳는 줄 알고 이름을 뭘로 지을까 의논했어요. 저는 윌로에 한 표 던졌어요."

맙소사. 암에 걸려서 행복하다고 할 수는 없지만 적어도 젖을 먹이고 기저귀를 갈 필요는 없다. 또 아이에게 '윌로'라는 이름을 붙이지 않아도 된다.

"애들은 어땠어?" 우리가 집으로 돌아온 뒤에 내가 존에게 묻는다.

"놀랄 만큼 괜찮았어." 존이 대답한다. "키트는 피가 많이 나는지 알고 싶어했고, 매디는 혹을 병에 넣어서 벽난로 선반에 둬도 되냐고 물었어."

아이들이 잠자리에 들고 나서 나는 절대 하지 않겠다고 맹세했던 행동을 하며 두 번 다시 하지 않겠다고 맹세한다. 즉, 이비의 방에 몰래 들어가서 일기장을 찾아본다. 이비가 이 소식을 사실은 어떻게 받아들였는지 확인하고 싶다. 나는 가장 최근에 쓴 부분을 찾는다. 이비는 이렇게 써놓았다. 엄마가 유방암에 걸렸지만 최고의 의사 선생님이 있고 안 죽는다고 한다. 그러니까 다 괜찮을 거다.

휴. 임무 완수.

암 진단을 받으면 누가 진짜 친구인지 알 수 있다고 한다. 사실이다. 이상한 일이지만 나는 '저 암에 걸렸어요' 이메일을 보낸 후 제일 오래된 친구 몇 명으로부터 아무 연락도 받지 못했다. 그 친구들이 신경을 쓰지 않아서가 아니라 무슨 말을 해야 할지 몰라서, 또는 암이라는 것이 너무 무서워 생각조차 할 수 없어서 그런 거라고 나는 굳게 믿는다. 반대로, 그렇게 잘 아는 사이는 아니지만 특별했던 여성도 몇 명 있다.

나는 며칠 전 같은 반 엄마인 루시에게 전화를 걸어서 엄마들 모임에 못 갈지도 모른다고 말했다. 우리는 아들들이 절친한 사이가 되면서 최근에야 서로 알게 되었기 때문에 나는 전화를 하면서 감정이 북받쳐오르지 않도록 무척 애썼다. 하지만 실패했다. 10분 뒤, 루시가 우리집 문 앞에 서 있었다. 나를 꼭 안아주기 위해서 하던 일을 딱 멈추고 자전거로 달려온 것이다.

그리고 해리엇도 있다. 나는 해리엇도 그렇게 잘 알지는 못한다. 아이들이 같은 어린이집에 다니면서 알게 되었다. 하지만 해리엇은 내가 혹에 대해서 제일 처음 말한 사람 중 한 명이었다. 해리엇의 어머니가 유방암으로 돌아가셨기에 날 도와줄 수 있으리라는 느낌이 왔기 때문이다. 해리엇은 정말 놀라웠다. 그녀는 하루에도 몇 번씩 문자메시지를 보내거나 전화를 걸어서 내가 어떤지 확인도 하고 나를 웃겨주기도 한다.

오늘 나는 아이들 앞에서 아무 문제도 없는 척하다가 더이상 참을 수 없자 해리엇에게 전화를 건다. 우리 애들과 해리엇의 애들이 듣지 못하는 곳에서 내가 실컷 울 수 있도록 우리는 동네 공원에서 만나기로 한다.

나는 울고 나면 믿을 수 없을 만큼 마음이 치유된다는 사실을 깨달았다. 압력솥이 된 기분이다. 증기가 점점 차올라 폭발할 지경에 이르면 압력 밸브를 푼 것처럼 실컷 우는 것이다. 자연의 안전 메커니즘인 셈이다. 와인을 한 병 마시는 것보다 훨씬 건강하다.

나는 10분 일찍 공원에 도착해서 넋을 잃고 바라보는 우리집 테리어 앞에 서서 미친 여자처럼 운다. 그때 시야 끄트머리에서 나를 향해 손을 흔드는 사람이 보인다. 아, 제길. 같은 학교 엄마다. 이름도 모르고 대화를 나눈 적도 없는 것 같지만 얼굴은 눈에 익다. 나는 항상 그녀에게 약간 경외감을 느꼈다. 록음악 팬이었을 것처럼 생긴데다가, 다른 애들은 서배스천, 베니딕트 같은 이름인데 그녀의 애들은 정말 놀랍게도 스파이크와 버스터이기 때문이다.

그녀는 내 얼굴이 마스카라가 온통 번지고 눈물 콧물 범벅이라는 사실을 아직 깨닫지 못한 채 개와 함께 나를 향해 걸어온다. 나는 얼른 얼굴을 닦고 주의를 돌리려고 이런 생각을 한다. 아이들 이름이 스파이크와 버스터면 개 이름은 도대체 뭘까?

"키스! 앉아!" 그녀가 개에게 말한다. 키스! 말이 되네.

"괜찮아요?" 그녀가 묻자 결국 나는 전부 털어놓는다. 그녀가 나를 안아주자 친구가 새로 생긴 기분이다. 제인.

제인과 키스가 집으로 돌아갈 때 해리엇이 꾸러미를 들고 나를 향해 걸어온다.

"선물이에요." 그녀가 말한다. 상자를 풀어보니 정말 멋진 가죽 장정 공책이 나온다.

"상담할 때 의사가 하는 말을 전부 적으라고요." 그녀가 말한다. "하나도 잊지 않도록 말이에요."

멋진 문구류를 선물받고도 나아지지 않는 상황은 거의 없다. 정말 좋은 친구만이 아는 사실이다.

오늘 나는 PET 스캔을 찍었다. 의사들이 나에게 방사성 용액을 주사한 다음 CAT 스캐너에 집어넣는다. 내 몸에서 종양이 자라고 있을 경우 스캐너를 작동하는 의사가 화면으로 그것을 볼 수 있다.

방사선과 의사는 정말 멋지다. 나는 유혹적으로 굴지 않으려고 애쓴다. 환자복과 슬리퍼 차림에 악성종양을 (적어도 하나) 가진 스무 살 많은 여자로부터 추파를 받는 것은 무시무시한 시련일 테니 말이다. 그가 나에게 시디롬을 하나 준다.

"내일 주치의 선생님께 드리세요." 그가 말한다. "행운이 함께하길 바랄게요."

나는 그가 안다는 사실을 안다. 그는 내 몸속을 봤다. 나는 그의 표정을 읽으려고 필사적으로 애쓴다. 안도? 동정? 공포? 암세포가 가득한 걸까? 나는 '가득하다'라는 형용사가 두렵다, 이제 '거싯●' 대신 내가 제일 싫어하는 단어가 되었다.

"기억하세요. 앞으로 몇 시간 동안은 방사선이 나오니까 아이들 가까이 가지 마세요. 반려동물한테도요."

그래서 나는 레디브렉 광고에 나오는 소년의 사악한 버전이 된

● 활동을 편하게 하기 위해서 옷에 덧대는 삼각형의 천.

321

듯한 기분으로● 돌아와서, 기분이 상한 세 아이—그리고 혼란에 빠진 개—에게 오늘밤에는 포옹 금지라고 설명한다.

나는 잠자리에 누워서 어렸을 때 산타 할아버지에게 신디 인형이나 걸스 월드를 주면 방울다다기양배추를 전부 먹겠다고 약속했던 것처럼 우주와 약속을 한다.

친애하는 우주에게

내일 암이 퍼지지 않고 '국한'되어 있다는 결과가 나오면 다음과 같이 하겠다고 약속할게.

1. 다른 사람의 삶이나 재산을 절대, 절대로 부러워하지 않을게. 사랑, 가족, 건강이 정말로 인생에서 가장 중요하다는 것을, 그것만 있어도 정말 축복이라는 사실을 항상 기억할게.

2. 매일 매 순간을 최대한 활용할게. 잠자리에서 들려주는 이야기, 포옹, 온 가족이 함께하는 식사, 우리만 아는 농담—삶을 특별하게 만드는 그 작은 순간을 전부 소중히 여길게.

3. 위기가 닥쳤을 때 다른 사람이 기댈 수 있고 제일 먼저 찾는 엄마, 아내, 친구가 될게. 주변 사람들에게 바위가 필요할 때 내가 바위가

● 영국 시리얼 제품 레디브렉의 텔레비전 광고에서 아침으로 이 제품을 먹은 아이가 몸에서 열기를 내뿜는다.

되어줄게. 사람들이 나에게 해준 것처럼 말이야. 그리고 내가 죽고 없을 때 우리 아이들이 자기 앞가림을 할 수 있는 강하고 현명한 사람으로 자라도록 도와줄게.

4. 내 몸을 돌보고 존중할게. 인간의 몸은 정말 놀라운 기계지만, 우리가 안전하게 지켜야 해. 두 번 다시 내 몸에 독성물질을 채우지 않을게(하지만 초콜릿은 괜찮아, 그리고 블로그에 케일 스무디 레시피나 올리려는 건 아니야).

5. 받은 만큼 돌려줄게. 나는 거의 평생 나한테만 집중하며 살아왔어. 내 블로그를 통해서, 그게 아니라도 누구에게든 친절을 베풀면서 꼭 매일 무언가를 돌려줄게.

하지만 만약 암이 전이됐다면, 주변을 정리하라는 말을 듣는다면 이 모든 약속은 무효다, 우주야. 빈 보드카병을 손에 들고 시궁창에서 널 올려다보며 저주할 거야.

농담이야.

누가 구글에서 '진짜 엄마의 거대한 젖가슴'을 검색했다가 내 블로그로 유입된 것을 보자 기운이 좀 난다. 그 사람이 찾는 게 내 블로그 같은 건 아니었을 텐데. 그러다가 미국의 어느 여성에게 이런 메시지를 받는다.

매일 당신을 생각해요, SM. 일요일에 우리 교회 전체가 당신의 쾌유를 위해서 기도했다는 사실을 알려주고 싶었어요. 먼지투성이 신도석이 몇 개 있고 노인이 반 정도 들어찬 그런 교회는 아니랍니다(노인을 비하하려는 뜻은 아니에요!). 우리 교회 신자는 이백 명이 넘어요. 그러니 준비해두세요. 저는 곧 좋은 일이 일어나리라 믿거든요. 조금만 더 버티세요. 질.

나는 정말 몸 둘 바를 모르겠다.

2주 전에 누가 나에게 유방에 악성종양이 하나 있는 것을 고마워하게 될 거라고 말했다면 나는 미친 사람이라고 생각했을 것이다. 하지만 지금 나는 딱 그렇게 생각한다……

할렐루야! 유방에 악성종양이 하나밖에 없다!

스캔 결과 그것 말고는 아무것도 없었다. 종양은 아무 데도 가지 않았다. 왼쪽 가슴 좌측 하단 사분면에 편안하게 앉아서 자기 일이나 신경쓰고 있었다. 그리고 그것은 금요일부로 사라질 예정이다. 병에 담겨 실험실로 보내질 것이다. 나는 방사선요법, 그리고 (필요하다는 결정이 날 경우) 화학요법과 친하게 지내면서 혹시 남은 조각이 있다면 모조리 괴멸시킬 수 있다.

샴페인 한 잔으로 축하할 수 없으므로 매치메이커스 초코 스틱 두 상자(오렌지맛과 민트맛)를 샀고, 몸이 아픈 느낌이 들 때까지 먹을 거다.

오늘밤, 왼쪽 가슴의 일부에게 작별 인사를 할 준비를 하려니 약간 눈물이 날 것 같은 기분이다. 나는 녹초가 되었다. 오늘은 핼러윈이기 때문에 존이 아이들을 데리고 사탕을 얻으러 나갔다. 나는 우리 꼬마 마녀, 호박, 사악한 과학자에게 손을 흔들어 배웅하면서 문간에 지키고 서 있다가 사람들이 찾아오면 사탕을 주겠다고 약속했다. 하지만 아이들이 사라지자마자 불을 다 끄고 침대로 들어갔고, 머릿속 악마와 싸우느라 바깥의 악마는 모두 무시했다.

가슴은 클 때나 작을 때나 나와 함께였다. 내 가슴은 아주 팔팔하고 경쾌하게 삶을 시작했고, 파티의 생명이자 영혼이었으며, 엄청나게 관심을 끌고 싶어했다—나랑 좀 비슷하다. 그러다가 삶에 지쳐서, 또 세 아이를 키우느라 좀 후줄근해졌다. 조금 나이들고 처지긴 했지만, 그래도 강력한 와이어의 도움을 받으면 멋지게 추파를 던질 수 있었다.

내일 이후로 내 가슴은 절대 예전과 같지 않을 것이다. 왼쪽 가슴은 내가 싸워서—바라건대—이긴 전투를 항상 생생하게 상기시킬 것이다.

(거의) 8개월 전에 와인을 끊은 덕분에 나는 아주 건강한 몸으로 수술실에 들어가게 되었다. 내 체질량지수는 '정상' 범위 한가운데를 쾅 내리쳤고, 나는 사전조사에서 행복한 마음으로 '비흡연자'

와 '비음주자'에 표시할 수 있었다.

　하지만 나는 죄책감을 느끼면서도 은밀하게 고대하는 것이 있다. 모르핀을 정말 고대하는 중이다. 오직 의학적인 목적을 위해 사용하는 합법적인 향정신성 약물. 보너스가 틀림없다.

　나는 눈앞에 닥친 수술을 생각하지 않으려고 이메일을 확인하다가 유방암 진단 직후 나에게 편지를 보내주었던 암 생존자이자 간호사인 사랑스러운 엘리자베스의 편지를 발견한다.

　우리는 만나야 할 사람을 찾게 되어 있어요. 그래서 내일이 되어 당신이 가슴의 일부를 잃으면 나는 와인 마시는 습관을 포기할 거예요. 나는 나쁜 습관을 없애고 당신은 나쁜 세포를 없애기에 더없이 좋은 날 같아요.

　화이팅!

11월

화학요법에 대해
이야기하다

　　그래서, 사흘 전 나는 병원에서 종양절제술을 받으려고 기다리고 있었다. 사랑스러운 마취과 의사가 수술에 대해서 상의하러 왔다. "그런 다음 제가 마취를 시작할 건데, 머리가 약한 흐리멍덩하실 거예요—와인을 몇 잔 마신 것처럼." 그가 설명했다.

　　나는 태연한 척하려고 무척 애를 썼다. 기절시켜서 수술을 한다는데 신나 보이면 안 되니까.

　　"마취에서 깨어나면 통증 완화를 위해서 간호사가 경구투여 모르핀을 좀 드릴 거예요. 너무 많이 드리지는 않을 겁니다. 그러면 일어나서 정신을 차리고 집에 갈 때까지 시간이 더 오래 걸리거든요……"

　　악몽 같은 2주를 보낸 후에 '의무적인' 망각에 들어가다니, 믿을 수 없을 만큼 유혹적이었다. 가슴 일부를 잃을 가치가 있는 것만 같았다(물론 꼭 그렇진 않다). 한 시간 뒤, 나는 가운으로 갈아입고 이동식 침대에 누워 수술실에 들어가기를 기다렸다. 마취과 의사가 마법을 부렸다. 분명히 잡담을 나누고 있었는데 갑자기 엄청나게 어지러워서 말을 끝맺을 수 없었다. 마치 큰 파티가 한창인데……

　　……그런 다음 깨어보니 회복실이었고, 간호사가 모르핀 주사를 놔주었다. 나는 생각했다. 안녕, 무감각아. 너 기억나! 안녕, '아무 상관 없어'야, 만나서 정말 반가워. 와아아아 후아아아 폭신폭신 분홍 구름

아, 날 안아주렴. 온 세상이 다 좋았다. 몇 주 만에 처음으로 나는 무섭지 않았다. 깃털 이불 같은 나른함에 폭 감싸여 있었다.

몇 시간 뒤에 나는 퇴원해서 집으로 돌아왔고, 모두에게 내가 얼마나 사랑하는지 장황하게 늘어놓은 다음 통나무처럼 푹 잤다. 모든 것이 더할 나위 없이 좋았다.

지금까지는 말이다. 이제는 그렇지 않다.

나는 수술 후 착용하는 매력적인 미국식 황갈색 압박스타킹을 신고 이비와 개와 함께 공원으로 산책을 간다. 수술한 지 얼마 안 됐는데 너무 많이 걸은 것 같다. 바로 그때 새가 내 머리에 똥을 싼다. 농담이 아니다. 어찌나 큰지, 순간 도토리에 맞은 줄 알았다. 이비가 행운이 생긴다는 뜻이라고 말해주지만, 궁극적인 모욕을 당한 느낌이다. 마취과 의사가 주었던, 모르핀 투약 이후의 우울감을 설명한 작은 쪽지가 기억난다. (나는 작은 쪽지를 곱씹으며 읽는 사람이 절대 아니다.) 그리고 생각한다. 안녕, 완전한 절망아. 너 기억나! 안녕, 비이성적인 분노야. 잘 돌아왔어. 아, 자기혐오야! 너도 왔구나.

그런 다음 불가항력적으로 와인 마녀가 문 뒤에서 고개를 내밀고 말한다. 내가 신경을 무디게 해주는 걸 하나 아는데⋯⋯

알코올, 모르핀, 전부 다 똑같다. 올라가면 내려가야 하는 법이다. 나는 이제 파라세타몰을 먹는다.

삶이 당신에게 레몬을 던질 때[●]

나는 '고기능' 알코올중독자였다. 나는 절대(음, 거의) 실수를 하거나, 경계를 늦추거나, (절대로) 팬티를 벗지 않았다. 나는 하루에 와인 한 병을 마시면서도 절대 배를 침몰시키지 않았다. 내가 축복받은 삶을 살았기 때문에 가능한 일이었음을 이제야 알겠다. 나는 멋진 결혼생활을 하고 있고, 행복하고 건강한 아이들과 활동적인 부모님이 있다. 우리는 (대체로) 금전적으로 여유가 있고, 비교적 안정적이다.

그러나 삶은 때로 당신에게 레몬을 던진다. 이혼, 사별, 병든 아이, 심각한 질병. 갑자기, 난데없이, 삶의 축이 바뀌고 두 번 다시 예전으로 돌아가지 못한다. 바로 그 순간 바퀴가 떨어져나가고 모든 것이 무너지기 시작한다. 그러면 '고기능'은 금방 '밑바닥'으로 바뀐다.

나는 어젯밤에 그런 생각을 했다. 잠에서 깨보니 작은 손가락들이 내 목을 감고 있었다. 매디가 악몽을 꾸고 우리 방으로 와서 우리 부부 사이에 자리를 잡은 것이다. 내가 그 나이(거의 일곱 살)였을 때가, 부모님과 함께 있으면 절대 그 무엇도 나를 해치지 못할 것 같던 느낌이 기억났다. 깨뜨릴 수 없는 안전한 마법진에 들어간 것과 같았다.

● '삶이 당신에게 레몬을 던지면 레모네이드를 만들어라'는 격언에서 가져온 표현. '삶이 당신을 힘들게 할 때'라는 뜻이다.

그러자 내가 이 무리의 우두머리라는 사실이 생각났다. 최고운 영책임자. 그 정도로 온전한 믿음, 아이들의 그 순수함은 오로지 내 손에 달려 있다. 내가 무너지면 모두가 무너지고, 험프티 덤프티처럼 아무도 아이들을 말끔하게 고칠 수 없을 것이다.

내가 술을 끊기 전에 암과 싸워야 했다면 분명히 달랐을 것이다. 혹을 발견했을 때 곧장 검사를 받는 대신—와인 몇 잔의 도움을 받아—적어도 몇 주는 마음 한구석으로 미뤄두었을 것이다. 알코올은 우리에게 그릇된 자신감을 준다. 그리고 그 몇 주가 모든 것을 바꾸었을지도 모른다.

마침내 유방암이라는 진단을 받은 다음에는 술을 퍼마셨을 것이다. 우리는 술에 취하면(또는 숙취가 있으면) 자기중심적으로 굴면서 주변 사람들을 의식하지 않는다. 나는 아이들 앞에서 (많이) 울었을 것이다. 고래고래 소리치고 분노했을 것이다. 그런 다음 자신을 너무나 불쌍해하며 방에 틀어박혀 한동안 나오지 않았을 것이다.

나는 단번에 우리 가족의 믿음과 안전을 파괴했을 것이다. 험프티 덤프티를 벽에서 밀어 떨어뜨리고 그를 제자리에 돌려놓으려는 왕의 말과 부하를 전부 비웃었을 것이다.

하지만 지금은 끝없이 병원에 다니는데도 모든 일이 평상시처럼 흘러간다—내가 미치지 않게 해주고 우리 가족을 보호해주는 것은 그 평범함이다. 나는 모든 것을 손에 쥐고서 안전하게 지키고 있다.

이 글을 블로그에 올리면서 나는 독자에게 말한다.

당신 역시 무리의 우두머리입니다. 당신은 새끼들에게, 파트너에게, 나이드신 부모님께 책임이 있어요. 언젠가 삶이 당신에게 레몬을 던질 거예요. 대용량 진토닉이 아니라 날카로운 칼과 강판을 들고 맞설 만큼 강해지는 것은 모두 당신에게 달려 있습니다. 꼭 대비하세요. 당신을 위해서, 그리고 가족을 위해서.

몇 시간 뒤 전화가 울린다. 존이 사무실에서 건 전화인데, 아마 내 블로그를 읽었나보다. 남편은 매우 화가 났다. 사실 내가 아니라 자기가 무리의 우두머리라고 강조한다.

"알았어, 여보." 내가 대답한다.

나는 알파걸이 된 듯한 아주 긍정적인 기분으로 용기를 내서 왼쪽 가슴의 붕대 밑을 슬쩍 들여다본다. 알고 보니 미스터 빅은 광고와 똑같이 천재였다. 내 왼쪽 가슴은 퍼렇고 거멓게 멍이 들었지만 그것만 빼면 크게 달라 보이지 않는다(솔직히 말해서 처음부터 완벽함과는 거리가 멀었다). 가슴을 아이스크림 한 스푼만큼 떼어내서 학생들의 연구 프로그램을 위해 임피리얼칼리지에 보냈다는 사실을 생각하면(농담이 아니다) 무척 놀랍다. 아이들이 욕실에서 목욕하다가 우연히 봐도 공포에 질려서 비명을 지르며 달아나지는 않을 것 같다. 토플리스 댄서로서의 잠재적인 커리어는 망했을지 모르지만, 그래도 견딜 수 있다.

이제 원기를 회복한 나는 팔팔해진 기분이고, 보기에도 예상보다 더 팔팔하다. 다음 진료까지 2주 동안 편하게 쉬면서 회복하면 된다. 한고비는 넘겼다.

병원에 다니면서 끝없이 검사를 받다가 잠시 쉬는 것의 문제는 처음으로 깊이 생각할 기회가 생긴다는 것인데, 나는 이상하게 후퇴하는 기분이 든다. 기시감이 느껴진다.

암을 극복하는 여정은 술을 끊는 여정과 무서울 만큼 비슷하기 때문에 우연히 시기가 겹쳤다고 믿기 힘들 정도다. 지난 8개월은 대형 사건의 몸풀기였던 것 같은 느낌이다.

술을 끊는 것과 마찬가지로, 암에 맞서는 것은 미지의 세계로 달려드는 일이다. 적어도 한동안은 불확실함과 두려움의 세상에서 사는 법을 배워야 한다. 술을 끊으면 처음에는 감정이 롤러코스터를 타면서 분홍 구름에서 벽으로 뚝 떨어졌다가 다시 올라오는데, 지난 몇 주도 똑같았다―하지만 정도는 더욱 심했다. 나는 그저 살아 있다는 사실에 전율을 느끼다가도 (아이들이 보지 못하도록) 개를 데리고 공원으로 나가서 걷잡을 수 없을 만큼 엉엉 울기도 했다.

내가 이 모든 상황에 대처하기 위해서 사용하는 도구도 똑같다. 나는 한 번에 하루씩 버텨낸다. 아기 걸음마. 나는 해낼 수 있다는 생각이 들 때까지 앞을 보지 않으려 애쓴다. 금주 초기에 그랬던 것처럼 스스로에게 친절해야 한다는 생각이 든다. 그래서 필요하면 잠시 낮잠을 잔다. 뜨거운 물로 목욕도 하고 케이크도 먹는다.

그리고 술을 끊을 때와 마찬가지로 동족을 찾는 것이 중요하다는 사실을 깨달았다. 나와 같지만 이 길을 먼저 걸어본 사람이라면 저 앞에 무엇이 놓여 있는지 가르쳐줄 수 있다.

내가 금주 동지를 인터넷에서 찾은 것은 현실에서 찾기가 너무 부끄러웠기 때문이지만, 우습게도 암은 알코올중독보다 훨씬 쉽게 고백할 수 있다. 그래서 나는 유방암을 겪고 반대편으로 빠져나와서 이제 내 앞에 무엇이 놓여 있는지 가르쳐줄 수 있는 여성—나와 같은 엄마들—을 동네에서 몇 명 찾아낸다. 유방암에 걸린 여성을 위한 풀럼의 자선단체 헤이븐도 이용한다. 나는 오늘 오전에 헤이븐에 가서 암 환자 지원단체 맥밀런에서 일했던 암 전문 간호사를 만난다.

참 신기하게도 나는 예전에 맥밀런 암지원기구의 브랜드 전략 및 광고 책임자였다. '운명을 적어내려가는 작가들'이 천상의 구름에 앉아서 즐겁게 웃으며 아이러니를 적절하게 가미한 자기들의 솜씨에 만족하여 서로 어깨를 두드리는 모습을 상상하지 않을 수가 없다.

내가 정신이 나간 걸까?

우리처럼 지나치게 열정적으로 술을 즐기는 사람은 분위기 띄울 방법을 찾는 것에 아주 게으른 경향이 있다. 우리에게는 듬직한 기본 선택지가 하나 있다. 바로 술이다. 그런데 하나가 더 있다. 간에도, 장기적인 정신 건강에도 훨씬 더 좋은 방법인데다가 돈도 안 든다. 바로 누군가를 칭찬하는 것이다.

칭찬을 받으면 뇌에서 세로토닌이 분비된다는 사실이 과학적으로 증명되었는데, 그것은 놀라운(공짜에 합법이고 무해한) 약물이다. 세로토닌은 '자부심' 약물, '지위의 상징' 약물, 뇌 화학계의 고급 코카인이다. 그러나 해괴한 점이 있다. 칭찬을 받는 사람만 세로토닌이 샘솟는 것이 아니라 칭찬을 하는 사람도 마찬가지다.

이렇게 칭찬을 주고받는 과정에서 두 사람 사이에 유대감이 형성되어 양측의 옥시토신 수치가 높아질 뿐 아니라 긍정적인 기대역시 충족되어서 도파민(그날의 와인 첫 잔을 마실 때 나오는 화학물질)이 잔뜩 분비된다.

그러니 도대체 싫어할 이유가 어디 있을까?

나는 차에서 라디오 4를 틀어놓고 케이틀린 모런(내가 제일 좋아하는 저널리스트)에 대한 프로그램을 들으며 이런 생각을 한다. 케이틀린 모런은 길거리에서 창의적인 옷차림을 한 모르는 사람들에게 '당신이 알고 싶어요, 난 당신의 외모가 정말 마음에 들어요'라고 적힌 카드를 나눠주기 시작했다. 얼마나 기발한지!

당신이 자존감이 아주 낮은, 호르몬이 날뛰는 십대라고 상상해보자. 당신은 방에서 몇 시간이나 다양한 옷을 입어보면서 어느 것이 '좋아요'를 가장 많이 받는지 보려고 인스타그램에 사진을 올린다. 결국 당신은 '싫어하는 사람이 가장 적은' 옷을 선택한다. 그러나 집을 나선 지 10분 만에 실수였음을 깨닫는다. 당신은 집으로 돌아가려고, 아니면 모기만한 자신감으로 파티장에 들어가려고 한다. 그때 전혀 모르는 사람이 당신에게 '난 당신의 외모가 정말 마음에 들어요'라고 적힌 카드를 주는 것이다.

갑자기 키가 30센티미터는 더 커진다. 당신은 칼리시다! 당신은 부디 와달라고 돈이라도 받은 사람처럼 파티장으로 들어간다. 그런 다음 수학 보충수업에서 그동안 짝사랑했던 12학년 킹카를 잡아당기고, 첫사랑이라는 위대한 모험을 시작한다. *한숨*

나는 신호등 앞에서 멈춰 선다. 내 앞에서 피자 배달 오토바이에 탄 남자가 속도를 내더니 줄 맨 앞으로 가는데, 그때 주머니에서 가죽 장갑이 떨어진다. 보도에 서 있던 청년이 그걸 보고 도로로 달려와 장갑을 줍는다. 나는 그가 장갑을 가져가겠지 반쯤 예상한다(런던에서는 보통 그런다). 하지만 아니다. 그는 (신호가 바뀌려 하기 때문에) 최대한 빨리 달려서 신호 대기중인 자동차들 앞으로 나가 피자 배달부의 어깨를 톡톡 두드린 다음 장갑을 건넨다.

차들이 움직이기 시작하자 나는 차를 한쪽에 대고 창문을 내려 착한 사마리아인에게 "당신은 정말 멋진 사람이에요!"라고 외친 다음 다시 출발한다. 룸미러를 보니 그가 싱긋 웃고 있다. 나도 웃는다. 머릿속에서 세로토닌, 옥시토신, 도파민이 파티를 벌이는 것이 느껴진다. 덕분에 오늘 하루가 행복해진다.

우리는 아이들이 제일 좋아하는 식당에 저녁을 먹으러 간다. 이 식당에서 우리 가족끼리 하는 장난이 있다. 항상 웨이터가 처음에 '공짜 물'●을 제공하기 때문이다. (주의: 대단히 인심이 좋은 것은 아니다. 그냥 수돗물이다. 공짜인 게 당연하다.) 커다란 도자기 병 두 개에 담긴 물이 나오면 아이들은 차례로 물병을 들고 '칭찬을 한다'. 식탁을 둘러싸고 이런 말이 오간다. "와, 엄마, 그 옷 정말 잘 어울려요! 날씬해 보여요!" "아빠, 오늘 머리숱이 정말 많아 보여요!" 등등.

매번 식사를 할 때마다 '칭찬하기 물' 한 병으로 시작해야겠다는 생각이 든다.

● 영어로 'complimentary'는 '공짜의'와 '칭찬하는'이라는 두 가지 뜻이 있다.

나는 약간 통제광이다. 술을 마시던 시절에는 그래서 무척 괴로웠는데, 술을 (많이) 마시면 절대 완전하게 통제할 수 없기 때문이다. 맨정신일 때에도 자기 인생(술을 마시는 시간 혹은 숙취에서 회복되는 시간이 점점 더 길어지기 때문에), 자기 기분(더없는 행복에서 자살 충동까지 요동치며 오가기 때문에), 자기 생각(와인 마녀가 머릿속에 영구 입주중이기 때문에)을 대부분 통제할 수 없다.

술을 마셨을 때는 절대로 통제가 안 된다. 한두 잔만 들어가면 좋은 의도는 전부 날아가버린다. 자신이 술을 얼마나 마시는지, 무엇을 먹는지, 무슨 말이나 행동을 하는지 통제할 수 없다. 한 병을 마시고 나면 칼로리에 개의치 않고 음식을 흡입하고, 비밀을 다 털어놓고, 테이블 위에 올라가서 신들린 여자처럼(맞긴 하다) 춤을 춘다.

그러므로 사실 나에게는 통제력을 되찾은 것이 금주의 가장 좋은 점이었다. 나는 매일 아침 어떤 기분일지(팔팔하다) 정확히 알고, 일을 할 시간이 하루에 몇 시간이나 더 생기고, 보통 신중하고 침착하다.

나는 통제력을 어지러울 정도로 높이 끌어올렸다. 나에게는 '할 일' 목록이 끝없이 많다. 모두의 동선을 자세히 적어둔 거대한 부엌용 다이어리가 있다. 그리고 현관문에는 누가 무엇을 학교에 가져가야 하는지, 또는 방과후활동 등등을 전부 적어둔 표가 하나 더 있다. 그리고 일주일의 주요 행사를 보여주는 '하이라이트 메모판'도 있다―전부 색으로 구분해뒀다.

적어도 최근까지는 그랬다.

유방암에 걸려서 정말 짜증나는 것은(사람들이 당신에게 말할 때 목소리를 낮추는 것, 어떤 사람들이 당신 인생에서 사라져버리는 것, 죽음에 대한 생각에서 헤어나오지 못하는 것도 그렇지만) 그 무엇도 통제할 수 없다는 것이다.

아이들의 방학이 3주도 안 남았다. 4주 뒤면 크리스마스다. 평소라면 나는 팬터마임 공연●과 식사 메뉴, 외출 일정을 계획하고 파티 초대장을 분류하고 있을 것이다. 하지만 나는 뭐든 계획을 세우거나 실행할 기분이 아니다. 화학요법 일정을 알기 전까지는 내가 뭘 할 수 있고 할 수 없는지 전혀 모르기 때문이다.

하이라이트 메모판을 업데이트한 지도 한참 지났다. 주요 주간 행사에 '병원 내원'이라고 적는 것은 너무 우울하다. 그리고 일단 화학요법을 시작하면 육체적인 건강, 식욕, 모낭―거의 모든 것에 대한 통제력을 잃을 것이다.

내일―드디어―종양 전문의를 만난다. 종양 전문의를 만나고

● 영국에서는 크리스마스에 팬터마임 공연을 관람하는 관습이 있다.

나면 내 삶이 젤리로 저글링하려 애쓰는 것 같다는 기분이 조금이라도 줄어들기를 바라고 있다. 그동안 나는 평온을 비는 기도를 계속 읊는다(나는 시네이드 오코너가 쓴 줄 알았지만 알고 보니 1951년에 미국 신학자가 썼고, AA가 채택해서 유명해졌다고 한다).

주님, 제가 바꿀 수 없는 것은 받아들일 평온함을 주시고, 바꿀 수 있는 것은 바꿀 용기를 주시고, 이 둘을 분별하는 지혜를 주소서.

교수님은 어마어마하게 큰 책상 뒤 커다란 가죽 회전의자에 앉아서 나의 온갖 검사 결과를 자세히 기록한 거대한 최첨단 화면을 보고 있다. 그는 아주 똑똑하고 강력해 보인다. 훨씬 더 친절한 오스트레일리아인 블로펠드● 같다. 쓰다듬을 흰 고양이만 있으면 되겠다. 고양이를 한 마리 키우시라고 제안할까 생각중이다. 나 많이 초조한가봐.

교수님이 종이를 한 장 꺼내더니 중간에 선을 하나 긋고 한쪽 맨 위에는 '긍정적인 것', 반대쪽 맨 위에는 '부정적인 것'이라고 적는다. 그는 긍정적인 것부터 시작해서 종양 크기(비교적 작음), 공격성(내 종양은 게으른 놈인 것 같다), 유형(호르몬 양성), 림프(깨끗함) 등등을 적는다. 목록이 꽤 길다.

그런 다음 부정적인 것으로 옮겨간다. 교수님은 TV 프로그램 <엑스팩터>에서 최종 단계 진출자를 발표하는 사회자처럼 극적인 효과를 노리며 잠시 멈추더니 오른쪽 칸을 가리키며 "아무것도 없습니다"라고 말한다.

아무것도 없다.

교수님이 말한다. "환자분이 내 아내였다면 저는 화학요법을 권

● 007 시리즈의 악당으로, 항상 흰 고양이를 쓰다듬고 있다.

하지 않을 겁니다."

나는 그를 빤히 보며 묻는다. "아내를 사랑하세요?" 항상 작은 글씨를 확인해야 하는 법이다.

"아, 네." 교수님이 클클 웃는다. "음, 환자분의 경우 화학요법으로 좋아질 예후는 1퍼센트 미만입니다."

그렇다면 내 몸에 석 달 동안 (또다시!) 독을 집어넣는 건 미친 짓이리라, 그렇지 않은가? 모래 한 알을 부수려고 거대한 해머를 휘두르는 셈이다. 나는 방사선치료를 받고(다음주부터 시작이다) 10년 동안 호르몬치료를 받아야 하지만 그 정도는 (상대적으로) 수월하다.

그런 다음 교수님이 내 생활습관을 조사하는데, 술을 얼마나 마시는지도 묻는다. 나는 전율한다.

"전혀 안 마셔요." 내가 대답한다.

그는 충격받은 표정으로 묻는다. "원래 안 드시나요?" 나는 예전에는 약간 많이 마셨지만(존이 나를 비웃지 않으려고 애쓴다) 완전히 접기로 결정했다고 고백한다.

"아주 현명하시군요." 교수님이 말한다. "전문직에 종사하는 중년에게 간질환은 시한폭탄 같은 거죠. 항상 보는 질환입니다."

나는 개과천선한 인물로서 우쭐거리며 자기만족감을 만끽하고,

간접적으로나마 '전문직' 종사자라는 말을 들었다는 사실에 매우 기뻐한다.

교수님이 자리에서 일어나 우리 부부와 따뜻한 악수를 나눈다. "집에 가서 샴페인을 따세요!" 나 술 안 마신다고 방금 말하지 않았나?

자, 전망이 밝다. 새해쯤이면 최악은 지나갔을 것이다.

우리는 핫초콜릿과 섹스로 축하한다. 정확히 말해서 섹스를 하는 사람은 스카이 애틀랜틱 채널에서 방영하는 드라마 <어페어>의 노아와 앨리슨이다. 진짜 많이 한다. 지치지도 않나? 저 사람들은 소파에 쓰러져서 핫초콜릿이나 마시며 드라마 박스세트를 보고 싶을 때가 없는 걸까? 존이 일시정지를 누르자 도미닉 웨스트의 흔들리던 엉덩이가 딱 멈춘다. 썩 불만스럽진 않다.

"클레어?" 존이 걱정이 실린 불확실한 목소리로 말한다. "암 때문에 삶을 돌아보면서 그러지 말걸 생각했던 거 있어?"

나는 깜짝 놀란다. 존은 이런 질문을 하는 사람이 아니다. 그는 차에 설탕을 넣는지 묻는 것도 좀 개인적인 질문이라고 생각하는 사람이다. 나는 잠시 생각한다.

"그거 알아?" 내가 대답한다. "내 인생에서 바꾸고 싶은 게 딱 하나 있어." 존이 나를 약간 초조하게 빤히 바라본다. "룸서비스를 너무 적게 이용했어."

"룸서비스?"

"솔직히 말해서, 나 진지해." 나는 진지하게 말한다. "있잖아, 거의 12년 전에 이비가 태어난 뒤로 우리 휴가 때마다 음식을 직접 해먹었잖아. 우린 정말 멋진 휴가를 보냈고—콘월, 스코틀랜드, 스키—아주 운이 좋았어. 하지만 난 휴가를 가서도 그냥 식단을 짜고, 장을 보고, 요리를 하고, 식기세척기에 식기를 넣고, 빼고, 세탁기를 돌리고, 청소를 하잖아. 평소랑 똑같아, 장소만 옮겼을 뿐이야. 딱 일주일만 다른 사람이 그런 걸 다 해주면 좋겠어."

존은 약간 어안이 벙벙한 듯 보이지만, 안경 너머 그의 눈에서 알겠다는 표정이 어른거리는 것 같다. 내가 없으면 자기 삶이 어떻게 될지 깨달은 것 같다. 나는 이것이 일생일대의 기회임을 깨닫고 밀어붙인다.

"그 일주일을 햇볕이 보장된 곳, 방수복과 장화를 쌀 필요가 없는 곳에서 보내면 특히나 멋질 것 같아. 아마도(극적 효과를 노려 잠시 쉬었다가) 섬이 좋겠어. 카리브해에 있는 섬은 어떨까? (나는 파죽지세로 나간다.) 치료가 다 끝나자마자 떠날 수 있게 지금 당장 예약하는 게 좋을지도 모르겠어."

존이 개인적인 질문을 던졌다가 의도치 않은 결과를 맞이해서 아직 정신을 차리려 애쓰는 동안 나는 성녀 같은 엄마에게 전화를 걸어서 3월에 일주일 동안 아이들을 봐주겠다는 약속을 받아낸다. 그런 다음 구글에서 '너무 비싸지 않은 카리브해 추천 숙소'를 검색하고 존에게 그의 (먼지 쌓인) 신용카드를 건넨다.

기회 포착하기 상급반의 솜씨다.

20분 뒤, 나는 자메이카에서 보낼 휴가를 예약했다! 우리는 자메이카에 딱 한 번 가봤다. 거의 20년 전 존과 내가 '데이트'를 막 시작했을 때 다른 커플—우리랑 아주 친한 친구—이 윌리라는 정말 특이한 사촌이 있다며 그의 집에 같이 가자고 초대했다.

윌리는 미술가였다. 1970년대에 들어서면서 그동안 익숙했던 생활양식—집사, 요리사, 하녀를 갖춘 커다란 저택에서 사는 것—이 영국에서는 너무 비싸 감당할 수 없게 되자 자유분방한 젊은이들이 자메이카로 이민을 갔는데, 윌리도 그중 하나였다.

윌리는 언덕 위의 멋진 자메이카 대저택에 살았지만 본인과 집, 직원 모두 점점 더 노쇠해졌다. 밤이 되어 존과 내가 침대에 누우면 지붕의 구멍으로 별이 보였다. 정말 낭만적이었다. 비가 내리기 전까지는 말이다.

윌리는 자유분방하고 돈을 잘 쓰는 사람이었다. 그동안 (윌리의 주장에 따르면) 마거릿 공주와 가수 메리앤 페이스풀부터 퍼기(블랙아이드피스의 멤버가 아니라 전^前 영국 왕족 말이다)까지 수많은 유명인이 그의 집에 묵었다. 유명한 레게 프로듀서부터 특이한 귀족까지 다양한 손님들이 연달아 찾아와서 테라스에 앉아 칵테일을 마시며 다음 식사로는 뭘 먹을지 정하고, 인생과 우주를 비롯해 온갖 주제에 대해 이야기를 나누었다.

느지막이 일어나면 보통 정오였기 때문에 우리는 바로 블러디메리나 벅스피즈를 마시기 시작했다. 오후 내내 술을 마시고 한밤중까지 파티를 벌였다. 일주일이 끝날 때쯤 나는 독소의 힘으로 겨우 버티고 있었다. 그때 나는 젊었는데도—정신적 육체적으로—회복하기까지 적어도 일주일은 걸렸다.

내가 그때를 후회할까? 전혀 아니다. 내가 또 그렇게 살까? 윽, 절대 아니다. 그랬다간 죽을지도 모른다. 이번에는 다른 방식으로 자메이카를 즐길 것이다.

존은 내가 제안한 행선지에 만족하는 듯한데, 그가 제일 좋아하는 농담을 마음껏 할 수 있다는 이유가 가장 크다.

"아내랑 카리브해에 가기로 했어."

"자메이카?"

"아니, 자발적으로 가는 거야."•

처음에는 웃기겠지만 우리가 비행기에 탈 즈음에는 그가 버리지 않겠다고 고집하는 낡은 스웨터처럼 좀 질리지 않을까 싶다.

● '자메이카'는 '네가 그렇게 만들었어?(Did you make her?)'와 발음이 비슷하다.

소버마미의 파티 생존 가이드

미국은 지금 추수감사절이고, 여기 런던에서는 크리스마스파티 준비를 슬슬 시작한다. 금주 블로그 세계의 사람들은 어떻게 버텨내야 할지 공황상태에 빠지기 시작했다. 내 메일함은 조언을 구하는 독자의 메일 때문에 폭발할 지경이다. 나는 거의 9개월 동안 금주를 하면서 이미 여러 번 파티를 맨정신으로 즐겼기 때문에 정말로 도와줄 수 있을 것 같다. 그래서 컴퓨터 앞에 앉아 '글쓰기' 버튼을 누른 다음 이렇게 쓴다.

호수 건너편의 친구들, 즐거운 추수감사절 보내세요. 이 글은 당신들을 위해 쓰는 거예요.

이제 파티 시즌입니다. 술을 끊으려 할 때 파티가 가장 힘든 경우가 많아요. 친구들, 우리가 특히 힘든 건 사실 예전에 파티 피플이었기 때문이겠죠! 애초에 우리가 이 지경이 된 것도 그래서잖아요, 아닌가요? 우리는 춤꾼, 이야기꾼, 파티의 중심인물, 끝까지 자리를 지키는 사람이었죠.

하지만 혼자서는 아니었어요, 안 그런가요? 항상 친구―술―와 함께였지요. 절친은 등을 돌리고, 페이스북에서는 '친구 끊기'를 당하고, 우리 삶이 지옥이 될 때까지는요. 제 말을 믿으세요, 파티는 다시 재미있어질 수 있고, 재미있어질 거예요. 하지만 어쩌면 제일 오래 걸리는 부분일 수도 있어요. 그래서 '소버마미의 파티 생존 가이드'를 준비했답니다.

1. 잊지 마세요, 꼭 참석할 필요는 없어요.

저는 평소에 정직을 아주 좋아해요. 하지만 금주 초기에는 스스로에게 몇 번의 거짓말을 허락해야 합니다. 꼭 그래야 해요. 그리고 파티 시즌의 크나큰 장점은 "어머, 정말 미안해! 그날은 약속이 있어!"라고 말하기가 아주 쉽다는 거죠. 아무도 당신을 불쌍한 패배자라고 생각하지 않을 거예요. 그냥 초대가 줄줄이 이어지나보다 생각하겠죠. 그리고 당신은 할일도 진짜 있잖아요…… <매드 맨> 시즌 6, 머리통만한 초콜릿 케이크 한 조각, 뜨거운 거품 목욕과의 약속이죠. 그러니 파티를 좀 놓치면 어때요? 앞으로 당신이 살아갈 길고 행복하고 건강한 삶에서 파티 시즌을 딱 한 번 놓치는 것뿐이에요.

2. 반드시 끝까지 남을 필요는 없어요.

파티 도중에 돌아가는 것이 정말 귀찮았던 시절을 기억하나요? 사람들 사이에서 파티 주최자를 찾아야 하고, 택시회사 번호를 찾아야 하고, 취한 상태에서 핸드폰에 번호를 입력해야 하고, 접수 담당자가 끊어버리지 않도록 안 취한 척하면서 말해야 하고, 택시기사가 그냥 가버리지 않도록 술에 안 취한 척 서 있어야 하고 등등……

더이상 그럴 필요 없어요! 이제는 차를 몰고 갈 수 있으니까요! 즉, 너무 힘들다 싶으면 그냥 나오면 된다는 뜻이죠. 왜 먼저 가는지 설명해야 할 테니 굳이 작별 인사를 하지 않아도 괜찮아요. 어차피 다들 취했을 거예요! 알아차리는 사람도, 기억하는 사람도 없을 거예요. 그냥 살짝 빠져나온 다음 잘했다고 자기 어깨를 두드려주세요.

3. 잠시 쉬세요.

때로는 집으로 돌아갈 필요 없이 잠깐 쉬기만 해도 괜찮을 때가 있어요. 산책을 하세요. 아니면 화장실에 잠깐 앉아 있어요(미국에서는 욕조가 없어도 '욕실'이라고 한다면서요?).

4. 마시는 척하세요.

술을 끊었다고 설명해야 하는 게 더 힘들 때도 있어요. 그러니 굳이 힘든 일을 겪지 않아도 괜찮아요. 술이 든 것처럼 보이는 잔을 들고 아무 말도 하지 마세요. 아무도 모를 거예요, 다들 취했을 테니까— 술을 안 마시는 사람들은 알아차리겠지만, 당신을 칭찬해줄 거예요! (나를 위한 메모: 우리만의 비밀 수신호가 필요함!)

5. 질투심을 잘 처리하세요.

금주 초기에 파티에 갔을 때 한 가지 문제는 '술을 적당히 마시는 사람들'의 눈을 포크로 찔러버리고 싶다는 끔찍한 충동입니다(혹시 나만 그런가요?). 맞아요, 그 사람들은 술을 벌컥벌컥 마시는데 당신은 마실 수 없다는 건 정말 불공평해요. 하지만 다들 각자의 문제가 있음을 기억하세요. 우선, 그 사람들도 와인 마녀와 싸우면서 당신의 침착함과 평온함을 부러워할지 몰라요. 그게 아니라 해도, 그들도 나름의 문제로 노력하고 있을 거예요. 그게 삶이니까. 어쩌면 남편이 소금을 건네달라고 할 때마다 속으로 남몰래 '꺼져, 네가 내 인생을 망쳤어!'라고 생각할지 몰라요. 어쩌면 마약을 하는 자식이 있거나, 더이상 그들을 알아보지 못하는 부모가 있을지도 몰라요.

우리 나이에 나쁜 일을 한 번도 겪지 않은 사람은 없어요. 당신은 알코올중독이 있지요. 하지만 그게 최악은 아니에요—당신은 알코올중독을 극복할 수 있어요.

6. 주정뱅이를 보세요.

저녁이 무르익고 약간 지루해지기 시작하면 자연 다큐멘터리를 보는 것처럼 파티를 지켜보세요.

"여기 자연 서식지에 주정뱅이가 있습니다. 그들의 짝짓기 의식을 보세요. 너무 가까이 서 있군요. 짝에게 침을 튀깁니다. 건들거리며 서서 지나치게 큰 소리로 웃기도 하고……"

잘난 척하는 것이 좋은 성격은 아니죠. 사람들을 몰래 비웃는 것도 마찬가지예요. 하지만 뭐 어때요, 우리도 어딘가에서는 쾌감을 찾아야 하잖아요!

7. 적을 파악하세요.

파티에 가면 와인 마녀가 커다란 총을 꺼내서 휘두를 테니 대비하세요. 마녀가 무슨 말을 할지 미리 알면 잘 대처할 수 있어요. 전형적인 대사는 다음과 같아요.

"파티잖아! 한 잔만 마셔. 내일 다시 끊으면 되잖아!"

우리 이런 건 수도 없이 겪었잖아요, 친구들. '딱 한 잔'만 마실 수 있었으면 이 지경이 되지는 않았겠죠, 안 그래요? 그랬다면 '완벽한 세 아이의 엄마 노릇'이나 '초보자를 위한 퀼트' 같은 블로그를 보고 있을 거예요. 테이프를 빨리감기하세요. 예전에 '딱 한 잔' 때문에 당신이 어떻게 되었는지 시각적인 이미지로 무장하세요. 절대 아름답지 않아요. 필요하다면 화장실('욕실')에 앉아서 제 블로그의 '장애물 코스'를 다시 읽으세요.

8. 칠면조를 사면하세요.

저는 대통령이 추수감사절에 칠면조를 사면하는 미국의 전통(1987년 레이건 대통령이 만들었죠)에 대해 읽었는데, 그 칠면조는 속을 채우고 크랜베리와 온갖 장식과 함께 접시에 담기는 대신 칠면조 극락에서 평생을 산다더군요. 파티의 또다른 문제는 암울한 음주 시절이 다시 떠오를 수 있다는 거예요. 과거의 모든 비행이 기억나고, 당신이 실례를 범한 사람과 종종 마주치죠. 이제 당신 내면의 칠면조를 사면할 때예요. 그땐 그때고 지금은 지금이니, 떨치고 앞으로 나아가세요.

9. 아침을 생각하세요.

많이 힘들면 저는 항상 아침을 생각해요. 파티 다음날, 다들 후회에 가득차서 침대에 누워 신음할 때 당신은 얼마나 상쾌할지 생각해보세요. 이제 당신이 보복할 차례입니다. 당신이 받을 보상이고, 당신이 획득한 것이에요!

맨정신으로 흥청망청 즐기는 모든 사람을 위해 이 글을 널리 퍼뜨려주세요. 그리고 행복한 추수감사절 보내세요!

사랑을 보내며, SM

나는 '발행' 버튼을 누르고 의자에 기대앉아서 지금 이 순간 파티만큼은 절대 가기 싫다고 생각한다. 나는 침대로 기어들어가 1월까지 웅크리고 누워 있고 싶다.

나는 사기꾼이다.

12월

문신을
하다

자, 9개월 동안 술을 한 방울도 마시지 않은 것을 축하하는 방법은 뭐가 있을까? 자그마치 1년의 4분의 3이다!

나는 에든버러에서 열리는 여성 오찬 모임에 초대받았다. 나는 보통 '여성 오찬' 모임은 뭐가 됐든 피하지만, 이번 모임의 주빈은 앤 공주다. 나는 항상 앤 공주를 소녀처럼 동경했다. 그녀는 여왕의 딸이지만 너무나 털털해서 멋지고, 말을 닮았다. 그러나 최근에 여러 가지 일이 꼬이면서 나는 왕족과 식사를 하는 대신 첫번째 방사선치료를 받는다.

나는 다시 날짜를 헤아린다. 3주 동안 열다섯 번 치료를 받아야 한다. 닷새 동안 치료를 받고 이틀 쉬는 식이다.

방사선치료는 화학요법에 비하면 공원 산책이나 다름없다고 한다. (나는 화학요법을 받지 않아서 죄책감을 느낄 지경이다. 대기실에서 가발과 머릿수건을 쓴 여자들과 눈을 마주칠 수가 없다. 내 상상 속에서 그들은 생각한다. '별것도 아닌 걸로 암이라고 까부는 저 사기꾼 좀 봐. 하! 저런 것도 치료 프로그램이라고 하나!?! 겁쟁이!')

짧은 대기시간 동안 나는 잡지 <헬로!>의 같은 페이지를 일곱 번이나 읽지만 아무것도 머리에 들어오지 않는다. 나는 팔 고정장치가 달린 좁은 침대가 거의 모든 공간을 차지하는 방으로 안내를 받아 들어간다. <그레이의 50가지 그림자>에 나올 법한 침대지만 슬프게도 제이미 도넌 같은 남자는 없다. 그런 다음 짜증날 정도로 예쁘고 쾌활한 방사선치료사 두 명이 나를 사이에 두고는, 다가오는 병원 크리스마스파티에 대해 수다를 떨면서 한참이나 걸려 내 자세를 잡아준다. 상의를 모두 벗고 두 팔을 머리 위로 올린 나는 올리브 오일과 허브가 뿌려지기를 기다리는 닭고기가 된 기분이다.

그들은 치료를 받을 때마다 완벽한 위치를 잡기 위해서 영구적인 문신을 두 개 새겨야 한다고 말한다―나를 죽이려 했던 양쪽 가슴에 하나씩. 나는 그 말을 듣고 무척 흥분한다. 항상 문신을 새기고 싶다는 은밀한 소망이 있었으니까.

"스타일이랑 색깔을 직접 골라도 되나요?" 내가 묻는다. 나는 역시 소녀처럼 동경했던 샘 캠•에 대한 오마주로 돌고래를 생각하고 있었다.

"아니요. 다른 사람들처럼 파란색 점을 새길 거예요." 그들은 나에게 더 비싼 물건을 팔 기회를 놓친다. "다른 질문은 없나요?" 존은 고장난 전자레인지 고치는 법을 한번 물어보라고 했다. 내가 돌고래 문신을 제안했을 때 반응으로 보아 이 농담이 먹힐지 잘 모르

• 영국의 사업가이자 전 총리 데이비드 캐머런의 부인 서맨사 캐머런의 애칭. 발목에 돌고래 문신이 있다.

겠다.

　마침내 내가 완벽한 자세가 되자 두 사람은 서둘러 나가더니 가까이에서 나를 쏘는 엄청나게 위험한 광선을 멀찍이 피해 아주 두꺼운 유리 뒤에 숨는다. 솔직히 나도 나가고 싶지만 그런 선택지는 없다.

　그래서 나는 왼쪽 가슴 좌측 하단 사분면에 어마어마한 방사선을 쪼이면서 금주 9개월을 축하한다. 나라면 이런 계획을 세우지 않았겠지만—긍정적인 면을 보자면—마지막 치료가 12월 23일로 예정되어 있다—크리스마스에 딱 맞춰서 끝난다!

　나는 이모가 화학요법을 받을 때 발의 온기를 유지할 수 있도록 캐시미어 수면양말을 한 켤레 사서 끌어안고 지하철을 타고 집으로 온다. 크리스마스를 기념하러 나가는 사람들에게 둘러싸여 있으니 약간 우웩이다. 어딜 봐도 불빛이 반짝이는 순록 뿔에 우스운 크리스마스 스웨터를 보란듯이 입고 있는 사람들이 있다. 지나는 가게마다 서로 다른 크리스마스캐럴을 틀어놓아서 기이한 믹스 효과를 낸다. 오 베들레헴 작은 마을 루돌프 사슴 코는 매우 반짝이는 코 크리스마스를 위해 종이 울리네.

　집에 도착한 나는 6주 전에 주차위반 딱지 때문에 보낸 메일에 대한 지방의회의 답장을 받지 못했음을 깨닫는다. 이건 좀 이상하다. 원래 주차 딱지에 대해선 항의할 때마다 항상 2, 3주 내에—긍정적이든 부정적이든—답장을 받았기 때문이다.

나는 인터넷에 접속해서 주차위반 벌금 통지서 번호를 입력한다. **해당 번호를 찾을 수 없음**이라고 뜬다. 이게 무슨 뜻일까? 지방 의회의 어느 자그마한 천사가 내 메일을 읽고 공식적으로는 나를 봐줄 수 없기 때문에 시스템에서 삭제해준 것이다. 그들은 자판을 몇 번 두드림으로써, 작은 친절을 무심하게 베풂으로써 인류에 대한 나의 믿음을 회복시켜주었다.

의회 직원분—정말 멋지세요. 당신은 정말 놀라운 사람이에요. 가장 불가능해 보이는 꿈이 실현되길 바랄게요.

나는 항상 긍정적이고 행복한 사람이었다. 나는 항상 좋은 일이 생길 거라 예상했고—보통은—정말로 좋은 일이 생겼다. 그러다가 유방암에 걸려 지난 6주 동안 충격 속에서 지냈다. 한 번에 하루씩 버티면서 절망(난 곧 죽을 거야!)과 의기양양함(아직은 죽을 수 없지!)을 끊임없이 오갔다.

하지만 이제 거의 두 달이 지나자 먼지가 가라앉기 시작하고, 병을 다스리며 여생을 살아야 한다는 현실이 실감나기 시작한다. 그러자 공황발작이 온다.

나는 열 안 나고 부러진 데 없으면 학교에 간다는 태도로 살아왔다. 아플 가능성을 고려조차 하지 않으면 절대 아플 일 없다고 항상 생각했다. 무엇보다 정신 상태가 중요하다고 말이다. 그런데 내가 틀렸음이 밝혀졌다. 나는 믿음을 잃기가, 기본적으로 세상은 적대적인 곳이고 당신이 떨어지기만 기다리는 깊은 구멍으로 가득하다고 생각하기가 얼마나 쉬운지 이제 알겠다.

지난번에는 이비의 몸에서 못 보던 점을 발견했다. 나는 '아, 여기 점이 생겼네'가 아니라 '아아아아아악! 피부암이야! 이비는 죽을 거야, 이제 겨우 열두 살인데!'라고 생각했다. 그리고 (구체적인 이유도 없이) 존이 직장을 잃고 우리는 무일푼이 될 거라는 생각에 애를 태운다. 나는 집이 무너질까봐(이건 그럴 만한 이유가 있다) 걱정한다. 그리고 물론 내가 암이 재발해서 (고통스럽고 보기 싫게) 죽고 아이들은 엄마도 없이 살다가 결국 가슴이 크고 주름제거술을 받은 여자가 존을 유혹해서 결혼할까봐, 그녀가 아이들을 사랑하지 않고 남은 돈을 전부 핸드백에 쏟까봐 걱정한다.

이건 나답지 않다.

병원에서는 약만 잘 먹으면 암이 재발하지 않을 확률이 92퍼센트라고 한다. 보통은 92퍼센트에 집중할 수 있다. 그러나 재발할 확률이 8퍼센트이고, 재발할 경우 치료가 불가능하다는 생각에 점점 더 흔들린다.

나는 남은 삶을 사는 두 가지 방법이 있음을 깨닫는다. 하나는 **왜 하필 나야?**라고 소리치고 잔인한 우주의 피해자를 자처하며 평생 암의 진행이나 재발을 두려워하면서, 구글에서 '치료법'과 예후를 몇 시간이고 검색하면서 사는 것이다. 장밋빛 안경을 암에 찌든 안경으로 바꿔 쓰고 삶을 제대로 살지 못할지도 모른다. 위안을 찾아 술병에 손을 뻗고, 헝거게임에서 우승을 거둔 뒤 알코올중독자가 된 헤이미치처럼 살지도 모른다.

아니면, 이 모든 경험을 경고신호로 여길 수도 있다. 삶은 소중하므로 모든 순간을 최대한 활용해야 한다는 사실을 상기시켜주는 사건으로 말이다. 나는 스스로를 생존자라고 생각할 수 있다. 헝거

게임에 참가했다가 더 강하고 사나워져서 나온, 죽여주는 캣니스 에버딘처럼.

스노 대통령의 말에 따르면 해답은 희망이다. 두려움보다 강한 것은 희망뿐이다. 그러므로 나는 하루에도 몇 번씩 왼쪽에는 **두려움**, 오른쪽에는 **희망**이라고 적힌 교차로에 서 있음을 깨닫는다. 그때마다 나는 의식적으로 오른쪽을 택해야 한다. 언젠가는 다시 길을 자동적으로 선택하게 되면 좋겠다. 매일 아침 나는 스스로에게 말한다. 난 희생자가 아니야, 난 생존자야. 헤이미치가 아니라 캣니스야.

긍정적인 면을 보자면, 노화에 대한 두려움이 완전히 사라졌다. 주변 사람들은 젊어 보이기 위해서 어마어마한 돈을 쓴다. 나는 깜짝 놀라거나 화난 표정을 짓지 못하는 여자, 통통하고 매끈한 얼굴로 멍한 무표정밖에 짓지 못하는 여자들을 많이 안다. 나는 늘어진 팔뚝 살, 칠면조 같은 목살과 턱살 때문에 몇 시간씩 안달하곤 했다. 하지만 더이상은 아니다. 나는 '당장이라도 죽겠구나' 단계를 겪으면서 나이 많은 사람들을 불쌍하게 여기는 대신 질투하고 있음을 깨달았기 때문이다. 두 주먹을 꽉 쥘 만큼 질투가 난다. 눈가와 입가의 주름을 보면 나보다 두 배는 미소를 지었다는 증거구나 생각한다. 조심스럽게 발을 끌며 걷는 모습을 보면 나보다 두 배나 많은 길을 걸었구나 생각한다. 나는 노화의 반대가 팔팔하고 건강한 육체로 영원히 사는 것이 아님을 깨달았다. 노화의 반대는 젊은 나이에 죽는 것이다.

사실 나이드는 것이 그렇게 나쁜 일은 아니다. 많은 연구에 따르면 사람들은 나이가 들수록 점점 더 행복해진다. 어린 자녀와 나이든 부모 때문에 녹초가 되고 갖가지 일을 해내야 하는 사십대가 가장 불행한 시기 같다.

그리고 술을 마시지 않고 맨정신으로 사는 것은 끔찍한 타협이 아니다—더 낫고, 더 현실적이고, 더 생생하다. 그러므로 나는 처음으로 미래와 완전히 화해한다. 나는 맨정신을 지키면서 나이를 먹을 것이다.

그 반대가 무엇인지 보았는데, 정말 별로였기 때문이다.

나는 잠자리에 들기 전에 사람들이 구글에 무슨 검색어를 입력해서 내 블로그로 유입되었는지 확인하는 새로운 놀이에 빠졌다. 오늘은 어떤 사람이 '엄마 섹스'를 검색하다 나를 발견했다. 야한 사람이 된 기분이다.

14년 전 오늘, 나는 존과 결혼했다. 그리고 나는 매년 점점 더 망가지다가 9개월 전 다소 극적으로 급격히 유턴을 했지만, 그럼에도 존은 여전히 나를, 방사선에 노출된 건들거리는 왼쪽 가슴까지 전부 다 사랑하는 것 같다.

나는 정말 운이 좋은 것 같다. 최근 연구에 따르면 아내의 과도한 음주 때문에 결혼이 깨지는 경우가 점점 더 많아지는 추세라고 한다. 이혼 일곱 건 중 한 건꼴이다.

얼마나 쉽게 그렇게 될 수 있는지 나는 아주 잘 안다. 남편으로부터 술과 자신 중 하나를 선택하라고 최종 통보를 받았다는 메일이 너무나 많이 온다.

지금 돌이켜보니 우리 결혼생활의 문제는 대부분 알코올이라는 근본적인 원인에서 비롯되었다. 핀란드에서 열린 결혼식처럼 거창한 사건도 몇 번 있었다.

존이 열 살 때 스코틀랜드의 학교에서 만난 친구가 그 결혼식의 신랑이었다. 두 사람은 학교를 졸업한 다음 상트페테르부르크에서 같이 살며 기억에 남을 만한 1년을 보내기도 했다. 존은 그때 거칠지만 정말 섹시한 러시아어를 배웠다.

결혼식 장소는 정말 대단했다. 피오르 끝에 자리잡은 신부 가족의 여름 별장이었는데, 한여름이라 북쪽 지방은 절대 해가 지지 않앉다. 새벽 2시쯤 빛이 약간 어둑해졌지만 몇 시간 지나자 지난 몇 달간의 어둠을 보상하려는 듯 무자비하게 밝은 햇살이 다시 비쳤다.

우리는 신나게 즐겼다. 러시아와 좁은 바다를 사이에 두고 있는 지역이었으므로 보드카와 캐비어 바가 있었는데, 우리는 그 두 가지를 실컷 즐긴 다음 순록 고기가 나오는 호화스러운 결혼식 정찬을 배불리 먹고, 끝도 없이 건배를 하며 발음하기도 어려운 핀란드 술을 마셨다.

새벽 3시쯤 마지막 버스가 30분 거리의 호텔을 향해 출발하려는 참이었다. 존은 핀란드 사람들과 사우나에서 너무나 즐거운 시간을 보내고 있었기 때문에 나와 함께 호텔로 돌아가지 않겠다고 했다.

다들 뜨거운 열기 속에 벌거벗고 앉아서 땀을 흘렸고, 존은 '핀란드 사람들은 더 좋아질 수밖에 없네'•를 불렀다(이 농담도 얼마 후에는 질렸을 것이 분명하다). 그런 다음 사우나하던 사람들과 함께 나무 방파제를 전속력으로 달려내려가서 얼음처럼 차가운 피오르에 뛰어들었다.

나는 이성을 잃었다. 우리는 소리를 지르면서 싸웠고, 나는 버스

• <상황은 더 좋아질 수밖에 없네(Things Can Only Get Better)>라는 곡인데 'Things'를 발음이 비슷한 '핀란드 사람들(Finns)'로 바꾼 것이다.

바닥에 앉아서(남은 좌석이 없었다) 아주 곤혹스러워(하면서 걱정)하는 승객들에게 존은 나를 진심으로 사랑하지 않는다고, 이제 다 끝났다고 장황하게 떠벌렸다.

존은 한 시간 뒤 누군가의 자동차 트렁크에 타고 호텔로 돌아왔다. 우리 둘은 점심때쯤 끔찍한 숙취와 함께 잠에서 깼고, 무척 공개적이었던 부부 싸움의 세부적인 내용은 거의 잊었다. 그래서 왜 다들 우리를 이상하게 보면서 "괜찮냐"고 묻는지 이해하지 못했다.

그러나 알코올로 인한 말싸움은 대부분 핀란드에서의 싸움만큼 극적이지 않았다. 그저 누가 새벽 5시에 아기에게 분유를 먹일지, 아니면 박수치고 노래하면서 적극적으로 참여해야 하는 파티에 누가 돌쟁이를 데리고 갈 것인지 (숙취 상태로) 화난 말다툼이 끝없이 이어질 뿐이었다. 그러다가 저녁에 와인을 몇 잔 마시면 누가 집안일을, 또는 육아를 더 많이 하느냐를 놓고 술 취한 싸움(물론 대부분 내가 시작했다)이 벌어졌다.

나는 부부라면 누구나 이런 식으로 말다툼을 한다고 굳게 믿지만, 부부 사이의 대화가 대부분 그렇게 흘러가버리면 문제가 시작된다.

결혼생활은 돼지저금통과 같다. 당신이 상대방을 위해서 다정하고 사려 깊고 관대하게 행동할 때는 저금통에 돈을 넣는 셈이고,

상대방을 나쁘게, 생각 없이, 부주의하게 대할 때는 돈을 꺼내는 셈이다. 조심하지 않으면 돼지저금통은 결국 텅텅 빌 것이다.

결혼생활에서 음주가 일으키는 또다른 문제는 과도한 알코올 소비가 자기혐오, 불안, 우울증으로 이어지고, 따라서 관계에 집중하기가, 돼지저금통을 채우기가 어려워진다는 것이다.

내가 핀란드에서 버스 바닥에 앉아 늘어놓았던 음산한 예측에도 불구하고 존과 나는 아직 함께다. 그가 나한테 완전히 질리기 전에 술을 끊어서 얼마나 다행인지 말로 다 표현할 수 없다. 나에게 존은 제일 좋은 친구이자 연인이며 공범이다. 암 진단을 받고 치료하는 동안 나를 웃길 수 있는 사람은 존밖에 없었다.

14년 전 우리 결혼식에서 친구가 「올빼미와 야옹이」라는 시를 암송했다. 나는 결혼생활이 바로 그런 것이라고 생각한다. 우리 두 사람은 봉Bong나무가 자라는 땅을 찾아서 아름다운 완두콩색 배를 같이 타고 가는 중이다. 나는 존에게 결혼 선물로 올빼미와 야옹이가 그려진 작지만 아름다운 유화를 주었다. 별빛 아래에서 올빼미와 야옹이가 꿀과 돈을 쥐고 있는 그림인데, 우리 욕실에 걸려 있다. 우리의 결혼생활이 실제로 그랬다. 가끔은 불안하고 종종 힘들지만, 가슴이 두근거리는 마법 같은 여행이다.

오늘 아침에 존이 결혼기념일을 맞이해서 스크램블드에그와 토스트를 만들어 침대로 가져다주었다. 나는 달걀 위로 눈물을 뚝뚝 흘리며 울기 시작했다. 존은 자신이 큰 잘못을 저지른 줄 알고 깜짝 놀란 표정이었다. 그러나 내가 운 이유는 너무나도 고마워서였다.

달걀만이 아니라 모든 것에 대해서 말이다.

나는 어떤 형태로든 상담이나 심리치료를 받은 적이 없다. 나는 뼛속까지 영국인이고, '윗입술이 뻣뻣하다'. 나는 친구들과 거의 모든 것에 대해서 기꺼이 이야기한다. 하지만 모르는 사람이랑? 오, 절대 불가능하다! (블로그를 통해서 한 번도 만난 적 없는 수천 명과 온갖 이야기를 다 나누고 있으니 좀 아이러니하다는 생각이 이제야 문득 떠오른다.)

미국에 처음 갔을 때 가게에 들어갈 때마다 누가 "안녕하세요! 오늘 어떠세요?"라고 말을 걸어서 크게 충격받았던 기억이 난다. 처음에는 다른 사람에게 하는 말인 줄 알고 뒤를 돌아보았고, 그다음에는 아주 영국인답게, 로딘 억양으로, "죄송하지만 우리 만난 적 있나요?"라고 말하고 싶은 충동을 꾹 눌렀다.

심리치료사를 만난다는 생각이 놀라운 또 한 가지 이유는 철자가 '사이코 강간범'과 같다는 것이다.[•] 그러니까, 너무 기분 나쁘지 않나?

하지만 나는 '암치료 패키지'의 일환으로 무료 심리치료 6회를 제공받았다. 스코틀랜드인과 너무 오랫동안 결혼생활을 했기 때문에 이렇게 좋은 제안을 거절할 수 없었던 나는 오늘 첫번째 만남을

[•] 심리치료사(psychotherapist)를 끊어 읽으면 사이코 강간범(psycho-the-rapist)이 된다.

위해 나갔다. 우리의 만남은 이렇게 진행되었다.

심리치료사: 그래요, 클레어, 어떠세요? (흐트러짐 없는 눈빛)

나: 좋아요, 물어봐줘서 고마워요. 선생님은 어때요? (역시 흐트러짐 없는 눈빛)

심리치료사: 아니, 클레어. 정말로 어떻게 지내세요? (강렬한 눈빛)

나: 잘 지내요! (아랫입술이 약간 떨린다)

심리치료사: 아니요. 정말로 정말 어떻게 지내냐고요. (꿰뚫어보는 눈빛)

나: (걷잡을 수 없는 울음)

나는 고민을 토로하기 시작하고, 사실은 기분이 꽤 좋다. 카타르시스가 느껴진다. 하지만 그러다가 결국……

심리치료사: 아이들이 엄마를 잃을지도 모른다는 사실을 생각하면 어떤 느낌인가요?

나: (티슈 상자를 빤히 본다)

심리치료사: 클레어?

나: 그런 생각은 하지도 않아요. (노려본다)

심리치료사: 하지만 그런 생각을 하면 어떤 느낌인가요?

나: 그런 생각은 할 수도 없어요. (엄청 강렬한 눈빛)

심리치료사: 어째서 그런 생각은 할 수도 없죠?

나: 엄마 없이 자라기에는 너무 어리니까요! (더욱 걷잡을 수 없는 울음)

(잠시 휴식)

심리치료사: 제가 그 질문에 대답하게 했을 때 어떤 느낌이었나요?

나: 당신이 미워요.

심리치료사: 저한테 솔직하게 말할 수 있다는 건 좋은 거예요.

정말? 난 아직 시작도 안 했는데……

엄마를 잃을지도 모르는 아이들이라는 문제로 승강이를 벌이긴 했지만, 나는 5회 더 신청한다. 나는 암 진단을 받은 뒤로 '긍정왕'과 '겁쟁이' 사이를 오간다고—내 머리 위로, 그리고 내가 사랑하는 모든 이들의 머리 위로 하늘이 무너져내릴까봐 끊임없이 걱정한다고 털어놓는다.

우리는 이 문제를 해결하기 위해서 인지행동치료^{CBT}를 이용하기로 한다. 또 그녀는 내가 확실하고 고통스러운 죽음과 엄마 없이 남겨진 아이들로 급발진하지 않고 현재에 닻을 내리도록 마음챙김 수련 몇 가지를 권한다.

그래서 집으로 돌아오는 길에 신문을 읽다가 <브리티시 메디컬 저널>에서 어제 발표한 바에 따르면 CBT가 우울증에 항우울제만큼 효과가 있다는 기사를 보자 무척 관심이 간다. CBT는 '왜곡된 생각과 행동을 더욱 적응성 높은 생각과 행동으로 대체하는 법을 환자에게 가르침으로써 고통을 줄이고 감정 상태를 개선할 수 있는 일련의 기법'이라고 정의된다.

나는 술을 끊고 9개월 동안 혼자서 바로 그런 훈련을 했다는 생각이 든다. CBT는 알코올중독치료에 점점 더 많이 이용되고 있으며, 자신의 기폭제가 무엇인지 파악하고 새로운 대처전략을 개발하도록 도움을 준다.

나는 몸이 완전히 나아서 새해를 시작하겠구나 생각한다(새해가 되면 금주 10개월째이고, 바라건대 암도 없을 것이다). 그때쯤이면 정말 괜찮은 감정적 전략까지 찾았을지도 모른다. 그렇다면 나는 하늘이 정말 무너져내려도 양동이로 받아낼 준비가 되어 있을 것이다.

크리스마스가 다가온다

지난 2개월을 겪으면서, 그리고 '사이코-더-레이피스트'
의 도움으로, 나는 술을 마시지 않고도 불안과 스트레스를 잘 해결
하게 되었다. 정말 큰 문제가 터졌을 때 필요한 것은 맑은 머리이지
술에 취한 머리나 숙취에 시달리는 머리가 아니다. 그러나 축하할
일이 생기면 **나는 아직도 술이 그립다.** 말하자면 화학요법이 필요
없다는 말을 들었을 때처럼, 어떤 상황에서는 케이크 한 조각을 먹
는 것으로 충분하다는 느낌이 들지 않는다. 크리스마스도 마찬가
지다. 생일과 크리스마스에는 벡스블루가 좀 우엑이다.

나는 맨정신으로 크리스마스를 보낸 적이 한 번도 없다. 임신했
을 때에도 크리스마스에는 (산부인과 의사의 축복을 받으며) 와인
한 잔을 마셨다. 따라서 12월 25일이 힘들 게 뻔하므로 그것에 대
비해서 몸을 풀고 있다.

1단계는 솔직해지기인데, 과거의 크리스마스 유령을 다시 만난
다는 뜻이다. 크리스마스 때 술을 어떤 식으로 마셨는지 기억을 떠
올려보면 다음과 같다. 크리스마스이브에 양말 선물을 싸면서 차
가운 화이트와인을 마시고, 크리스마스 오찬을 준비하면서 샴페
인을 마시고, 칠면조와 함께 향이 풍부한 레드와인을 마신다.

(이 목록을 적는 지금도 와인 마녀의 속삭임이 들린다. 우우, 좋아.
계속해. 그렇게 **딱 세 잔만** 마시면 되잖아. 그게 나쁜 건 아니야, 안 그

래? 제기랄, 9개월 동안 술을 끊고 암까지 극복한 다음 처음으로 축하하는 크리스마스잖아!)

그러나 중요한 것은 그 세 잔 이외의 술을 전부 기억하는 것이다. 왜냐면 나는 선물을 포장하면서 한 잔이 아니라 한 병을 마셨으니까. 종종 선물을 엉뚱한 양말에 넣었고, 그래서 당혹스럽게도 다음 날 아침에 매디는 축구 양말을, 키트는 바비 인형을 받곤 했다. "하하하!" 존이 웃으며 말했다. "산타 할아버지가 어젯밤에도 위스키를 드셨나보네!"

나는 언제나처럼 새벽 3시에 잠이 깨서 5시 30분에 아이들이 몰려올 때까지 땀을 흘리고 뒤척이면서 자신을 미워했다. 신이 나서 잔뜩 기대하는 세 아이와 개 한 마리. 나는 크리스마스 아침의 기쁨을 함께 나누는 대신 아픈 머리를 베개 밑에 숨기고 겨우 세 시간밖에 못 잔 탓에 숙취에 시달리며 열 명분의 크리스마스 오찬을 준비해야 한다는 생각에 전전긍긍했다.

오전 11시가 되면 시간이 한참 지난 느낌이 들었고, 우리는 샴페인 첫 병을 땄다(1년 중 정오가 되기 전에 술을 마시는 것이 용인될 뿐 아니라 의무이기까지 한 유일한 날이다). 오후 1시면 나는 한 병을 거의 다 마신 뒤였고 점심식사 준비는 심각하게 엉망이 되었다. 칠면조로 저글링을 하면서 속을 채우고 곁들일 다섯 가지 채소 요리와 그레이비소스를 만드는 것은 비교적 상태가 좋을 때에도 힘들고, 취하고 기진맥진할 때는 거의 불가능하니까.

아이들은 설탕과 소비지상주의에 잔뜩 취해 할아버지 할머니 앞에서 버릇없이 굴었고, 따라서 스트레스를 가라앉히려면 술이 더 필요했다. 마침내 점심을 먹으려고 자리에 앉으면 무척 마음이 놓이므로…… 건배를 했다! 그렇게 맛좋은 레드와인을 잔뜩 마시면서 오후로 진입했다. 어쨌거나—크리스마스니까!

하루를 마무리하며 마지막으로 TV를 보면서 두 병? 어쩌면 세 병? 나는 오후와 저녁 내내 꾸벅꾸벅 졸면서 아이들을 애써 무시했다. 이리저리 뒤척이며 힘든 밤을 보내고 나면 복싱데이*는 거의 죽음처럼 느껴졌다.

자, 이제 과거 크리스마스의 실상을 되새겨보았으니 이제 현재 크리스마스와 미래 크리스마스를 정말 잘 보낼 방법을 찾아야 한다. 술을 마시지 않고. 나는 인터넷 검색으로 웨인 다이어라는 자기계발 전문가를 찾아서 크리스마스에 대해 뭐라고 하는지 알아본다.

웨인(drwaynedyer.com)은 "원래 의미대로 감사와 흥분, 기쁨, 평화의 시간으로" 갱생시켜야 한다고 말한다. 이 설명은 내가 평소

---

* 크리스마스 다음날인 12월 26일. 원래는 크리스마스에도 일을 해야 하는 하인들에게 주는 휴가로, 선물이나 보너스, 음식 등을 상자에 넣어서 같이 주었기 때문에 이런 이름이 붙었다.

에 보냈던 크리스마스와 몇백만 킬로미터는 떨어진 것처럼 들린다. 평화? 감사? 흥분? 크리스마스에 대한 내 느낌은 보통 패닉, 당황, 불안, 피로…… 같은 것이다. 평화? 절대 아니지. 그날 와인 첫 잔을 따르는 그 찰나의 순간을 빼면. 아. 그게 문제군……

흥미가 생긴 나는 계속 읽어내려간다. 놀라운 웨인 선생님, 어떻게 하면 크리스마스가 감사와 흥분, 기쁨, 평화의 시간이 될 수 있죠—술도 안 마시면서? 다음은 크리스마스에 '사랑의 정신에 다시 불을 지피고 삶을 충실하게 살기' 위한 웨인의 만트라다.

1. 크리스마스 연휴를 정해진 일정에 맞추기보다 자연스럽게 흘러가도록 놔둔다.
2. 사람이 물건보다 중요하다는 사실을 기억한다.
3. 올해는 자신과 다른 사람들에 대한 기대를 줄인다.
4. 항상 저 앞에 무엇이 있는지 미리 생각하기보다 현재를 살면서 모든 활동을 즐긴다.
5. 어렸을 때처럼 기쁨에 찬 기대와 경이로운 느낌으로 연휴를 기다린다.

말이 행동보다 쉽지만, 나는 이 모든 것이 마음에 새겨지길 바라며 1번부터 5번까지 반복해서 읽는다. 내 본능적인 성향과 완전히 어긋난다. 정해진 일정이 없다고? 장난해? 미리 생각하지 않는다고? 그러면 아무것도 안 될 거 아냐!

나는 가족에게 웨인의 목록을 읽어준다. 다들 코웃음을 친다. "엄마 같지가 않구나, 안 그러니 얘들아?" 존이 나의 할일 목록과 휴가 계획표를 신랄한 표정으로 빤히 보면서 말한다. 음, 나는 가족의 생각이 틀렸음을 증명할 것이다. 이제 날카로운 신경을 누그러뜨릴 일도 없다. 무감각하거나 숙취에 시달리며 하루하루를 헤쳐나갈 일도 없다. 멋진 총천연색 기쁨과 기대, 경이로움밖에 없다.

내일은 학기 마지막날이고, 따라서, 어쩔 수 없이, 키트의 학년이 크리스마스를 주제로 한 의상을 입고 가는 날이다.

"키트, 크리스마스 장식품 상자에서 반짝이랑 방울을 찾아서 내일 붙이고 가는 건 어때?" 내가 제안한다.

"하지만 엄마!" 키트가 울먹이며 말한다. "난 굴뚝이 하고 싶단 말이에요."

굴뚝?!?

"불공평해요!" 키트가 아랫입술을 비죽 내밀고 떨면서 말한다. 우리 애들은 공평함에 대한 감각이 무척 발달되어 있다. 한 사람을 다른 이들과 다르게 대우하는 자에게 재앙이 있으라.

"키트, 만들기를 하기에는 시간이 좀 늦었잖니." 내가 말한다. 키트의 눈에 눈물이 그렁그렁 고인다.

"하지만 매디는 프랑스의 날에 에펠탑을 했잖아요!" 키트가 손등으로 눈을 닦으며 대답한다.

나는 슈퍼맘이 되었을 때의 단점을 깨닫는다. 뜻하지 않게 기대치가 높아졌다. 제길.

우리는 문구점이 문을 닫기 직전에 다녀와서 두 시간 동안 굴뚝을 만들고, 불꽃까지 만들어 붙이고, 양말과 산타의 발도 붙인다. 나는 이를 꽉 물고 "즐거운 기대와 경이로움"이라고 혼잣말로 되뇐다.

즐거운 기대와 경이로움

　나는 크리스마스를 맞이하는 방법에 대한 웨인 다이어의 충고를 가족에게 괜히 읽어줬다고 후회하는 참이다. 예를 들어 누가 부엌을 엉망진창으로 만들어서 내가 화를 내면 존은 작은 소리로 "다른 사람들에 대한 기대를 줄인다"라거나 "자연스럽게 흘러가도록 놔둔다"고 중얼거린다. 조만간 존을 죽일지도 모른다.

　아이들은 이제 방학이다. 예전 같으면 나는 말도 안 되는 일정을 짰을 것이다—다 같이 즐거운 시간을 보내야 한다는 굳은 결심 때문에 말이다. 하루는 팬터마임 공연, 다음날은 스케이트, 키즈 카페, 트램펄린, 볼링, 뭐든지 다 했을 것이다. 다들 소비뇽블랑(나)과 하리보 곰돌이 젤리(아이들)를 잔뜩 먹고, 돈을 엄청나게 쓴다. 그러고서 정작 크리스마스가 되면 기어다닌다.

　올해 나는 계획을 거의 세우지 않았다. (웨인의 제안처럼) 미리 계획하기보다 연휴가 자연스럽게 흘러가도록 놔두었다. 고백건대, 갑자기 내면의 선禪을 발견해서 그런 것은 아니었다. 매일 (적어도) 세 시간은 병원(방사선치료와 검진)에 다녀와야 하기 때문에 나는 자유방임주의를 선택할 수밖에 없었다. 그러려면 나를 무척 많이 도와주는 친구들과 존이 돌아가며 아이들을 돌봐야 하고, 이는 곧 내가 계획할 것이 별로 없다는 뜻이다. 어땠을까? 정말 뜻밖이었다. 그런 건 전혀 중요하지 않았다! 알고 보니 이비와 키트, 매디는 집에만 있어서 완전 신이 났다.

　내가 방사선을 잔뜩 맞고 부엌으로 들어가자 세 쌍의 눈이 나를 향하고, "오늘 계획은 뭐예요, 엄마?"라고 묻는다. (아이들은 나에게 보통 계획이 있다는 사실을 잘 안다. 종종 아주 세세하게 나눈 계획이.)

　나는 심호흡을 한 다음 (억지로 신나는 척하면서) 말한다. "슈퍼마켓에 가자!" (칠면조 예약 마지막날이다.) 나는 반대 의견을, 혼돈을 예상한다. 하지만 그렇지 않다! 우리 모두 행복하게 차를 타고 출발한다(물론 고급 슈퍼마켓인 웨이트로즈로 향한다. '흘러가도록 놔둘' 수는 있지만 그렇다고 해서 기준을 아예 없앤다는 뜻은 아니니까.)

　"노란 차!" 매디가 뒷좌석에서 외친다. '노란 차' 게임이 언제 시작되었는지 기억도 안 난다. 시작도 끝도 없는 게임이다. 규칙은 간단하다. 노란 차를 보면 다른 사람보다 먼저 "노란 차"라고 외치는 것이다.

　"노란 차!" 키트가 내 귓가에 대고 외치는 바람에 깜짝 놀란다.

　나는 주차장에 들어서면서 다행히도 웨이트로즈에서 장을 보는 사람들은 노란 차를 잘 안 모는 것 같다고 생각한다. 이제부터 한 시간 동안 나는 안전하다.

　보통 나는 세 아이를 모두 슈퍼마켓에 데려가는 것을 역병처럼 피하지만—스트레스가 심하고 너무 오래 걸린다—오늘 우리는 장보기를 게임으로 바꾸었다. 여자애들과 남자애로 나눠서 경주를 하는 것이다. 나는 각 '팀'에 사야 할 물건 목록을 나눠주고 누가 제일 먼저 카트로 가져오는지 내기를 한다.

그런 다음 아이들에게 셀프 계산대를 이용해서 계산을 시킨다. 그렇다, 몇 시간이나 걸린다. '계산대에 예상치 못한 물건'이 아주 많다. 우리가 무언가의 계산을 빠뜨렸을(또는 두 번 계산했을) 가능성도 있고, 내가 공식적으로 승인한 것보다 초콜릿이 훨씬 더 많은 것도 같다. 하지만 상관없다. 달리 갈 데도 없다. 우리는 칠면조를 주문한다. 그런 다음 크리스마스 장식을 추가로 사고 집에 돌아가서 걸어둔다. 나는 잡다한 할일을 하고 우리는 즐거운 시간을 보낸다.

나는 제대로 된 태도만 갖추면 무엇을 하든 축제 같고 크리스마스답다는 사실을 깨닫는다. 그러므로 내일 진료가 끝난 다음에 할 '크리스마스 활동'은 개를 데리고 동물병원에 가서 예방접종을 하는 것이다! (개가 여기서 '기쁨과 경이로움'을 느낄지는 잘 모르겠다— 우리 개는 수의사를 무는 것으로 유명하니까.)

나는 매일 암 클리닉 대기실에 앉아서 상당한 시간을 보낸다. 그래서 따분함을 견디기 위해 게임을 만들었다. 약간 으스스하고, 보드게임회사 해즈브로가 저작권을 탐낼 법한 게임은 아니다. 제목은 '누가 암에 걸렸을까?'다. 알겠지만, 환자들은 대부분 파트너나 친구와 함께 온다. 둘 중 한 명이 암 환자라는 것은 알지만 어느 쪽인지는 알 수 없다. 접수 담당자가 이름을 부르고 누가 대답하는지 볼 때까지는 말이다.

추측하기 쉬울 때도 있다. 예를 들어 머리숱은 의심스러울 만큼 많지만 눈썹, 속눈썹, 팔의 털은 없는 사람 말이다. 하지만 가끔은 무척 어렵다.

나는 암 환자처럼 보이지 않으려고 무척 애쓴다. 극장(수술실이 아니라 셰익스피어 쪽)●에 가려는 사람처럼 차려입고 온다. 하이힐에 캐시미어와 모피를 덧댄 복장이다. 그러면 기분이 더 좋아진다. 게다가 나는 보통 우리 병원의 다른 환자보다 열 살 혹은 스무 살쯤 젊기 때문에 더욱 매력적인 사람이 된 기분이 든다(운이 없는 사람이라고도 할 수 있겠지만).

오늘은 젊은 커플이 들어온다. 둘 다 멋지다. 빛이 날 만큼 건강

● 수술실을 영어로 'operating theatre'라고도 한다.

해 보인다. 나는 속았다. 알고 보니 남자가 환자다—불쌍해라. 고환
암인가? 그러길 바란다—고환암은 완치 가능성이 높고, 불알은 하
나만 있어도 두 개의 몫을 기꺼이 해낼 수 있다고 한다.

문제는 다른 사람도 다들 이 게임을 하는 것 같다는 점이다. 나
는 감기에 걸렸지만 필사적으로 기침을 억누른다. 기침할 때마다
누군가 이렇게 생각하는 것이 보이기 때문이다. 아아. 전이 폐암(말
기)이군. 아니면 원발성 폐암(완치 가능성이 아주 낮다)이거나. 다들
아마추어 의사가 다 됐다.

그때 중년 여성이 들어온다. 프랑스인이고, 파리 사람 특유의 꾸
미지 않은 듯한 멋이 있다. 나는 초기 유방암(나와 같다)인가보다
생각한다. 열두 살쯤—이비와 같은 나이—되는 딸과 같이 왔다. 나
는 엄마랑 같이 오다니 참 착하구나 생각한다. 귀중한 크리스마스
연휴 중 하루를 병원에서 보내는데도 무척 쾌활해 보인다.

몰래몰래 엿보는데, 딸이 소매를 걷자 화학요법 때문에 삽입한
튜브가 드러난다. 한 대 얻어맞은 기분이다. 음, 항암치료를 받는 것
보다 훨씬 안 좋은 것이 있다. 항암치료를 받는 자식을 지켜보는 것
이다. 나는 운이 좋다.

(잘 들으세요, 운명의 천사님. 내가 우리 가족을 대신해서 이 총알
을 맞는 거니까 아이들을 겨냥할 생각은 하지도 마요. 존도 마찬가지

고요.)

이 게임이 나에게 가르쳐준 것은 다른 사람의 삶에 어떤 일이 일어나고 있는지 절대 알 수 없다는 사실이다. 주변 사람들의 완벽한 세계를 보면서, 수준 높은 행사와 유명한 곳에 다녀온 사진이 가득하고 좋아요와 하트 이모티콘이 군데군데 뿌려진 페이스북과 보덴 화보 같은 인스타그램 피드를 보면서, 내 인생은 어디서부터 잘못됐을까 생각하기는 너무 쉽다. 그리고 술은 그런 불만을, 실현되지 못한 가능성을, 혼자만 정체되어 있다는 느낌을 둔하게 만들어주는 위안이다.

그러나 사실 그 누구의 삶도 완벽하지 않다. 목숨을 위협하는 병에 걸렸는지, 아이가 아픈지, 부모가 치매에 걸렸는지, 일이 너무 지루한지, 파트너를 남몰래 경멸하는지 알 수 없다.

친구에게 들은 이야기인데, 그녀의 부모님이 이혼하신 후 어머니는 친구에게 '파티에서 빼놓을 수 없는' 커플을 절대 보이는 대로 믿지 말라고 했다고 한다. 그런 사람들은 단둘이 보내는 시간을 견딜 수 없기 때문에 항상 모든 파티에 참석해 즐기는 것이라고 말이다. 본인도 그랬기 때문에 잘 알았다.

그러므로 나는 이제 다른 사람의 삶을 질투하는 것은 그만두고 내 삶을 살 것이다. 진정으로 살아갈 것이다. 조개 속에 들어간 모래알이 진주가 되듯이, 우리 삶의 불완전함이야말로 (결국에는) 우리를 강하고 독특하고 아름답게 만들기 때문이다. 우리가 그 불완전함을 침몰시키려고 와인을 양동이째 들이붓지만 않는다면 말이다.

끝났다!

어제는 마지막으로 방사선치료를 받은 날이었다. 나를 전자레인지에 비교할 수 있다면(지금은 할 수 있을 것 같다) '땡!' 소리를 낸 순간이다.

지금 나는 약간 쓰라리고(아주 더운 날 왼쪽 가슴을 비키니 밖으로 드러낸 채 잠든 것 같다—우습지만 술을 마시던 시절에는 종종 그랬다), 무척 피곤하고, 상체의 절반이 다른 절반보다 뜨겁다(이상하다, 그렇지 않은가? 사실 내 경우에는 왼쪽이 이상하지만 말이다•).

미국의 어떤 클리닉은 대기실에 커다란 종이 있어서 암치료가 끝난 사람이 종을 치면 모두가 환호를 보낸다고 한다. 나는 정말, 정말로 그 종을 울리고 싶었다. 그 대신 나는 간호사들에게 초콜릿을 선물하고, 모두를 한 번씩 안아주고, 두 번 다시 만나지 말자고 인사했다. (억지로 웃는 것을 보니 처음 듣는 말은 아닌 것 같았다.) 그런 다음 약간 들뜨면서도 울 것 같은 기분으로 겨울 햇살 속으로 나갔다.

내가 하고 싶은 일—간절하게 하고 싶은 일—은 완전히 취하는 것이었다. 적어도 와인 한 병은 마시고 싶다. 존과 말도 안 되는 이야기를 나누고 싶다. 웃고 싶다. 울고 싶다. 술에 취해 섹스하고 싶다. 모든 것을 몽롱하게 만들고, 가구에 부딪히고, 그런 다음 소파

• '이상하다, 그렇지 않은가?(Weird, right?)'에서 'right'는 '오른쪽'이라는 뜻도 있기 때문에 하는 말 장난이다.

에서 기절하고 싶다.

그 대신 나는 쇼핑을 하러 갔다. 쟈딕앤볼테르가 할인 판매를 하기에 진회색과 금색이 섞인 티셔츠, 알렉산더 매퀸 스타일의 스카프, 검은색 스팽글이 달린 진홍색 스웨터를 샀다. 금주-암 환자 스타일이 아니라 록시크 스타일의 옷이다. M사이즈가 편안하게 들어갔다. 와아아아.

나는 집으로 돌아왔다. 우리는 친구 집에 잠깐 들러서 뱅쇼와 민스파이를 먹고(나는 벡스블루를 가져갔다), <어페어> 두 편을 보고 맨정신으로 잠자리에 들었다—늘 그랬듯이.

오늘은 어땠을까? 나는 아무 죄책감 없이 일어났다—어제의 후유증이라면 새로 산 옷밖에 없다.

생각해보면, 술에 취해서 정말, 정말 좋은 날이 매년 며칠은 있을 수밖에 없다. 하지만 나머지 360일은 어떨까? 내 경우에는 좋기만 하거나 나쁘기만 한 날은 없기 때문이다. 게다가 술을 마시며 축하하는 것은 이상한 반응이라는 생각이 든다. 나는 끔찍한 2개월을 마쳤다. 우리가 아는 한 나는 이제 암세포가 없다. 그런데 축하하는 의미에서 마취제에 취해 모든 걸 잊어야겠다니. 그냥 습관일 뿐이다.

게다가 오늘은 크리스마스이브다! 어떨까? 나는 크리스마스가 전혀 걱정되지 않는다. 오히려 신이 난다. 왜냐하면 크리스마스는 (새해 전날과 달리) 술만 퍼마시는 날이 아니기 때문이다. 아침이면 아이들이 우리에게 달려와 양말 안에 무슨 선물이 들어 있는지 신이 나서 보여주고(올해는 산타가 실수하지 않았다), 교회에 가고, 근사한 점심을 먹고, 선물을 나눠주고 열어보고, '몸으로 말해요' 게임을 하고, 재미있는 TV를 보고, 여왕을 보는 날이다. 전부 다 하는 날이다. 모두가 즐길 수 있다.

나는 슈퍼마켓에 가서 주문해둔 칠면조를 찾고 마지막으로 필요한 것 몇 가지를 사온다. 부엌 냉장고는 터질 지경이라서 존에게 절망의 구렁텅이에 있는 '비상용' 냉장고에 칠면조를 넣어달라고 부탁한다.

내가 부엌에서 바쁘게 움직이며 장본 것을 정리하는데 존이 지하실의 낡은 목조 계단을 내려가는 소리가 들린다. 그런 다음. "세상에!"

"왜? 왜?!?" 내가 소리친다.

"패닉을 일으키지 않겠다고 약속할 거지?" 존이 대답한다. 패닉을 일으키는 가장 확실한 말이다. 나는 벌벌 떨며 계단을 내려간다. 우리 지하실—오래된 파일, 사진, 스크랩북, 다른 사람에게 물려받아 아이들이 조금 클 때까지 기다리는 옷, 존이 차마 버리지 못한 모든 물건(정말 모든 물건이다, 스코틀랜드인이니까)이 5센티미터 깊이의 물에 잠겨 있다.

우리집과 상수도관을 연결하는 연관(최소 100년은 되었을 것이다)이 바깥 도로와 우리집 사이 어딘가에서 금이 가는 바람에 지하실로 물이 끊임없이 쏟아져들어온다.

우리는 상수도관을 잠근다. 원래 아이들과 함께 하이드파크의 윈터원더랜드에 가려고 했던 세 시간 동안 대걸레로 물을 닦는다. 축축한 물건은 나중에 해결하기로 하고 다 쌓아놓는다. 배관공에게 전화를 걸어보지만 크리스마스이브 당일에 출장서비스가 말이 되냐며 웃더니, 어차피 땅을 파고 대대적인 공사를 해야 할 거라고 지적한다. 돈을 다 써버렸을 시기이므로 공사 비용이 무척 부담될 것이다.

하지만 어떨까? 나는 아주 차분하다. 작년 이맘때였다면 소리를 질렀을 것이다. 울었을지도 모른다. 나는 와인 몇 병으로 슬픔을 침몰시킨 다음 조금 더 소리지르며 울었을 것이다. 그러고는 크리스마스가 망했다고 선언했을 것이다.

하지만 우리는 그 대신 우선 양동이와 모래주머니를 이용해서 임시로 해결한다. 즉, 양동이를 자주 비우고 대걸레로 열심히 닦으면 한 번에 몇 시간씩 물을 틀어도 된다는 뜻이다. 우리는 아이들에게 "조금 있으면 물이 안 나올 거니까 지금 다들 화장실 가!"라고 외친다. 존과 나는 주전자와 냄비와 팬에 물을 채우고 나서 지하실이 조금이라도 마르도록 상수도관을 잠근다. 그런 다음 서로 꼭 끌어안는다.

내가 계획한 크리스마스이브와는 다르지만 괜찮다. 나는 강하기 때문에 괜찮다. 나는 맨정신이기 때문에, 그리고 더 나쁜 일이 일어날 수도 있음을 알기 때문에 강하다. 이 정도는 해결할 수 있는 문제다.

그러나 이 소동 때문에 나는 크리스마스 당일에 멍청하게도 너무 일찍(오전 5시) 일어난다. 꼬마전구가 밝혀진 부엌으로 내려가니 산타와 순록을 위해 난롯가에 놓아둔 위스키 한 잔, 민스파이, 당근이 남아 있다. 나는 아이들이 내려오는 소리가 들리기를 기다린다. 아이들은 산타가 다녀갔는지 확인하고 각자 양말 속에 뭐가 들어 있는지 보여줄 것이다. 나는 존이 일어나기를, 내가 샤워할 수 있도록 상수도관을 열어주기를 기다린다……

정말 멋진 날이 될 것이다.

아침 7시쯤 이비와 키트, 매디가 양말을 들고 내려온다. 올해는 산타가 특히나 현명한 선택을 한 것 같다. 잘하셨어요! 그리고 올해만큼은 각자의 양말에 맞는 선물을 제대로 넣었다—처음이다.

아침식사가 끝나자 아이들을 더이상 말릴 수 없어서 다 같이 트리 주변에 모여 선물을 몇 개 풀어본다. 내 몸 상태가 어떨지 예측할 수 없었기 때문에 올해 크리스마스에는 아무도 초대하지 않았다. 보통은 친구와 친척을 최소 열 명 정도 초대해서 대접하지만 올해는 우리 다섯 명뿐이고, 따라서 무척 느긋하다.

나는 이비를 꼬드겨서 같이 교회에 간다. 크리스마스에는 반드시 교회에 가야 한다는 것이 내 생각인데, 특히 술을 끊고 암을 이겨내는 등 감사할 일이 엄청나게 많은 올해는 꼭 가야 한다. 슬프게도 다른 가족들은 모두 이교도라서 존의 표현에 따르면 이비와 내가 "하느님 쪽을 맡는 동안" 집에서 점심을 준비를 하겠다고 달려든다.

나는 우리 부부가 결혼식을 올리고 이비가 세례를 받은 교회에 꼭 가고 싶다. 1123년에 지어진 런던에서 제일 오래된 교회(세인트 바살러뮤대성당)라서 경외감이 절로 든다. 그러나 시티에, 즉 우리집과 정반대편에 있다. 그래서 우리는 차를 타고 아무도 없는 거리, 피커딜리, 소호, 구시가지와 신금융지구를 지나 스미스필드로 간다.

교회는 '하느님 쪽을 맡은' 사람 수백 명으로 가득하고—좌석이 없다—미사는 아름답다. 성가대 전원이 나와서 노래를 하고, 구유에 경배를 드리고 캐럴도 많이 부른다. 그런 다음 성찬식이 시작된다.

그런데 와인은 어쩌지? 나는 한 모금일 뿐인데다가 축성을 받았으니 술로 안 치는 것 아닐까 생각한다. 어쨌든 실체변화했잖아! 사실은 그리스도의 피잖아, 아니야? (아니, 가톨릭교회에서만 그런 건가?) 그래서 나는 성찬식 와인을 한 모금 꿀꺽 마신다. 아아, 고백하자면 정말 좋다. 향이 진하고 풍성한 맛, 목 뒤쪽이 약간 타는 듯한 느낌. 줄을 다시 서서 한 모금 더 마셔도 될까? 한번 중독자는 영원한 중독자다.

우리는 호사스러운 점심식사에 맞춰서 집으로 돌아온다. 나는 무알코올 와인(토레스나투레오)을 한 잔 마시는데, 나쁘지 않다. 적어도 '특별한 보상'이라는 환상을 갖게 해준다. 존은 (조금 우울하지만) '한 사람을 위한 크리스마스' 행사중이던 마크스앤드스펜서에서 아주 작은 포트와인과 샴페인 작은 병을 발견했다. 존이 쓸쓸하다고 생각하지 않으면 좋겠다.

점심식사가 끝나자 불쌍한 키트만 빼고 다들 선물을 몇 개 더 열어본다. 키트는 엄마를 닮아서 절제력이 부족하다. 아침에 흥분해서 포장지를 성급히 찢어가며 선물을 거의 다 풀었기 때문에 오후에 열어볼 선물이 거의 남아 있지 않다. 그런 다음 우리는 잠자리에 들기 전까지 게임을 하고 크리스마스 특집 프로그램을 본다(물론 규칙적으로 지하실의 물을 퍼내면서 말이다).

그리고, 어떨까? 와인을 안 마시니까 너무나 편안하다. 말다툼도, 스트레스도, 자기혐오도 없다. 즐거움과 기쁨, 감사뿐이다. 그러니까, 내년 크리스마스도 빨리 와! 뭐든 그렇지만 한번 해보면 그렇게까지 두렵지 않으니 말이다.

나는 온종일 짐을 쌌다. 오전 3시 45분에 우리는 개트윅 공항으로 출발해야 한다. 스위스로 일주일 동안 스키 여행을 간다. 나는 이번 휴가를 절대 못 갈 줄 알았다. 화학요법 기계를 달고서 가족들에게 잘 다녀오라며 용감하게 손을 흔들고 닭고기 수프에 떨어지는 속눈썹을 보고 있을 줄 알았다. 하지만 나도 가게 되었다. 빨리 가고 싶다!

내가 여행 준비를 하며 돌아다니는 동안 스위스에서 뭐가 제일 좋은지 다 같이 이야기한다.

"치즈퐁뒤." 이비가 말한다.

"핫초콜릿이랑 진짜 차가운 고드름." 키트가 덧붙인다.

"스키지, 바보." 매디가 말한다. "아빠는 스위스에서 뭐가 제일 좋아요?"

"음, 국기가 커다란 장점이지."● 존이 대답하자 다들 신음하며 눈을 굴린다.

'예전'이었다면 다섯 식구의 짐을 싸는 것이 정말 큰 스트레스였을 것이다. 나는 짐을 싸는 내내 술을 마시다가 아주 중요한 물건─예를 들면 내 속옷─을 빠뜨렸을 것이다. 하지만 이번에는 아주 차

● '국기에 커다란 플러스가 있지(Their flag has a big plus)'라는 뜻도 된다.

분하다.

하지만, 어떨까? 나는 차분한 것에, 어른스러운 것에, 용감한 것에 조금 질렸다. 내가 정말 하고 싶은 일은 일주일 동안 유치하게 지내는 것이다. 어리석게 굴고. 지나치게 흥분하고. 나는 눈싸움을 하고, 눈천사를 만들고, 비탈을 전속력으로 내려가고, 장난을 치고 싶다. 초콜릿과 치즈퐁뒤를 잔뜩 먹고 싶다. 불에 마시멜로를 굽고 상하의 일체형 실내복에 폭 싸여 빈둥거리고 싶다. 정말 놀라운 것은, 여기 앉아서 하고 싶은 일을 전부 떠올리며 목록을 만드는데 머릿속에 떠오르는 이미지 중에서 와인잔을 들고 있는 모습은 하나도 없다는 점이다.

정말 놀랍지 않은가?

1월

보답하다

　　나는 새해 첫날 일찍 잠에서 깬다. 완전히 새로운 해의
완전히 새로운 날이다.

　　어젯밤, 그림같이 완벽한 스위스 알프스 마을인 이곳 베르비에
에 눈이 내리기 시작했다. 몇 주 만에 통통한 눈송이가 밤하늘에서
반짝거렸다. 불꽃놀이는 저녁 6시쯤 시작해서 밤새 이어졌다. 끝없
이 폭발하는 색채, 산을 스치는 소리, 폭약냄새가 가득한 공기(나
는 밤에 맡는 폭약냄새가 정말 좋다).

　　새해 전날의 특별한 저녁을 위해 동네 슈퍼마켓에서 산 스테이
크가 알고 보니 말고기여서 나는 조금 동요했다. 열린 마음을 가지
려 애썼지만 우리 가족에게 블랙 뷰티나 명마 챔피언•을 먹인다고
생각하니 여전히 내키지 않았다. 동네 식당은 전부 몇 달 전에 예약
이 끝났고 냉장고에는 달걀 반 팩밖에 없었지만, 아침에 먹고 남은
늙고 지친 바게트를 발견했다. 나는 얼른 프렌치토스트를 만든 다
음 케첩을 듬뿍 뿌렸다. 아무도 신경쓰지 않았다.

　　자정 즈음 우리는 마을 광장으로 나가서 흥청망청 즐기는 수천
명의 사람들과 함께 멋진 디제이의 음악에 맞춰 춤을 추었다. 아주
다양한 나라에서 와서 다양한 언어로 말하는 온갖 연령대의 사람

• 각각 소설 『블랙 뷰티』와 TV 어린이 서부극 <명마 챔피언>의 주인공 말이다.

들이 있었다. 스키 시즌을 위해 동네 식당에서 접시닦이를 하는 스키광과 러시아 고위층이 서로 어깨를 부딪치며, 눈을 사랑하는 마음과 떠들썩하게 새해를 맞이하고 싶은 바람으로 하나가 되었다.

나는 술을 마시지 않아도 충분히 신났다. 사실 흥청망청 즐기는 사람들이 술에 취해 깨진 유리 위로 넘어지거나 군중을 향해 위험하게 불꽃놀이에 불을 붙이는 광경들을 보니 통제력을 잃지 않는 것이 참 좋은 생각임을 실감할 수 있었다. 자정이 되자 수백 명의 사람들이 춤추는 사람들의 머리 위로 샴페인을 뿌렸고(한창때의 나라면 좋은 술을 그렇게 낭비하지 않았을 텐데), 그래서 나는 술냄새를 풍기며 집으로 돌아왔다.

제일 좋은 부분은 뭘까? 오늘 아침에, 최근 기억에서는 처음으로, 한 해의 첫날을 진정으로 즐길 수 있겠구나 생각하며 잠에서 깬 것이다. 모든 것이 새롭게 반짝이고 가능성으로 가득하다. 독소와 후회가 넘칠 듯 가득한 상태로 일어나는 것이 아니라 얼른 움직이려고 일어난다.

슬로프는 텅 비어 있다. 미래를 향해 나아가는 나와 우리 가족밖에 없다. 우리는 케이블카를 타고 몽포르 정상으로 올라가서 네 개의 계곡을 내려다본다. 나는 새해의 햇빛을 받아 눈이 멀 것처럼 하얗고 깨끗한 종이 꼭대기에 서 있다. 스키를 신고 티 없이 깨끗한 눈에 새로운 장⁺을 써내려갈 준비가 되었다.

　내가 여기 있다니 믿을 수가 없다. 나는 세상에서 가장 사랑하는 사람들과 함께 여기에 있다. 머리카락도 빠지지 않았고, 양쪽 가슴도 거의 그대로다. 숙취도 전혀 없다. 이 높은 산 위에서. 크나큰 희망을 안고.

나는 짐을 싸고 청소를 한 다음 택시 한 번, 기차 한 번, 비행기 한 번, 자동차 한 번을 갈아타고 우리 가족을 다시 런던으로 옮겨놓아야 한다. 우리는 오후 10시쯤 집에 도착할 예정이고, 아이들의 학교는 내일 아침 8시 30분에 시작한다. (이번에는 날짜를 두 번이나 확인했다.) 게다가 나는 이제 현실에 쿵 떨어져서 우리 지하실의 홍수, 크리스마스 연휴 동안 찐 살, 소득신고, 중대한 일과 직면해야 한다.

'중대한 일'은 지난주에 내가 암에 대해서 성공적으로 잊고 있었다는 사실이다. 나는 두 달 동안 암을 제외한 다른 생각은 거의 하지 않았지만, 이번에는 암 생각을 거의 하지 않았다. 그러나 이제 나는 검진이라는 현실로 돌아와서 10년 동안 타목시펜을 먹어야 한다.

예전이라면 오늘 같은 날은 종일 술을 마셨을 것이다. 취하는 정도가 아니라 모든 일이 끝없이 몽롱해지고 모든 스트레스가 무뎌질 정도로 말이다. 짐을 싸면서 한두 잔, 공항에서 한 잔, 비행기에서 한 잔(승무원의 불만에 용감하게 맞설 수 있다면 더 많이), 그리고 집으로 돌아와서 거의 한 병.

이제는 그렇지 않다.

나는 침착함을 유지하기 위해 술을 마시는 대신 다른 방법을 시도한다. 바로 감사하는 것이다. 듣자 하니 새로운 마음챙김이란다. 아널드 슈워제네거부터 버락 오바마까지 수많은 유명인이 추천한다. 오프라 윈프리는 지난 20년 동안 썼던 '감사 일기'가 평생 한 일 중에 가장 중요하다고 말한다. 트위터가 갑자기 감사(애매하게 유명한 사람들이 입이 떡 벌어지는 장소에서 불가능한 요가 자세를 취한 메스꺼운 사진이 같이 올라오는데, '과시'라는 해시태그가 더 정확하겠다)로 넘쳐난다.

여기에도 과학이 있다. 심리학자들은 감사하는 마음이 숙면, 불안과 우울 감소, 굳건한 관계, 삶에 대한 장기적인 만족감과 관련이 있음을 증명했다. 또한 감사하는 마음을 가지면 더 건강해진다고 한다. 『감사하면 달라지는 것들』의 저자 제니스 캐플런은 우리가 먹는 음식에 감사하는 마음을 가지면 더 날씬해진다고 믿는다.

끌어당김의 법칙을 믿는 사람들과 베스트셀러 『시크릿』의 팬들은 한발 더 나아가서 이미 가진 것에 감사하면 삶에 좋은 것들이 더 많이 끌려온다고 주장한다.

나쁠 게 뭐가 있을까?

그래서 나도 시도해본다. 나는 스트레스를 주는 것을 전부 적은 다음 뒤집어서 생각해본다. 집으로 돌아갈 여정에 애태우는 대신 우리가 얼마나 멋진 휴가를 보냈는지 생각한다. 아이들이 내일 학교로 돌아간다는 것은 자유 시간이 더 많아진다는 뜻이다―예이! 다행히도 여행을 떠나기 전에 지하실에서 상수도관이 새는 부분을 발견해 물을 잠글 수 있었다. 살이 1.8킬로그램 쪘지만 술을 마시던 크리스마스에 3.6킬로그램씩 쪘던 것에 비하면 아무것도 아니다. 작년에 소득신고를 (정확히) 충당할 만큼 돈을 벌었다니, 참 잘했다 나 자신. 그리고 그 중대한 일. 고마워, 고마워 우주야, 나는 지금 (우리가 아는 한) 암세포가 없다.

어떨까? 나는 좀 때려주고 싶은 낙관주의자가 된 기분이지만, 효과가 좋다! 아까는 오늘 하루가 두려웠지만 이제 정말로 명랑해졌다. 행복한 사람이 감사하는 것이 아니라 감사하는 사람이 행복하다는 말이 어쩌면 맞을지도 모른다.

나는 지난 열흘 동안 타목시펜을 복용했다. 이제 9년 355일만 더 먹으면 된다. 타목시펜은 놀라운 약이고, 지난 30년 동안 유방암 재발률이 급격하게 떨어진 주요 이유 중 하나다. 내 암은 에스트로겐에 의해 자극을 받았는데, 타목시펜은 길 잃은 암세포의 에스트로겐수용체를 무력화해서 암세포가 훨씬 더 힘을 잃게 만든다. 하지만 기분이 조금 이상해진다.

지난 며칠 동안 나는 계속 약하게 구역질을 느꼈다. 그리고 피곤하다. 뇌가 완전히 흐릿해졌다. 나는 매일 무엇을 해야 하는지 기억하려고 무척 애써야 한다.

지난주에는 매디의 학부모회의 밤을 완전히 잊었다. 무단으로 빠져버렸다. 내가 사실을 고백하자 키트조차 충격을 받았다(키트는 "그건 정말 나빠요, 엄마"라고 말했는데, 키트의 기준은 무척 낮다). 정말 나빴다! 아이들을 하루 세 번 먹이고, 다치게 하지 않고, 1년에 한 번 있는 학부모회 모임에 (맨정신으로) 참석하는 것은 부모 역할 중에서도 초급이다.

어제 나는 학교에 아이들을 데려다준 다음 친구를 만나서 개를 산책시키기로 했다. 그런데 학교에 반쯤 갔을 때 뭔가를 잊어버렸다는 이상한 느낌이 들었다. 빌어먹을 개를 집에 두고 왔던 것이다! 나는 급히 집으로 돌아가야 했고, 매디는 내내 "이러다가 리코더부에 늦겠어요!"라고 소리쳤다.

처음 2, 3주는 술을 끊은 직후랑 비슷하다. 사실 임신 초기랑 똑같다. 그러자 갑자기 그거구나 하는 생각이 든다. 호르몬은 불량한 암세포에게 로켓연료나 마찬가지라 나는 평소에 먹던 피임약을 끊어야 했다. 어쩌면 임신했을지도 모른다!

하지만 나는 눈곱만한 위험을 두어 번 무릅썼을 뿐이고, 설마 마흔여섯(거의 마흔일곱) 살이라는 고령에 실수로 임신할 리는 없지 않을까? 과호흡이 온다. 물론 아기는 축복이다. 하지만 나는 이미 다 겪어봤다. 정말이지 또다시 기저귀를 갈고 잠 못 이루는 밤을 보낼 수는 없다. 게다가 임신하면 타목시펜을 복용할 수 없다. 아기에게는 무척 나쁜 소식이지만 앞의 호르몬과 로켓연료 설명을 보라. 나는 임신하면 죽을 수도 있고, 그러면 이미 태어난 아이 세 명이 엄마를 잃게 된다.

나는 차마 임신진단기를 사러 약국에 갈 수가 없다. 사람들이 비웃을 것이다(하하, 누구한테 장난을 치시는 거예요, 할머니?). 그래서 나는 최신형 디지털 디스플레이 임신진단기를 집으로 배달받기 위해 온라인 슈퍼마켓 오카도에서 필요하지도 않은 식료품을 잔뜩 주문한다.

그리하여 지금 나는 아이들이 아래층에서 TV를 보는 동안 방황하는 십대처럼 미친듯이 기도를 드리며 진단기에 오줌을 누고 있다.

기나긴 3분.

결과는, 임신 아님. (요즘은 파란 선이 아니라 글씨가 뜬다, 대단한 발전이다.) 할렐루야! 하지만 그렇다면 10년 내내 이런 기분이라는 뜻인가?

그런 다음 나는 크나큰 실수를 저지른다. 구글에서 타목시펜의 부작용을 검색한 것이다. 교수님이 절대 하지 말라고 경고했는데 ("타목시펜을 복용하면서 아무 문제도 없는 전 세계 수백만 명의 여성 은 굳이 인터넷 커뮤니티에 글을 올리지 않아요." 그는 엄격한 표정으 로 나를 빤히 보며, 검지를 흔들면서 말했다). 살이 13킬로그램이나 찌고, 정신이 이상해지고, 기분이 끔찍해서 결국 약을 버리고 삶의 양보다 질이 중요하다는 결론을 내린 여자 수백 명의 이야기가 있 다. 50퍼센트는 10년은 고사하고 5년도 먹지 못한다. 그리고 무서 운 통계가 있다. 어쨌든 타목시펜을 복용하는 여성의 4분의 1은 결 국 10년 내에 유방암 재발로 사망한다.

음, 그럼 고민할 필요도 없겠네. 그럴 리가.

나는 일시적인 증상이기를, 몇 주 지나면 부작용이 잠잠해지기 를 바란다. 나는 감사하는 마음에 초점을 맞추자고 생각한다. 나는 (우리가 아는 한) 암세포도 없고 임신도 안 했다. 만세!

나는 유방암과 싸우는 여성을 위한, 정말 훌륭한 지원센터 헤이븐에 다시 와 있다. 헤이븐에서는 타목시펜 부작용에 도움이 되는 침술을 무료로 제공해준다. (한 시간 동안 인간 바늘꽂이가 되는 것이 어떤 작용을 하는지는 전혀 모르지만 정말 도움이 되는 것 같다. 진짜 대단하다.)

어쨌든 나는 헤이븐을 나서다 유방암 전문 간호사와 첫 상담을 하러 찾아온 여성을 지나친다. 그녀는 멋지고 강인한 얼굴이다. 나보다 젊지만 녹초가 된 표정을 보니 누가 거대한 진공청소기로 그녀의 삶에서 기쁨과 희망을 전부 빨아들인 것 같다. 정말로 그랬나 보다. 그러자 3개월 전 내가 첫 상담을 받으러 왔을 때가 생생하게 떠오르고, 나는 정말 그녀를 꼭 끌어안고 "괜찮아질 거예요"라고 말해주고 싶다. (그렇게 하지는 않는다. 그 불쌍한 여자는 이미 많은 일을 겪었으니 알지도 못하는 정신 나간 여자한테 질식당할 필요는 없다.)

헤이븐이 그녀를 보살펴줄 것이다. 진단과 치료 계획을 잘 설명해줄 것이다. 상담, 영양학적 조언, 기氣치료와 침술, 반사요법, 마사지 같은 무료 보조 치료를 제공할 것이다. 자조 모임과 요가 수업에 참가하라고 권할 것이고, 어떤 정부 보조를 받을 수 있는지 알려줄 것이다. 하지만 무엇보다 주요하게, 그녀의 이야기를 들어주고, 이해하고, 외로움을 덜어줄 것이다.

나에게도 그렇게 해주었다. 그래서 나는 정말로, 정말로 보답하고 싶다……

우리처럼 '지나치게 열정적으로 술을 마시는 사람'은 대부분 일단 반대편으로 빠져나오면 아직 그 안에서 힘들게 노력하는 사람을 정말로 도우려 한다. 그것이 금주 블로그 세계의 정말 멋진 점이다. 블로그를 시작하면 다른 사람들의 블로그를 읽으며 도움을 받는다. 그러다가 시간이 지나면서 당신의 블로그가 뒤따라오는 사람들에게 점점 도움이 된다는 사실을 깨닫는다.

AA에서도 보답하는 것은 중요하다. 12단계 프로그램 중에서 열두번째 단계다. AA(alcoholics-anonymous.org.uk)에서는 술을 끊은 알코올중독자는 음주를 통제하지 못하는 사람에게 '손을 내밀어' 돕는 놀라운 능력을 가지고 있다고 말한다. 빌 윌슨은(『12단계 12전통』에서) 열두번째 단계는 그것이 미치는 영향까지 모두 포함해서 봤을 때 사실 가격표를 붙일 수 없는 사랑에 대해서 이야기하고 있다고 썼다.

그러나 빌이 지적하듯이 보답하기는 이기심이 하나도 없는 행동은 아니다. 사실상 모든 AA 회원은 열두번째 단계를 잘 끝냈을 때 가장 깊은 만족과 가장 큰 기쁨을 느꼈다고 단언한다.

무언가를 보답하고 싶다는 마음이 금주에서만 생기는 것은 아니다. 인생의 큰 변화나 트라우마에서 빠져나오면 늘 그런 것 같다. 나는 헤이븐에 보답하고 싶다, 내 뒤에서 걸어오는 여자들을 돕고 싶다—그때 좋은 생각이 떠올랐다.

나는 집으로 가서 블로그에 로그인한다. 그런 다음 '글쓰기' 버튼을 누르고 '보답하기'라고 제목을 붙인다. 나는 헤이븐에 대해서, 헤이븐이 어떻게 나를 도왔는지에 대해서, 그리고 헤이븐을 나서며 본 여성에 대해서 쓴다. 또 나는 블로그에 글을 쓰는 것으로 돈을 벌지 않으며, 내 글을 읽어도 돈을 낼 필요가 없다고 짚어준다. 그런 다음 이렇게 쓴다.

끔찍한 시간을 보내는 여성들을 위해 대단한 일을 하는 사람들이 있습니다. 제 블로그가 당신에게 도움이 되었다면 그 사람들을 위해서도 대단한 일을 해주지 않을래요? 사랑을 전하는 세계적인 인터넷 윤회의 수레바퀴, 뭐 그런 게 될 거예요. 그런 다음 나는 자선모금 플랫폼 저스트기빙JustGiving에 페이지를 만들어서 예전이라면 술을 사느라 썼을 돈의 일부를 헤이븐에 (원하는 가명으로) 기부해달라고, 그러면 다 같이 몇 사람의 인생을 바꿀 수 있다고 호소한다.

나는 자정쯤 잠자리에 들면서 저스트기빙 페이지를 확인하다가 역시 술을 끊은 사람은 가장 착하고 친절하고 멋진 사람들임을 다시 한번 상기한다. 내가 만든 '사랑을 전하는 윤회의 수레바퀴'에 벌써, 단 몇 시간 만에 천 파운드 넘게 모였다! 지금도 전 세계에서 돈이 들어오고 있다. 헤이븐은 작은 자선단체이므로 이런 돈이 정말 큰 도움이 된다. 천 파운드면 침술에 사용하는 침 2년분을 구입하거나 유방암을 진단받은 환자에게 스무 시간의 상담을 지원할 수 있다.

정말 빌의 말이 맞았다. 열두번째 단계를 잘 끝내는 것보다 더 큰 기쁨은 없다.

돈, 돈, 돈

오늘은 정말 싫은 날이다. 나는 소득신고를 해야 한다. 술을 끊고 나서 처음 100일은 그렇게나 느린데 이번 소득신고와 다음 소득신고 사이의 12개월은 스테로이드를 맞은 러시아 선수처럼 질주하다니 너무 웃기다. 특히 세금 신고 서류를 전부 정리하고 온라인 신청서를 작성하는 데 시간이 한참 걸려서 너무 화가 난다. 쥐꼬리만한 내 수입은 과세 최저한도를 겨우 넘기 때문이다. 거대한 대양 같은 국세청의 세금영수증 중에서 한 방울도 아니고 한 방울 안의 분자 하나 때문에 끝없이 걱정해야 하다니.

작년에 소득신고를 했던 기억이 난다. 나는 중간쯤 했을 때 와인을 한두 잔 마시며 '축하'하기로 했다. 말할 필요도 없이 와인은 전혀 도움이 되지 않았다. 작년 하면 또 기억나는 것은, 언제나 그렇듯 은행 잔고가 거의 제로인 채로 1월을 시작했다는 점이다. 크리스마스의 과도한 지출 때문에 나는 완전히 탈탈 털렸다. 그러므로 1월 말에는 이미 잔고가 마이너스였다. 세금을 내고 나니 4천 파운드 초과인출 상태였다. 다시 흑자에 접근하는 데만도 몇 달이나 걸렸다(그리고 남편에게 긴급 자금을 달라고 간청해야 했다).

재정을 대하는 나의 태도는 무척 어른스럽다. 나에게는 기본 원칙이 두 가지 있다. (1) 현금을 찾을 때는 화면에 잔액이 표시되는 순간 눈을 감아라. (2) 월말이 다가오면 현금을 찾으러 갈 때 현금인출기의 신들에게 기도를 드려라. 그러면 현금을 계속 제공해줄지도 모른다.

그러나 몇 달 분량의 온라인 은행거래내역을 거슬러올라가며 소득신고에 필요한 수치들을 확인하면서 나는 믿기 힘든 사실을 알아차렸다. 올해는 1월을 흑자로 시작했다. 지급 가능하다! 그리고 더욱 믿기 힘들게도 1월 말인 지금도 흑자다. 아직도 지급 가능하다! (내가 국세청에 세금을 내고 나면 그렇지 않겠지만.)

이런 기적이 가능한 이유는 딱 하나밖에 없다(내가 친구들을 위해 집에서 소소한 브랜드 상담을 하면서 버는 돈이나 저작권으로 버는 돈은 매년 늘어나는 것이 아니라 줄어든다). 술을 끊음으로써 상당한 금액의 돈을 남긴 것이다. 살이 빠질 때처럼 천천히, 천천히, 한 방울씩 모였다. 어찌나 천천히 모였는지, 나는 정말 눈치도 못 챘다(게다가 나는 매번 눈을 감았으니까). 그러나 거의 11개월이 지난 지금, 작년 이맘때와 비교했을 때 3천 파운드나 여유가 있다. 할렐루야! 세일이 시작됐다, 쇼핑할 시간이다……

중독은 부적응적 대처전략으로 종종 언급된다. 인간은 일상생활의 스트레스와 불안에 잘 대처하지 못하기 때문에 다양한 대처 방법을 찾는데, 그중 많은 수가 건강하지 않고 중독으로 변할 수도 있다는 이론이다.

술을 '평범하게' 마시는 사람도 부적응적 대처전략을, 스트레스 해소를 위한 나쁜 습관—과식, 자해, 쇼핑, 포르노그래피, 도박, 불륜, 흡연, 불법 약물이나 처방약, 약국에서 구입한 약물 등등—을 가지고 있는 경우가 많다. 이 모든 행동의 근본 원인은 같다.

부적응적 대처전략 이론은 또 금주가 왜 우리의 예상보다 훨씬 복잡한 과정인지, 왜 그렇게 자주 실패하는지 설명한다. 나는 술만 빼면 내 삶은 대체로 평범하리라 생각했다. 그러나 이제 술을 마시지 않는 것이 수월한 부분이었음을 깨닫는다. 어려운 부분은 일회용 반창고를 무자비하게 뗀 것처럼 갑자기 빛에 노출된 모든 감정에 대처하는 것이다.

새로운 대처전략을 찾지 못하면 결국 다시 술을 마시게 된다.

나는 새로운 대처 방법으로 무알코올 맥주를 이용했다(양은 줄었지만 아직도 이용하고 있다). 그리고 케이크도. 그러나 시간이 흐르면서 더 건강한 대처전략을 찾기 시작했다. 달리기, 걷기, 마음챙김, 뜨거운 물로 목욕하기, 정원 가꾸기, 독서와 글쓰기. 나는 이것이 성장의 참된 정의라고 생각한다. 삶이 당신에게 무엇을 던져주든 곧장 화재 비상구를 찾지 않고 대처하는 것 말이다.

그러나 술을 끊은 많은 사람이 추천하지만 나는 아직 시도해보지 않은 대처전략이 하나 있는데, 바로 요가다.

나는 지금까지 요가를 여러 번 해보았고 성공과 부끄러움의 정도도 매우 다양했는데(태양 경배 자세를 할 때 방귀를 뀌고 싶은 사람은 저밖에 없나요?), 이상하게도 술을 끊은 뒤로는 시도해보지 않았다. 그러다가 지난 몇 달 동안 암 때문에 스트레스를 받으면서 모든 근육이 점점 더 경직되는 것을 느꼈다. 전부 꽉 죄어들었다.

음주의 가장 그리운 부분은 하루를 끝내고 와인을 처음 몇 모금 마실 때(꿀꺽!) 느끼는 정신적 해방감이 아니라 근육의 긴장이 풀리는 이완감이다. 턱이 풀리고, 이를 갈지 않고, 어깨가 풀린다. 근육의 긴장을 풀 다른 방법—그 모든 매듭을 육체적으로 풀 방법—을 찾아야 한다는 생각이 든다.

그래서 나는 요가 수업에 간다.

어리석고 쓸모없는 사람이 된 기분이다. 몸이 자꾸 비틀거린다. 넘어진다. 사람들이 오른쪽으로 갈 때 나는 왼쪽으로 가고, 사람들이 물구나무를 설 때 나는 앉아서 감탄한다. (특히 만화에 나오는 슈퍼히어로 같은 몸에 한 손으로 균형을 잡는 남자.) 그래도 요가는 마음에서 모든 걱정을 내려놓고 지금 이 순간에 전념하는 아주 좋은 방법 같고, 요가를 끝내고 나오면 몇 시간 동안 마사지를 받은 느낌이다. 모든 것이 더 느슨하게 느껴진다.

나는 불교의 독경에 영감을 받아서, 그리고 선禪과 관련된 모든 것에 갑작스러운 열정이 생겨서 불교에 대해 좀 읽어보기로 한다. 어쩌면 이것이 앞으로 나아가는 길일지도 모른다.

알고 보니 불교 신자는 주요 계율에 따라 살아가는데, 그것이 바로 오계다. 첫째, 살생하지 않는다. 둘째, 주지 않는 것은 갖지 않는다. 셋째, 간음하지 않는다. 넷째, 거짓말이나 험담을 하지 않는다. 다섯째는 뭘까? 술과 마약을 삼가는 것이다.

만세! 나는 벌써 깨달음으로 가는 길의 5분의 1은 간 셈이다! (나를 위한 메모: 험담에 대해서는 좀더 노력하자.)

다섯번째 계율이 존재하는 이유는 취하게 만드는 물질은—마음챙김과 정반대로—사람을 '부주의'하거나 '경솔'하게 만들기 때문이라고 한다. 게다가 취하면 나머지 네 가지 규율을 어길 가능성이 높아진다.

불교의 삼장 중 율장에 나오는 우화는 이러한 내용을 정말 솜씨 좋게 설명한다. 어떤 여자가 승려에게 자신과 자든지, 염소를 죽이든지, 맥주를 마셔야 한다고 말한다. 승려는 맥주를 마시는 것이 다

른 행동보다 덜 해롭다고 생각해서 세번째를 택한다. 말할 필요도
없이 맥주를 마시고 취한 승려는 여자와 자고 염소를 먹는다.

정말 그렇지 않은가?

어떤 친구가 이런 말을 한 적이 있다. (청혼을 받거나 새로운 취업 기회가 생겼을 때처럼) 중요한 결정을 내려야 할 때면 어린 시절 미소를 짓고 있는 생기 넘치고 순수한 자기 사진을 보면서 '나는 이 아이가 그렇게 되기를 바랄까?'라고 자문한다는 것이다. 그때는 친구가 약간 귀네스 팰트로 같다고 생각했지만 이제 나도 해봐야겠다는 생각이 든다.

나는 절망의 구렁텅이로 용감하게 내려가서 열 살 즈음의 내 사진을 가져온다. 학교 앨범 사진이다. 길고 곧고 색이 짙은 머리카락은 실핀으로 고정했고, 미소를 짓고 있어서 유치와 영구치, 벌어진 잇새가 보인다. 하늘색 나일론 터틀넥스웨터에 여학생 대표 배지를 자랑스럽게 꽂고 있다(반항기가 시작되기 전, 엄청나게 착한 척할 때다). 아직도 이 스웨터를 머리 위로 벗을 때마다 정전기 때문에 머리카락이 삐죽 섰던 기억이 난다.

나는 이 작은 소녀를, 반짝이는 눈을, 세상엔 온갖 가능성이 있으며 자신이 나가서 잡기만 하면 된다고 여기는 굳은 믿음을 열심히 들여다본다. 그리고 생각한다. 나는 이 아이가 하루에 와인 한 병을 마시길 바랄까? 숙취를 견디며 다음번 술 마실 기회만 기다리는 끝없는 쳇바퀴 속에서 뱅뱅 돌면서 삶에 대한 열정과 재능을 낭비하길 바랄까? 나는 이 아이를, 이렇게 작은 소녀를 실망시켰다. 이제 보상할 차례다.

그래서 나는 생각해본다. 그때 그 소녀는 무엇을 사랑했을까? 무엇이 아이의 심장을 더 빨리 뛰게 만들었을까? (남학생 대표였던 벤만 빼고. 벤은 어떻게 되었을까 궁금하다.) 대답은 글이다.

나는 몇 시간이고 책을 읽곤 했다. 공식적인 소등시간을 한참 넘겨서까지 손전등을 들고 이불 속에 숨어서 읽었다. 나는 네다섯 권을 동시에 읽을 때가 많았다. 좋아하는 책은 찢어질 때까지 읽고 또 읽었다. 그리고 글을 썼다. 일기, 수많은 이야기. 그 당시 썼던 시는 WH스미스 서점 글짓기 대회에서 2등으로 입상했다.

기숙학교에 들어갈 때쯤에는 다이어리가 일종의 시스템이 되었다. 다이어리는 내가 매일 진지하게 쓰는 거대한 링바인더 파일로 변했다. 나는 사진, 편지, 신문 스크랩을 붙였다. 혼자만의 것이 아니었다. 나는 친구들에게 전부 읽어도 된다고, 각자의 소식과 코멘트를 덧붙여도 된다고 했다. 사실 그것은—아직 인터넷이 없던 시절에—초창기 블로그였다. 나는 그게 정말 좋았다. 우리는 다이어리를 둘러싸고 모여 앉아서 작년에 적은 것을 다시 읽곤 했다. "우리 진짜 어리고 한심하지 않았냐!" 우리는 12학년 때 예전의 터무니없었던 행동에 대해서 읽으며 비명을 지르곤 했다.

다이어리만 쓴 것이 아니었다. 나는 학년이 끝날 때마다 풍자문을 써서 모든 친구를 놀렸다. 나는 (허가받지 않은 자극적인) 교내

잡지를 발행했고, 친구의 생일이나 중요한 행사가 있으면 모든 친구를 위해 '송가'—길고 우스운 시—를 썼다. 나는 (끔찍한) 이야기를 써서 둥글둥글하고 화려한 손글씨로 잡지 <저스트 세븐틴>과 <미즈>에 보냈다.

세월이 흐르면서 글이 전부 말라버렸다. 아니, 더욱 정확하게 말하자면 밀려오는 파도에 지워지는 모래 위의 글씨처럼 씻겨 사라졌다. 나는 20년 동안 이메일, 감사 편지(나는 감사 편지를 잘 쓴다), 일과 관련된 글 외에는 거의 아무것도 쓰지 않았다.

하지만 이제 한 바퀴를 돌았다는 아주 이상한 기분이 든다. 나는 지난 11개월 동안 아주 먼 거리를 여행했지만 결국 시작점으로, 예전의 소녀로, 매일 다이어리를 쓰고 친구들과 돌려보면서 코멘트를 남기라고 하던 시절로 돌아온 것 같다.

그러다가 '작년에 겪은 이야기를 꼭 책으로 써주세요'라고 요청하는 수많은 독자의 이메일과 메시지를 생각한다. 어쩌면 그들의 말이 맞을지도 모른다. 어쩌면 이 방법으로 보답하는 게 가능할지도 모른다. 작년 3월에 내가 있던 자리에 서 있는 모든 여성(과 남성)을 도울 수 있을지도 모른다. 가슴에 여학생 대표 배지를 자랑스럽게 달고 눈에 희망을 담고 있는 열 살짜리 소녀에게 보상할 방법은 이것일지도 모른다.

2월

파티를
열다

어젯밤에 캐럴라인의 생일파티가 있었다.

나는 케임브리지에 다닐 때부터 캐럴라인을 알았다. 다우닝칼리지 근처 스프레드이글이라는 펍에서 캐럴라인을 만난 순간, 나는 그녀가 나와 같은 영혼을 가지고 있음을 알았다. 우리 둘 다 삶에 대한 욕망과 장난기가 가득한 날씬한 갈색 머리였다. 그러나 지난 몇 년 동안은 캐럴라인을 보면 약간 시공간의 틈을 들여다보는 느낌이 들었다. 캐럴라인은 아직도 8사이즈를 입고 나이에 비해 아주 어려 보이고 파티에서만 술을 마셨지만, 나는 매일 술을 마시기 시작했고 실제 나이보다 열 살은 더 많아 보이고 14사이즈까지 풍선처럼 부풀었기 때문이었다.

캐럴라인은 저녁식사를 하고 하룻밤 자고 가라며 대학 친구 열두 명을 시골집으로 초대했다. 다들 아이를 떼어놓고 왔기 때문에 드물게도 '어른끼리의' 주말이었다. 나는 믿음직한 벡스블루 여섯 병들이를 가져가서 냉장고에 넣어놓았다.

어땠을까? 나는 맨정신으로 파티를 즐기는 문제를 거의 완전히 해결했다. 우선 몸매가 좋으면 정말 도움이 되는데, 11개월 동안 술을 끊으면 몸매가 좋아진다. 나는 아주 '핫한' 느낌까지는 아니지만 적어도 '훈훈한' 느낌은 들었다. 나는 빨간 레이스 드레스를 입었는데, 존의 말에 따르면 다들 아주 근사하다고 말했단다(확실히 다들 내가 암에 걸린 이후로 처음 보는 것이라 아마 기대치가 무척 낮았을 것이다).

나는 저녁식사 전에 행복한 기분으로 무알코올 맥주를 마셨다. (이제 파티를 주최한 사람이 자리를 정할 때 내가 제일 어려운 딜레마가 아닐까 약간 걱정되었다. 술을 입에도 안 대는 암 환자 옆에 도대체 누구를 앉혀야 할까?) 그런 다음 모두 자리에 앉자 나는 왼쪽 남자가 따라주는 와인을 받았지만 물만 마셨다. (알고 보니 사람들은 같이 저녁식사를 하는 사람의 잔이 비어 있으면 초조해하는 경향이 있다. 잔이 채워져 있으면 마시든 안 마시든 신경쓰지 않거나 눈치채지 못한다.)

나는 저녁식사를 하는 내내 옛 친구들과 그동안 어떻게 지냈는지 무척 즐겁게 이야기를 나누었고, 테이블축구 시합에서 수월하게 이겼고(상대편이 취하면 아주 쉽다), 웃긴 춤을 실컷 췄다. 게다가 나는 파티에서 새로운 역할이 생겼음을 발견했다. 사람들이 나에게 이야기를 하고 싶어한다. 속마음을 털어놓는다. 조언을 구한다. 몇 년 동안 겪어보지 못한 일이다! 통제 불능의 술꾼과 속깊은 대화를 나누고 싶어하는 사람은 아무도 없다.

나는 어떤 친구와는 불면증에 대해서, 어떤 친구와는 새로운 사업 아이디어와 런던을 떠나고 싶다는 열망에 대해서, 어떤 친구와는 새엄마가 되는 것에 대해서 이야기를 나눴다. 전부 다 적절하고 삶의 질을 높여주는 대화였고, 아직도 기억이 난다! 새벽 1시 30분이 되자 나는 자리에서 빠져나와 침대로 갔다. 아무도 눈치채지 못할 것이고, 파티에서 내가 놓친 부분은 아무도 또렷하게 기억하지 못할 것이 뻔했다.

그리고 오늘 아침! 온 집안이 숙취로 가득하다. 얼마나 큰 보상 인지. 나는 잘난 척하지 않으려고 정말 애쓴다. 그러면 너무 비열하고 동정심도 없는 사람이 될 테니까. 하지만 실패한다.

우리가 떠날 때 캐럴라인이 나를 끌어안고 말한다. "기분이 너무 안 좋아. 그 금주인지 뭔지 나도 할까봐."

우리는 부모님의 집에 맡겼던 아이들을 찾아서 점심식사를 하러 간다. 나는 피자익스프레스에서 무알코올 맥주를 들여놓기 시작했다며 칭찬을 늘어놓는다. (비브 라 레볼루시옹!●) 키트가 "엄마, 와인을 마지막으로 마신 지 얼마나 됐어요?"라고 묻는다.

"거의 1년이 다 됐어." 내가 대답한다. "왜? 엄마가 와인을 안 마시는 게 더 좋아? 엄마가 달라졌니?"

"네." 키트가 말한다. "엄마가 좀더……"

● 프랑스어로 '혁명 만세(Vive la révolution)'라는 뜻.

키트가 적절한 형용사를 찾는 동안 우리 모두 기대에 차서 기다린다. (생활기록부에 자세히 적혀 있듯이 키트는 형용사를 그렇게 잘 아는 편이 아니다.) 아름답다? 참을성이 많다? 친절하다?

"……엄마스러워졌어요." 키트가 멋지게 결론을 내린다.

그렇다. 술을 끊자. 술을 끊어도 파티에서 신나게 즐길 수 있고, 더욱…… 엄마스러워진다.

다시 만난 미스터 빅

10월과 11월에, 유방암 클리닉의 신참으로 '나 죽는 거야?' 단계를 거치고 있을 때, 나는 대기실로 경쾌하게 들어서는 '졸업생'을 엄청나게 부러워하며 바라보곤 했다. 검진을 받으러 다시 온 여자들이었다. 화학요법을 끝내고 말괄량이처럼 짧은 머리인 경우가 많았다. 그들은 자신감이 넘치고, 행복하고, 건강해 보였다. 유방암 담당 간호사는 이름을 부르며 인사하고 반갑게 꼭 끌어안곤 했다.

반대로 나는 큰 충격을 받고 창백한 얼굴로 자리에 앉아서 MRI 검사나 림프 생체검사 등등의 결과를 기다리면서 생각했다. 언젠가 나도 저렇게 될 거야. 힘든 일을 전부 다 겪고 반대편 출구로 나오는 거지. 음, 오늘은 내 차례다. 나는 두 달 동안 만나지 못한 미스터 빅과 진료 예약이 있다.

암치료 방식은 컨베이어벨트와 같다. 고문 외과의가 초기 진단과 수술을 한 다음 당신을 종양 전문의에게 넘기고, 종양 전문의는 다시 방사선치료사에게 넘기고, 방사선치료가 끝나면 '검진과 마무리'를 위해서 다시 고문 외과의에게 보내진다.

나는 오늘만을 기다렸다. 이것만 끝나면 6개월 내내 병원 진료가 없기 때문이다. 나는 간호사들을 위해 초콜릿을 가져가서 작은 파티를 할 계획이었다. 하지만 지금은 겁이 난다.

졸업을 못하면 어떻게 하지? 낙제라고, '경보해제'가 아니라 처음부터 전부 다시 해야 한다고 말하면 어떻게 하지? 나는 이제 막 암에서 벗어나기 시작했다. 드라마 <댈러스>에서 보비가 샤워를 하고 나와 이전 시리즈 전체가 꿈이었음을 깨닫는 에피소드와 비슷한 느낌이었다. 왼쪽 가슴은 나았고, 보기에도 꽤 괜찮다(모든 것은 상대적이다). 이제 타목시펜의 부작용은 사실상 전혀 없는 것 같다. 나는 '정상'으로 거의 다 돌아왔다. 처음부터 전부 다시 할 수는 없다.

뱃속에 익숙한 불안의 매듭이 있다(알코올에 대한 갈망과 느낌이 무척 비슷하다). 사실 오전 10시 30분이 아니었다면 벡스블루를 한 병 땄을 것이다. 나는 존에게 '절차'일 뿐이니까 같이 가려고 일부러 회사에서 나올 필요는 없다고 경쾌하게 말했다. 이제 후회가 된다.

지옥을 헤쳐나가는 중이라면 계속 전진하라. 한 발 앞에 또 한 발, 한 번에 하루씩.

다행히도 나는 스트레스에 대처하는 아주 좋은 방법을 새로 발견했다. 욕을 하는 것이다.

일반적으로 욕은 다소 나태하고 상상력이 부족하다는 것이 내 생각이다. 그래서 나는 아이들에게 스트레스를 받으면 더 재미있는 악담을 찾아보라고 한다. (무엇보다도 어휘력 향상에 아주 좋다.) 그래서 매디는 발에 뭔가를 떨어뜨리면 "아아아아악! 비겁하게, 천연두에 걸린 낙타 엉덩이 같으니!"라고 말한다. 보다시피 훨씬 더 재미있다.

나는 어린 시절의 기억 때문에 욕을 아주 싫어하게 된 것 같다. 아빠가 엄마에게 딱 한 번 "꺼져"라고 말했던 때가 생생하게 기억난다. 엄마는 집을 나가서 이틀 동안 돌아오지 않았다. 아빠는 화재경보기를 울리지 않고는 토스트 한 장 못 굽는 사람이었기 때문에 집 안이 아주 난리였다. 그뒤로 우리 가족은 아무도 욕을 하지 않았다. 어쨌든, 요점으로 돌아가서, 어제 내가 암 클리닉에 다시 간다고 블로그에 적자 사랑스러운 독자 두 명이 "빌어먹을 암!"이라고 했다. 그걸 보고 나는 생각했다. 그래, 안 될 게 뭐야? 그래서 나는 욕실로 들어가 문을 잠그고(아이들은 아래층에 있었다) 외쳤다. **빌어먹을, 빌어먹을, 빌어먹을, 빌어먹을, 빌어먹을! 당장 꺼져서 두 번 다시 돌아오지 마, 이 빌어먹을 것.** 그래서 어떻게 됐을까? 기분이 훨씬, 훨씬 나아졌다.

클리닉에 가자 간호사들이 오랫동안 만나지 못했던 친구처럼 나를 반겨준다—모두에게 축복이 있기를. 대기실에서 잠시 기다리는 시간이 영원처럼 느껴지고, 드디어 초음파검사실로 불려들어간다. 나는 초음파검사를 지난 10월에 한 번밖에 안 받았는데, 정말 끔찍했다. 검은 덩어리가 화면에 잡힌 무시무시한 순간, 친근하고 말 많던 초음파검사자가 갑자기 조용해진다. 그런 다음 임신했을 때 태아의 머리 크기와 척추 길이를 재는 것처럼 덩어리의 크기를 잰다. 태아의 크기를 잴 때처럼 신나지는 않는다. 이 혹은 꿈틀거리는 멋진 아기로 자라지 않을 테니까—당신을 죽일 테니까.

이번에는 전혀 다르기를 기대해본다. 매력적이고 아버지 같은 오스트레일리아인이 내 가슴에 (사려 깊게도 따뜻하게 보관한) 젤을 잔뜩 뿌리고 커다란 막대기 같은 것(탐침? 스틱? 미안하지만 부적절한 성적 뉘앙스를 풍기지 않고 설명할 방법이 생각나지 않는다)을 가져다댄다. 몇 분 뒤에 그가 말한다. "다 아주 좋습니다." 검은 덩어리는 없다. 크기도 재지 않는다. 다 끝났다.

"감사합니다, 감사합니다." 내가 속삭인다. "정말 걱정했어요."

"압니다." 그가 대답한다. "말 한마디가 인생을 바꾸니까요." 그가 공감해주는 순간 나는 종이 시트 위에 온통 눈물을 뿌린다.

10분 뒤, 이제 '환자를 대하는 매너가 엉망인 천재 외과의' 미스터 빅을 만날 차례다. 그는 나의 모든 통계자료를 다시 설명한다. 22밀리미터, 2기 침윤성 소엽암, 림프 음성, 재발하지 않을 가능성 92퍼센트, 어쩌고저쩌고. 그런 다음 상의를 전부 (다시) 벗으라고 한다.

그가 내 가슴을 만져보더니 만족하는 듯한 표정을 짓고(알겠지만 의학적인 의미로 말이다), 초음파검사 결과지를 확인하고, 힘찬 악수로 작별 인사를 한다.

진료실에서 나오는 길에 나보다 열 살쯤 많은 여성과 마주친다. 그녀는 할 이야기가 아주 많은 듯한 멋진 얼굴이다. 그녀 역시 나처럼 가볍게 뛰면서 집행유예 선고를 마음 깊이 담는다.

대부분의 사람들이 날씨에 대해서 이야기하듯이 우리 같은 '생존자'들은 서로의 병력에 대해서 이야기한다. 당신 이야기를 해주면 내 이야기를 할게요. 그녀는 14년 전에 처음 진단을 받았고, 4년 전에 재발했다(말기 전이성 변종이 아니라 원발성 유방암이었다). 그녀가 말한다. "이제 암 얘기는 아예 안 해요. 겪어보지 않은 사람은 절대 모르거든요." 우리는 서로 마주보며 미소를 짓고, 나는 다시금 아무도 가입하고 싶어하지 않는 클럽의 회원이 되었음을 깨닫는다. 나는 그녀를 예전부터 알았던 것만 같다.

나는 클리닉에서 곧장 학교로 가서 키트와 매디를 태운다. 키트가 제일 친한 친구 집에서 하룻밤 자기로 했기 때문에 나는 숙박용 작은 가방을 챙겨왔다. 키트의 선생님이 나를 따로 부른다.

아이들의 선생님은 모두 정말 젊고, 활발하고, 멋지고, '현대적'이다. 내 학창 시절과 전혀 다르다. 그때 선생님들은 아주 나이가 많고 주름투성이에다가 현실을 전혀 몰랐다. 그러다 문득 내 주변 세상이 정말 그렇게 많이 변한 건 아니라는, 달라진 건 내가 세상을 보는 눈이라는 생각이 또다시 든다.

"애들이 오늘 숙취가 있을 거라지 뭐예요!" 키트의 담임 선생님이 말한다. "'같이 놀기'랑 '자고 가기'를 합친 말이래요.• 아이들한테 숙취가 뭔지 아냐고 물어봤어요. 모른다고 하기에 엄마랑 아빠는 아마 아실 거라고 했죠."

(지당하신 말씀!)

"그랬더니 둘이서 얼굴을 붉히며 '엄마랑 아빠가 우리를 만들려고 하신 그거예요?'라는 거예요. 참 어색한 순간이었어요!"

정말 너무 웃기다. 내 아들은 숙취가 뭔지 전혀 모른다. 어땠을까? 나는 이렇게 자랑스러웠던 적이 없다! (하지만 생물 공부는 좀 해야겠군.)

• 영어로 '같이 놀기(hang out)'와 '자고 가기(sleep over)'를 반씩 합치면 '숙취(hangover)'가 된다.

폐경. 머리를 모래밭에 처박고 모르는 척하고 싶어지는 단어다. 폐경이 온다는 것은 알지만 그것에 대비해서 할 수 있는 일은 별로 없으므로 생각하지 않는 게 제일 좋다, 안 그런가? 음, 나는 최근에 폐경에 대해서 생각할 수밖에 없었다. 타목시펜의 부작용이 폐경 증상과 비슷하기 때문이다. 게다가 내 블로그에서 폐경에 대한 이야기가 꽤 많이 오갔다. 그래서 나는 조사를 해본다. 그랬더니 정말 흥미진진하다.

폐경이 힘들기 때문에 그 시기에 술을 더 많이 마시는 여자들이 많다. 폐경은 짜증부터 쇠약함까지 다양한 증상을 동반하고, 노화 과정과 우리의 유한성을 일깨워준다. 또 불안과 우울을 유발하거나 악화시킬 수 있고, 자녀들이 집을 떠나거나 부모에게 큰 도움이 필요한 시기와 겹치는 경우가 많다. 여기까지만 써도 벌써 술을 잔뜩 마시고 싶다.

문제는, 폐경이 올 때 절대 술을 마시면 안 된다는 것이다! 변화(이 완곡어법 너무 좋은데?)가 임박한 여성이 술을 끊으면 아주 좋은 이유가 몇 가지 있다.

나이가 들면 알코올에 대한 내성이 줄어든다. 신체에서 물이 차지하는 비율이 감소하고 에탄올 대사 효율이 떨어지기 때문이다. 즉, 와인을 몇 잔만 마셔도 예전보다 더 빨리 더 많이 취한다는 뜻이다. 이는 더 안 좋은 행동, 더 심한 숙취, 더 격렬한 자기혐오를 의미한다. 무슨 말인지 알 것이다.

그리고 지방 문제도 있다. 폐경(과 타목시펜)의 부작용 중에서 가장 화나는 것은 체중 증가다. 만화 캐릭터 제시카 래빗처럼 전반적으로 살이 찌는 것이 아니라 수영장에서 튜브를 끼고 있는 아이처럼 중간 부분만 살이 찐다. 와인을 마셔도 마찬가지다. 그러므로 폐경인데 술까지 마시면 불행이 두 배로 늘어난다. 본인도 알지 못하는 사이에 어느새 시선을 내리면 발이 흔적도 없다!

골다공증은 또하나의 중대한 문제, 폐경의 더욱 위험한 부작용 중 하나다. 뼈가 가늘어져 골절이나 합병증으로 이어질 수 있다. 그리고 골다공증은 돌이킬 수 없다. 골다공증을 일으키는 또다른 주요 원인은 뭘까? 넵, 맞히셨습니다. 과도한 음주.

또한 폐경 때문에 우울증이 생기거나 악화된다는 여성이 많다. 무엇보다도 호르몬이 요동을 친다. 그러나 알코올에 의지하는 것은 도움이 되지 않는다. 알코올은 (했던 말을 또 하고 있다는 건 나도 알지만) 우울증을 악화시키기 때문이다. 알코올을 섭취하면 즉시 도파민이 분비되지만 피치 못할 폭락이 뒤따른다.

그러면 당연히 감정 기복으로 이어진다. 우리 여자들은 왜 이런 저주받은 호르몬과 함께 살아야 할까? 나는 존에게 엄청나게 미안

하다. 우리집의 경우 나의 폐경은 두 딸의 사춘기—참으로 호르몬
이 끓어오르는 활화산 같은 시기—와 겹칠 것이다. 누이도 없고 일
곱 살부터 남자 기숙학교에서 살았던 존은 벌써부터 사춘기를 걱
정하며 불안해한다.

오늘 아침에 존이 아이들에게 "우리 오늘 뭐할까?"라고 물었다.
이비는 가족과 다 같이 제일 좋아하는 프렌치 레스토랑에 갈 기회
를 엿보고 있었기 때문에 "작은 브래서리●를 찾아보는 게 어때요?"
라고 말했다. 존은 엄청나게 충격을 받은 표정이었다.

"이비." 그가 말했다. "아빠가 현대적인 남자인 건 알지." (절대 아
니다.) "하지만 어딘가에 선은 그어야 할 텐데, 속옷 쇼핑은 엄마랑
할 일인 것 같구나."

브래서리와 **브래지어**의 (아주 많은) 차이점을 아빠에게 설명하
는 역할은 이비에게 맡겼다.

호르몬. 어떻게 그토록 작은 것이 그토록 큰 소동을 일으킬 수
있을까? 호르몬으로 인한 감정 기복을 확실하게 악화시킬 수 있는
것이 하나 있다면 바로 알코올이다.

폐경은 또한 수면도 방해한다. 알코올과 마찬가지로(주제가 뭔

● 식사와 함께 술을 파는 프랑스풍 식당을 뜻한다.

지 아시겠나요?). 더이상 할말도 없다.

더욱 이상하고 사람을 약하게 만드는 폐경의 증상은 열감이다. 체온이 갑자기 올라서 냉장고에 기어들어가 치즈와 요구르트 사이에 잠시 안락하게 자리잡고 싶도록 만든다. 의사들은 열감을 줄이기 위해서 가장 먼저 무엇을 제안할까? 바로 금주다! (카페인을 줄이는 것도 도움이 된다.)

자, 이제 끝이다. 금주가 변화를 덜 변하게 만드는 일곱 가지 훌륭한 이유.

나는 유방암 때문에 호르몬대체요법에 대해서 생각하는 것조차 금지당했으므로 호르몬대체에 의지하지 않고 폐경 증상을 관리하는 방법을 조사한다. 가장 효과적인 방법 중 하나는 침술이다. 침술이 어떻게 통하는지는 나에게 묻지 마시라. 하지만 효과는 있는 듯하다.

그리고 물론 금주와 매달 헤이븐에서 받는 침술의 합작으로 나는 타목시펜과 종종 연관되는 열감, 자면서 흘리는 식은땀, 큰 감정 기복, 체중 증가를 모두 피할 수 있었다. 오래가기만 바랄 뿐이다.

다음주는 내 생일이다. 나는 임신했을 때만 빼면 생일을 맨정신으로 보낸 적이 없다. 생일은 쾌락을 최대한 탐닉하는 좋은 핑계였다. 최근 몇 년간은 사나흘 정도 자기혐오에 시달린 다음에야 벗어날 수 있었다.

나는 생일이 오로지 나를 위한 날이 아니라는 사실을 이제야 깨닫는다. 아이들이 무척 흥분한다. 일곱 살짜리에게 생일은 우주에서 가장 놀라운 일이다. 내 생일이 평일이라 아이들은 아빠도 함께할 수 있게 오늘 미리 축하해야 한다고 우겼다.

나는 아이들이 자기들끼리 속닥거리고, 몰래 쇼핑을 하고, 선물을 포장하고, 눈에 띄지 않게 숨기는 것을 하나도 못 알아차린 척했다. 나는 '이 세상에서 제일 갖고 싶었던 거야' 표정을 연습하고 있다. 오스카 시상식에 가기 전 메릴 스트리프처럼 말이다. 나는 메릴 스트리프를 따라서 기도를 드리는 것처럼 두 손을 모아 입술에 가져다대고 눈빛을 촉촉하게 만들 계획이다.

작년 이맘때, 나는 파티를 열기로 하고 어른 스물다섯 명, 아이 스물다섯 명을 초대했다. 쉰 명분의 일요일 점심식사를 준비하고, 아이들을 위해서 살아 있는 동물—뱀, 거미, 친칠라, 올빼미, 절대 빠지면 안 되는 미어캣—을 데려오는 서비스를 예약했다. 또 어른들을 위해서는 와인을 몇 상자나 샀다. 어마어마한 돈이 들었다. 그리고 나는 즐겁지 않았다.

음, 처음에는 즐거웠다. 처음 몇 잔의 와인을 마실 때까지는. 그리고 마침내 혼자 앉아서 무사히 해낸 자신을 축하할 수 있었던 마지막에도. 그러나 그 중간은 아주 지독했다. 반쯤 취한 상태로 쉰 명에게 음식을 제공하는 일은 정말 힘들다. 그리고 와인을 너무 많이 마신 다음에는 파티의 훌륭한 여주인 역할을 하는 것이 불가능하다. 처음에는 사람들을 서로 소개하려 했지만, 자꾸 이름을 까먹어서 금방 포기했다. 나는 긴장을 풀고 즐길 수가 없었다. 와인잔을 들고 집안을 뛰어다니면서 지금 여기가 아닌 다른 어딘가에 있어야 한다는 생각만 계속했다.

다음날은 죽음이었다. 게다가 내가 너무 끔찍한 여주인이었기 때문에 손님들 역시 아무도 즐겁지 않았다는 피해망상에 빠졌다. 며칠 동안 암울한 기분에서 헤어나오지 못하리라는 것도 알았다. 그리고 바로 그날, 나는 '세계 최고의 엄마' 머그잔에 레드와인을 따라서 들고 있는 내 모습을 보고 술을 끊었다. 영원히.

그래서 올해는 다른 파티를 열기로 했다. 금요일에. 맨정신으로 주최하는 최초의 파티다. 최근에 큰 위험을 넘겼기 때문에 나는 친구들에게 곁에 있어줘서 고맙다고 말하고 삶 자체를 축하하고 싶다. 심지어 곁에 없었던 친구, 사라졌던 친구까지 초대했다. 자신에게 아주 솔직해진다면, 나도 좋을 때만 곁에 있는 친구였음을 알기 때문이다. 술을 몇 잔 마시고 싶을 때는 곁에 있지만 정말로 도움이 필요할 때는 보이지 않는 친구 말이다.

그런 다음 관대한 마음과 어른답게 지나간 일을 묻어두자는 결심에 휩쓸려서 1번과 2번까지도 초대했다.

파티 장소는 집이 아니다(집에서 하면 힘든 일이 너무 많다). 그 대신 멋진 식당에 룸을 예약했다. 나는 술을 끊어서 아낀 돈으로 일흔다섯 명을 위한 술과 카나페를 마련할 것이다. 얼마나 아이러니한지. 약간 긴장되지만, 흥분이 점점 커지면서 긴장은 묻혀버린다.

최고의 친구 일흔다섯 명이 한방에 모일 테고, 나는 모두와 이야기를 나눌 수 있을 만큼 맨정신일 것이다! 사람들을 서로에게 소개하고 재치 있는 대화도 나눌 수 있을 거다. 어쩌면 연설도 할지 모른다. 얼버무리지 않고, 중간에 무슨 말을 하고 있었는지 까먹지 않고, 의자에 쓰러지지도 않고 말이다. 그리고 나는 그 모든 순간을 기억하고, 다음날…… 더없이 멋진 기분으로 일어날 것이다(파산을 하더라도 말이다).

와아아아!

중간 방학이라 아이들을 보고 있자니 유전에 대해 생각하게 된다. 어떤 사람들에게는 중독에 대한 유전적 소인이 있다는 증거가 상당히 많다. 알코올중독만이 아니라 어떤 중독이든 말이다.

나와 존을 보자. 우리는 둘 다 기숙학교에 다닐 때 담배를 피우기 시작했다. '멋진 아이들'은 담배를 피웠기 때문이다. 존은 10년 동안 '사회적 흡연자'로서 다른 사람들과 함께일 때만 담배를 피웠다. (아니, 도대체 왜 그러는 거지? 그건 어떻게 하는 거지?) 반면에 나는 아침식사 대신 담배를 피우는 지경이 되었다. 우리 엄마와 아빠도 마찬가지였다. 엄마는 한참 동안 아주 가끔 담배를 피웠지만 아빠는 어엿한 중독자였다. (아빠도 나도 15년 전에 끊었다.)

결국 존과 우리 엄마도 담배를 충분히 많이 피웠으면 중독되었겠지만, 그냥 그러고 싶지 않았던 것이다. 늘 한두 대면 충분했다.

술에 대해서도 완전히 똑같다. 존과 우리 엄마는 한 잔만 마셔도 행복하다. 반대로 아빠와 나는 서로 술병을 비우려고 경쟁할 것이다. 간단히 말해서 나는 중독 성향이 있다. 그냥 절제를 모른다. 그런 성향이 나쁘기만 한 것은 아니다. 내 생각에 중독자는 강한 흥미를 가지고 삶에 자신을 내던지는 사람이다. 그들은—우리는—삶의 뒷덜미를 휘어잡는 멋진 사람이다. 모 아니면 도인 종족이다.

하지만 나는 우리 아이들이 걱정되고, 더 많은 것을 끊임없이 찾으려는 신호가 없는지 항상 주의를 기울인다. 나는 중간 방학 내내 아이들이 최근에 중독된 것 때문에 안간힘을 썼다. 바로 마인크래 프트다(그리고 그보다는 덜하지만, 클래시오브클랜과 쥬라기월드 같 은 컴퓨터게임도 있다). 아이들은 게임을 하지 않을 때에는 유튜브 로 다른 사람이 그 게임을 하는 것을 즐겨 본다. 수백만장자쯤 되는 유튜버 스탬피가 우리집에서 어찌나 많은 시간을 보내는지, 넷째 가 생긴 것 같다.

내가 어렸을 때처럼 화면이라고는 TV밖에 없고 (나이 많고 뛰어 난 보모 BBC가 제공하는) 어린이 TV 프로그램은 전부 반*교육적 이면 얼마나 좋을까 싶다. <재커너리> <블루 피터> <테이크 하트> 처럼 말이다.

나는 아이들이 게임하는 시간을 정해두려고 무진 애를 쓰지만 너무 지친다. 점점 가격이 올라가는 야외 활동을 계속 찾아봐야 하 고, 결국에는 아이디어가 바닥나버린다. 내가 평생 절제의 목소리 를 내야 하다니 얼마나 아이러니한지!

마인크래프트를 하는 아이들이 걱정스러운 것은 알코올중독과 다를 바 없는 중독 행동을 보이기 때문이다. 집착하고, 제한하면 짜증을 내고, 다른 것에 대한 관심이 줄어든다.

이 문제를 둘러싼 '암묵적 침묵' 때문에 더욱 까다로워진다. 아이가 화면 앞에서 너무 많은 시간을 보낸다고 인정하는 엄마는 아무도 없다(아니면 정말 나만 그런가?). 인정해버리면 나쁜 부모처럼 보이기 때문이다.

같은 학교 엄마 중에서 내가 참 좋아하는 친구는 아들에게 토요일 오전 아침식사 전에만 화면 앞에 앉는 것을 허락한다고 말했다. 그애는 심지어 (데이비드 애튼버러가 나오지 않는 이상) TV도 안 본다. 나는 부끄러워 죽을 뻔했다. 그녀야말로 제대로 된 육아 전문가이고, (내가 계속 낙제하는) 행위에는 결과가 뒤따른다 분야에 대학원 학위를 가지고 있다. 그 친구는 크리스마스가 되기 전에 아이들이 말썽을 부리자 딱 한 번 엄하게 경고한 다음 아이들의 선물을 존루이스 백화점에 환불했다. 제대로 된 강경파다.

오늘 키트와 매디는 친구들과 놀이 약속이 있기 때문에 나는 이비와 친구 브룩을 데리고 고에이프에 간다. 고에이프는 짚라인을 타거나 공중 징검다리를 건너며 나무 위에서 세 시간 동안 모험을 하는 체험 코스다. 지난주에 인터넷으로 두 아이의 표를 예매했는데, 열세 살 이하는 성인이 동반해야 한다고 했다.

나는 거짓말을 할까 잠깐 망설였다. 두 아이는 확실히 열세 살은 넘어 보이고, 행동도 마찬가지다. 하지만 그 순간 내가 그날 아침 블로그에 쓴 글이, 내가 강조한 문구가 떠올랐다. 마법이 일어나는 곳은 안전지대 바깥이다. 이제 내가 한 설교를 실행에 옮길 때라는 생각이 들었고, 그래서 내 표도 예매했다.

나는 이제 안전 장비를 착용하고 지상 9미터 위에서 흔들리며 이 대단한 모험을 후회하고 있다. 이비와 브룩은 십대 초반인 타잔의 자손처럼 나무 사이에서 즐겁게 흔들리며 큰 소리로 나를—아이들을 감독해야 하는 어른을—응원한다. 그러다가 두 갈림길 중에서 하나를 선택하는 지점에 도착한다. 하나는 '어려운' 코스라고 적혀 있고 하나는 '극한' 코스라고 적혀 있다. 무슨 선택지가 이래?!?

어디로 가야 할지 뻔하지만 아이들의 생각은 다르다. "엄마 없이 우리끼리는 극한 코스로 못 가요!" 아이들이 말한다. "제에발요!"

높다란 나무 위에서 나는 모든 정신력을 동원해, 땅에 두 발을 붙이고 서 있으면 얼마나 좋을까 생각한다. 분명히 안전지대에서 벗어났지만 빌어먹을 마법은 코빼기도 안 보인다.

"알았어." 나는 한숨을 쉰다.

곧 죽을 것만 같다. 사실 안전선과 연결된 안전 장비를 착용하지 않았다면 죽었을 거다. 아까 줄타기를 해야 하는 부분에서는 흔들리는 기둥에서 미끄러지는 바람에 빨랫줄에 매달린 낡고 벙벙한 바지처럼 와이어에 대롱대롱 매달렸기 때문이다. 하지만 결국 해낸다.

우리가 (드디어) 땅으로 내려오자 이비가 내 손을 잡고 말한다. "엄마, 엄마가 너무 자랑스러워요." 나는 이미 덜덜 떨고 있었기 때문에 이 말을 들으니 눈물이 고인다.

"극한 코스에 가는 엄마는 하나도 없었어요. 그리고 우리 뒤에 오던 사람들, 쉬운 코스로 갔던 사람들 있죠?" *눈을 굴린다* "그 사람들이 나한테 와서 '너네 엄마 정말 **폭탄**이다!'라고 했어요."

"꽝이라고?" 내가 무슨 말인지 몰라서 묻는다.

"아니, **폭탄**이요."

나는 그게 무슨 뜻인지 전혀 모르겠지만, 아주 좋은 뜻인가보다. 십대 아이들이 더없이 건강한 우리 개를 보고 "쓰러지겠다"고 했을 때처럼 말이다.

금요일 밤이다. 파티가 열리는 밤. 정말 떨린다. 샴페인을 한 잔 마시면서 긴장을 풀 수도 없는데 도대체 왜 파티를 열기로 했지? 너무 빨라! 내가 미쳤나봐. 게다가 옷도 엉망인데, 새 옷을 살 돈이 없어. 사실 난 이 파티를 열 돈도 없잖아. 아무도 즐겁지 않을 거야. 전부 다 취소해야 해!

뱃속에서 불안의 매듭이 꿈틀거린다—술을 마시던 시절이었다면 술에 빠뜨려 죽였을 그것 말이다. 이래서 나는 파티를 거의 열지 않는다. 예전 같으면 점심때 (꿈틀거리는 뱀을 조용히 시키기 위해서) 와인을 한두 잔 마셨을 것이고, 그런 다음 준비를 하면서 '정신을 차리려고' 두 잔 더 마셨을 것이다. 그리고 사람들이 도착하기를 기다리면서 적어도 두 잔. 7시 30분이면 '만취 상태'였을 거고, 따라서 9시에는 완전 엉망이었을 것이다.

하지만 오늘 나는 가만있지 못하는 이 뱀과 함께해야 한다. 나는 전적으로 할 가치가 있는 모든 일에는, 삶을 획기적으로 바꾸는 모든 일에는 이런 느낌이 따를 수밖에 없다고 스스로에게 상기시킨다. 불안을 피한다면 제대로 살고 있는 게 아니야. 나는 스스로에게 말한다. 취업 면접을 보기 전마다, 첫 데이트를 하기 전마다, 결혼식을 올리기 전에도, 아이를 낳기 전에도, 백패킹을 가기 전에도 똑같은 느낌이었다. 내가 그 모든 것을 하지 않고 피했다면(또는 그

전에 만취했다면) 지금 어디에 있을까? 불안은 당신이 경계를 넓히고, 앞으로 나아가고, 황소의 뿔을 잡고 있다는 표시다. 잘하고 있다는 뜻이다.

존과 나는 10분 일찍 도착해서 소리가 울릴 정도로 커다란 룸에 앉아 20분 정도 기다린다. 나는 버진모히토를 홀짝거리면서 꽉 다문 잇새로 중얼거린다. "아무도 안 오려나봐!"

한 시간이 지나자 룸이 북적거린다. 사람들은 옛 친구를 만나 소리를 지르고 새로운 친구를 사귄다. 나는 방안을 돌아다니면서 모두에게 말을 건다. 사람들을 소개한다. 내가 아는 사람밖에 없는 파티의 전율을 느낀다. 그런 다음 의자에 올라선다(취했다면 못 했을 것이다).

나는 사람들을 본다. 미스터 빅의 진료를 잡아준 샘, 멋진 문구류로 기운을 북돋아준 해리엇, 스파이크와 버스터와 키스의 엄마 제인, 불꽃놀이를 만드는 남자친구(지금은 전남편이 되었다)를 두었던 옛 동거인 케이티, 내가 처음으로 술을 전혀 마시지 않았던 디너 파티의 주인공 로라, 학교에서 제일 친했던 친구 셀리나와 그녀가 거의 30년 전 눈이 맞아서 같이 달아났던 남자, 그리고 더 많은 친구들. 나는 암을 치료하는 내내 나를 지지하고 도와준 모든 친구에게 감사를 전하는 연설을 한다.

다들 내가 "아주 멋져 보인다"고 말한다. 술값을 내주고 유방암에서 회복된 지 얼마 안 된 여자에게 당연히 그렇게 말할 수밖에 없다는 건 알지만, 솔직히 적어도 몇 명은 진심이었다고 생각한다. 왜냐하면—다른 것은 전부 떠나서—나는 작년 이맘때보다 몸무게가 13킬로그램이나 줄었기 때문이다.

자정이 되자 바가 문을 닫는다. 스코틀랜드에서 온 아이버와 웬디가 우리집에서 자기로 했기 때문에 우리 넷은 내가 차를 세워둔 바로 앞 거리까지 걸어간다. 5분쯤 지나자 반쯤 취해 쓰러져 있던 아이버가 갑자기 똑바로 일어나 앉아 외친다. "세상에, 클레어, 네가 왜 택시를 운전하고 있어?!" 나는 아이버에게 내 차라고, 나는 완전히, 합법적으로, 운전해도 된다고 말한다.

우리는 집으로 와서 베이비시터에게 돈을 주고, 세 사람이 잠자리에 들기 전 마지막 한 잔을 마시는 동안 나는 녹차를 끓인다. 우리는 그날 파티에 대한 감상을 주고받고, 나는 잠자리에 들지만 너무 흥분해서 2시까지 잠을 이루지 못한다.

솔직히 이보다 더 즐거웠던 파티가 마지막으로 언제였는지 기억이 안 난다. 하지만 나는 다섯 시간 내내 완전히 맨정신이었다. 누가 알았을까?

나는 킹스 로드에서 쇼핑을 하다 R. 솔스 앞에서 눈물을 흘렸을 때 이후로 얼마나 멀리 왔는지 생각한다. 아이폰에서 이메일 알림이 울린다. 내 친구 다이애나다. 나는 파티에 대한 감사 인사겠거니 생각하지만 틀렸다. 화면을 스크롤해서 내릴수록 속이 점점 더 메스꺼워진다. 나는 볼라드처럼 인도에 꼼짝도 없이 멈춰서 있고, 쇼핑하는 사람들이 양쪽으로 떼를 지어 지나간다.

클레어에게

지난번에 네가 열었던 멋진 파티에서 내가 이제 술을 끊었다고 했더니 너도 끊었다고 말했던 거 기억나?

음, 내가 술 마시는 여자에 대한 블로그를 몇 개 찾았거든—온 세상이, 특히 여자들이 술을 너무 많이 마시는 것 같고, 정말 너무 말도 안 되는 것 같아서 말이야—그중에 내가 아주 좋아하는 블로그가 하나 있어.

그런데 그거 알아? 그 사람이 너인 것 같아.

네가 소버마미니?

갑자기 나의 두 세계가 충돌한다. 나는 겁에 질린다. '모르는 사람'과 이 모든 이야기를 나누는 것은 전혀 다른 일이다. 역설적이지만 실제로 아는 사람이 나에 대해 전부 다 알게 되는 것은 무시무시하다.

우리는 모든 것이 완벽하게 보이도록 소셜미디어를 신중하게 관리하며 살아간다. 내가 아는 여자 중에는 중독 문제는커녕 내향성 발톱이라는 말도 부끄러워서 못할 사람도 있다.

특히 알코올중독을 부끄럽게 여기는 것은, 다른 중독은 약물에 잘못이 있다고 생각하지만 알코올중독은 사용자 즉 '알코올중독자'에게 잘못이 있다고 생각하는 경향 때문이기도 하다. 대부분의 사람들은 책임감 있게 술을 마실 수 있는데, 약하고 이기적인 사람, 병자만이 그렇게 하지 못한다는 생각 말이다.

이러한 생각이 우리 사회에 널리 퍼져 있기 때문에 우리 자신도 그렇게 믿는다. 우리는 문제가 있다는 사실을 최대한 인정하지 않고, 마침내 그 문제에 직면하게 되면 끔찍한 부끄러움을 느낀다. 적어도 나는 그랬다.

또한 사람들은 알코올중독이라고 하면 무척 과장된 상상을 한다. 내가 알코올중독 문제가 있다고 고백하면 콘플레이크에 보드카를 부어 먹고, 아이들을 길짐승처럼 자라도록 내버려두고, 애들이 제일 좋아하는 장난감을 팔아서 위스키를 사는 모습을 상상할 것이다.

그래서 나는 학교 정문 앞에서 따돌림을 당할까봐, 더 심하게는 아이들이 놀림을 받으며 너희 엄마는 끔찍한 사람이라는 말을 들을까봐 걱정한다.

하지만 반대로, 이런 두려움에도 불구하고, 정체가 밝혀지자 이상하게 자유로워진 기분이 든다. 그동안은 약간 정신분열증에 걸린 듯한 느낌이었다—내가 완전히 다른 두 사람인 것처럼 말이다. 어쩌면 때가 되었는지도 모른다. 어쩌면 소버마미의 때는 지나갔고, 이제 모두에게 내가 누구인지 말해야 할 때인지도 모른다. 나의 성취를 부끄러워할 것이 아니라 자랑스러워해야 하는 것 아닐까? 이제 나이도 많고 어른이니까 다른 사람들이 나를 어떻게 생각하는지 지나치게 신경쓸 필요는 없지 않을까?

다이애나에게. 나는 메일을 입력한다. 맞아, 그거 나야. 네가 날 발견하다니 정말 깜짝 놀랐어.